KB155510

거

식

증

일

기

Photo © Guy Lenoir

앞 사진
Photo © G. Mermet

거식증

일기

발레리 발레르 · 박광수 옮김

1

색유리창에서 눈길을 돌리고 등을 곧추세웠더니 눈물이 다시금 쏟
아진다. 문고리를 돌리는 열쇠 소리……. 노란색 문이 열리고 드러
난 하얀 그림자. 그냥 그림자라면 얼마나 좋을까. 스쳐 지나갈 뿐
이고 멈춰 서지 않는 유령이라면……. 침대 머리맡에 웅크린 채로
침대 난간을 움켜잡고, 혹은 하얗게 칠해진 철제 탁자와 불행 사이
에 끼어 꼼짝도 못한 채, 나는 안개처럼 뿌연 눈물 너머로 그 여자
를 바라보다가 여자가 들고 온 식판에 눈길이 멈췄다. 피할 수 없는
도발……. 정말로 힘이 넘치는 그 여자는 가져온 식판을 탁자에 내

려놓고는, 의자를 가리키며 나를 '초대한다'. 평범한 문장이지만 여기서는 더없이 잔인한 말이다……. 그 위협을 물리치려면 일단 몸을 일으켜, 내 감옥의 맞은편 벽까지 기껏해야 몇 미터, 잔뜩 얼룩진 타일 몇 장 넓이를 가로질러야 한다. 결국엔 막힌 벽의 우스꽝스러운 원인이 되어버린, 식판 위에 놓인 그것을 못 본 척한다. 마르고 여윈 내 넓적다리로 눈길을 떨군다. 사실, 이미 모든 것을 봤다. 각기 다른 크기로 칸이 나뉘어 약간 오목하게 들어간, 흔히 보는 식판, 그리고 그 위에 놓인 시커먼 고기 조각들, 윤기 나는 엄청난 양의 껍질콩, 쌀밥 한 접시, '마요네즈'라는 것으로 뒤덮인 삶은 달걀, 눅눅한 빵과 구역질나는 후식.

정말 이딴 걸 먹을 거라고 믿는 걸까? 애꿎은 오른쪽 집게 손톱 밑만 후벼 파며 버텼고, 눈물을 흘리며 고집을 피워본다. 아니야, 그들은 나를 제멋대로 할 수 없어! 제발, 그들이 날 좀 잊어버리고 이 형벌을 받으며 그냥 죽게 내버려둔 채 모르는 척했으면. 이딴 식판과 모진 협박으로 고문하지도 말고. 나는 아무것도 원하지 않아! 그 여자는 아무것도 얻어내지 못할 거야. 그녀는 말을 할 수도 있고, 터무니없는 수작을 부릴 수도 있다. 마찬가지로 내가 처한 끔찍한 상황을 동정할 수도 있고, 연민을 느끼거나 화를 낼 수도 있고, 무관심하거나 위압적으로 대할 수도 있다. "집에 있는 편이 좋지 않아? 어쨌든 그 편이 낫지, 그렇지?" 말은 그렇게 하면서 왜 도망치게 두진 않지? 그딴 질문을 함부로 내뱉을 자격이 있는지부터 말해보라고!

고개를 떨궈 내 다리를 바라본다. 그녀는 의자를 바짝 붙여 구역질나는 엉겨 붙은 밥풀 위로 얼굴을 향하게 하고는, 붉게 물든 작은 나뭇잎 위에서 빛나는 가을 햇살, 그리고 식판 위에 머리를 떨구는 바람에 4년이나 병실에 갇혔던 사내아이에 대해 정말 기분 나쁘고 말도 안 되는 연설을 늘어놓기 시작했다.

"밖에는 아주 날씨가 좋아. 햇볕이 따뜻해."

햇볕 따위야 알 바가 아니다. 그녀는 나를 아주 고통스럽게 만들고 싶어 하는 것 같다. 사실 얼마만큼의 아픔이라도 마음에 남아 있다면, 불행하지 않을 것이다. 그녀는 이런 이야깃거리들을 생각해 내기 위해 한 시간은 머리를 쥐어짰을 테고, 포크를 잡고 꼭꼭 씹어 먹는 방법을 가르치려는 듯 무척 애를 썼다. 내가 잊어버릴지 몰라서, 그것도 수없이 반복해서 말이다!

뭘 해야 하지? 억지로라도 먹는 척하려고, 그녀의 말마따나 '노력'이라도 해보기 위해 포크를 들어야 하나? 아니지. 그러면 이번엔 먹길 바랄 테고, 내 손을 붙잡을 수도 있으며, 좀 더 친근한 척할 것이다……. 어찌 되었든, 그들은 무언가를 할 것이다. 하지만 결국엔 내가 그 더러운 식판을 거부할 거라는 사실도 그들이 알아주길 바란다. 나는 동정도, 위로도 바라지 않는다. 그들은 나를 소유할 수 없을 것이다. 왜 그들에게 나를 감금할 권리가 있는 것일까? 이 점에 대해서는 아무도 말하지 않으며, 누구도 반대하지 않는다. 그들도 아랑곳하지 않는다. 하지만 곧 그들의 차례가 될 것이다. 너무나도 자주 눈물을 쏟게 될 것이며, 늘 슬픔에 잠겨 있게 될 것이다……. 다른 사람들의 식욕에 맞출 만큼 충분히 배고프지도 않을 것이다. 그러면 이번에는 그 다른 사람들이 당신들을 감금할 것이고, 그들의 뜻대로 당신들을 함부로 대할 것이다.

내가 게걸스럽게 집어삼키는 데 자신의 존재가 방해가 된다고 생각했는지, 그녀는 식판 앞에 혼자 남게 해준다……. 나는 쓰라림과 무기력으로 다시금 눈물을 쏟아내며 달아오른다. 이 식판을 짓밟아버리고, 고약한 냄새를 풍기는 구역질나는 삶은 달걀을 으깨버리고 싶다. 그들이 이 죄수의 식판을 영원히 강요하지 못했으면 좋겠다. 아니, 도대체 내가 무슨 범죄라도 저질렀단 말인가? 내가 누군가를 죽이고는 기억에서 영영 지워버리기라도 했나? 내가 살인을 했나, 도둑질을 했나? 아니잖아. 나는 다만 선택했을 뿐이다. 그들과는 아무 상관도 없으며, 그렇다고 그들이 고통 받는 것도 아니다. 즉, 나는 전혀 '해롭지 않다'. 스스로 죽어가게 만든다고 해서 자신들이 해라도 입은 것처럼 말하는 그들이 끔찍이도 싫다. 그들은 절대 이유를 알 수 없을 테고, 나도 그들에게 대답하지 않을 테다. 더욱이 그들은 나를 좋아하지도 않으며, 사실 사람을 좋아한다면 이런 방식은 아니다.

"기분 내키는 대로, 제멋대로 행동하는 것을 금지합니다, 꼬마 아가씨. 당신은 마음대로 할 수 없습니다. 당신의 몸은 우리 소관입니다."

반드시 복수하고 말 테다. 그들에게 아주 못되게 굴 것이다. 그들이 앙갚음하지도 못할 만큼 아주 지독하게 굴 것이다. 내게 복수하려고 할까? 나야말로 비참하게 감금되어 아무 힘도 없는데. 강한 사람은 그들이고, 그들이 열쇠를 갖고 있다. 어느 날 내가 이 방에서 무사히 나간다고 해도, 도대체 무슨 이유로 그들을 고발할 수 있을까? 그들은 이렇게 말하겠지. "불쌍한 계집애, 다 죽어가던 걸 살려줬더니. 지금 당장은 아무 생각도 없겠지만, 좀 지나면 우리에게 정말 고마워할 거야……."

분노가 사라지자, 아무 힘도 없이 잊힌 상태로 내버려졌다는 끔찍한 실망감이 이어진다. 주위의 벽이 흔들거린다. 영원히 오를 수 없는 말에 올라탄 것처럼. 하기야, 아무렴 어때. 나는 그들을 증오하는데. 그 여자는 곧 식판을 찾으러 올 것이고, 식판에는 내 거부와 절망의 무게까지 실렸으니 더욱 무겁게 느껴질 것이다. 정말로, 치명적인 유전적 결함으로 썩은 이 달걀이 그녀의 얼굴에 착 달라붙고 쌀알이 그 눈동자에 깊숙이 박혀서 그녀가 눈이 멀어버렸으면 좋겠다. 그러면 나는 오늘 저녁에 욕실을 쓰도록 허가를 받아서, 혐오스러운 음식물을 뒤집어쓰고 있는 그녀의 앞을 경멸하며 지나갈 수 있을 테고…….

문고리를 돌리는 끔찍한 열쇠 소리. 그녀가 들어온다. 간수복 같은 끔찍한 간호사복 호주머니에 두 손을 찔러 넣은 채로. 분노한 걸음걸이, 냉혹한 눈빛.

"먹고 싶지 않다는 거지? 나야 뭐, 상관없어. 넌 여기 계속 있게 될 거니까. 이곳이 어지간히 마음에 들었나 봐?"

그녀가 없는 동안 나는 올이 성긴 침대 시트를 몸에 두르고 있었는데, 범죄라도 저지를 것처럼 나를 바라본다. 나는 누구에게도 무엇도 원하지 않으며, 아무 짓도 하지 않았어. 당신도 잘 알잖아.

"이제는 식탁에 앉으려고도 하지 않네. 어쩔 수 없지. 네 마음대로 해. 생각할 시간이야 얼마든지 있을 테니까."

아니다. 그녀는 저 복도에서 넘어지지 않을 것이다. 그래도 상관없다. 내가 원하는 일이 그녀에게 일어날 거라고 더는 믿지 않는다. 다만 그녀를 경멸하는 것뿐이니까…….

이제 아무도 들어오지 않을 것이다. 잘 알진 못하지만, 정해진 시간이 되기 전에는 아무도 식판을 들고 들어오지 않을 것이다. 이 부당한 감옥의 고요 속에 나 홀로, 육체만큼이나 생채기가 난 정신 상태로 혼자 있을 것이다. 수건 천으로 만든 잠옷 위에 놓인 손을 바라본다. 이 옷이 끔찍할 정도로 싫다. 아주 비위생적으로 보인다.

아니, 나는 그들의 모욕적인 협박 따위에는 절대 무너지지 않을 것이다. 그럴 거라고는 생각조차 해본 적이 없다. 그들은 나를 소유할 수 없다. 이 말 외에는 할 말도 없다. 그들은 나를 강제로 이 요새 같은 곳으로 끌고 왔다. "너는 병에 걸린 거야. 사람들이 여기서 널 보살펴줄 거야. 곧 알겠지만, 모든 일이 잘될 거야."

아니야! 나는 병에 걸리지 않았어. 아주 건강하다고. 그러니까 보살핌 같은 건 필요 없어. 그저 혼자 있고 싶은 거야. 당신들과 함께하고 싶지 않은 거라고! 아무런 의미 없는 시선, 나를 억지로 사로잡으려는 손길들. "너를 아프게 하지 않을 거야. 물론 너에게 먹으라고 강요하지도 않을 테고. 다만 네 조그만 머릿속에서 무언가 잘못된 부분을 찾아내서 정상적으로 잘 돌아가게 하려는 거야. 널 도와줄 사람들을 만나게 될 거야. 넌 그냥 하던 대로 하면 돼." 거짓말쟁이들! 그러고 나면 그들은 또 무슨 말을 할까? 나는 아무도 필요 없어. 이 사람들을 모두 경멸한다니까. 나는 그들을 거부한다고! 결국, 중요한 것은 무엇일까?

저 창문 뒤에 무엇이 있는지 나는 볼 수 없다. 유리창에 아주 짙은 색을 입혀서 밖을 내다볼 수 없게 막아버린 걸 보면, 그들도 역시 그렇게 생각했던 것 같다! 가장 위쪽의 각이 진 끄트머리 너머로, 창문이 열려 있을 때면 이름 모를 나무의 잎사귀를 간신히 볼 수 있다. 잎사귀가 움직이지 않는 걸 보니, 바람이 불지 않나 보다. 나는 그저 기다리고 있다. 그 외에 할 수 있는 일이 무엇일까? 나는 책을 읽을 수 없다. 책을 감당하려면 1,000그램의 몸무게가 필요하다. 글도 쓸 수 없다. 종이는 적어도 2,000그램은 늘어나야 하기 때문이다. 열쇠로 감금당하지 않으려면 3,000그램. 따뜻한 물에 몸을 담그고 목욕이라도 하려면 4,000그램……. 게다가 좋아하는 것의 순서를 선택할 권리도 물론 없다.

그들이 정해놓은 규칙들이 끔찍하게 싫고 혐오스럽다. 나는 아무것도 안 할 것이다. 다만 저 하얀 벽만이 내게 답해주는 것 같지만, 이것도 그들과 같은 편이다. 침대는 아주 높아서, 내가 바닥에서 아주 멀리 떨어져 있고 마치 돌바닥이 돌고 있는 것만 같다. 아무 생각도 들지 않는다. 끔찍한 고독, 끔찍한 침묵. 나는 아무것도 아닌 곳에서 길을 잃고 말았다. 존재에 대한 권리를 누구도 주장할 수 없는 그런 장소에서 말이다. 당장 손을 씻으러 갈 수도 없다. 하기야, 원하지도 않는다.

아이들이 질러대는 비명 때문에 소름이 돋을 만큼 두렵다. 저항하는 듯한 지독한 외침, 밀렵꾼이 쳐놓은 덫에 발목이 잡힌 야생동물의 울음소리. 아이들은 울부짖으며 이곳에서 나가게 해달라고 벽을 두드리고 있다. 때로는 아이들끼리 싸우곤 했는데, 그들을 떼어놓으려고 간호사가 달려올 때까지 싸움은 계속된다. 한번은 감방으로 돌아오면서 얼굴을 잔뜩 찡그린 어린 쌍둥이들과 마주친 적이 있는데, 그들은 무엇을 부탁하려는 듯 내 옷자락에 매달렸다. 곱사등이처럼 등이 굽은, 덩치가 아주 크고 뚱뚱한 소녀를 만난 적도 있다. 그 아이는 몸을 좌우로 흔들며 가슴께를 긁적거리면서 나를 쳐다보고 있었다. 그날 저녁, 내가 씻으러 갈 때 복도는 텅 비어 있었고 고요했다. 당직 간수는 내가 들어가기 전에 욕실을 샅샅이 훑고는 통로를 지켰다. 아주 기나긴, '병실'까지 이어지는 그 길을 말이다.

지금이 거울에 얼굴을 비춰볼 수 있는 유일한 시간이다. 핼쑥하게 여위었다. 하지만 이런 내 모습이 좋다. 싸구려 아이섀도를 칠한 것처럼 눈두덩이 거무스름하다. 핏기 하나 없는 창백함, 분처럼 일어난 각질, 무언극 배우나 광대가 분장한 것 같은 내 모습이 멋쟁이 여성들의 화장보다도 마음에 든다. 두 눈은 붉게 충혈되어 있는데, 흘러내렸던 눈물은 희미하게 한줄기 흔적만 남겨놓았다. 아주 가

늘게, 아주 예쁘게 말이다. 검은 머리카락은 엉망진창으로 헝클어져 있지만, 그 색깔이 보랏빛 입술과 제법 잘 어울린다.

기운을 돋우는 알 수 없는 '미약'처럼, 물줄기가 두 손 사이로 흐르고 있다. 너무 덥다. 사람들이 배정해준 이 좁은 공간에서도 이제는 자유롭지 못하다. 그녀는 5분 내로 나를 찾으러 올 것이다. 어쩌면 그녀를 때려눕히고, 맞은편 병동으로 재빨리 달아날 수 있으리라……. 그래, 그럴 수도 있을 것이다. 하지만 문은 어디에 있을까? 진짜 어디에 있는 것일까? 그것이 알고 싶어졌다. 점점 다가오는 발소리가 들린다. 잠시 후에는 도착할 것이다. 그녀와 나란히 서서 발을 질질 끌며 걸어갈 것이다.

지금 이 순간을, 이 상태를 조금이라도 늘리려 일부러 천천히 걷는다. 숨이 막힐 듯한 그 느낌, 그 외로움과 고요함을 다시 느끼고 싶지 않아서……. 좀 지나면, 이 여자는 절반쯤 열어놓았던 문을 닫고 내 등 뒤에서 열쇠로 문을 잠글 것이다. 내 말이 들리는가? 그럼 무슨 말이든 해보라고!

돌바닥을 울리는 발소리들, 뒤죽박죽 섞인 목소리들, 또다시 부어오른 두 눈에 스쳐 지나가는 너무도 희미한 희망의 빛.

아니야, 이건 나를 위한 게 아니야. 나를 위한 건 아무것도 없어. 나는 이제 존재하지도 않아. 매장되어 흔적조차 사라져버린 거라고. 창문 가장 위쪽의 각이 진 끄트머리 너머, 사각형이 되어버린 하늘과 잎사귀를 바라본다. 절대권력의 상징처럼 냉혹하며 아무짝에도 쓸모없는 쇠창살이 둘러쳐진 불투명한 유리창은 아무도 없는 텅 빈 병원 안뜰의 정말 멋진 풍경을 숨기고 있는지 모른다.

침대 끄트머리에 앉는다. 좁다란 가장자리에. 그들 멋대로 나를 위한답시고 제공해준 아주 특별한 배려. 내가 원하지도 않았는데 침대는 하얗게, 벽은 누렇게 칠했고 철제 탁자만을 고집하는 그 각별한 배려를 절대로 사용하지 않겠다고 거부하는 뜻에서 말이다.

저 아래 돌바닥은 잔뜩 몸을 숙이고 있는 나를 올려다보고 있다. 내가 오래전부터 미친 것처럼 나를 감시하고 있다. 침대 시트도 짜증날 만큼 청결한 주름을 깃발처럼 펄럭이며 나를 비난하고, 벽은 이해할 수도 없는 말을 내뱉고 있다. 이 모든 것이 꼼짝 못하게 하는 정신병자의 구속복처럼 나를 단단히 가두고 있는 듯 느껴진다. 그래, 차라리 나를 아주 으깨버렸으면 좋겠다. 그래서 이곳을 벗어날 수만 있다면, 모든 것에서 벗어나 더는 존재하지 않았으면 좋겠다. 내가 원하는 것은 소멸이다.

아니지. 나는 죽음을, 사형 선고를 받지는 못할 것이다. 그러니 아픔으로 인해 더 고통스러워질 것이다. 천천히 다가오는 죽음, 그 등 뒤에서 끝없는 고통을 참고 견디게 하는, 헛되지만 결코 피할 수 없는, 희망을 끌고 오는 죽음 말이다.

내 눈에서 그렇게 눈물을 많이 쏟아냈으니, 이제는 그런 시선을 받지 않을 수도 있겠다는 생각이 문득 든다. 그리고 나에 대한 동정을 거부하기 때문에, 내 슬픔을 비웃으며 다만 분노를 터트려서 그런 것이 모두 사라져버리길 바라는 것이다. 모든 것이 옳지 않다. 병실에 나를 감금하기 위해 거쳐 온 길, 반드시 돌아가야 할 길을 이미 잊어버렸다. 정말 유감스러운 일이다. 어쩌면 이곳에서 벗어나 도망칠 수도 있었을 텐데. 하지만 안 되겠지. 저 숱한 잠금장치들, 열쇠들과 철책들, 간호사들과 알지 못하는 숱한 장애물이 있다……. 나는 그들의 냉정하고 무관심한 시선만 기억하고 있으며, 그것들이 끔찍하게 혐오스러워서 정말 죽여버리고 싶을 뿐이다. 어쩔 수 없는 분노와 한없는 슬픔이 뒤엉킨 커다란 원망은 바로 내 안에 있는데도, 그 모든 것을 애써 감추고 있다. 그것을 터트리는 법은 절대로 없다. 그들은 내게 더 반항해보라고 부추겼다. 그리고 진정제도 충분히 처방해주지 않았다. 약도 제대로 조제할 줄 모르고 주사도 잘 놓지 못하는 그들이 도대체 무슨 자격으로 병원을 운영한단 말인가?

그 순간 귀를 찢을 듯한 격렬한 비명. 그 소리는 잠시 끊어졌다가 곧 이어진다. 증오로 가득 찬 울부짖는 소리……. 간호사가 주사기로 무장한 의사를 다급히 부른다. 곱절로 커진 비명, 그 소리에 고막은 터질 듯하고, 나는 두려움에 꼼짝 못한다. 가만히 생각해본다. 그곳에 놓인 침대와 가죽으로 만든 결박대, 두 팔을 동여매는 보강대……. 순간적으로 폭발하는 분노, 바닥에 질질 끌리는 쇠사슬들, 덜컹거리는 소리, 헛된 안간힘, 절망에 빠져 치밀어 오르는 감정…….

한순간의 고요. 아주 불안스러운 끔찍한 고요. 소멸. 망각. 벽. 첫번째 죽음.

아니, 그러니까 내가 무슨 범죄라도 저질렀나? 세상을 거부한 것이 종신형을 받아야 할 범죄냔 말이다. 그들은 내가 아무 생각도, 감정도 없는 하찮은 뼈다귀 덩어리인 것처럼 멋대로 다룬다.

나는 홀로 있다. 세상은 웃고 즐기며 떠들어대는데, 나는 여기 혼자 있다. 오직 내 몸뚱이만 혼자 있다. 무엇도 원하지도, 요구하지도 않는다. 그냥 죽고 싶을 뿐이다. 그렇지만 그들은 거부할 것이다. 그들은 내가 흔적도 없이 사라지게 두지 않을 것이다. 나는 고통 받아야 하고, 쓸데없이 고집이나 부리면서 이 사람들, 병동들, 강제로 구속당해야 하는 이 공동체에 대해 구역질을 해대며 저주를 퍼붓고 있는 어리석음을 철저히 깨달아야 하기 때문이다. 하지만 그들은 도대체 무엇을 믿는가? 저 가증스러운 협박에 결국 나는 굴복할까? 자신들이 저지르는 혐오스러운 짓거리에 대해 전혀 아랑곳하지 않는 것 같다. 그들은 자신들에 대해서는 조금도 신경 쓰지 않는다. 이 벽들, 이 감옥 밖에서는 그들이 이곳에 있는 죄수들의 영혼이 별수 없이 그들을 따르도록 강요하는 짓거리에 대해 전혀 모른다. 하지만 사람들은 정말로 두려워하고 있으며, 자신들이 잊고 있었던 수많은 혐오를 절실하게 느끼고 있다. 그것은 아주 간단하고 쉬운 일이기 때문이다.

아직 날도 저물지 않았지만, 나는 벌써 이 고요함이 두렵다. 숨쉬기가 너무 힘들다. 방 한가운데 덩그러니 홀로 서 있다. 주위의 모든 것이 돌아간다. 발밑에서 돌바닥이 갈라지며 열릴 것만 같다. 침대가 어디에 있지? 널따랗다고 할 수 없는 이 골방 안에서 침대를 찾을 수 없다니……. 말을 하고 싶다. 무엇인가를 요구하며 큰소리로 외치고 싶다……. 내 목소리가 목구멍 깊숙한 곳에서 바짝 말라버렸다……. 물, 물이 어디에 있었지? 그냥 이대로 잠들었으면 좋겠다. 숨 쉴 공기가 부족한 것 같다. 순간 쓰러져버린다. 맨바닥은 정말로 차갑고 단단하구나!

극심한 고통과 증오심에 흐느껴 울다가 지쳐서 온몸이 얼음처럼 꽁꽁 언 채로 잠든 나를 발견한 사람은 야간 당직 간호사였다. 방문 위에서 푸른빛을 내는 작은 조명등은 밤새도록 켜져 있다. 불안함에 떨고 있는, 잔뜩 부어오른 눈으로 의지할 수 있는 단 하나의 불빛이다. 나는 어둠이 좋다. 나를 안전하게 지켜주는 것만 같다. 그렇지만 보호받고 싶어 하는 것만은 아니다. 정확히 무엇을 원하는지도 잘 모르겠다.

간호사는 병실에 놓여 있던 미지근한 물과 하얀 알약 하나를 내밀었고, 내가 혀 밑에 약을 몰래 숨기지 못하게 검사하려는 듯 억지로 말을 하게 한다. 지금 이 순간, 그녀가 너무 싫다. 제멋대로 들어와서는, 잠시 머물러 있는 것이 아니라, 내가 '진짜 미친 사람들'이라고 부르는 사람들에게 하듯 나를 함부로 다루기 때문이다. 다른 날 밤에도 그녀는 언제나 유령 같았고, 덧없는 존재였으며, 감히 이곳에 들어올 수 없었다는 것을 나는 잘 알고 있다. 아무튼 이걸로 오늘도 끝날 테니, 내일부터는 그녀가 알약이 혓바닥 밑에 남지 않았다는 것을 확신할 때까지 기다리고 있을 사람이라는 사실을 나는 절대로 잊어버리지 않을 것이다. 어쩌면 이제껏 그녀는 나를 속였거나.

다시금 문고리를 돌리는 열쇠 소리에 깼다. 약 때문인지 멍해진 머리는 돌처럼 무거웠고, 팔다리는 마비된 듯 저리고, 두 눈도 잔뜩 충혈됐다. 간호조무사가 멀쩡한 침구를 걷고 깨끗한 침대 시트를 깐다. 그녀는 한 마디도 하지 않는다. 그냥 청소를 담당하는 사람일 뿐이다. 이상하게도 이곳에 있는 사람의 시선에는 모두 소름 끼치는 번득임 같은 것이 서려 있다. 칙칙한 잿빛 스타킹 아래로 하지정맥류가 불거진 그녀의 다리만 쳐다보고 있다. 그래, 그녀는 아마 늙고 못생겼을 것이다. 하지만 거리를 마음대로 산책할 수도 있고, 집에 돌아갈 수도 있다. 지금은 내가 꿈에나 그리는 책을 손에 들고 앉아 있을 수도 있고, 영화관에 가서 영화를 내리 세 번쯤 연속해서 볼 수도 있다. 물론 처음에는 배우들을 보고, 그다음에는 대사를 듣고, 마지막은 잘 이해하려고 애쓰면서 말이다……. 그녀는 어쩌다 이런 직업을 갖게 되었을까? 도대체 무슨 이유로 이 미친 아이들과 마주쳐도, 정신병의 역겨운 악취를 등 뒤에 달고 살면서도, 얼굴 한 번 찡그리지 않을까?

미친 것도 아닌데, 그들은 왜 나를 이곳에 감금했을까? 나는 미치광이처럼 벽을 두들겨대지 않는다. 벽을 두드린다고 해서 정신병이라는 것은 아니다. 다만 설명해주지도 않았다. 이 사람들은 언급조차 하지 않았던 바로 그것을 아주 두려워하는 것 같다……. 나 역시도 그것이 두렵다. 사람들이 나를 정신병자처럼 취급하길 바라지는 않기 때문이다. 그들은 아무 말도 하지 않았지만, 그들의 행동 하나하나가 더 깊게 생각할 수 없는, 혹은 생각이라는 것을 아예 제거해버린 아이를 대하는 듯하다. 그러니까 그들은 나 자신을 스스로 혐오스럽게 여겨서 결국엔 나도 그들처럼 생각하게 되기를 바라고 있다. 다른 사람들이 모두 게걸스럽게 먹어댈 때도 전혀 배고픔을 느끼지 못하는 것은 일종의 범죄 행위이고, 사람들이 이 세상에서 유일하고 가치 있는 일인 것처럼 접시에 덤벼들 때 그들을 경멸하듯 쳐다보는 것을 정신병이라고 부르나? 그런 사람들을 감금한다고 해도 그들도 더는 살아갈 수 없을 것이다……. 아니다! 그들이 나를 자신들처럼 만드는 것을 원하지 않으며, 물론 그렇게 되고 싶지도 않다. 그들은 이내 낙담하여 의욕이 꺾일 것이며, 결국 나를 저 밖으로 내동댕이치게 될 것이다.

이번에 문을 열고 들어온 사람은 오전 담당 간호사다. 버터를 잔뜩 바른 빵과 커피 잔 사이로, 빈정대는 듯한 그녀의 미소를 바라보고 있다.

"아, 잘 잤어?"

아니 뭐야, 그러니까 잘 잤는지를 물어보면서 조롱이라도 하려고?

"어제저녁에도 먹은 것이 거의 없지? 진료 기록부를 보니 그렇다는데. 그런데 왜 그렇게 많이 울었던 거니?"

그들은 내가 행동하는 것을 모조리 기록한다. 의사가 회진할 때마다 읽어댄다. "8시 10분에 소변을 보았고, 쌀밥을 두 숟가락 먹었으며, 새벽 3시쯤에 화장실에 가려고 일어났군." 처음엔 그런 것이 정말 놀라웠다……. 도대체 무엇을 믿는 걸까? 진짜 이상하다. 그들은 정말 이상하다. 내가 원하는 대로 그들을 속일 수도 있다. 따라서 그들은 내가 무슨 생각을 하는지 결코 알 수 없으리라.

충혈된 파란 눈을 바라본다. 참 못생겼다. 머리는 아주 작지만, 몸은 정말 뚱뚱하다. 나도 모르게 웃음이 나온다. 하지만 열쇠를 가진 사람은 바로 이 여자다. 그녀를 보면 웃음이 나오지만, 갇혀 있는 사람은 나다……. 맛없어 보이는 묽은 커피와 불결한 버터를 처바른 빵 조각에 내가 손끝이라도 댈 거라고 믿고 있는 걸까? 시선을 두 손에 고정한 채, 고개를 잔뜩 숙이고, 눈물로 공격할 준비를 한다……. 그녀가 짜증내는 것이 느껴지고 아무짝에도 소용없는 말을 잔뜩 퍼부어대지만, 나는 아무것도 귀 기울여 듣지 않으려 한다. 특히나 식판은 조금도 건드리지 않는다……. 그녀의 목소리에 화가 잔뜩 묻어났다. 내 턱을 치켜들고 잠시 멈칫하더니, 이내 짜증을 부리기 시작했다.

"임상 담당 과장님께서 오늘 너를 면담하러 오실 거야. 결코 만만한 분이 아니시거든. 어디, 계속 못되게 굴 수 있을지 두고 보자고. 지난 한 달 동안, 넌 1그램도 몸무게가 늘지 않았어. 늘 다른 사람들을 속이려고만 들잖아! 네 몫의 빵이 싫다고? 할 수 없지. 그따위로 계속 고집 피워봐. 하지만 알다시피, 그래봐야 얻는 것이라곤 아무것도 없어. 그럴수록 여기에 더 오래 머물게 될 테니까. 그것뿐이야."

그녀는 언제나 나를 구역질나게 하고, 혐오감을 일으킨다. 그녀가 복도에서 방황하고 있는 미친 아이들에게 도대체 무슨 짓거리를 하는지, 이 여자와 같은 침대를 쓰는 남자는 과연 짐작이나 할까? 그 사실을 알게 되면 그녀에게 손도 대기 싫을 텐데. 끔찍할 만큼 혐오스러운 여자와 어떻게 사랑을 나눌 수 있겠어? 그는 틀림없이 변태성욕자일 것이다. 그 남자도 아침마다 성인 병동에 나타나는 정신과 의사에게 치료를 받아야 할 것이다. 좀 전에 이 여자가 내게 말한 바로 그 의사한테 말이다…….

다시 나 혼자 남았다. 하지만 이건 위로와도 같다. 그렇다, 고독이라는 것은 참 아름답다. 그들이 문고리에 열쇠를 넣어 돌리지 않길 바라는 만큼, 이 깊은 지하 감방 같은 곳에 내가 있다는 사실 자체를 제발 잊어버렸으면 좋겠다. 그래서 그들이 식판으로, 혹은 말로 나를 다시는 경멸하지 않기를 바란다. 당신들의 세상은 알아서들 잘 감시하라고. 내 말을 들어. 당신들에게는 좋은 곳일지 몰라도, 나는 절대 받아들이지 않을 테니까. 그건 진실이 아니라고, 그건! 그러니까 나를 제발 내버려둬! 이대로 놔두라고…….

비열한 인간들이 그렇게나 많다는 걸 몰랐다. 나도 의심은 했지만, 그런 쓰레기 같은 인간들을 지켜보면서 온갖 증오를 퍼부을 자격도 없었다. 그래서 그들이 다른 사람들의 육체와 정신을 소유할 권리를 갖게 된 것이 아닐까? 이토록 정신병자가 많다는 사실이 새삼스레 놀랍지도 않다.

그들이 나를 죽게 내버려두기만을 바라고 있다. 내가 원하는 대로……. 본인들의 의도와는 상관없이 이런 식으로 고문해야 그들이 살아갈 수 있다는 것은 잘 알고 있다. 하지만 감시를 통해 그 삶을 부당하게 가로채는 것이 더욱 끔찍한 일이 아닐까?

나는 삶을 요구했던 적도 없고, 이제는 원하지도 않는다. 나도 이제는 선택할 수 있는 권리가 있다. 이제 와서 어머니가 피임하지 않았다는 사실에 대해 내가 할 수 있는 일은 없다. 나의 '아버지'와 '어머니'가 만든 '그것'을 이제부터 내가 파괴하는 일은 너무 당연하다. 그들은 나를 위해 그렇게 했다고 말한다. 그러면서 왜 내가 선택하게 내버려두지 않는 것일까? 내 생각 따위는 아랑곳하지 않은 채 그들은 자신들의 '물건'이 감시당하기를 바라며, 자신들은 결코 느낄 수 없는 커다란 슬픔 따위는 거짓으로라도 꾸미려 들지 않는다. 사람들은 늘 이런저런 상황을 탓하고 청소년들의 배은망덕한 행위와 무분별함을 비난하지만, 어떤 부모든 자기 자식에 대해 아무것도 알지 못한다는 사실을 도통 믿으려 들지 않는다.

"그러지 마, 곧 잘될 거야!" 그들이 하고 싶은 말은 바로 이것이다. 그렇지 않은가? 어떤 의식에 한번 사로잡히면 결코 멈출 수 없다. 내 의식도 멈춰지지 않을 것이다. 하지만 나는 당신들처럼 무기력하고 어리석으며 고집불통이 되고 싶지는 않다. 나도 역시나 무기력하고 어리석으며 지독한 고집불통이기는 하지만, 그건 당신들이 정해놓은 문맥에 충실히 따른 탓이다. 당신들의 미사여구 따위는 무섭지 않으며, 당신들이 정말로 두려워하는 죽음도 마찬가지야! 이 명백한 위협 앞에서 두려워 온몸을 떨고 있는 당신을 잘 보라고!

그래, 나도 알고 있어. 당신들 역시 나를 경멸한다는 것을. "저 계집애 좀 보라고, 정말 성질이 사납다니까. 겨우 열세 살밖에 안 먹었다는데! 저런 딸내미라면 없는 편이 나아! 저런 못된 여자애는 누구든 괴롭히고, 게다가 얼마나 반항적인지 몰라! 자식들 때문에 대가를 톡톡히 치르게 된다는 말이 이런 경우라고!"

죽음과도 같은 고요. 이보다 굉장한 것은 없다. 내 앞에 남겨진 한없이 많은 시간, 하늘과 땅, 그 끝까지 이어지며 결국 내가 알아내야 하는 끝없는 하나의 길. 움직이고 말하고 살아가는 것마저 이제는 생각대로 할 수 없다는 현실에 온몸에 소름이 돋는다……. 마침내 그들은 내 생각을 강철과 무쇠로 만든 고정 틀의 아가리에 꽉 물리는 데 성공한 것 같다는 느낌이다. 수많은 것들과 뒤엉킨 하나의 도발처럼 이런 의문 하나가 내 속에서 터져 나오고, 지금 현실의 말과 서로 충돌하고 부딪힌다. '자유', '감옥', '정신병', '세상', '금지'.

죄수가 되어버린 아이들이 발작하듯 울부짖는 소리가 들린다. 바보 같은 소리인지는 몰라도, 그들을 본 적은 없지만 정말 싫다. 아니, 그 미친 아이들을 꼭 만나야 할 이유 같은 건 없다. 그러나 나 역시 미쳐 있다고들 한다. 그러니까 더 그래야 하는 것이 아닐까……?

그녀가 문고리에 열쇠를 넣고 돌린다. 전에 나는 그녀를 만난 적이 있다. 그녀가 정말 싫다. 두렵기까지 하다. 커다란 키에 꽁지머리를 하고 있어서 군대의 부사관처럼 보인다. 또 커다란 가죽 장화를 신고 있으며, 코에 삽입하는 유동식 투입용 비위관鼻胃管을 들고 나를 위협하려는 듯했다. 그녀는 의자에 자리를 잡고 앉았고, 나는 귀퉁이에서 잔뜩 웅크리고 있었다. 아이들을 진정시키기 위해 침대에 매달고, 진료 기록부에 바보 같은 점수나 매기며, 얼굴을 씻으러 갈 채비를 할 시간이 딱 몇 분 남았는지까지 정확히 적으려면, 그런 일에는 그녀가 제격인 것 같다. 그러나 내게는 아무 짓도 하지 못할 것이다. 조심해야 한다. 곧 그녀는 화를 낼 것이다……. 이런 젠장, 그녀가 먼저 상냥함을 시도한다. 그 목소리가 정말 꿀처럼 달콤하다. 하지만 그런 짓거리도 더는 먹히지 않을 것이다.

"좀 어떠니?"

내가 무슨 대답을 하길 원하는 것일까. 최상의 상태라든가, 이따위 병실이 내 마음에 쏙 들었다는, 뭐 그런 대답을 원하는 건가?

"그래, 좋아. 별다른 증상은 없어 보이는데? 도대체 뭐가 잘못되었다는 거야, 뭐가?"

아니지, 나는 당신에게 대답하지 않을 거야. 당신과 대화하고 싶지 않다고. 아무것도 말하지 않을 거라니까. 당신은 내게 말하라고 하면서 나를 조롱하고 있다고. 당신의 '도움' 따위는 원하지 않으니까, 그런 건 알아서 잘 간직하셔……

"좋아, 대답하고 싶지 않구나? 의사 선생님들 말씀이, 네가 한 마디도 대답하지 않았다고 하시던데. 새로 오신 의사 선생님도 마음에 들지 않았니? 대답해봐!"

이제 됐다. 그녀가 슬슬 신경질을 내기 시작한다. 뜻대로 되지는 않지만, 그녀는 스스로 진정하려 애쓴다. 그녀는 나를 정말 바보로 취급한다.

"그래, 너는 왜 대답하지 않는 거니? 차라리 다른 의사 선생님이 왔으면 좋겠니? 그러면 말할래?"

아니, 나는 말할 필요가 없다.

"바보처럼 굴지 마. 아니면, 너는 여기에도 있을 수가 없어."

바로 내가 원하는 거야. 나는 여기 있고 싶지 않다.

"됐어, 슬슬 화가 나려고 하는군. 그동안은 내가 너무 친절했던 것 같구나. 네가 여기 온 지 한 달 동안, 1그램도 몸무게가 늘지 않았어. 이제부터는 나도 어쩔 수 없이 아주 못되게 굴 거야. 일주일 뒤에도 몸무게에 변화가 없으면, 네게 유동식 비위관을 처방할 거야. 원하든 말든 상관없어. 네 의견 따위는 물어볼 필요도 없으니까."

아! 그렇구나. 이제껏 그들이 원했던 것이 바로 이것이었구나!

"네가 현명하게 굴지 않으니, 다른 사람들이라도 너를 위해 그렇게 해줘야지."

바로 이런 것을 현명해진다고 하나? 결정적으로, 현실에 대한 개념이라곤 전혀 없으면서!

"너를 죽게 내버려둘 순 없어. 자살도 금지되어 있으니까."

참 유감스러운 일이네.

커다란 안경과 눈 화장 너머로 나를 협박하고 있는 그 여자의 두 눈을 보았다. 저런 것을 달리 어디에 써먹을 수 있을지 궁금하다.

아니지, 의사 선생, 당신은 나를 소유할 수 없을 거야. 당신도 역시 성질 고약하고 늙어빠진 계집일 뿐이야. 아주 못된 계집애 말이야.

"만회할 시간을 일주일 줄게. 그때 다시 올 거야. 내가 허투루 말한다고 생각하지 마라. 늘 이러는 사람이 아니라고."

아무렴 어때. 그녀가 오든 말든, 젠장, 내 알 바가 아니다. 추잡한 할망구 같으니라고. 사실 그녀는 욕먹을 가치도 없다.

내가 더 숙고하게 하려고, 침대 맞은편 벽에 가로축에는 날짜를, 세로축에는 체중을 적은 모눈종이를 붙이고는, 지금 내 몸무게를 커다란 검은 점으로 표시했다. 그 표시는 악의를 품고 있어서인지 저절로 눈살이 찌푸려지고, 밝은 빛에 눈이 부시듯 부어오른 두 눈을 마구 찔러대며 괴롭힌다. 나는 비명을 지를 용기도 없고, 그럴 힘도 없다. 나는 오직 죽음만을 꿈꾸는데, 그들은 그조차도 못하게 방해한다. 내게는 바란다는 것을 스스로 알아차릴 의식도 없다는 듯이 말이다. 게다가 그들은 나의 바람마저 비웃는다. 그러나 그들은 나를 이토록 미워하면서 도대체 왜 살아가기를 원할까? 잘 모르겠다. 검은 점에 내 두 눈이 절로 짓무른다.

다시는 울고 싶지 않다. 이제는 전부 말라버렸다. 두 눈도, 생각마저도 장작개비처럼 메말라버렸다. 시선을 집중하면, 정신은 텅 비어간다. 모든 것이 텅 비어가지만, 고집스러운 문장만은 남는다. "그들은 나를 소유할 수 없으리라." 물론 나도 거짓이라는 걸 잘 안다. 그들은 끝내 나를 복종시킬 것이다. 열쇠를 가진 사람은 결국 그들이고, 더 미친 사람도 그들이기 때문이다. 내가 정말로 미워하던 세상도 이젠 내 곁에 남아 있지 않다. 그러나 세상은 저기에, 저 문 뒤에 있다. 세상은 악취를 풍기는 역겨운 공기로 대기를 가득 채우며 멈출 수 없을 만큼 구역질이 일게 했다. 그들이 소리 높여 질러대는 빈정거리는 듯한 목소리가 벌써 들린다. "이곳이 어지간히 마음에 드나 보지. 여기서 나가기 위해 아무 짓도 하지 않으려는 것을 보니. 적어도 여기에서는 정말 널 싫어하는 사람들이 괴롭히지 못할 테니까." 도대체 무슨 대답을 원하는가? 이젠 말대꾸할 힘도 없다. 그저 자신에게만 말한다. 내게 남겨진 것은 그것뿐이다.

소리도 듣지 못했는데, 그 남자가 벌써 들어와 있다. 그의 작은 두 눈은 각진 안경에 감춰져 있다. 이 인간도 역시 열등감을 가지고 있는 듯하다. 머리가 거의 천장에 닿는다. 그런 이유 때문인지, 들어오자마자 그는 항상 의자에 앉는다. 회진 때문에 녹초가 된 것도 아니면서……. 우선 의자에 털썩 주저앉더니, 팔짱을 끼고 한 손으로는 턱을 받친다. 숱이 많고 곱슬곱슬한 머리카락 뭉텅이, 지나치다 싶을 정도로 육중한 몸집. 사람들을 강제로 먹이려는 '힘을 쓰는 힘'을 얻으려고, 그는 틀림없이 음식 접시에 대한 강박관념에 사로잡혀 있을 것이다. 게다가 지나칠 정도로 상냥하고 부드러운 목소리, 여성스럽다고 느껴지는 행동거지. 틀림없이 동성애 성향을 갖고 있을 거야. 그래, 인턴 선생, 그렇지 않으신가?

내 말문이 봇물 터지듯 쏟아지기를, 그만큼은 아니어도 겁먹은 감사 인사라도 건네주기만을 기다리는 듯하다. 그것도 아니면 아주 소심한 질문이라든가, 아무튼 고집스러운 침묵만 아니라면 어떤 것이든 상관없다는 식이다. 그는 인내심으로 무장한데다가, 맥풀린 얼굴이야말로 계속 평온하게 기다리는, 짜증이 저절로 일어나는 인내심 그 자체이다 보니…….

"자, 오늘은 좀 어떠니?"

나를 잘 알고 있다는 듯이 확신에 찬 목소리로, 그는 이런 질문을 던진다. 예전에는 내가 대답이라도 했다는 듯이 말이다. 이어지는 긴 침묵. 이 간수 같은 인간은 자신을 안전하게 보호해주는 벽 뒤에 숨어서, 희귀한 짐승 또는 금지된 책인 것처럼 나를 줄곧 감시하고 있다는 것을 잘 알고 있다. 제발 좀 꺼져버리라고! 그의 고집스러운 태도와 형편없는 머리 모양으로 짐작해보건대, 그는 틀림없이 환자들보다 더 미쳤다. 내가 아무것도 대답하지 않으리라는 사실을 잘 알고 있다. 당연히 잘되지 않을 것이다. 마음과 정신에 대해 잘 안다는 전문가를 자처하면서, 도대체 그는 왜 이해하지 못하는 것일까? 아! 그는 진정으로 알고 있다는 듯한 태도를 보인다! 시험을 치르면 모범 답안지를 반드시 구해야 하는 사람처럼 말이다. 저 안경알과 커다란 테 너머에서 내 무관심으로 인해 그는 심한 굴욕감을 느끼겠지만, 나는 그를 쳐다보지도 않는다. 나는 그저 두 손 사이에 머리를 묻은 채, 장난감 만화경 속에 들어 있던 요란스레 빛나는 돌 조각들처럼 바닥 돌판 위의 숱한 문양을 넋 놓고 바라보고 있다.

많은 시간, 그만큼 많은 날이 남아 있겠지만, 이 의사는 내 목소리를 절대 듣지 못할 것이다. 적어도 최소한의 것은 내 안에 깊이 간직할 것이다. 물론 나를 위해서 말이다. 그들이 내 전부를 가질 수는 없을 것이다. 내 목소리도, 그리고 내 생각들도, 그들은 소유할 수 없다. 결국에는 아무것도……. 그들이 이미 내 육체와 자유를 소유하고는 있지만, 내 정신은 겨우 일부분만 빼앗은 셈이다. 이 남자는 아무것도 알지 못할 것이고, 오직 나만이 알 수 있다. 모든 사람은 배신자다. 이 의사도 히포크라테스 선서를 지킬 것을 엄숙히 맹세했겠지만, 내가 싫어하는 그 끔찍하고 못생긴 여자 의사에게 이 모든 일을 곧바로 일러바칠 것이다. 물론 그 여자 의사는 결코 티를 내지는 않을 테지만 말이다. 그녀는 금세 모든 것을 알 것이다. 그것이 나를 돕는다는, '어머니와도 같은 의무'이기 때문이다. 짜증나고 불쾌하기 짝이 없는 그 모습들. 나는 다시는 그녀를 보고 싶지 않다. 여기에 있는 모든 사람이 싫다. 그들을 전부 죽여버리고 싶다. 그 인간들의 얼굴이 이상하게 한꺼번에 마구 뒤섞인다. 갖가지 모습들이 동시에 아주 흐릿하게, 혹은 선명하게 떠오른다. 온갖 악취를 풍기는 쓰레기들, 하지 정맥류가 불거진 다리를 드러낸 의사의 새하얀 가운, 간호사들이 달고 있는 볼품없고 더러운 이름표들, 약 상자들, 계속된 거부에 분통이 터져버린 정말 짜증이 난 얼굴들.

　나를 안심시키고 옹호하려는 듯한 말투로 다음번의 회진을 예고하더니, 의사는 나가버린다. 나는 좀 더 날이 선 욕설로 그를 자극했어야 했다. 마구 발길질을 해대면서 온갖 빈정거리는 말을 그 의사에게 퍼부어야 했다. 그러나 분노에 정신을 잃어버려서, 나는 결국 모든 것을 망쳐버렸다. 곧 아주 우스꽝스러운 상태로 돌아가게 될 것이다. 모든 것을 빼앗기고, 온통 발가벗겨진 채로…….

막다른 복도 끝에서 여자애들과 마주친 적이 있었다. 그 아이들의 얼굴은 하나같이 고통으로 일그러지고 겁에 잔뜩 질려 있어서, 무척이나 놀랐다. 별것도 아닌데 무척이나 소름 돋게 만드는 그들의 말을 몰래 엿듣기도 했다. 덩치가 아주 커다란, 짧은 머리 소녀는 잠시도 쉬지 않고 두 손을 비벼대고 있었다. 꼽추처럼 등은 구부정했고 심한 안짱다리였다. 그 아이는 기분 나쁜 표정을 지으며 나를 쳐다보더니, 이내 더는 못 참겠다는 듯이 웃음을 터뜨리며 마구 소리를 질러댔다. "누군지 알고 싶었어. 이 아이가 누군지 알고 싶었다고요, 선생님. 이 아이가 맞죠." 너무 두려워서 꼼짝도 할 수 없었다. 가슴 깊은 곳에서 한순간 아주 단호하고 강렬한 외침이 마구 쏟아져 나오는 것처럼 느껴졌다……. "넌 정말 어리석구나. 이 아이는 너한테 아무 짓도 하지 않을 거야. 나쁜 애가 아니라는 건 너도 알고 있잖아. 아무튼, 다른 사람들한테 아무 관심 없는 너보단 이 아이가 더 미쳤다고 말할 순 없겠지." 그래, 나도 알고 있어. 하지만 저 아이의 작고 푸른 두 눈이, 억세 보이는 하얀 두 손이 자꾸만 나를 만지려고 한다고! 나는 재빨리 도망쳤고, 그 아이는 끊임없이 똑같은 말을 되풀이하며 쫓아왔다. "누군지 알고 싶었어."

　병실의 침대와 구석 벽 사이, 그 틈으로 깊숙이 들어가 숨는다.

숨을 돌릴 시간이 필요하다. 녹초가 된 듯하다. 너무 급하게 걸었나 보다!……

이런 우스운 꼬락서니라니! 달릴 힘도, 소리내어 외칠 기력도 남아 있지 않다. 아니지, 나는 살고 싶지 않다고. 그러니까 삶을 '만끽하려고' 들지 않는 사람을 향해 다른 인간들이 함부로 비난하는 방식에 대해서는 미처 알지 못했던 것이 아닐까? 나는 이미 시체나 다름없다. 나는 자신을 천천히 해부하고 있다. 마찬가지로 이제는 정신도 빠져나가기 시작한다……. 저 계집애가 병실 문을 열려고 안간힘을 쓴다. 찡그리듯 웃음 짓는 그 낯짝이 언뜻 보인다……. 아이와 거의 동시에 달려온 간호사의 목소리, 그녀의 콧등에서 널뛰는 안경과 간호사 가운 안에서 축 늘어져 흔들리는 가슴을 단박에 알아보았다. 나는 지금 딴생각을 해야 한다. 저 간호사가 처음으로 적절한 때에 나타난 셈이다. 그리고 커다란 빵 덩어리를 내밀며 아주 단호한 목소리로 가늘고 뾰족한 얼굴을 한 계집애를 쫓아낸다. 확실히 효과가 있다.

이제는 내가 더 두려워진다. 나는 알고 있다. 저 여자는 곧바로 4인분은 되는 양이 담긴 식판을 찾으러 갈 것이고, 그것을 가지고 와서는 또다시 애걸할 것이다. 내게 감동이라도 주려는 듯 온갖 술수를 부리고, 화를 내며 협박을 해보거나, 혹은 괜히 친한 척하며 갖가지 애를 쓸 것이다. 결국에는 손끝도 대지 않은 빵과 눈물이 뒤섞인 내 몫의 커피 앞에 나를 홀로 남겨둔 채 저 문을 소리나게 닫아버릴 것이다. 참을 수 없는 딜레마……. 내 몸무게가 30킬로그램 정도밖에 안 나가는 한, 결코 이곳을 빠져나갈 수 없으리라! 그러나 할 수 없다. 이 악취만이 나를 소멸시키려는 듯이 두 눈을 찔러대고 구역질나게 한다……. 모든 것이 내 안에 얽혀 있다.

한 달이 지났다고 그들이 말했다. 내가 어떻게 알 수 있을까. 벽에 갇혀 있으니, 이제는 시간의 흐름마저 느끼지 못한다. 거의 수평을 유지하는 몸무게를 표시한 검은 선을 보면서, 또 아침마다 야간 당직 간호사의 보고서를 읽으면서, 그들은 매우 화를 냈다. "울었음. 전혀 먹지 않았음. 아무 말도 하지 않았음. 창밖을 바라봄." 그들은 도대체 부끄럽지도 않을까? 내가 그들이었다면 수천 번은 더 부끄러워했을 것이고, 수치심과 분노 때문에 상처 입었을 텐데. 그들의 터무니없는 빈정거림은 점점 극단으로 치닫고, 위협적인 눈초리로 가소로운 위협을 해대며 스스로 만족한다. "1킬로그램이라도 몸무게가 늘지 않으면 엄마를 만날 수 없어." 그러니까 매 같은 눈초리 앞에서, 기껏해야 '자신의 의무를 이행'하는 척이나 하는 간수 같은 여자, 내가 정말 그 여자를 다시 보고 싶어 하리라고 믿는 걸까? 지금까지 자신이 갇혀 있었던 것처럼 잔뜩 겁에 질린 매 맞은 개의 몰골을 하고 이 병실에 나타날 게 뻔한 그 여자를, 내가 만나고 싶어 할 거라고 그들은 믿고 있는 것일까?

밤이 되었다. 마치 침묵의 도발처럼 푸른빛의 작은 야간 조명등이 방문 위에 켜져 있다. 안뜰의 신선한 공기라도 들이마시고 싶지만, 창문은 열리지 않는다. 책을 읽을 수 있으면 정말 좋겠지만, 책은 모두 사라졌다. 여기서 겪었던 일을 자세히 적어보고 싶지만, 이 병실에는 아무것도 없다. 서랍도 없는 탁자 하나, 말끔히 치워진 침대 하나, 거대한 공허, 그리고 도발하는 듯한 조각난 하늘 한 귀퉁이 말고는 아무것도 없다.

간호사가 너무 경멸스러운 모습으로 식판을 들고 돌아왔다. 그리고 병실 문을 큰 소리 나게 닫더니 열쇠로 잠갔다. 다시금 나 혼자 남았다. 그저 남겨진 것과 함께, 나 혼자. 더 생각할 것도 없고, 이제는 바라는 것도 없다. 죽어야 한다. 처방한 수면제가 이제 성인 분량으로 늘어난 듯하다. 내가 삼키는 동안 그녀는 줄곧 지켜보고 있었고, 혀 밑에 숨기지 못하게 검사라도 하듯 10분 동안이나 끊임없이 말을 걸었다. 그들은 정말 인간 같지도 않다. 그들을 어떻게 불러야 할지는 잘 모르겠지만, 아무튼 그들을 가리킬 만한 아주 악랄하고 혐오스러운 명칭을 찾아내야겠다. 내 바람마저도 결국에는 사라져버렸다. 그들은 미친 여자에게 하듯 강제로 약을 먹였고, 구속복을 입혀 옭아맸다. 운 좋게도, 미친 사람을 매트리스 사이에 끼워 질식시켜 죽였다던 시대에는 태어나지 않았다. 아니면, 그럴 만한 행운조차 없거나. 갑자기 모든 의욕이 사라진다. 억누르기 힘든 반항심 같은 것이 문득 치밀어 올라서 마구 소리라도 질러대고 싶지만, 이제는 그럴 수도 없다. 아니, 지금 어디에 있는지도 모르겠다. 모든 것이 뒤섞인다. 병실의 돌바닥을 축으로 방이 마구 돌아가고 있는 듯하다. 꿈을 잃어버린 아이들, 세상의 흔한 정신병자들과는 분명히 구분되는 아이들을 감시하려고 다가오는 야간 당직 간호사의 목소리가 들린다. 더는 그들의 더러운 독약에 맞서 싸울 수도 없으니…… 나는 이제는 아무것도 모르겠고…… 나는…….

2

8월 말이었다. 오랜 친구인 소피와 함께 휴가를 떠났다. 돌이킬 수 없는 실수였다. 우리는 몇 달 전부터 만나지 못했고, 떨어져 있던 동안에 그 아이는 이른바 몸을 팔아 먹고산다는 언니, 그리고 이국의 낯선 풍경을 이상하게 느끼지 않을 만큼이나 중국에서 여러 해를 살았다는 어머니와 함께 살고 있었다. 그녀의 어머니는 험상궂은 눈매에 심한 조울증 증세를 보이며 빗자루로 우리를 때리기까지 했지만, 그렇지 않을 때는 온종일 잠만 잤다. 소피와 함께 출발했을 때, 나는 이미 '병에 걸려' 있었다. 며칠 지나지 않아, 소피는 불쾌한 기분을 감추지 않았다. 나를 전혀 이해하지 못했고, 식사할 때마다 보이는 내 태도를 일종의 도발이라고 여기는 듯했다. 우리 사이에는 이미 틈이 벌어지기 시작했고, 서로 조금씩 양보한다고 해도 그 골을 메울 수는 없었다.

　이런 분위기는 곧 견딜 수 없는 상황으로 치달았다. 소피의 아버지가 가장 바람직한 태도를 보였는데, 그저 아무 관심이 없는 척하는 것이다. 소피의 아저씨와 아주머니, 아주 까다로운 성격에 막무가내인 두 노인네는 더 신경 써주는 척하며 식사 때마다 온갖 신경질을 부렸다. 그러니 의기소침해지지 않을 수 있을까? 그 인간들이 한껏 격양된 말투로 고함을 질러대서, 나는 결국 기력이 다 빠지고 극도로 예민해져 매번 울기만 했다. 그러면 그 영감쟁이는 언성만 높여댔다. 밤이 되면, 이제는 말 한 마디 건네지 않고 무관심한 척하는 그 아이 곁에서 나는 기진맥진하여 울면서 겨우 잠이 들었다. 잠에서 깨어나면 얼굴은 잔뜩 부어 있고, 현기증으로 다양한 빛깔의 얼룩점이 눈앞에 어른거리며, 관자놀이는 고통과 증오로 인해 뒤틀리는 듯했다. 그 대단한 휴가의 평온함을 망치고 싶지 않았는지, 그들도 결국 못 본 척하기 시작했다. 내가 그들에게 원한 것이 바로 그것이라, 그동안 그들이 관심을 보이는 것을 극구 거부했다. 그들의 도움이란 따지고 보면, 기껏해야 온갖 음식물을 집어삼키라고 강요하는 것뿐임을 잘 알고 있었다. 내가 애써 찾으려는 것은 아니었다. 의식할 수 없고 알 수도 없지만, 그저 내 안에 깊이 감추어진 어떤 것 말이다.

일주일 뒤, 소피의 아버지는 일이 있어 파리로 돌아갔고, 우리만 그녀의 아저씨와 함께 남게 되었다. 나는 눈물을 주체하지 못하고 오열했다. 이불을 뒤집어쓰고 반쯤 소리를 죽여가며, 가슴이 미어지는 것만 같아서 분노하며 넋 놓고 흐느껴 울었다. 이런 상황을 더는 견딜 수 없었다. 둘째 주가 끝나갈 무렵, 주말에 돌아올 테니 나를 파리에 데려가달라고 소피의 아버지에게 부탁했다. 그는 내 어머니가 튀니지로 휴가를 떠났다는 것을 이미 알고 있었기에, 나는 이미 할머니와 통화했다고 둘러대며 그를 안심시켰다. "그리고 한 주 정도는 혼자 지낼 수 있을 만큼 컸다고요!"

할머니는 내가 돌아오는 것을 정말 못마땅해했다. "뭐라고, 너 혼자서 말이야! 하지만 다른 사람들이 뭐라고 생각하겠니? 다들 네 어미가 널 버렸다고 할 거야." 참 웃긴 일이다. 무엇보다, 아무도 이런 일에는 관심이 없을 것이기 때문이다. 그리고 겨우 다른 사람의 의견 따위를 이유로 들다니…….

할머니는 내가 하루에 한 번은 할머니 집으로 식사하러 와야 한다고 우겼다. 도망치려 잔꾀를 부렸지만 결국 매일같이 할머니 집에 가야 했고, 식사 시간은 끊임없이 귀찮게 따라다니는 강박관념 같은 것이 되었고, 조금도 나를 이해하려 들지 않는 이 세상에 대한 원한은 점점 더 날이 섰다. 중풍을 맞아서 마비가 온 할아버지는 잔뜩 남은 내 접시를 보면 어김없이 역정을 냈다. 그래서 내가 할머니 '남편'의 건강에 나쁜 영향을 끼칠 수도 있다며, 마침내 노인네를 설득하는 데 성공했다. 하지만 나는 좀 더 신중했어야 했다…….

운 나쁘게도 우리는 너무 가까운 곳에 살고 있었고, 할머니는 고기, 채소, 과자 같은 식품을 쟁여둬야 할 만큼 가져오기 시작했다. 물론 견딜 수 없을 만큼 훈계조의 잔소리를 듬뿍 얹어서 말이다. 할머니는 내가 어쩔 수 없는, 운 좋은 기회를 잡은 셈이다. 마음속에서 복수의 욕구가 자기 파괴적인 성향으로 변했다. 잔소리 하나하나에 나는 더 나쁜 상태가 되었고 자신을 점점 더 파멸로 몰아가고 있었지만, 할머니는 실제로는 내가 잘해내고 있다는 듯 설득하려 들었다. '아집'은 남들과의 차이를 전혀 인정하지 않는 것이다. 사람들은 이렇듯 아무것도 인정하지 않으면서, 자신들이 속한 무리를 무작정 따라야 하고 그 결과 로봇처럼 행동하게 되는 것이다. 누군가는 먹을 것을 거부한다는 사실을 왜 그들은 인정하려 하지 않을까? 그들의 접시에서 함부로 음식을 빼앗는 것도 아닌데 말이다……. 나는 그런 인간들이 정말 싫었다.

마찬가지로 이해심이라고는 전혀 찾아볼 수 없는 어머니도 온몸을 구릿빛으로 잔뜩 그을린 채 휴가에서 돌아왔다. 공항에 내리자마자 먼저 자기 '엄마' 집부터 들렀고, 단박에 내 상태를 알아차렸다. 체중계 눈금에 대한 강박에 가까운 그들의 집착에 맞서서 나는 저항해야 했다. 그들이 의기양양하게 "내 말이 맞지"라면서 나를 못살게 구는 게 딱 질색이었고, 무게를 잰다는 그 기계가 끔찍이도 싫었다. 정말 흉물스럽지 않은가? 그녀들은 결국 그 빌어먹을 것에 표시된 31킬로그램이라는 비난할 만한 수치를 보게 되었고, 당장 주치의에게 나를 데려가야 한다는 자신들의 의무를 즉시 이행하기로 결심했다. 쥐뿔도 모르는 그 비루한 늙은 의사는 나도 이미 알고 있었다. 그곳에 가고 싶지 않았다. 의사들과 진료실에서 풍겨 나오는 마취제와 알코올 냄새, '청진기'와 쏟아지는 숱한 질문들, 나는 그런 것이 정말 소름 끼칠 정도로 싫었다. '내 몸 안에 있는 모든 눈물'을 쥐어짜며 울어도 소용이 없었다. 어머니와 할머니는 기껏해야 건물 관리인이나 사람들의 비난하는 듯한 시선 따위를 두려워하며, 나를 그곳에 억지로 끌고 갔다.

뜻밖에 진단 결과는 되레 안심이었다. 그 의사는 특별히 심각한 증상은 찾을 수 없다고 말하면서, 미소를 지으며 오히려 '할머니들이 흔히 염려하는 상상병'을 탓했다. 드디어 현명한 사람이 나타났구나! 그제야 그녀들은 먹으라고 억지로 강요하지는 않았지만, 어느새 나는 진료 대기실의 단골 환자가 되어야 했다. "혈액 검사, 전혀 이상 없음." '신경 완화를 위한 물리 치료', "성장 발육 장애 증후의 소견을 약간 보이니, 다른 과 의사의 진료 요망"……. 나는 눈살을 찌푸리고 화가 난 채로 늘 대기해야 했고, 사람들은 나를 강제로 이리저리 끌고 다녔다. 게다가 한술 더 떠서, 언제나 '어머니'와 동반해야 했다. 마치 내가 분별력이 없어서 의사들의 진료와 소견을 전혀 알아들을 수 없다는 듯이 말이다. 의사들은 온갖 영양제를 처방했지만, 나는 모두 하수구에 던져버렸다. 내가 아무것도 원하지 않는다는 것을 도대체 왜 그들은 이해하지 못할까? 내 주변의 모든 사람은 번갈아가며 꿀단지가 되기도 하고, 신경질 덩어리가 되기도 했다. 배고프지 않다고 하면, 그들은 당신에게도 역시 그렇게 하지 않을까?

특히 식사 시간은 견딜 수 없었다. 거무스름한 얼굴빛의 여자, 즉 나의 '어머니'는 때로는 눈물도 지었지만, 매번 소리를 질러대며 화를 냈다. 그녀는 이런 도발을 정말 참을 수 없어 했는데, 그것은 곧 내가 아주 올바른 선택을 했다는 증거였다. 왜 나는 아무것도 이해하지 못하는 인간들과 함께해야 하는가? "도대체 너는 왜 이렇게 나를 힘들게 하는 거니, 응? 내가 너 때문에 밤새 한잠 못 자도, 너는 아무 상관 없다는 거지? 대답이라도 좀 해봐! 내 말을 듣고는 있는 거니? 대답해!" "그러니까 다 싫다는 거지? 내가 억지로라도 집어삼키게 할 거야. 이제 네 투정 따위는 지긋지긋하다고! 어디 가는 거야? 안 돼, 다 먹기 전에는 절대로 일어나지 마! 내 말 들어, 거기 있어!" "아, 내가 장담하건대, 이래서 자식은 있어봐야 아무짝에도 쓸데없다고 하는 거지. 아프든 말든 말조차 하지 않겠다는 거야." 더는 장황하게 늘어놓지 않겠지만, 이런 말에 불쾌감을 느끼지 않는 사람이라면, 내 글을 읽을 필요도 없고 읽지 않아야 할 것이다. 어차피 아무것도 이해하지 못할 테니까…….

어머니는 비난이라도 받을까 봐 두려워서, 처음에는 아무에게도 이야기하지 않았다. 그러다가 자신이 일하는 직장에서, 곤경에 빠진 모든 직원의 생각을 정리해준다고 자부하는, 사내 복지 상담사에게 결국 속내를 털어놓았다. 그 여자는 어머니에게 정신과 의사를 찾아가보라고 권했다.

의사라는 인간들은 하나같이 대가인 척하며 거들먹대는 꼬락서니렸다. "애야, 문제 될 건 없단다. 한 가지 해결 방법이 있다면 그건 바로 먹는 거야." 그들의 책상과 자질구레한 물건 뒤에서, 이를 방패 삼아 숨어 있는 그들의 모습은 정말 우스워 보였다. 그들은 심각한 척 온갖 어리석은 질문을 해댔다. "이건 실연의 아픔 같은 것은 아니야. 잘 알고 있겠지만, 뭔가 다른 일을 찾아보는 것이 좋을 듯한데……." "엄마 말씀은 잘 듣는 편이지?" "아빠가 떠나버린 게 신경 쓰였던 거니?" "네가 너무 뚱뚱하다고 생각하니?" "사내아이가 되면 좋겠어?" 나도 그렇지만, 그들도 역시 어설프게만 보였다.

나는 그냥 무관심한 척하기로 했다. 그들이 훈계조의 설교를 한도 끝도 없이 읊조리는 동안, 나는 지극히 정상이고 여기까지 나를 억지로 끌고 온 사람은 어머니라는 것을 설명하기 위해 나름대로 치밀한 대답을 마음속으로 준비했다. "맞아요, 사실 내가 많이 먹는 편은 아니지만, 왜 있잖아요, 어머니들이란 늘 걱정이 많으셔서……." 하지만 나도, 상대방도, 그리 잘하지는 못한 것 같았다. 나는 설명하려는 시도를 그만 거부해버렸고, 그들도 훈계라는 진창에 빠져버린 듯했다. 의사들이 그토록 알고 싶어 하는 것을 말해줄 수는 없었다. 그러면 내가 비밀을 털어놓고 싶어 한다는 것을, 다시 말해, 내가 혐오스러운 진료실에 다시 찾아오고 싶어 한다고 스스로 인정하는 꼴이 될 수도 있을 테니까 말이다. 그것은 정말 내가 원하는 바가 아니었다. 내 파괴의 방식과 침묵 속에서, 언제나 자신을 더욱더 확고하게 만드는, 정말 짜증나고 아무짝에도 쓸데없는 상담이 수없이 진행된 끝에, 마침내 아주 탁월하다는 의사 선생 한 명이 결국 입원만이 유일한 해결책이라는 결론을 내렸다. 물론 어머니도 처음에는 자기주장을 굽히지 않았다. 즉, 어머니가 나를 억지로라도 먹게 할 수 없다면, 누구도 그렇게 할 수 없다고 주장했다. 그러나 어머니는 내 뼈다귀가 점차 심하게 드러나자 질겁했고, 저명하다는 정신과 전문의의 이름과 주소를 수소문했으며, 진찰료를 알아보았다. 나도 더는 반항하지 않았고, 심지어 그럴 수도 없게 되었다. 나는 의사를 가림막 너머로 얼핏 보다가, 현기증과 어지러움에 그만 정신을 잃고 말았다. 그러고는 아무것도 모르겠다. 아무것도 원하지 않는다. 그저 사람들이 음식에 대해 이야기하지 않기만을 바랄 뿐이었다. 그들은 그 짓거리를 절대로 그만두려고 하지 않겠지만 말이다.

이번에도 진료와 상담 과정은 여느 때와 비슷했지만, 최종 판결은 매우 엄격했다. 여전히 망설이던 어머니 앞에서, 그 의사는 어찌 되었든 선택의 여지가 없다고 선언했다. 그리고 내가 병원을 찾지 않는다면 당장 내일이라도 경찰이 의료 복지사와 동행하여 나를 찾으러 갈 것이며, 또 나를 이대로 '방치'해둔다면 어머니는 곧바로 살인이나 다름없는 범죄를 저지르는 셈이라고 단정 지었다.

"너만을 위한 독방을 갖게 될 거야. 당연히 너에게 먹으라고 강요하지도 않을 테고. 그렇지만 네가 이런 상태가 된 원인을 알기 위해 검사는 해야겠지. 그러면 너도 두고 보면 알겠지만, 그때쯤 되면 식욕도 저절로 되돌아올 테고. 학교 수업은 걱정할 것 없어. 그곳에는 이미 선생님도 있단다. 무엇보다 너무 많이 생각하지는 말아라.

안심해도 된다고. 너 혼자서도 잘해낼 수 있을 거야."

　아주 순진무구한 미소를 지으며, 그 의사는 이렇게 이야기했다…….

　어찌 되었든 나로서는 선택할 여지가 없었고, 물론 도망칠 만한 힘도 없었다. 게다가 그들이 말한 것이 전부 사실이라면, 그곳은 정말 천국일 테니 말이다. 정신과 의사들은 적어도 정신적 불가능을 고려했고 그런 면에서 내가 먹지 않으려 한다는 것을 어느 정도까지는 인정했지만, 금기시되는 주제에 관해서는 전혀 언급하지 않았다. 당연히 아주 멋진 일이다! 물론, 나도 정신병원에 대해 들은 바가 전혀 없었다. 그리고 육체적 질병에 걸린 환자들이 입원하는 일반 임상 병동에 입원하게 될 것이라고 당연히 믿었다. 의사들도 '일종의 기분 전환' 같은 것이라고 말했으니, 정신병자들과 함께 수용하지는 않을 것이라고 믿었다. 무엇보다 나는 미친 건 아니니까! 나는 그렇게 생각했고, 그러는 편이 그들이 나를 '소유'하려 한다고 말하는 것보다는 훨씬 나아 보였기 때문이었다.

입원이 결정된 날 저녁, 어머니는 나를 식당에 데리고 갔다. 그녀의 애인 중 한 명과 함께하는 자리였는데, 그 남자는 정말 내가 혐오하는 전형적인 유형이었다. 요리가 가득 담긴 접시를 바라보는 것은 정말 견딜 수 없었다. 아무리 뛰어난 요리사가 여러 해에 걸쳐 습득해서 혼신을 담아 잘 조리한 것이라 해도, 그런 정성을 눈앞에 두고도 그저 참을 수 없는 구역질밖에는 느낄 수 없다면 말이다. 다행스럽게도 화장실이 한숨 돌리는 피난처가 되기는 했지만, 성적 편집증자 같은 취급을 당하고 싶지는 않았기에 15분 이상은 머무를 수도 없었다.

어머니라는 여자는 이런 돌이킬 수 없는 파국 앞에서도, 행여 자신의 무관심이 드러나게 될까 봐 두려워하며 말조차 꺼내지 못하는 것 같았다. "빨리 나오려면, 그리고 나를 힘들게 하지 않으려면, 네가 똑바로 행동해야 해, 알았지? 너뿐만 아니라 나 자신에게도 아주 힘든 일이 될 거야. 당연히 너도 잘 알고 있겠지만"이라며 내게 당부했다. 확실히 그녀가 생각하는 것은 오직 자기 자신뿐이다. 이건 뭐, 누가 더 고통스러운지 내기라도 해보자는 건가! 당장에 자유를 잃어버린 것은 나인데, 갇혔다고 느끼는 것은 그녀라니, 정말 이상한 일이다!

그날 밤, 나는 잠을 청하며 탈출이라도 해볼까 생각했지만, 그런 일을 꿈꾸기에는 이미 너무 지쳐버렸다. 그리고 나는 그 인간들을 증오할 용기도, 반항할 기운도 없었고, 뼈다귀와 송장 같은 내 몸뚱이 말고는 아무것도 남아 있지 않았다. 그러나 마침내 목표에 가깝게 다가갔고, 그들이 나를 그냥 내버려만 둔다면, 이제 곧 그 목표를 이룰 수 있을 것이다! 어찌 되었든, 그들은 내 의지에 맞서 아무 짓도 하지 못할 것이다. 하긴 이런 걸 미리 생각해봤자 무슨 소용이 있을까. 어차피 전부 알게 될 텐데…….

몸을 일으켰을 때, 복도 바닥이 머리끝까지 솟구친 적이 있는가?

마구 달려가고 싶을 만큼 탁 트인 눈앞의 시야에 온갖 빛깔이 어른거리면서 말이다. 나는 복도에서 오빠를 만났고, 그냥 모르는 척하는 게 틀림없었다. "나를 병원으로 끌고 가려고 해!" 그러자 어머니는 권위적이고 냉혹한 말투로 서둘러 반박했다. "자, 이제 가자. 딴전 피우지 마. 이젠 나도 양보할 수 없어."

나는 당신이 정말 끔찍할 만큼 싫다.

차창 너머로 지나치는 모든 사람을 바라보았다. 이제 나에게는 기껏해야 15분 정도밖에는 남아 있지 않을 자유를 저 사람들은 앞으로도 오랫동안 누릴 것이다. 방향 지시등이 깜박이는 동안, 아직은 차문을 열고 뛰쳐나갈 수도 있으리라……. 두 눈이 너무 아프다. 울고 싶다. 내가 울었다면, 그 여자는 이번에는 내 진짜 눈물을 볼 수도 있었을 텐데.

"종합병원. 아동정신병동."

3

지저분한 건물. 사방으로 난 수많은 복도. 첫 번째 간호사실은 '신분증 제시를 요구'하는 세관 검사대와 비슷하다. 돌바닥에 울리는 구두 굽 소리가 살진 얼굴에 따귀라도 때리는 듯이 차지게 울린다. 두 번째 사무실에서 나는 벌써 이해하게 되었다. 이곳은 소년들의 구역이다. 뒤틀어진 팔과 다리, 험상궂은 얼굴, 겁에 질린 비명. 우리를 안내하던 간호사는 그들을 아예 쳐다보지도 않았지만 나는 눈길을 거둘 수 없었고, 이제 나를 기다리고 있는 장소에 대해 막연하게나마 알아차릴 수 있었다. 세 번째 사무실, 이곳부터가 바로 소녀들의 병동이다. 간호사는 아주 천박하고 무척이나 못생겼으며 돌처럼 차가워 보였다. 실제로는 마흔이 넘지 않았지만 행동거지는 쉰 살은 되어 보이는, 그런 여자였다. 그녀는 짙은 색의 스타킹과 발이 편해 보이는, 흔히 할머니들이 신는 신발을 신고 있었다. 정신분석을 담당한다는 여자 의사가 다가와서, 어머니를 데리고 작은 사무실로 들어갔다. 간호사는 그동안 나에게 다용도실에 들어가 있으라고 했다. 그곳에서 어린아이들과 소녀들이 쓸데없이 빈둥거리고 있었고, 그중 몇 명은 그림을 그리고 있었다.

나는 하염없이 눈물을 흘리며 두려움에 완전히 질려 있었다. 저기, 문 옆에 웅크리고 있는 소녀의 모습이 눈에 선하지 않은가? 그런데 이 여자아이는 어디가 이상하기에 이렇게 온몸을 흔들고 있는 것일까? 마음에 상처를 너무 받아서 저러는 것이 아닐까? 저 위협적인 시선은 왜일까? 그리고 저 쌍둥이 소녀들……. 안 돼! 저 계집애들이 내게 다가오는 것이 정말 싫다고. 안 된다니까! 나를 만지려고 다가오는 이 아이들을 제발 좀 데려가달라고! 그러나 너희들도 아무 말 안 하는구나? 여기 있고 싶지 않아. 나는 미치지 않았다고! 그러니 제발 나를 좀 내보내줘.

나를 감시하는 '여자 간수'와 아주 얌전한 어린아이 사이에 끼여 앉아, 두려움을 떨쳐버리려고 무진 애를 쓴다. "하지만 그들은 결국 나에게 아무 짓도 못할 거야." 뚱뚱한 아이 하나가 자리에서 일어나더니, 나를 가만히 바라보며 다가온다. 뭐야, 너는 멀쩡한 사람을 본 적이 없는 거야? 도대체 뭐가 궁금한데? 그 아이는 이미 정해진 길을 따라서 걸어오는 것처럼 보였다. 먼저 탁자 주위를 따라 원을 그리듯 한 바퀴를 돌더니, 내 곁으로 아주 바짝 다가왔다. 꽃무늬가 있는 짧은 옷을 입고 있는데, 핏줄기가 그 아이의 정강이를 타고 흘러내리고 있었다. 나는 그것을 보고 소스라치게 놀랐고, 순간 구역질이 났다. 정말, 탁자 밑으로 숨어버리고 싶었다. 하지만 간호사는 전혀 개의치 않았다.

"괜찮거든. 잘 봐두라고! 있잖아, 여기는 그저 감정에 따라 움직이는 곳이 아니야! 조금만 있어봐. 바깥에서의 삶이 한낱 꿈에 불과했다는 걸 이내 알게 될 거야!

그리고 너, 너는 생리할 때도 생리대를 요구할 권리가 없어. 아무튼, 이 점에 대해 이미 분명히 말했을 텐데! 자, 가자. 어찌 되었든 너를 이 상태로 놔둘 수는 없을 것 같구나."

그 간호사가 자리를 떴다. 이제 나는 다른 방향으로 향한 이 복도를 따라 달아날 수도 있는데……. 하지만 너무 늦어버렸구나! 정신분석의가 이번에는 나를 찾으러 와 있다. 이 여자 의사의 상냥한 척하는 태도는 정말 마음에 들지 않는다. 당신은 나를 소유할 수 없다고. 아니, 당신들은 나를 소유할 수 없을 거라고!

그녀는 자신의 아주 작은 상담실로 나를 이끌었다. 가로세로 각각 3미터 정도, 약 9제곱미터쯤 되어 보이는 정사각형의 방. 아마 한 사람쯤 더 들어온다면 남은 공간이라곤 없다고 보면 될 것이다. 잘 알고 있겠지만, 사실 여기에는 쓸모없는 공간이 너무 많은 것 같다! 나는 언뜻 녹음기 전선을 보았다. 기록해둘 필요가 있구나. 이 여자 의사의 기억만으로는 충분하지 않다는 뜻이겠지. "당신 목소리나 녹음하시지 그래. 자기 목소리가 어떤지 궁금해서라면 몰라도, 이런 것은 모두 쓸데없는 짓이야. 절대로 내 목소리를 듣지 못할 테니까! 나를 이곳에 강제로 감금했다고 해서, 내가 벽에 머리라도 처박으며 자해라도 하리라고 믿고 있는 것 같은데. 그러는 편이 나를 미친 사람 취급하기에 더욱 효과적이고 쉬울 테니까! 차분하고 침착한 당신의 태도에 사람들은 틀림없이 화가 나서, 한순간도 참지 못하고 당신에게, 바로 그 낯짝에다 대고 울분을 터트리겠지. 그러면 그런 것들이 마이크를 통해 고스란히 녹음될 테고! 그렇지만 나는 아무것도 대답하지 않겠어. 나에게 질문을 해봤자 아무 소용 없다고. 그런 어리석은 질문 따위에는 말이야"라고 이야기해주고 싶었다.

"자, 너는 왜 그런 행동을 했는지 알고 있니?"

무엇을 했다고? 나는 아무 짓도 하지 않았다.

"왜 너는 음식물을 거부하는 거니?"

나는 그런 적이 없다.

"어떤 생각이 있는 거니?"

그런 것 없다.

"내 생각에는 분명히 있을 것 같은데, 그렇지 않니?"

이제 곧 혼자만의 일인극이 시작될 것이다. 그러니까 녹음테이프가 다 끝나버리지 않도록 주의하시라. 나는 대답하고 싶지 않다. 나에 대해 그 어떤 것이든 당신이 알게 되는 게 싫다. 당신의 도움

따위는 필요 없어. 나는 아프지 않다고. 그리고 당신도 잘 알고 있잖아. 그러니까 당신에게 대답할 필요가 없다는 것이다.

…….

"아빠가 떠났을 때, 너는 아무렇지도 않았니?"

…….

"그러면 엄마는 무엇을 했지?"

…….

"외출은 자주 하니?"

…….

"왜 틀어박혀만 있었니? 엄마 말로는, 말도 하지 않으려고 하고 만날 네 방에 틀어박혀 책만 본다던데, 맞니?"

…….

"왜 친구들을, 아주 친한 친구를 만나려고 하지 않지?"

…….

"남자 친구는 없었니?"

아주 긴 침묵이 흐른다. 그녀는 진저리가 나도록 벽에다 대고 질문을 한 셈이다. 나는 눈물을 흘리며 바닥만 내려다보고 있다. 그녀의 침묵에 이제 나도 슬슬 짜증이 난다. 하염없이 미소만 짓고 있는 그 여자를 때렸어야 했다.

당신은 나를 소유할 수 없어. 나를 치료할 사람은 당신이 아니야. 나는 누구에게도 빚진 것이 없어. 당신은 나를 소유할 수 없어. 아무도 나를 소유할 수 없다고!

"너, 말하고 싶지 않구나? 별일 아니야. 첫날에는 보통 그렇거든."

나는 아무것도 대답하지 않을 것이다, 오늘도, 내일도, 앞으로도 영원히! 불쾌한, 마치 형무소의 간수와도 같은 당신을 나는 경멸한다. 당신이 혐오스럽다. 당신은 더러운 독사와 쏙 빼닮았다. 그러니 당신을 짓밟아 죽여버릴 것이다. 나도 역시 복수하고 말 테다!

"며칠 뒤에 너를 다시 만나러 갈 거야. 이제부터 시간을 두고 곰곰이 생각해보렴. 넌 잠옷 차림으로 병실에만 머물러 있어야 할 거야. 책을 읽을 수 있는 권리도, 무엇이든 간에 할 수 있는 권리가 없어. 안정만 취하도록 해. 네 몸무게가 조금이라도 늘어나게 되면 그때 가서 다시 생각해보자고. 하지만 지금으로선 이럴 수밖에 없어. 동의하는 거지?"

물론 아니지. 무슨 대답을 원하는 것인가? 당신들의 형무소가 내 마음에 쏙 든다는 그런 대답 말인가? 당신이 조금 전에 말한 몸무게를 나는 원하지 않으며, 또 그렇게 늘어나지도 않을 것이다. 나는 지금 이대로가 좋으니, 당신들이 주는 배식 따위에는 아무 관심도 없다. 그건 당신들이 알아서 잘 보관해두라고!

간호사가 내 방을 가리키고는, 그 문고리를 열쇠로 잠갔다. 있을 수 없는 일이다! 그들에게는 이렇게 할 수 있는 권리가 없다. 그들은 이럴 권리를 가질 수 없다. 그들은 왜 내가 편안하게 죽을 수 있게 내버려두지 않는 것일까? 그들에게 나는 아무 해도 끼치지 않았다. 아무 짓도 하지 않았다. 그런데 그들은 열쇠를 채워 나를 감금한다. 마치 내가 살인이라도 저지른 것처럼 말이다. 내 말을 들어주는 사람은 아무도 없다. 오직 나 혼자뿐이다. 영원히 나 혼자다. 그들은 이 감옥에서 영원히 나 혼자 살아야 한다고 강요한다. 잘 알겠는가? 영원히 말이다.

나는 기진맥진하여 쓰러진다. 한순간 눈물이 터져 나온다. 흐느낌에 숨이 막혀 죽을 지경이다. 차라리 그랬으면 좋겠다! 그렇게만 된다면 그들은 나를 소유할 수 없으리라!

내가 가져온 가방에서 꼼꼼히 챙겨 온 책을 찾았다. 책을 찾아야 한다. 그들이 가져가버렸다! 그런데 왜 그랬을까? 내가 책을 읽는다고 해서 도대체 그들에게 무슨 짓을 한다는 것일까? 그들은 내게서 책을 빼앗을 권리가 없다. 그들은 내 물건을 함부로 뒤지고 검사했다. 잠옷만 남겨놓았다니! 바둑무늬를 넣어 불투명하게 만든 저 창문을 깨뜨려버리고 싶다. 저 창을 통해 밖을 바라보는 것조차 할 수 없었다. 그들은 혐오스럽고, 정말 인간도 아니며…… 그들을 지칭할 만한 적절한 단어를 도통 찾을 수가 없다! 그런 말은 아예 존재하지도 않을 것이다.

침대 머리맡에 남아 있는, 간신히 기어들어갈 수 있을 만큼 좁은 틈으로 몸을 숨긴다. 나는 그들이 마련해주었다는 이런 더러운 잠자리를 원하지 않는다! 두 눈이 너무 아프다. 잔뜩 부어오른 눈꺼풀 아래, 움푹 꺼져버린 두 눈이 간신히 떠진다. 별거 아니다. 사실 사방에 막힌 벽 말고는 딱히 쳐다볼 것도 없고, 그마저도 혐오스러울 뿐이다.

그들은 정말로 자기들의 감옥에 나를 가두었다고 믿는 것일까! 게다가 머저리 같은 그들과 내가 다시는 상종하고 싶지 않다면 그들은 대체 무엇을 할 수 있을까? 이 집단, 이 머저리 같은 무리, 이 머저리 같은 이유, 이 머저리 같은 삶이라니! 그들은 아무것도 할 수 없다. 나를 감금해봐야 아무 소용 없다는 것을 결국 이해하게 될 것이다! 어리석다는 면에서도 내가 훨씬 더 고집스럽다는 것을 곧 알게 될 것이다. 그러니 그들이 어리석다는 것이다. 얼마나 그들이 그 지긋지긋한 삶을 사랑하는지 당신들도 잘 알고 있을 것이다. 그런 삶을 연명하기 위해서라면, 그들은 어떤 대가도 치를 준비가 되어 있으리라! 그런데 도대체 무엇을 위해서인가? 그들의 더러운 음식물, 더러운 성행위를 위해서. 더러운 권력, 의사로서, 혹은 담당자로서의 권위를 지키기 위해서인가! 그들이 자동차를 운전한다고 하자. 운전하는 것이 너무 재미있다. 좌회전하다가 그만, 꽝! 사고가 났다. "고객님의 통장 잔액은 10만 프랑입니다." 그는 벌금을 내지 못하므로 감옥에 갇힐 것이다. "당신이 돈을 구하게 되면, 바로 석방될 것입니다." 그러나 감옥에 갇혀 있으면서 어떻게 돈을 벌 수 있겠는가? "불법으로 개비 담배라도 팔 수밖에 없을걸!"

당신들은 이런 지하 감옥에 나를 감금해놓고, 당신들 말마따나 내가 삶의 의욕을 다시 가질 거라고 어떻게 바랄 수 있지? 내게는 단 한 가지 소원뿐이다. 가능한 한 빨리 죽는 것 말이다! "그러나 안 됩니다. 당신이 원한다고 해도 여기서 나갈 수는 없기 때문입니다. 당신도 좀 더 노력할 필요가 있습니다. 어쨌든 먹는 건 그리 어려운 일은 아닙니다!" 그들은 결코 아무것도 이해하지 못하리라! 그들의 삶의 규범을 내게 강요하려고만 든다! 내게는 선택할 여지를 남겨놓지 않으면서!

주사위를 쥐고 있는 사람은 바로 나라니까. 잠깐만 기다려. 사람들이 협박하려고 이번에는 당신을 감옥에 가둘 수도 있다니까! 좀 기다려. 조심해. 당신 패를 이 칸에 놓은 것이 확실하지. 나중에 딴소리하지 마라. 내가 속임수를 썼다고 비난하지는 않겠지? 게다가 일 분 뒤에는 이미 너무 늦어. 이 게임은 곧 끝나버린다고.

아니다. 내가 내기를 할 차례는 절대로 오지 않을 것이다. 그들은 내가 탈출할 기회를 얻지 못하게 경계할 테고, 자신들의 명성과 자부심이 손상을 입지 않도록 주의한다. 나도 역시, 그런 것을 잘 지키고 싶다. 그러나 그들이 먼저 공격한다. 내가 그들의 부모를 죽이기라도 한 것처럼 말이다! 다만 그들이 나를 이대로 내버려두기만을 원한다. "너를 귀찮게 하지 않을 거야. 너에게 강요하지도 않을 거라고!"라는 거짓말을 할 수 있는 권리가 그들에게는 없다. 그런데도 그들은 감히 그럴 거라고 단언했다!

3년형을 선고한다. 내가 판사라면, 그들에게 이렇게 판결할 것이다! 그들이 이런 식으로 누구든 감금할 수 있다는 사실을 밖에 있는 사람들이 과연 알고 있을까? 다른 사람들의 의견 따위는 신경쓰지 않고, 조금 의기소침해 있다고 해서, 또는 열등감이 있어 보인다고 해서 말이다……"당신은 너무 많이 먹는다. 그것은 아주 오래된 욕구 불만에 기인한 것이 틀림없다. 당신이 강하게 원하던 것을 어머니가 먹지 말라고 금지하지는 않았는가? 그리고 당신의 경우는, 너무 지나치게 혼자만 있으려고 든다. 그건 사회에 동화되지 못하는 부적격 성향이 내재해 있다는 뜻이다. 그런 행위를 절대 하지 마라. 따라서 당신을 몇 년쯤 감금할 것이고, 그러면 당신도 훨씬 나아질 것이며, 의사소통도 한결 쉽게 할 수 있을 것이다. 물론 저 벽들과도 말이지……. 또 당신의 경우라면, 반대로 너무 지나칠 정도로 외향적인 성격이다. 지금 이 상태로 그냥 내버려둔다면 틀림없이 여러 가지 문제를 일으킬 것이고, 아마도 회복될 만한 좋은 기회를 영영 놓치게 될 것이다!"

지금이 중세시대라면, 사람들은 내가 마법을 부린다고 비난하면서 나를 장작불에 태워 죽였을 것이다. 아주 좋은 기회를 놓친 셈이다. 그것이야말로 내가 오랫동안 찾던 것이다. 나를 기다리는 죽음 곁에서 아주 짧은 고통만 느꼈을 것이다! "그렇지만, 너무 심각하게 여기고 있는 것은 아닐까, 꼬마 아가씨? 이전에도 오랜 세월 동안 수많은 사람이 지하 감옥에 갇혔었다고! 게다가 당신에게는 사람들이 미리 경고까지 했잖아. 당신이 이런 상태에서 벗어날 수 있기를 얼마나 바랐다고."

아니야, 그건 사실이 아니라고! 닥쳐. 그 더러운 목소리 내지 마! 그 꼬락서니 또한 보고 싶지 않다고. 넌 너무 위선적이야, 이 빌어먹을 놈아! 내가 먹는 게 도대체 너와 무슨 상관이 있다는 거야? 네가 관여할 일이 아니라고! 누구나 절대로 넘어서는 안 되는 절제의 한계와 이를 엄밀하게 표시하는 계기판 같은 것을 각자 가지고 있을 것인데, 그렇지 않다는 것이 곧 비정상이란 말인가? 그리고 다른 천체에서 온 외계인처럼 나쁜 인상을 주는가? 그렇다는 말인가? 아! 너는 나에게 대답하고 싶지 않구나? 대답해! 소리를 지르라고! 여기 있는 정신과 의사들이 모두 다 질러대듯 소리를 질러. 아니야, 나는 그 인간들과 다르다. 그래, 나는 그들과 똑같은 단어를 사용하고 싶지 않아! 그러니 나는 침묵할 것이다. 절대로 대답하지 않을 것이며, 그들과 같은 언어로 이야기하고 싶지도 않다. 나는 그들의 세상에 속해 있지 않아. 나는 차라리 자살을 택하겠어. 그래, 바로 그것이 내가 할 일이다. 그들은 이미 그 자살자 명단에 나를 기록해두었을 테니까.

"아! 그런다고 그렇게 울 필요는 없어. 자, 먹어. 그러는 편이 좋아. 그러고 나면 다시는 눈물 흘릴 이유도 없을 거야."

열쇠를 돌리는 소리도 미처 듣지 못했는데, 그 여자 간수가 이미 들어와 있다니! 하지만 나는 아무 소리도 내지 않았다! 그들이 감시 카메라를 몰래 설치했나 보다. 그 장비를 장만하기 위해서라도 그들은 내게서 돈을 훔쳐갔을 거야! 이 감옥에 감금할 때, 그들은 내 책을 전부 가져갔으니 말야! 나는 당신들의 더러운 식판을 더는 원하지 않으며, 저 더러운 의자에 앉아 있으려고 여기에 온 것도 아니다. 당신은 구속복을 가져오는 걸 잊어버린 것 같네. 조심해. 자칫하면 그런 일로 사람들이 당신을 감금할 수도 있으니까! 내게 이리로 오라고 강요하려고, 여기에 지금 나타난 것인가? 그거야 차차 알게 되겠지만……. 확실히, 당신은 비겁하다. 그러니까 제일 약한 사람들만을 상대로 싸우려고 드는 것이다! 아무튼, 먹으려고 지금 이 자리에 앉은 것은 아니기 때문이다. 나는 이 식판에 구역질이 난다. 이것들은 아주 불결하다. 알아들었느냐고. 더럽게 느껴진다고! 다른 아이들에게도 배급해준다는 것이 바로 이거야? 그 아이들이 미쳐버린 게 놀랍지도 않아! 당신 말이야, 그 아이들은 잘 돌보고 있어? 당신은 나를 미치게 해서 그 아이들 옆에 놔두고 싶어 하는 거지? 마치 수집품의 일부분처럼.

"자! 싫은 표정 짓지 말라니까. 이 멜론 조각 좀 봐. 틀림없이 너도 먹고 싶을 거야……."

당신이 잘못 알고 있다. 나는 그딴 것을 원하지 않는다.

"너무 많이 말하지는 않을게. 뭐, 오늘은 첫날이니까. 하지만 네가 계속 이런 식으로 굴면, 나도 화를 낼 수밖에 없어! 게다가 너도 잘 알겠지만, 네게도 별로 좋을 게 없어. 네가 더 빨리 먹기 시작하면, 그만큼 더 빨리 퇴원할 수 있으니까. 하지만 네가 아무 노력도 하지 않는 건 여기에 있고 싶어 한다는 뜻이겠지!"

당신의 꼬드김에 그만 할 말을 잊었다! 차라리 조롱거리가 되는 편이 낫겠다. 아! 아니지. 결코 이 돌바닥을 기면서 제발 내보내 달라고 애걸하지는 않겠다. 한편으로는 빈정거리면서 다른 한편으로는 흡족해하는 당신의 미소를 그만 보고 말았다. 그 미소가 입가에 이미 드러나 있다! 차라리 정신병으로 인해 다른 범죄라도 저지를 것처럼 나를 고발하는 편이 더 쉬울 것 같다! 식판에 놓인 것들은 당신이나 실컷 처먹어라. 당신은 그럴 자격이 있을 테니까. 지금 상태로 보면, 아직은 더 살이 쪄도 될 것 같으니까. 체면 차릴 필요는 전혀 없다고!

"잠시 너 혼자 있게 해줄게. 아무튼, 어떤 노력이든 좀 해봐!"

아니, 나는 그러고 싶지 않아. 늘 원하듯, 그냥 이런 상태로 남아 있고 싶어. 더러운 음식물 따위는 절대로 건드리지도 않을 거야. 당신이야 못생겼으니 이딴 직업을 가지게 되었을 테고, 아주 천연덕스럽게 자기보다 약한 사람들에게 그 앙갚음을 하는 거라고! 사실 사람들은 이런 단점을 많이는 가지고 있지 않다는 걸 명심하라고! 당신은 왜 그렇게 머리카락을 짧게 잘랐지? 미친 사람들을 돌보려고, 아니 그보다는 오히려 괴롭히려고 그랬겠지. 이곳에 오기 전에 감옥에 있지 않았어? 푸르고 매섭게 보이는 작은 두 눈과 그 조그만 얼굴이 나는 정말 참을 수 없을 만큼 싫다.

나는 이 식판을 쓰레기통에 내던져버리는 것조차 할 수 없다! 참 유감스러운 일이다! 침대의 쇠 난간에 몸을 바짝 붙여 기대면서, 간신히 내 자리로 돌아온다. 간호사가 아주 신중하게 문을 잠갔겠지만, 2분 정도면 빠져나갈 수도 있을 것이다. 저 미친 아이들에 대해 당신이 지금 알고 있는 걸 다른 사람들은 전혀 모르고 있다. 이젠 울고 싶지 않다. 당신은 그럴 만한 가치조차 없다. 그렇지만 이 창문…… 너머에는 어쩌면 길거리가 있을지도 모른다. 아니지, 그들은 그런 것마저도 격리했을 것이다. 당연히 이…… 아동정신병동에서.

눈 위에 오돌토돌한 돌기가 있는 큰 공 두 개가 놓여 있는 듯 너무 가렵다. 끔찍한 무기력에 빠져든다. 나는 '그들의' 침대에서는 결코 잠들지 못할 것이다. 틀림없이 오늘 밤 나에게 저기에 누우라고 강요할 테고, 그러고는 잠을 청하라고 억지를 부리겠지. 그것은 일종의 상실감 같은 것이다……. 왜 그들은 늘 이런 일이 틀림없이 육체의 어떤 부분이 잘못됐기 때문이라고만 믿는 걸까? 이런 '질환'은 반드시 눈물의 발작 같은 형태로 나타난다는 듯이 말이다. "왜 우는 거니, 꼬마야? 너희 아빠가 떠났기 때문이니? 엄마가 너를 안 데리고 혼자서 휴가를 갔기 때문이니? 친구들이 없어서 그러는 거니? 그것도 아니라면…… 너 자신에게 만족하지 못하기 때문이니? 자, 그걸 찾을 수 있게 나를 도와줘야 해. 네가 도와주지 않으면 찾아낼 수가 없거든. 게다가 이렇게 행동하는 것은 아주 어리석은 짓이야. 결국 아무 소용 없다고! 잘 알고 있겠지만, 너의 인생에서 다른 사람들도 고려해야 하거든. 아주 사소한 의견 대립으로도 병이 들 수 있으니까. 예외는 아무도 없단다!" 누구도 감히 이 여자 의사 인형을, 이 간호사 인형을 이해하려 하지는 않을 것이다. 나도 이미 오래전부터 인형놀이 따위는 하지 않는다. 당신은 너무 뒤늦게 하는 것이고!

"아빠와 엄마가 사이가 좋지 않았기 때문이니?"

"어쩌고저쩌고 때문이니?"

"어쩌고저쩌고하니까, 어쩌고저쩌고?"

나는 아무것도 모르겠다. 이런 머저리 같은 것들! 그따위 일에는 아무 관심도 없지만, 어쨌든 내가 알게 됐다는 것은 내 마음에 좀 든다. 하지만 알게 되는 사람은 결국 나 자신일 테니, 당신은 물론 내 진료 기록에 상세하게 기록하지는 못할 것이다. 하긴 절대로 그렇게 돼서는 안 되겠지. 오직 나만이 그것을 알아야 할 테니까! 나는 이제 곧 알게 되리라! 그러지만 결코 당신에게 대답해주지는 않을 것이다! 당신은 승리라도 한 듯이 들떠서 행동하지만, 그것은 거짓이다. 당신은 이미 그것마저도 예상했다는 것인가. 참 대단하다. 그러면 치료받을 필요조차 없겠구나. 저절로 알아서 완쾌될 테니까. 사람들이 우리에게 아주 고마워하겠는걸! 그러나 당신은 나를 바보 취급한다. 전에도 그런 걸 알았고 이제는 더 잘 알게 됐으니, 당신네 더러운 집단에 속아 넘어가지 말아야 하는 이유를 이제야 확실히 찾아낸 셈이다!

이제 1분 정도가 남았다. 아직은 이렇다는 것을 숨겨야 한다. 이 바보들 전부 앞에서, 또다시 나는 억지로라도 모른 척해야 한다……. 그렇지만 다 괜찮아요, 의사 선생님. 내가 이렇게까지 좋았던 적이 전에는 없었다고요. 그래요, 좀 슬프기는 해요. 그런데 말이죠, 그랬던 적이 있잖아요, 당신들도?

나는 늘 알고 있었다. 당신도 또한 마찬가지였다. 그러니까, "이야기를 좀 할 수 있게 저 아이를 좀 진정시켜봐"라고 말했던 것일 테고. 그러나 물론 나는 나 자신에게만 이야기할 것이었다. 나는 그들의 도시와 같은 세상을 좋아하지 않는다. 그들도 좋아하지 않는다. 그냥 스쳐 지나가버리고 결코 멈춰 서지 않는 모든 사람. 이런 사람들이 권력을 가지고 있었고, 나의 존재 자체를 원했다. 그들은 그것을 원했고, 바로 그 까닭에 내가 이곳에 있게 된 것이다! "당신은 우리에게 귀속됩니다." 그렇다. 그래서 어쩔 수 없이 내 생각들, 내 발걸음과 내 의지를 전부 팔아넘긴 것이다! 그래서 내 행동, 말과 태도를 질책하며 나에게 소리를 질러대는 것이다. "넌 우리 것이야. 아무것도 할 수 없어!" "저 여자아이를 잘 지켜봐. 슬퍼하고 있지만, 겉으로 전혀 드러내지 않고 단단히 숨기고 있다고……. 걱정하지 마, 사람들은 모두 그 정도의 고생은 해보았다고……." 이런 멍청이 같은 사람들. 나는 정말로 당신들이 싫다! "자, 가자. 그런 우울한 표정은 짓지 마라. 가자고. 너를 데리고 가서 차도 마시고, 과자도 먹게 해줄게!" 어린아이를 대하듯이 말이지. 그렇지 않나? "지금 우는 거니? 너, 이 공갈젖꼭지 정말 좋아하지?" 그리고 다 됐다고. 참 쉽지! 나는 당신네 과자를 오물 덩어리라고 불러. 알았어? 내가 슬퍼하는 것이 도무지 당신들 마음에 들지 않는다고? 내 마음에 든다고 해도? 내가 탈출할 수도 있다는 것과 나는 절대로 당신들의 소유가 아니라는 것을 곧 알게 될 거야! 당신들은 내게 웃으라고 강요할 수 없다. 아니, 당신은 그렇게 할 수도 없을 것이다. 나는 당신들에게 똑똑히 가르쳐주고 싶다. 즉, 내 의지와는 아무 상관 없이 강제로 여기 와 있다는 사실과 당신들의 하찮은 세상을 얼마나 멸시하고 있는지 말이다! 또한 내가 전혀 먹고 싶어 하지 않는다면, 당신들은 결국 아무것도 할 수 없을 것이다. 그리고 먹는 것 없이도 내가 계속 살아갈 수 있다는 것을 알게 됐다면, 당신들은 엄청나게 짜증날 것이다. 그렇지 않은가? 당신들은 끊임없이 생각하는 바로 '그것' 없이도 말이다. "저 여자아이는 우리와 달라. 늘 슬퍼하고 있어. 도통 먹으려고 들지 않는다고. 아마도 들어올 문을 혼동해서 잘못 들어오게 된 것 같아. 저 아이가 가야 할 곳은 다른 세상이었을 거야……." 이제야 그들도 얼핏 알아차렸겠지만, 그것을 전혀 인정하려고 들지 않으면서 내가 그들과 똑같지기만을 원하고 있다. 아니, 적어도 내가 그런 척이라도 하길 바라는 것이다……. "잘 아시겠지만, 저 아이는 결국엔 양보하게 될 것입니다. 그렇지 않더라도, 우리를 귀찮게 할 만한 계집애는 아닙니다." 물론 나는 당신들을 귀찮게 하지 않는다. 당신들에게 아무 짓도 하지 않는다고! 하지만 조금만 기다려. 내가 좀 더 나이를 먹고, 그때는 당신들이 내게 했던 이 모든 짓에 내가 복수하는 것을 보게 될 테니까. 나의 복수는 비겁하고, 위선적이며, 폭력적인 당신들의 것과는 다르리라! 텔레비전에 나오는 카우보이 영화에서도 언제나 용기 있는 사람들이 승리한다. 당신들은 그런 무모함과는 거리가 멀다. 당신들은 이런 비교를 하는 것조차 알지 못한다. 정말로 당신들은 그럴 만한 가치도 없다. 아니, 됐다. 나도 이제는 원하지 않는다.

그들을 잘 지켜봐. 내 무관심 때문에 그들은 이제 신경질을 낸다. "너는 이것을 먹게 될 거야. 먹게 될 거라고. 그렇지? 이것을 먹어. 안 그러면, 네 뺨을 때려줄 거야……. 너는 실은 이것을 원하는 거잖아. 말해봐. 이걸 원하는 거지? 대답하라니까, 이 못된 계집애 같으니라고. 이걸 먹을 거야?"

너나 실컷 처먹어라, 이 변태 같은 가학증 계집년아. 나는 결코 너를 흥분시키지 않았어. 이런 것이 넌 무척이나 마음에 드는 것이 겠지. 실컷 만족하라고. 자, 내 뺨을 때려봐. 나는 그런 것 따위는 아랑곳하지 않아. 너의 협박 따위는 조금도 무섭지 않아. 나를 소유 하는 사람은 절대로 너 따위가 아니라고! 나는 잘 모르겠다. 어쩌 면 이런 것이 진짜 이유가 아닐 수도 있다. 문득 그런 생각이 스쳐 지나간다. 내가 웅크리고 들어앉은, 은색 칠을 한 야간용 탁자와 침 대의 하얀 난간의 틈새 사이로 사라진다.

나에게 맞서, 아무도, 어떠한 짓도 할 수 없다. 나는 그들의 의무 를 원하지 않는다. 환상 속의 도시를 가로질러 어슬렁거리며 산책 하는 부랑자 같은 내 발걸음도, 너무 쉽게 만족하는 나 자신도, 물 론 원하지 않는다. 그들의 혐오스러움이란 사실 그럴 만한 가치도 없다.

침대의 쇠 난간을 만져본다. 차갑다. 그리고 매끄럽다. 나는 이런 쇠붙이를 싫어한다. 그렇지. 그들은 쇠로 만들어졌다. 나는 돌이 더 좋다. 그러나 그들의 벽은 콘크리트로 만들어졌다.

혹시 영국에 대해 아는가? 아주 춥다, 영국은. 그곳에서 사람들 은 속물이 되어 쌀쌀맞게 군다. 그곳을 떠나온 지 얼마 되지 않았 다. 그들이 미처 알지도 못하는 어떤 영국 사람의 집에 당신을 보냈 다고 하자. 당신은 미친 사람들 사이에, 혹은 자유롭게 의사소통을 할 수 없는 상황에 부딪히게 되거나, 가학증이 있는 변태 같은 아이 들 사이에 놓이게 된 것일 수도 있다. 영어를 배워야 한다는 구실로 말이다! 그러나 쌀쌀맞은 그들에게 한 단어도 건넬 수 없을 것이며, 게다가 그 사람들은 아주 무례하기 짝이 없다. 그렇긴 해도 말을 건네고 싶은 누군가와 길에서 이야기할 수도 있고, 학교보다는 침대에서 포근한 깃털 이불을 덮고 있는 쪽을 선택할 수도 있다……. 그들은 왜 내가 말하는 것을 배우길 바라는 것일까. 부적절하게 사용한 문법상의 실수를 이내 잡아내면서도, 그것들을 그냥 고쳐주려고는 하지 않는다! 아! 내가 학교에서 들었던 비밀스러운 이야기들을 모조리 외워서라도 다시 말했어야 했나 보다. 왜 지금 그 '앵글로색슨' 멍청이들을 생각하고 있는 걸까? 이런 생각이 불현듯 스쳐 지나간다. 바닥 돌판 사이의 가는 틈새를 비집고 들어간다.

간호사들은 미친 아이들을 낮잠 재우려고 갔다. 아무 소리도 안 들린다. 그래, 일종의 시장 놀이 같은 것이다. 그들은 우선 저 문을 잠그고 공 돌리기를 시킨다. 그러고 나면 이제 나를 밖으로 나오게 하는 것이다. 당신들에게는 이런 방식이 얼마나 효과적인가? 물론 재미도 있고. 그렇지 않은가? 천박한 싸구려 짓거리다. 라디에이터에는 회색 철망으로 철책을 쳐놓았다. 알고 있겠지만, 파이프의 날카로운 끄트머리에서 저 미친 아이들을 보호하기 위해서인 것 같다……. 아니지, 그런 식으로 자살하는 것은 너무 고통스럽다. 나라면 매일 저녁 그들이 빠트리지 않고 챙겨주는 수면제를 적어도 한 달 치 모아둘 것이다. 아니지, 그들은 내가 죽으려고 시도하기도 전에 그것을 찾아낼 테고, 위세척을 해서라도 그 독을 제거하려 할 것이다. 그리고 갑절로 그 약을 처방할 것이며……. 물론 그렇게만 된다면, 시일을 더욱 앞당길 수 있을 테고……. 지금 내 상황에서는 한 번쯤은 시도해볼 만하다…….

복도에서 나는 발걸음 소리와 누구인지 모를 목소리가 분명히 들렸다.

"쉬! 지금 이 방에서 어떤 여자애가 안정을 취하고 있단다. 그러니까 이 앞을 지나갈 때는 절대로 소리를 내면 안 된다고. 물론 저 여자애는 아주 피곤해서 아무 소리도 듣지는 못하겠지만……. 조용히 하라고, 그러지 않으면 너를 다른 방에다가 감금할 거야, 알겠지?"

"아니요, 이자벨은 감금이 싫어요. 제발, 선생님, 이자벨은 감금이 싫어요."

"그러니까 조용히 해. 자, 가라니까, 저리 가라고!"

나를 나름 배려해주는 것이었군! 나는 안정을 취해야 하는 것이었어……. 그런데 나는 안정을 취하고 싶지 않아. 이런 곳에서는 그렇게 할 수 없다. 그리고 그들도 잘 알고 있다고! 그런 것 따위는 아무래도 상관없다. 그들은 나를 소유할 수 없다. 그들은 나에게 더는 아무것도 할 수 없다고. 이미 그들은 나를 감금했으니까.

당신들은 내게서 "제발, 선생님" 같은 애원하는 소리는 절대로 듣지 못할 거야. 그런 소리에 당신들은 흥분하잖아? 그러니 치료를 받아야 하는 사람은 바로 당신들이야. 결코 완치될 수 없는 이 정신박약들아! 그렇지만 이제는 남은 힘을 그들을 모욕하는 데 헛되이 쓰고 싶지 않아! 그들은 그럴 만한 가치도 없다니까!

나는 문고리를 돌리는 열쇠 소리를 들었다. 이 비밀스러운 소리, 아주 친절한 소리, 이것은 주의하라는 경고음이며, 원한과 모독 또한 좌절의 찰카닥거리는 소리다. 그러나 어떤 존재를 알리는 그 덜 컹거리는 작은 소리를 결국에는 기다리지도, 원하지도 않게 될 것이다. 그리고 물론 그 대단한 존재도! 이 위협적인 새로운 간호사보다는 차라리 저 벽이 더 좋아 보인다. 적어도 저 벽은 잠자코 있는 신중함 정도는 지니고 있다! 그녀는 내게 다가와서 인사부터 건넨다. 참으로 친절하기도 하다!

"내가 야간 당직 간호사야. 앞으로 너를 담당하게 될 거야. 너에게 인사하려고 왔단다. 네가 아주 심심할 것 같아서 말이야. 혼자 갇혀 있는 것은 정말 싫은 일이지. 그렇지만 그건 전적으로 너에게 달려 있단다. 넌 제법 똑똑해 보이는데. 아마도 빨리 나갈 수 있을 거야. 너를 그냥 내버려둘게. 너를 그냥 만나러 올 권리가 내게는 없으니까. 의사 선생님들이 그것마저 금지했거든. 우선 너에게 먹을 것을 가져다줄게."

내가 야간 당직 간수야. 내가 범죄자들에게 먹을 것을 준다. 네가 얌전하게 군다면 집행 유예로 풀려날 것이다. 그것은 전적으로 너에게 달려 있다. 내게는 너를 양보하게 만들 계략이 있다. 그것은 바로 친절이다. 아주 효과적이다. 죄수들은 일반적으로 이곳에서의 환대에 충격을 받으면, 즉시 나를 사랑하게 되기 때문이다. 의사들보다는 나에게 말하는 편이 효과적일 것이다. 뭐라고, 왜 그러냐고? 그건 내가 친절하기 때문이다. 친절이라는 것은 어떠한 무기보다 자주 사용해야 하고, 그것은 아주 효과적이다.

당신 또한 나를 소유할 수 없다. 꼬드기려는 당신의 시도가 내게도 효과적일 거라고 믿는다면 분명 잘못 생각하는 것이다. 당신의 정신병자들, 저 미친 계집애들만큼 나는 멍청하지 않다. 나는 결코 당신에게는 단 한 마디의 대답도 하지 않을 것이다!

그녀는 극심한 분노와 한없는 친절함의 약속과 더불어 나를 혼자 있게 해주었다. 그 현란한 말솜씨 덕분에 어쩌면 좀 나아질 수도 있을 것이다. 그녀는 심한 병에 걸린 저 쌍둥이들을 잘 감시할 수 있을 것 같다. 그녀의 말대로, 그렇게 잘될지는 두고 볼 일이다. 폭력이야말로 그 목표를 달성할 기회를 더 많이 준다고 나는 믿는다. 그들은 아무 의견도 없는 것처럼 폭력 속에서 친절을 시도한다. 감옥과 형무소, 소년원과 정신병원, 다 말하기 나름이다.

4

나는 부모 중에서 한 명을 죽여버렸다. 또렷한 '의식 상태'에서. 물론 그들은 '무의식 상태'라고 한다. 잘 알다시피, 그것은 개인의 근원적 무의식이다. 일반적인 무의식의 형태 중 하나이며, 의식에서 벗어나 있는 그 부분에 과거를 포함하고 있다. 뭐라고, 잘 모르겠다고? 그러면 당신은 교양이 없는 셈이다! (나도 어떤 책에서 그대로 베낀 것이다. 그러니까 잘 이해하지 못해도 너무 심각해질 필요는 없다. 결국 이런 행위는 전의식의 일부일 수 있다. 또는 잠재의식, 가족적, 집단적 혹은 병리학적 무의식에 속할 수도 있다. 나도 잘 모르겠다. 이제 막 철학 공부를 시작했으니까 말이다. 이미 눈치챘겠지만, 그들은 이해하지도 못하면서 아주 관심 있는 척하며 이런 것들을 주장하는데, 사실 이는 심각한 문제이기도 하다.) 게다가 그들도 아직은 명확하게 설명하지는 못한다. 존재론적 분석 또는 프로이트의 정신분석 이론? 그들은 여전히 연구 중이다. 서두르지 말자. 많은 시간이 필요한 일이다. 확신할 수 있는가? 그리 간단한 일이 아니다.

그러나 두 명 중에서 내가 죽였던 사람은 바로 그 남자가 아닐까? 나의 아버지라고 부를 수 없는 남자. 지난 넉 달 동안 나는 그를 만나지 못했다. 명심하시라. 당신을 서둘러 사법부에 고소하려는 것도 아니고, 판결을 내려달라고 하는 것도 아니다. 그리고 내가 그를 만나지 못했다고 해서, 바로 그런 이유로 그를 죽였다고 말하는 것도 아니다……. 그럴 리가 없다. 아주 가끔, 그는 내게 편지를 보내곤 했다……. 아니지, 그것은 아마 어머니가 한 짓일 것이다……. 그렇다. 어머니가 그 사진과 항공권을 찾아냈던 바로 그날……. 우연히 집 안 청소를 하던 중에 이제껏 자신에게 아주 충실하다고 믿었던 남편의 소지품들 사이에서 경솔하게도 그녀는 그것들을 발견했고, 수치스러운 남녀 관계에 대한 반박할 수 없는 증거들을 찾아냈다.

"상상도 못했다고, 더러운 가정부녀와 그런 짓거리를 하다니, 게다가 얼마나 무식하다고! 나이도 무려 열다섯 살이나 어리고! 지난 7년 동안 우리 집 살림을 했다니까! 그러니까 이런 파렴치한 짓거리를 무려 7년 동안이나 계속해왔다는 것이지! 내 뜻대로 하겠다고! 내가 캐나다로 떠나도 된다고 하더라니까. 아예 이 집은 자기가 차지할 셈이고, 내게는 달랑 비행기 표 한 장 끊어준다고! 아니, 절대로 그럴 수 없어. 마누라보다는 첩년을 데려가는 쪽이 더 좋다는 뜻이지!"

나로서는, 그게 당연하다고 생각한다. 사실 당신도 자기 '엄마' 또는 친한 친구와 함께 휴가를 떠나는 것을 더 좋아하지 않는가? 그것은 확실하다고!

다행스럽게도, 나는 그녀의 분노에서 벗어나 있다. 그녀는 단박에 모든 것을 알게 되었다. 매번 사업차 떠난다는 여행들…… 급여 명세서도 없이……. 담배 한 갑을 사기 위해 밤새도록 밖에서 시간을 보낸 것을. "아예 파리 일주를 해야 했다니까, 여보. 담뱃가게들이 이 시간에는 모두 문을 닫잖아. 아, 그래. 물론 술도 한두 잔 마시기는 했지만 말이야……." 매주 토요일 오후에 어김없이 잡혀 있던 사업상의 약속들……. 매달 끝 무렵이면 뜻대로 되지 않는다고 온갖 고집을 부리던 일. 누구를 속일 수 있겠는가? 이제 막 시작된 사랑에 들떠 두 눈이 멀어버린 아내도 아닌데 말이다……. 그리고 사실 그녀는 그런 것과는 거리가 멀다. 아주 멀다…….

"더러운 자식, 자기가 밤마다 유흥업소에서 나올 때 나는 반찬값 몇 푼에 온갖 궁상을 떨었다고!"

어쩌면 그녀 입장에서는 차라리 매춘부가 나았으리라…….

"오, 왜 있잖아, 그게 결코 같은 것이 아니야. 그런 건 하나도 중요하지 않다고. 믿을 사람이라고는 오직 너뿐이라는 걸 잘 알고 있는 거지. 그런 곳에 있는 것들은 모두 방탕한 생활을 하는 계집애들 뿐이야. 우리 사이에는 이제는 아무것도 남아 있지 않다고. 결국에는…… 성적인 문제가…….”

그 상대가 남자인 편이 나았을 텐데. 나이 오십 줄에도 여전히 자기 엄마와 같이 사는 여러 늙은 이모 중에서 한 명은…… 아주 남자 같은 모습으로 차려입고 천연덕스럽게 이따금 저녁 식사를 하러 집으로 찾아오곤 했다. 그런 식이었다면, 그녀는 여자로서의 자존심에는 조금도 상처를 입지 않았을 텐데. 요컨대, 그것은 동성애자의 황당한 이야기가 됐을 테고, 그녀라면 그런 일은 잘 알아서 적절히 준비해 잘 대처했을 것이다. 그러나 여자와의 애정 관계라니! 그것도 실제로 일어난 애정 관계라니! 심지어 무려 7년 동안이나 지속했다니 말이다!

“아니, 이제 더는 못 참겠어! 감히 아들 녀석을 데리고 가겠다고, 그 망할 매춘부와 함께 말이지! 딸자식을 데려가지 않는 게 얼마나 다행이냐고! 아직 나이도 어리고 몸도 훨씬 허약하니까……! 혹시 비행기 좌석을 두 개쯤 더 예약하지 않았을까. 그럴 수도 있겠네. 어쩌면 뻔뻔스럽게 나한테도 같이 가자고 할지도 모른다고! 아주 대가족이 되겠구나!”

내가 아직 나이도 어리고 몸도 훨씬 허약하다고? 정말 웃기지도 않는다. 나도 그 여자를 알고 있었다. 한번은 내가 아버지와 함께 벨기에로 떠났던, 그 ‘사업차 떠나는 여행’에 그 여자도 동행했던 적이 있었다. “아니야, 걱정할 것 없어. 발레리는 그렇지 않아, 절대로 아무 말도 하지 않을 거야…….”

그 여자는 위선적이며, 맹목적이고, 신경 쇠약에, 무기력해 보였다. 남자는 음흉하고 거짓말쟁이에다가 정신분열증에 걸려 있고, 성적 강박관념에 집착하고, 욕구 불만에 사로잡혀서……. 전부 말하지는 않겠다. 아직 이야기할 것이 아주 많이 남아 있긴 하지만, 나는 그것이 너무 두렵다.

나의 어머니는 사춘기의 자기 환멸 시기를 제대로 통과하지 못했다. 즉, 좌절된 사랑을 미처 극복하지 못했다. 게다가 엄마에 의한 정신적 트라우마로 인해 마음에 심각한 상처를 입었다. 그녀의 엄마는 끊임없이 되풀이해서, 그녀는 무능하고 못생겼으며 게을러서, 여자로서 어떤 남자도 그녀를 마음에 들어 하지 않을 것이라는 막말을 해댔다. 그리고 그녀를 출산한 후에 자신의 한쪽 다리가 마비된 책임을 전적으로 딸의 탓으로 돌렸다. “나는 언제나 아무 짝에도 쓸데없는 인간이라고…….” 그 결과, 어머니는 배려심이 깊은 듯한 첫 남자의 ‘사내다운’(정말 수식어의 단순한 오류지만!) 품 안에 그냥 와락 안겨버렸다. 그리고 두 명의 끔찍한 아이를 낳게 되었는데…… 그중에서 하나가 바로 ‘나’인 셈이다. 그녀의 엄마는 결혼이 결정된 후에도 흔히 ‘인척 관계’라고 정중하게 불리는 그 견고한 유대의 과도한 굴레를 통과하기 전에는 결코 ‘가슴’도 만지지 못하게 엄격히 금지했다.

이런 것이 일으키는 결과를 상상할 수 있을 것이다. “유아기의 트라우마, 즉 외상성 신경증은 세상에 존재하고 살아가는 방식, 인격, 또는 더 정확하게는 의식을 형성한다. 인지하고 판단하거나 상상하는 방식에 영향을 끼치기 때문이다"(후유!)라고 사르트르는 『존재와 무』에서 이야기하고 있다.

이제는 아버지 이야기를 해보자. 그는 독실한 가톨릭 집안에서, 한때 미아였던 적도 있었지만, 다행히도 유난스레 사내아이에게 집착하던 홀어머니 밑에서 성장했다.

"불쌍한 너희 아버지를 나치 게슈타포들이 끌고 가서는 얼음처럼 차가운 물에 빠뜨려 죽였다고 하더라…… 너는 정말 살결이 부드럽구나, 아가. 비단결 같다니까. 젊다는 것은 참 축복받은 것이지. 한 번만 만져보자꾸나. 아니, 그렇게 하지 말고. 알았지, 그렇게 만지지 말라고 했잖아. 간질이는 듯이 가볍게 쓰다듬어야지. 잘 봐. 이렇게…… 괜찮지? 이게 좋다고 느껴지려면 아직도 한참 더 커야 할 것 같구나……"

"이미 너한테 경고했어. 네가 10시 넘어서 집에 오는 게 싫다고 했잖아. 내 말대로 하지 않으면 아예 빗장을 걸어버릴 거야. 도대체 무슨 짓을 했니? 말해보라고! 어떤 여자애 집에 있었던 거니? 그 여자애는 어떤 아이야? 예쁘기는 하니? 내가 말했지. 내 아들이 못생긴 계집애를 선택하는 것이 싫다고. 정말 참을 수 없는 일이야. 잘 듣고 있는 거지? 자, 이제 말해봐! 단둘이서 무슨 짓을 했던 거야?"

그런데 만약 사내아이의 집에서 나왔다면 뭐라고 대답하겠는가? 그 남자애의 가슴이 아주 근사하다고 해야 하나? 납작하기는 하지만, 아주 귀엽다고 말해야 하나?

"있잖아요, 엄마. 그 아이를 소개해드릴 수도 있어요. 엄마도 무척 마음에 들어 하실 거예요. 엄마도 알겠지만, 그 아이는 자기 애인의 엄마에게 그러려고 들지는 않을 거라고요! ……아주 친절해요. 그렇지만 어느 경우든 결혼은 꼭 할게요. '동성애자라고 낙인찍힌 사람들'과 같이 일하는 것을 사람들은 그다지 좋아하지 않는다고요……. 내가 정말로 하고 싶었던 일은…… 화가가 되는 것이었어요……. (그는 사실 재능이 없다. 그러나 희망 사항에 무슨 재능이 필요하겠는가. 다만 가난한 예술가의 배고픔을 기꺼이 견딜 수 있는 위장이 필요할 뿐이다.) 엄마는 물론 나에게 상업학교에 진학하라고 강요하셨잖아요……. 그래서 그림 그리는 것을 많이 배우지는 못했어요……. 뭐, 지금 생각하면 괜찮아요. 가정적인 아내도 얻었고, 게다가 그 사람은 전혀 눈치채지 못하겠지만…… 우리가 앞으로 예쁜 아기들을 낳게 되면 다른 사람들의 눈에는 정말 완벽하게 보이겠죠……. 아주 간단한 일이라고요……."

부모에 대한 찬사를 잔뜩 늘어놓는 것은 그다지 유쾌한 일은 아니다. 게다가 어머니가 그리스행 항공권을 찾아내고 말았을 때, 그녀의 분노가 절정에 이르는 것을 지켜보며 즐기고 싶지만은 않았다.

"뭐야! 이 짓거리가 벌어진 게 5월이었군. 그랬던 거였어. 그리스로 여행을 갔던 거야! 나한테는 휴가조차 힘들다고 했잖아. 그 매춘부 같은 계집년을 위해서는 그리스 여행까지 갔다는 거잖아. 네 생각도 그렇지?"

오, 내 생각을 다 물어보다니! 한편으로는 우습고 어처구니없는 일이며, 다른 한편으로는 저속하고 어리석으며 천박하고 수치스러운 일이라고 생각한다. 그들은 상대방의 해명을 잘 듣고 조정하려는 신중함 정도는 지니고 있어야 했다. 사실 나는 그들의 난장판 같은 호들갑에 전혀 관심이 없다. 그 무렵 나는 그녀에게 더욱 모질게 굴었어야만 했다. 그랬다면 혹시……. 그러나 그랬던 기억은 없다. 나는 너무 넋을 놓고 있었다. 마지막 순간에도 머뭇거리지 않을 만큼 확신하지도 못할 정도로……. 그런데다가 예측한다는 일은 좀……. 그 무렵 나는 열세 살도 채 되지 않았으니까……. 나중에 서른 살쯤 되면 나도 거기서 벗어날 수 있을까…….

간호사가 문고리에 열쇠를 넣고 돌린다. 작은 과자, 아니 엄청난 과자들이 담긴 접시를 들고 온다. 이미 거부하는 듯한 내 태도를 보고, 그녀는 얼굴을 살짝 찌푸리더니 열쇠를 반대 방향으로 되돌려 잠근다. 그녀는 늙었다. 어림잡아도 쉰 살 정도는 되어 보이지만, 아주 부드러운 목소리를 가지고 있다. 아! 그래, 지나칠 정도로 부드럽다. 짧은 머리카락(먼지처럼 짧다고 해도 꼭 청결한 것은 아니지만), 건장한 남성과 같은 체형. 그래서인지 간호사복을 입고 있는 모습에 사람들은 깜짝 놀라곤 했다. 저 미친 아이들이나 처먹는 이런 것을 내가 전부 먹을 것이라고 믿고 있는가? 하지만 이젠 이런 식으로 말하지는 말자. 저 미친 아이들이라고. 너도 같은 부류에 속하잖

아. 너도 역시 미쳤어. 그렇지 않으면 여기에 있지 않을 테니. 알겠지, 너도 미쳤어. 알겠느냐고, 미쳤다고. 미, 쳤, 다, 고.

아니야, 그건 사실이 아니야. 당신도 역시 거짓말쟁이야. 나는 당신을 믿지 않는다고! 사실 뭐가 중요한가. 내 자존심은 이미 사라져버렸고 그들은 나를 원하는 대로 취급하고 있으니, 그들의 의견 따위는 나와는 아무 상관이 없다. 더욱이, 이 또한 사실이 아니지만, 나는 그 의견을 진짜로 믿는 것처럼 행동했어. 불가능하기는 하지만, 내가 모든 것을 문제 삼는다면 결코 더 멀리 나아갈 수 없을 테니까. 아무것도 더는 고려할 수 없게 될 것이고, 모든 것이 거짓이야. 그들은 그저 나와는 아무 연관도 없는 사람들일 뿐이야. 하지만 그들이 싫어. 그들을 증오한다고. 그러나 그들을 무시할 수는 없어. 그렇게 된다면, 내가 이길 수 있을 것이다. 하지만 너무 힘들어. 나는 무관심한 척하는 단계에 아직 이르지는 못했어. 그 인간들은 나에게 기껏해야 하얗고 흉물스러우며 혐오스럽고 위험한, 이 병원 침대와 같은 것에 불과하다는 명백한 사실을 나는 아직도 그들에게 이해시키지 못하고 있어…….

저것이 보이는가. 내 침대 말이다. 저 비위생적인 몰골을 잘 좀 봐. 저 침대는 당신이 다가오리라는 것을 잘 알고 있는 듯해. 그리고 당신을 소유할 거야. 그러면 당신은 아무것도 할 수 없지. 그렇게 생각하니 무척이나 끔찍하구나. 하지만 별거 아니라고! 저 커다란 침대 다리들, 사방에 둘러 있는 난간들……. 눈이 멀어버릴 만큼 하얀 색깔……. 오늘 밤에도 저기서 잠들어야 한다고 내게 억지로 강요할 것이고! 그러면…….

아니지, 나는 그녀를 죽일 수가 없었어. 억지로 나를 이곳에 끌고 왔던 그 여자 말이야. 그런데도 나는 이제껏 그녀에게 아무 짓도 하지 못했구나.

왜 그들이 이런 혐오스러운 곳에 나를 감금했는지 도무지 기억이 나지 않는다. 그들은 모든 사람에게 이런 짓을 할까? 어쩌면 어리석은 집단 규칙 중 하나일 것이다. 즉, 열세 살이 되었을 때 살아가는 것을 좀 더 배우라고, 그리고 이제껏 누려왔던 자유를 더는 부인하지 못하게 하려고 일부러 이런 상황에 놓아둔다. 그리고 당신이 무척 어른스러워지고 그들의 뜻에 전적으로 복종하게 되면, 그제야 당신을 원래 자리로 되돌려놓는다. 당연히 반항한 사람들은 무기한으로 남겨지며, 어리석게 고집을 피워댄 사람들은 이곳에서 시들어가는 것이지. 천천히…….

모든 사람이 그런 과정을 겪어야 한다면 정말로 끔찍한 일이겠지……. 그리고 그들은 이런 상태를 '견디기 힘든 시기'라고 막연하게 회상하고……. 기분은 나쁘지만…… 금방 지나가버릴 거야.

다른 사람이 지시하는 대로 모든 것을 하는, 지금 밖에 있는 사람들은 이런 비열한 협박에 기꺼이 굴복했던 것이리라! 그러나 나는 그들을 더는 알지 못하고, 이제부터는 다시는 볼 수 없을 것이다.

나로서는 아무래도 상관없다. 모든 것이 나와는 전혀 무관한 일이다. 다만 평안히 죽고 싶을 뿐이다. 내 한계와 '고집쟁이 계집애'라는 범주 사이에서 그들이 이제는 나를 그만 포기가길 간절히 바라지만, 그들에게 이를 이해시킬 능력조차 남아 있지 않다. 젠장, 제발 나를 좀 이대로 편안하게 내버려둬!

내 나름대로 고독은 유지하면서도 친구는 아주 많았으면 했다. 그러나 체력적인 면에서 불가능해 보였다. 나는 어쩔 수 없이 고독을 선택했고, 그로 인해 모든 것에 저항할 수 있었다. 그들은 늘 누군가를 필요로 하겠지만 나는 아니다. 나는 나만의 생각을 하게 되는 것이다. 흔히 고독은 불행하고 버림받은 것 같은 맛을 느끼게 하며, 목구멍 깊숙이 아주 씁쓸한 뒷맛을 남겨놓는다고 한다. 그러나 특별한 취향은 모두 나름의 단점이 있기 마련이다. 고독은 무엇이든 절대로 강요하지 않는다. 따라서 고독과 함께라면 어떤 강압도, 오해도 없다. 게다가 그것은 아름답기까지 하다. 당신은 결코 그것을 본 적이 없겠지? 나의 고독은 아주 커다랗다. 흔히 슬퍼 보인다고 말할 수 있는 검은 머리카락, 그리고 신비스러울 정도로 깊고 진한 푸른 두 눈을 지니고 있어서, 당신을 어디든지 따라다니는 얼굴과도 같다. 우리는 집에 머물러 있을 수만은 없었다. 우리 집의 벽에는 기억력 같은 것이 있었다. 은연중에 문득 드러나는 존재감은 늘 우리들의 대화에 걸림돌이 되었고, 매 순간 우리 사이에 끼어들려고 무진 애를 썼다. "여기는 나의 영역이야. 이곳에서 무슨 일이 일어나는지 알 권리가 있다고." 어쩔 수 없이 우리는 함께 산책하러 나갔다. 거리는 익명의 공간이고, 누군가의 눈에 잘 띄지도 않으며,

그 기억 속에 어떤 것도 굳이 새기려고 들지 않고, 여러 날에 걸쳐 그러모은 듯한 거짓되고 해로운 견해 앞에 당신을 몰아세우려 들지도 않는다.

자녀가 다니는 학교에 대해 잘 알고 있었는가? 몰랐다고? 아, 그런 것이 당신에게는 중요하지 않겠지! 그래, 이제는 그런 당신이 새삼 놀랍지도 않다. 학교는 그렇게 지을 수 없을 만큼 하나같이 너저분하다. 그리고 정말 유감스러운 사건들이 일어나고 있다. 아니, 그 건물의 겉모습과 교과 과정에 관해 공공연히 말하려는 것은 물론 아니지만, 뭐 그렇게 될 수도 있다. 학교란 당연히 존중받아야 하며, 절대적 권위를 지닌다는 '교육의 요람'에 대한 비난을 학부모들은 인정하려 들지 않기 때문이다. "고등학교 졸업장도 없이 네가 대체 무엇을 할 수 있겠니? 말해보라고. 아! 정말 아이들이란, 진짜 아무 생각도 없는 것 같다고. 딱한 일이야. 그러니까 교육을 받고 '교양'을 쌓아야 하는 거야. 바로 그런 것이 너희에게 확실한 미래를 보장해준다고! 잘 알겠지. 그렇게 되면 어떤 일이든 할 수 있게 될 거야! 어느 정도까지는 잘 이끌어줄 필요도 있다고."

교직에 들어섰던 첫해에 준비했던 강의 내용을 매년 되풀이하는 늙은 선생이 한 명쯤은 있기 마련이다. "잘 알다시피, 옛날 방법보다 나은 것은 없어. 뭐라고, 이런 방식이 영 마음에 들지 않는다고? 제군들, 도대체 뭘 말하고 싶은지 모를 때는, 그냥 어느 정도까지는 존중해. 나는 지난 15년간 교직에 몸담고 있었고, 아무튼 내 직업을 탓하려는 건 아니잖아! 자, 문제풀이를 시작할 테니까 한 장씩 받

아. 이제 잘난 척은 그만하고!"

그런 방식 때문에 평균 점수는 결국 심각할 정도로 낮아진다. 그러므로 조절을 잘해야만 한다. "완벽해" 혹은 "언급할 게 없어"라는 말을 들어야 한다. 마침내 당신은 상급 학년으로 무사히 진급하고, 모두 만족한다. 물론 자신만 제외하고 말이다. 그러나 현재 당신의 기분 따위는 전혀 중요하지 않고, 오로지 당신의 미래와 관련 있을 뿐이다.

한번쯤은 화장실에서 무모한 짓을 저지를 수도 있을 것이다. 처음에는 그런 장소에서 다른 사람들이 무슨 짓을 하는지 보고 싶을 뿐이다. 그러나 그곳에서 다시는 되돌아오지 못한다. 더욱이 선생들은 별도의 화장실을 사용하고 있으며, 자신들이 알 필요 없는 일에 대해서는 전혀 모른 척한다. 그렇지만 금발의 소녀는 결국 아무도 속일 수 없다. 조금씩 목소리를 잃고, 기억력은 산만해지며, 등은 구부러지고, 온몸의 뼈가 앙상하게 드러난다. 그녀의 필체는 떨리지만, 그러다가도 화장실에 갔다 오면 늘 차분하고 편안한 상태가 된다. 언제나 아이의 두 눈은 멍하니 허공을 바라보고 있으며 조금 이상한 눈빛으로 당신을 쳐다보고 있지만, 사실 당신을 보는 것도 아니다. 그녀는 항상 종이 봉지를 들고 다녔고, 몸에서 떼어놓으려 하지 않는다. 누구도 전혀 알아차리지 못한다. 아니, 모르는 체하는 것 같다. 하기야 무엇을 해줄 수 있는가? 다만 결석이 점점 늘어나는 것을 그저 심드렁하게 걱정하는 것 말고는, 다들 무엇을 해야 할지 모른다.

거기에서는 먼저 담배 한 개비를 권한다.

"돈 좀 가지고 있지 않니?"

"있잖아, 우리 부모님은 나한테 매주 1프랑밖에는 안 주거든."

"그러니까 내가 담배 한 개비를 줄 테니, 우선 한 모금 뿜어봐."

두 번째로 그곳에 다시 가면, 이제부터 당신에게는 좀 더 관심이 필요하다고 여길 것이고, 그러면 박하사탕과 아주 비슷한 하얀색의 작은 약봉지를 건넬 것이다.

"이건 두 달치 네 용돈은 넘을 거야. 물론 사기 치려는 것은 절대 아니야." 이제 당신은 근사한 꿈을 기약하며 그곳을 다시 떠난다…….

그렇지만 나는 이 악취 나는 땅 구덩이 같은 감옥보다는 차라리 그곳이 나을 것만 같다. 이곳에 온 지 겨우 하루밖에 안 지났다고 한다. 저 벽만 바라보면서, 열세 살에서 단 하루가 모자란 날을 보낸다. 하지만 이건 정말 아니잖아. 나는 아무도 죽이지 않았다고. 다만 음식물을, 진정제를, 삶의 마약을 거부했던 것뿐이야. 그게 전부야.

나는 조금 더 강하게 나가야 한다. 아무래도 그들은 조만간 사형 선고를 내리려 할 것이다. 당신도 잘 알고 있겠지만, 영국에서는 자살에 실패할 경우에는 처벌한다. 따라서 근사한 해결책이 있다. 절대로 실패하지 말아야 한다. 물론 고통도 없어야 하고.

저 망할 자물쇠를 가지고 제발 좀 그만 장난치라고! 일부러 그러는 거잖아! 그럴 때면 심장의 끄트머리를 비틀어대는 것만 같아. 그런 짓을 하면 재미있어? 그렇다는 거지? 자, 인정하라고, 이 더러운 위선자들아. 그러니까 그만 인정하라고! 하지만 이런 것을 요구하지 않으려고 나는 무척이나 조심할 것이다. 혹시 내가 그런 것을 바라더라도, 당신은 그 장난질이 마음에 쏙 들어서 절대 멈추려 하지 않을 테고 즐거움은 한층 더 커질 테니까. 나는 절대로 요구하지 않을 테다.

아! 그렇군요. 참으로 친절하게도, 당신은 내게 식판을 가져다주셨군요.

"정말이지, 너를 굶어 죽게 내버려둘 수는 없어."

예전에 이미 그랬어야 했다고. 그러나 불행스럽게도 나는 죽지 못했어. 그저 조금 심한 굶주림일 뿐이야. 이제부터 그녀는 무슨 이야기를 하려고 들까? 자, 조심하자. 이제 시작한다. 그녀는 우선 의자에 앉더니, 나를 향해 미소부터 건넨다.

"네가 잘 먹기를 바라. 너도 낫고 싶지 않은 것은 아니겠지? 아! 물론 강제로 먹이지는 않을 거야. 나를 좀 봐. 아니, 그런 분노의 눈빛으로 노려보지 말고. 아! 이런! 너무 무서워서 이 식탁 밑에 숨기라도 해야 할 것 같은데!"

…….

"이걸 봐. 아주 근사한 후식이잖아. 흠! 나도 아직 식사를 못 했는데 먹고 싶구나."

물론 당신이 먹어도 된다. 기꺼이 양보하겠다. 다만 먹다가 목이 메어 질식하기만을 바랄 뿐이다.

"너, 아주 얌전하지는 않구나. 하지만 난 너한테는 아무 짓도 하지 않았잖아?"

이런 말은 대답할 가치조차 없다.

차라리 지금 당장이라도 먹으러 가는 게 낫겠다. 그렇게 배고프다고 말하니 말이다.

"난 너만큼 절실하지는 않거든. 자, 노력을 좀 해봐. 너, 바보는 아니잖아. 사람이 먹지 않고 살 수는 없다는 것쯤은 잘 알고 있을 텐데. 너도 무척이나 살고 싶을 테고. 그렇지 않니?"

물론이지, 그렇게 보이지 않는가?

"일단 먹는 시늉이라도 좀 해봐. 너도 알겠지만, 처음 한입을 먹는 것이 어렵지, 그다음부터는 저절로 먹게 돼. 그리고 노력하면 아주 빨리 나아질 것도 잘 알고 있을 텐데. 나는 이곳에서 너보다도 마른 소녀들을 많이 보았어. 내 기억에, 1미터 60센티미터인데 겨우 25킬로그램밖에 안 나가던 여자아이도 있었어!"

지금 시합이라도 하자는 건가. 좋아, 그렇다면 아직도 5킬로그램 정도를 더 빼야겠군!

"그 아이가 지금 이 병실에서 똑같은 상황에 다시 처하게 된다면, 첫날부터 주는 대로 먹는 걸 보게 될 거야. 보름쯤 뒤면 그 아이는 물론 여기서 나갈 수 있을 테고!"

나는 기껏해야 열세 살밖에 안 됐어. 그것도 하루가 모자란 열세 살이라고.

"학교에서 공부는 잘했지? 좋아했잖아? 대답 좀 해봐. 나는 너한 테 아무 짓도 하지 않았어. 환자들이 분별력 있게 행동한다면, 나도 사랑받을 수 있게 행동해."

어째, 당신의 말은 운율이 들어맞지 않는다. 잘 모르겠으면 잠자 코 있어야 하는 법이다. 그런데 이 여자는 왜 가지 않는 걸까? 내가 먹지 않는다는 걸 잘 알고 있을 텐데 말이다! 내가 아무것도 먹지 않는다고, 늘 그랬듯이 말대꾸를 했다고 바로 진료 기록부에 적겠 지만, 그런 것에는 별로 신경 쓰지 않아. 아무래도 상관없으니까.

그런데 내가 좀 졸리거든, 간호사 선생. 좀 자고 싶다고. 잠 좀 자 게 나를 좀 내버려두라고! 제기랄……. 밤이 되려면 아직도 멀었구 나. 여름인데다가 안정을 취하게 하려고 그러는지, 여기서는 환자 들에게 너무 일찍 저녁 식사를 먹인다. 그리고 저녁 식사 후에는 물 론 약을 먹는 일에 특별히 신경 써야 한다. 치료 과정이라는 것은 무척이나 복잡하다! 나는 시간이 없다. 아니, 시간을 알 수도 없다. 그들도 시간이 치료에 걸림돌이 된다고 믿는 것 같다…… 하기야 모든 것이 내 치료에는 걸림돌이니…….

여러 날과 숱한 밤, 남자는 사업차 떠난 여행에서 돌아왔다면, 그리 고 그다음 날 조금이나마 편해지고 싶었다면, 어떤 경우에도 말대 꾸 같은 건 하지 말았어야 했다. 냄비들이 사방으로 날아다니고, 온갖 욕설이 허공에 맴돌고, 납세 고지서와 가스 대금 영수증, 건물 경비원들의 온갖 험담. 이런 상태라면 결코 안전을 보장받을 수 없었다.

그 인간들이 겉보기로는 사이가 좋았던 시절도 있었다. 그때는 함께 친구들의 집을 방문하기도 했고, 심지어 '계속해서 대화를 나누는 것'도 가능했다. 그들을 배려해서 말하자면, 성별에 따른 자신들의 역할에 관해 길게 이야기했다. 그들은 부엌에서 주로 비난을 퍼부었고, 그때쯤이면 나이 어린 딸내미는 이미 잠자리에 들었고 어린 아들은 아예 없었다. "아! 아이가 들어도 절대 이해하진 못할 거야. 그러니 걱정하지 마!" 정말 감탄하지 않을 수 없게 주의를 시키더니, 오랜 숙고 끝에 자기들만 한 부부는 절대 없으리라는 결론에 이른다. "아이가 도통 양말을 벗으려고 들지 않아. 이해하겠어, 당신은?" "그러는 것이 바람직하지 않다고들 하더라고. 혼내야겠는데. 안 그러면 계속 그럴 거라고." "예쁜 가슴을 가지고는 있지만, 아무튼 나는 당신 것이 더 좋아. 저건 너무 보잘것없잖아." "눈이 예쁘기는 하지. 하지만 그걸 어디다 쓰게." "우리 침대에서 자고 있으니까, 그럼 우리는 아예 아이 방으로 갈까? 아이가 잘 자고 있는지 보러 가고 싶어? 깨지 않을 만큼, 아주 깊이 잠들었다고. (그들이 어떻게 그것을 알 수 있었는지는 지금도 궁금하다!) 자, 어서 가자고!"

오! 아니야, 나는 강박관념에 사로잡혀 있지 않아. 난 그들이 무슨 짓거리를 하는지 보러 가지는 않아. 서재에 굴러다니던 도색 잡지들을 보면서 이미 모든 것을 이해했어. 더 불쾌해지지 않으려고,

그들이 어떻게 행동하는지가 의아스럽기는 했지만, 아무튼 그것은 '불결'해. 다른 말은 하고 싶지 않아. 옳지 않기 때문이지. 다음 날 학교에서 배울 시를 읊조리며, 나는 잠들려고 애를 써본다. 그들은 내 방에서 자신들이 원하는 짓거리를 할 수는 있지만, 나는 절대로 그들처럼 타락하지는 않을 것이다. 내가 배운 대로 근사한 억양으로 그들에게 시를 낭송해주지도 않을 생각이다. 저런 부류의 인간들이라면 화장실에서 '완전히 벌거벗은 여자들'을 쳐다보는 편을 더 좋아할 테니까. 그저 여자들의 근사한 가슴이 어쩌고 운운하며 지껄여야 하리라! 예쁜 엉덩이도 그렇고…….

매주 목요일과 토요일 밤에는 어김없이 우리를 '할머니' 집에 보냈다. "좀 쉬고 싶어요. 그리고 이 불쌍한 아이들에게 충격을 줘서도 안 될 것 같네요." "게다가 할머니께서 너희한테는 잘해주시잖아. 돌아오고 싶거든 언제든 부탁하려무나." (이런 이유로 할머니는 우리를 위해 캐러멜과 레몬 맛의 막대 사탕 값을 톡톡히 치러야만 했다!)

모두가 만족해한다. 그리고 평온한 가정에서 세월의 주름이 새겨진 오래된 이야기를 들으며 아이들은 잠이 든다. 냄비들이 날아다니는 시절보다야 훨씬 좋았다. 부모들이란, 재미 삼아서라도 서로 싸우는 것을 아주 좋아하는 듯하다. 그러니까 지나치게 조심할 필요는 없다.

남자가 들어오지 않는 밤이면, 어김없이 온갖 불평을 장황하게 늘어놓는 일인극이 펼쳐지곤 했다. 나는 화도 낼 수 없었고, '지독한 편두통'을 핑계 삼아 간절히 호소할 수도 없었다.

"그런 말을 어디서 배웠니? 나야말로 편두통이 생기고도 남을 이유가 넘치도록 있다고. 집달리가 내일이면 들이닥칠 거야. 아마도 모레쯤이면, 달랑 침대만 남아 있을 거야."

"하지만 괜찮아, 엄마. 우리는 '할머니 집'에 가면 돼."

뭐라고, 너마저 그럴지는 몰랐어!

"무려 한 개에 20프랑이나 하는 그림물감을 잔뜩 샀다고 하더라고. 한 달 전부터 우리는 국수랑 쌀만 먹고 사는데 말이지! 이럴 수가 있어? 2주 전부터는 하룻밤에 5만 프랑이나 썼다니까! 그 창녀 같은 계집애랑 말이지! 온갖 윤락 업소를 두루 돌아다녔다니까! 누가 그러더라고. 그 인간을 우연히 봤다고 하면서 말이지!"

도대체 누가? 당신의 애인이 그러던가? 그런 인간들을 지금 당장 일렬로 줄 세우지 않는 한, 그까짓 것은 내 알 바가 아니야. 앞으로 부모가 두 쌍이 된다면 감당하기 어려울 것 같다. 더욱이 한쪽은 한 여자의 애인들이고, 다른 쪽은 한 남자의 정부들이라면! 정말…… 그 인간들이 호텔 방의 안전함과 조용함을 선호한다는 사실이 얼마나 다행스러운지. 아이들의 고민거리라고 우습게 볼 일은 아니다. 그들에게 이런 이야기들을 한다면, 끝도 없이 머리가 깨질 만큼 아플 것이다.

적어도 지금 내가 묘사할 거라곤 저 벽뿐이다. 하얀색과 노란색의 중간쯤 되는 색깔로 칠한 벽은 매끄럽지 않다. 작은 원 무늬를 사방에 넣었는데, 얼룩을 쉽게 닦아내기 위해서다. 광택이 나는 페인트가 덧칠해져 있었고, 그래서인지 아무것도 붙일 수가 없다…….

"이자벨, 그거 이리 내놔! 빨리 달라고. 줄 거야, 말 거야! 이리 내놓으라니까. 안 그러면 감금할 거야! 의사 선생님들에게도 말씀드릴 거야! 그러면 토요일에 외출 허가를 받을 수 없어! 자, 그거 줘. 그러면 아무 말도 하지 않을게!"

"싫어요, 간호사 선생님. 제발. 나는 외출하고 싶어요. 제발 부탁이에요. 외출하게 해주세요!"

"좋아, 너도 알지. 똑똑하게 굴어. 자, 좋아. 그거 이리 내놔."

저런 부류의 미친 아이를 전혀 다룰 줄 모르네! 그리고 너도 반항하는 방법을 모르고! 그녀를 좀 더 화나게 해야 해. 너무 쉽게 양보해버리잖아. 그러면 아무것도 얻을 수 없어.

고요. 간호사는 미친 아이들을 재우러 갔다. 신경 발작이란 정말 피곤하다. 그러니 쉬어야 한다. 이런 고요함이 싫다. 라디오라도 가져올걸 그랬다. 음악을 듣다 보면 제법 재미도 있고……. 하기야 그들은 그것도 훔쳐갔을 것이다. 그들은 잠옷만 남겨놓았다. 그들의 견해 말고는 들을 수 있는 것이 없어서 끔찍하고, 이런 식으로 고요함으로 고문하는 것도 마찬가지다.

비난. 스스로 자신에게 상처를 입히는 일. 삶에 대한 판단. 그런 식으로는 혼자서 깨닫지도 못할 것이고, 나아질 가능성도 거의 없으니까……. 내가 그들의 더러운 술책에 빠져들어 그들과 한통속이 되어가고 있다는 생각이 들 때, 이 우중충한 독방에서 반성하는 일. 스스로 점점 쇠약해져가는 일. 바로 이런 것이 그들이 기대하는 것이다. 하기야 다른 일을 할 수 있겠는가? 물론 그렇긴 해도 나는 아무래도 상관없다. 그들은 내가 생각하는 것들을 절대로 알 수 없을 테니까! 절대로! 아니지, 그들은 그런 시도조차 하지 않을 것이다! 그런 짓은 나를 신경질 나게 하는 데 별 도움이 되지 않으니까. 아니지, 이곳에서 쓸데없는 짓은 없는 것 같다. 그렇다면……. 그렇구나. 숱한 짧은 말이 언뜻 스쳐간다. 너는 여기서 아무것도 할 수 없어. 아무것도 할 수 없다고. 이것도, 저것도, 아무것도. 너는, 여기서, 아무것도, 할 수 없어. 아무것도. 아, 무, 것, 도!

너는 신물이 올라와 토할 정도로 게걸스럽게 먹어댈 때까지 이 안에 머물러 있게 될 거야! 그러면 재미있겠지. 그렇지 않니? 정말 넌 그렇게 생각하지 않니? 우습지도 않니, 너 자신이 말이야. 그렇지! 난 너를 쳐다보면서 한껏 비웃어주마!

됐거든, 이 덜 떨어지고 삐딱한 생각만 하는 멍청이 같으니라고! 너는 나를 이해하진 못할 거야. 너는 무엇을 믿고 싶은데? 배고픔으로 벌이는 시위의 최종 목표가 도대체 뭔데? 하지만 말이야, 이것은 시위하려는 게 아니야. 나도 가끔은 아주 조금이지만 국수를 먹기도 하고, 밥을 먹기도 해……. 지금 비웃고 있구나. 그래, 우습기도 하겠지. 그리고 이상하기도 할 테고. 나는 지금 내 몸뚱이를 없애고 있는 거야. 아주 천천히. 그러나 그리 대단한 일은 아니야. 내가 전혀 의식하지 못하기 때문이지. 결국에는 정신마저도 잃어버리게 되겠지. 그렇게만 된다면 다시는 권태롭지도 않을 테고……. 그저, 조금씩 부스러기가 되어, 의욕도 없고 식욕도 없고 당신들이 원하는 그 어떤 것도 없는 이 세상에서 하루하루 연명하는 거야. 나는 뜀박질도 할 수 없어. 젊은 나이인데도 달리는 게 너무 피곤해. 다시 기운을 차리려면 한 시간 반은 걸려. 하지만 아직 걸을 수는 있어. 그래, 맞아. 하지만 결국엔 말이야, 착각하지 마…….

언제나 내 눈앞에는 장난감 만화경에나 들어 있을 법한 온갖 색깔의 빛이 어른거려. 그러니 나는 멍청이일 뿐이야. 배고픔으로 죽어가는 것이 해결책은 아니겠지. 그래, 나도 알고 있어. 그런 것이 무슨 도움이 되겠어? 세 걸음도 채 못 걷고 머릿속이 팽이처럼 빙글빙글 돈다니까. 아! 그러니까 참 아름답더라. 하얀 것이 푸르스름하게 변하니까 예쁘더라고! 얼마 지나지 않아 나는 돌바닥에 털썩 쓰러질 테고, 그들은 비웃으면서 쓰러진 나를 일으켜 세우려고 달려오겠지! 나는 아무래도 상관없어! 정확하게 알았으면 좋겠어, 아주 정확하게! 이 권태가 확실하고 명확하다고는 생각하지 않아. 그것은 총체적인 것이겠지. 즉, 그 인간들의 빌어먹을 세상에 놓여 있는 열세 살짜리 인생의 비통한 결과 같은 거야. 혹 그들이 다른 걸 기대하는 걸까? 과연 내가 그것을 알아차릴 수는 있을까?

나는 성性에 아무 관심도 없고, 그것에 대해 언급하는 것조차 진절머리가 난다. 그러나 나로서도 어쩔 도리가 없다. 그것이 곧 내게는 다른 사람들을 의미하기 때문이다. 즉, 성적 편집증에 걸린 자들, 성적 욕구 불만에 빠진 자들, 성도착자들 등등……. 그렇다면 나도 역시 또 다른 부류에 속할 것이다. 마침 애인의 부인은 중한 병에 걸렸고, 하필이면 남편은 장기간의 여행 중이며, 게다가 살림살이 마저 거덜났다고 하면, 이제 단 한 가지 해결책만이 남는다. 하지만 무엇보다 먼저, 가정이 그 여자에게는 가장 소중한 것이라는 사실을 명심했어야 했다.

그럴 때마다, 나는 그림을 그릴 연필과 책을 챙겨서 내 방으로 조용히 가버리면 그만이었다. 다만 곧바로 그 상황을 이해하지는 못했고, 처음에는 내 방으로 가고 싶지도 않았다. 거실은 조명도 밝고, 음악도 들을 수 있고, 방송을 시청할 수 있는 가전제품에, 혼자 독차지할 수 있는 양탄자도 있었기 때문이었다. 그렇지만 내 방에서는 몸을 펴고 눕기 위해서는 먼저 정리부터 해야 했다. 그 인간들이 슬슬 신경질을 내기 시작했다. "당장 가서 잠자리에 누워. 그리고 빨리 자. 알았지. 자, 네 방으로 빨리 가." 그들은 나를 바보 취급했지만, 갑작스러움과 허둥대는 모습은 아무도, 심지어 나도 속일 수 없었다. 어린아이들은 그런 짓을 이해할 수 없을 거야! 과연 그럴까?

어린 시절을 이야기하려니 짜증이 절로 난다. 유아기가 인생에서 이런저런 일이 연이어 일어나도록 부추기는 것은 아니겠지만, 그 시기의 영향과 그 결과를 부정하는 것이 나로서는 참 쉬운 일이다. 아니지, 전적으로 믿는 건 아니지만, 솔직히 유년기가 '청소년기'보다 중요할 수 있다는 사실은 나도 인정한다. 그런데도 그 시기에는 여러 가지 일이 그런 인간들의 하찮은 짓에는 명확함으로, 수치스러운 짓거리는 부끄러움으로, 쓸데없는 언행에는 불쾌함으로 바로 나타나게 되니까……. 결국 어디로 가야 하는지도 모른 채 길거리를 떠돌면서 시간을 헛되이 보내는 '못된 계집애'에 불과하다는 생각을 스스로 하게 된다. 모든 것은 더욱 강렬하며, 어린 시절의 감각에 또 다른 두 번째 감각을 덧대어 입히게 된다. 그러나 그것은 기만적이고 불필요한 감각이므로……. 사실 당신은 절대로 그런 인간들의 부류에 속하지 않아서, 또 그들에게서 벗어날 수 있어서 정말 다행이라고 여긴다. 뭐라고? 아니야! 그들을 봐. 그러니까 그들을 잘 지켜보라고! 그것이 무의식적이라고 생각하지 마! 그런 남자들은 지배자로서의 욕망을 충족하려고 자식들을 질책할 것이다. 또한 그 여자들은 애인과 함께 그토록 원하는 그 짓거리를 하기 위해서 저녁 8시 반에 일찌감치 자식들을 잠자리에 들게 할 것이다. 주머닛돈 몇 푼 달라고 하면, 그들은 자식들에게 온갖 욕설을 퍼부어대면서……. 물론, 모든 사람이 그렇다는 건 아니다. 그러나 내가 좀 전에 묘사하려고 애쓰던 그런 인간들과 아주 흡사한 사람들이 주변에 살고 있으며, 그런 '올바른' 사람들이야말로 비열함과 어리석음에서 아주 멀찌감치 떨어져서 나무랄 데 없는 모습으로 나타나는데도, 당신은 그렇게 생각하지 않는다. 당신은 앞으로도 그런 사람들을 알아차릴 기회가 결코 없을 수 있다. 어느 날엔가, 그 사람들은 당신 방으로, 우연인 것처럼 당신을 만나러 올 것이다. 그런데 그들은 그 복도에서 과연 무엇을 먼저 보게 될까? 그후 그들은 진저리를 치며 아주 멀리 떠나갈 것이다. 그러한 일들을 겪고 나면, 당신도 아주 멀리, 수천 킬로미터나 떨어진 곳으로 달아나버리고 싶을 테고, 물론 다시는 되돌아오고 싶지도 않을 테다.

정말, 어릴 적 기억이 나중에 겪게 될 폭력적인 모욕보다 더 중요하다고 할 수 있을까? 정말로……. 내가 예전에 그런 사람들을 발견했다면, 물론 내가 상상해보려고 애썼던 그런 사람들 말이다, 아! 그런 사람들에 대해 완벽하지는 않지만 그래도 대부분은 상상했으니까……. 그랬다면, 나는 확실한 죽음에 이르는 그 문을 결코 열지 못했을 것이다……. 이 세상을 있는 그대로 받아들이는 것은 나의 역할이 아니었고, 그런 방식을 원하지도 않았으며, 지금도 마찬가지다! 더욱이 감미로운 꿀단지 같은 것에는 나 자신을 맞추고 싶지도 않았다. 내가 옳다는 것을 이미 알고 있었기 때문이다. 물론 그 인간들을 비난한 이유인 바로 그 결점들이 나에게도 있었다. 즉, 편협, 고집, 비겁함, 위선 같은 것들 말이다. 그러나 그런 결점을 가지도록 내게 강요했던 인간들이 바로 그들이었고, 나는 결코 그들처럼 되지는 않았지만 또다시 그들에게 내 전부를 넘기게 된 셈이다! 그들은 그저 이 사실을 전혀 이해하지 못하는 체한다. 그러니까…….

하얗고, 깨끗하며, 순수한 벽이 도발하듯이 나를 노려보고 있다. 아니야, 나는 이따위 혐오스러운 벽에 둘러싸여 잠들고 싶지는 않아. 그들이 이 침대에 죽어 있는 나를 발견하면 정말 좋겠어…….

지금은 아무것도 생각하지 말아야 한다. 내일은 이미 아주 가까이 와 있으며, 오늘보다는 훨씬 나아질 것이다. 이제 이 끔찍한 악몽에서 깨어나리라. 그러면 뤽상부르공원 주변으로 산책하러 갈 것이다. 아주 일찍……. 사실이 아니라도, 지금은 그렇다고 믿어야 한다. 적어도 내일까지는. 그다음에는 또 다른 것을 궁리해낼 것이다. 이 침대에도 예쁜 수를 놓은 이불이 있다고 하자……. 장밋빛 천장에, 그것도 아주 따사롭고 사랑스러운 장미 색깔을 띠고 있는……. 불을 밝힌 전등도 하나쯤은 있고……. 아니지, 책은 읽어서는 안 된다고. 눈이 너무 아프니까. 그래, 전등불은 꺼야겠다. 그리고 몽상에 잠겨보자고. 자, 이제 몸을 쭉 펴고, 아니 모로 누워야지. 이러는 편이 자리를 조금이나마 덜 차지하는 느낌이 들기 때문이야. 나 자신을 조롱하듯 놀리려고 엄지와 검지로 뱃가죽을 집어보니, 정말 종잇장처럼 말랐다.

"아! 너 정말로 말랐구나. 저 인간들의 손가락 사이에 사로잡힌 파리처럼 그들이 너를 으깨버릴 수도 있겠는데. 이런 제기랄, 엄지로 꾹 누르면 아무것도 남아나지 않겠는걸!" 그러나 그들이 그렇게 한다고 해도, 나는 그 수모를 기다릴 수밖에 없어! 이 침대 매트리스는 참 딱딱하다. 아무도 푹신하게 만들지 않고, 괜히 푹신하게 하려고도 않는다. 여기는 '거식증 환자들'의 병실이다. 그러니 기껏해야 20킬로그램에서 30킬로그램에 불과하다.

아무것도 생각하지 말아야 한다. 내일쯤이면 그들도 잘못을 깨닫게 될 테고, 나를 내보내줄 것이다…….

내일. 그러려면 지금은 당장 눈을 꼭 감아야 한다. 검고 어둡다. 그들의 오해 속에서, 증오와 복수의 세상 속에서 나는 잠이 든다. 무섭지는 않다. 모든 것이 나를 죽음으로 인도할 것이기 때문이다. 나는 빨리 알게 되었으면 좋겠다. 어떤 사람은 '죽음'을 주름진 늙은 여인 같다고 말한다. 하지만 나는 그녀가 아름답다는 것을 잘 알고 있다. 이제껏 만나보지 못한, 가장 아름다운 여신일 것이다. 오로지 그녀의 존재만이 나에게 이 벽을, 이 어두움과 두려움을 모두 잊게 해줄 것이다…….

잠들어 있는 동안 아무것도 생각하지 말아야 한다. 그들도 모른 체해야 한다. 사람들이 나에게 이 세상을 억지로 강요하지 않은 것처럼 행동해야 한다. 누구보다 아름다운 나의 '애인'과 꼭 다시 만나겠다는 굳은 결심을 해본다.

그래, 당신들은 나를 감금시키는 데는 성공했다. 그러나 당신들은 나를 소유할 수는 없다. 여기서 죽든, 밖에서 죽든 간에, 내게는 마찬가지다. 내가 죽음과 다시 만나려는 것을 누구도 막을 수 없다. 죽음의 여신은 지금도 나를 기다리고 있다. 그러니까 그녀와 곧 다시 만날 수 있을 것이다. 아무리 당신들이라도, 이것만은 어쩌지 못할 것이다.

5

수레바퀴가 덜컹거리는 소리⋯⋯. 눈을 뜬다. 온통 뿌옇고, 정신은 멍하며, 온몸에 힘이 하나도 없다! 너무⋯⋯.

별것 아닌 충격에도 쉽게 지치고 힘들어하는 평범한 사람이 되었을 거라고 확신하면서 잠에서 깨어나길 바랐다. 천장은 예쁜 오렌지색으로 칠해져 있고, 창문 너머에서 거리의 소년들이 다투는 소리를 들을 수 있으리라고 나는 굳게 믿고 있었다.

모든 것을 꿋꿋이 견뎌내고 있다는 사실을 그들에게 증명해 보이기 위해서라도 일어나야 한다. 이런 제기랄, 그들이 열쇠를 잠그지 않았다. 간호사가 들어온다. 아니, 병실 청소를 담당하는 간호보조사구나. 더러워진 침대 시트를 교체하려고 왔나 보다. 그럴 필요 없는데. 어이, 간호 보조사 선생, 당신의 멋진 이부자리에 오줌 싸지 않았다고. 그럼 내가 먼저 볼일부터 봐야 하나?

그들이 왜 침대를 벽에 바짝 붙여놓지 않는지 이제 알았다. 그녀가 시트의 가장자리를 침대 매트 밑으로 집어넣는 것을 바라보면서 시간을 보낸다. 2분 정도 걸렸다.

조심해, 의사 선생들. 이런 것은 미처 생각하지 못했어. 이런 일은 치료에 정말 나쁘다. 먹을 것을 가져다줄 때 말고는 누구도 볼 수 없어야 해……. "네가 먹으면 주변에 누군가 있을 것이고, 먹지 않으면 아무도 없을 거야." 그렇구나. 그러니 결국 식사 시간을 기다리게 될 거야. 누군가가 곧 나타난다는 의미니까……. 참을 수 없는 외로움보다는 나을 테니까. 그들은 결국엔 너를 소유하게 될 거야! '아니거든!'

"씻으러 가도 돼. 다른 사람들은 다 끝냈으니까."

잘 생각해보자. 대단한 기회구나. 공동 욕실을 나 혼자서 쓸 수 있다니. 이 갑작스러운 친절은 뭐지! 그들의 더러운 짓거리로 더럽고 끈적대는 상태로 그냥 내버려두어 나를 치욕스럽게 만들 수도 있었다. 그들은 왜 그렇게 하지 않을까? 그렇게 해봐. 지금 내 상태에서 말이야. 어려워하지 말고! 아니구나. 나를 격려라도 하듯 당신들은 그나마 작은 호의라도 베푸는 쪽을 선택했다. 그들이 갑자기 드러내 보이는 이 태도가 도대체 무엇인지 빨리 알아차려야 할 것이다. 어쩌면 다른 일도 마구잡이식으로 그랬던 것이 아닐까? 잘하면 탈출 계획을 하나쯤 더 마련할 수도 있겠다.

허약해진 두 다리로 간신히 균형을 잡으며 짧은 산책을 준비한다. 먼저, 될수록 허약한 척하며 가장 느린 걸음으로 걸어가야 한다. 그다음에는, 건물 구조를 잘 파악하고 갈림길 한복판에서 현기증이 나는 것처럼 행동하면서, 혹은 별것 아닌 척하면서……. 그 후에는, 머리카락부터 발톱까지 씻으려는 듯 갖은 애를 써보고……. 그러나 그들은 이미 모든 것을 예상하고 있었던 게 틀림없다. 세면실까지 가는 복도는 너무 짧다. 복도의 한쪽 측면에는 공동 침실이 길게 이어져 있고 아주 환하다. 그곳의 창문은 차단하지 않았기 때문이다. 내 병실은 당연히 어두운 쪽에 있다. 즉, 감금이 필요한 경우를 위해 마련된 병실이 있는, 격리된 구역에 속해 있다. 복도 바닥은 한가운데에 짙은 색의 돌판이 있고 밝은 색의 돌판 두 줄이 감싸며 나란히 뻗어 있다. 조심해. 이제 곧 갈림길이야. 지금 이 복도와 교차하는 또 다른 복도의 한쪽에는 철망을 두른 라디에이터와 투명한 유리 창문이 가장자리를 따라 쭉 이어지고, 다른 쪽에는 또 다른 병실들이 있다.

나와 2미터쯤 떨어진 곳에 푸른 눈의 간호사가 사무실 문 앞에 놓인 의자에 앉아 있다……. 나는 노란 문을 연다. 깨끗하다고는 할 수 없는 세면대들이 줄지어 늘어서 있다. 본능적으로, 입구에서 가장 멀리 떨어진 것을 선택한다. 거울도 붙어 있다……. 이게 정말 내 얼굴인가? 하얀 삼베 조각 같은 이 얼굴은 도대체 누구란 말인가. 두 눈은 어디로 갔지? 눈은 알아보기 힘들 만큼 푹 꺼져 있어서 사라져버린 것만 같았고, 눈두덩은 지나칠 정도로 축 늘어져 있어

서 웃음이 나올 지경이다. 그래, 정말 우습네. 게다가 이제는 울지
도 못할 것 같아. 눈꺼풀은 이미 갈라져 있다.

물줄기가 손가락들 사이로 흐르며 나를 편안하게 위로해주는 듯
하다. 살갗에 부딪혀 부서지며 흘러내려가는 것이 재미있다…….
손톱을 다듬을 힘도 없었구나. 그리고 여기라면 자칫하면 내 방에
서보다 더 큰 불행을 일으킬 수도 있겠지. 그렇지만 복도에서 감시
하듯이 지켜볼 필요는 없다고. 이제는 그럴 필요가 없다니까.

"자, 이제 식사하러 가자!"

나가야 할 시간이다. 다른 소녀들이 구내식당으로 뛰어가는 것
을 보려고 나는 걸어간다. 그런데 말이야, 식당은 어디에 있을까?

"선생님, 이 아이가 맞죠! 선생님, 나는 이 아이가 누군지 알고
싶었어요!"

바로 그 뚱뚱한 소녀였다. 머리카락은 젖어 있었고, 볼썽사나운
스코틀랜드풍의 타탄체크 무늬 옷을 입고 있었으며, 하얀색 짧은
양말에 광택 나는 에나멜 구두를 신었다. 안짱다리인 그 아이는 배
위에 엇갈려 놓은 두 손을 신경질적으로 주무르고 있다. 어깨 쪽으
로 기울어진 머리를 건들대며, 점점 더 위협적인 표정을 짓는다.

"그래요, 이 아이가 맞죠! 선생님, 바로 이 아이라고 말해주세
요!"

우윳빛 피부, 원한으로 가득 찬 사나워 보이는 작고 푸른 눈에 나
는 그만 소름이 돋는다.

"이자벨, 식사하러 가, 빨리. 그 아이는 내버려둬. 아직은 익숙하

지 않아."

"이 아이라고 말해주세요, 선생님. 말해주세요. 내가 다 먹고 나면 그렇다고 말해주실 거죠, 선생님!"

위협적이면서도 빈정거리는 듯한 웃음을 잠시 짓더니, 그 계집애는 다른 소녀들을 따라 쫓아갔다. 나는 너무 진이 빠지고 겁이 났고 화가 나면서도 두려워서, 다른 아이들은 흘긋 쳐다볼 여유조차 없었다. 다행히도 병실에는 나 홀로 남았다. 나는 그 소녀들을 보고 싶지 않다. 그 계집애들을 견뎌낼 자신이 없다. 이젠 나 자신도 견딜 수 없다고!

접시와 그릇이 부딪히는 요란한 소리. 그리고 간호사들과 아이들이 질러대는 고함. 그것은 권위와 분노의 아우성이다.

그러나 항상 간호사가 이긴다……. 아이들이 한꺼번에 덤볐어야 했는데…….

그 계집애의 모습이 자꾸만 떠올라서, 일부러 벽을, 창문을, 바닥을 차례로 둘러본다. 너는 아무것도 원하지 않으니까, 그럴 필요는 없었구나. 그것을 이해하는 데 시간을 꽤 허비했던 거야. 아무 희망이 없다는 것이 의미하는 바를 이제는 알고 있지? 넌 조금 전에 참 이상해 보였어. 너의 탈출 계획들, 그 어리석기 짝이 없는 짓거리라니. 이 게임의 규칙을 알고 싶다면 어느 정도는 기다려야 한다고! 무엇을 상상하는 거니? 그들은 이 게임의 규칙에 대해 너보다 훨씬 잘 알고, 이미 모든 것을 예상하고 있어! 너도 그 계집애를 봤잖아? 이곳에 있는 여자아이는 전부 그래. 그저 너만 혼자야. 혼자인 너도 결국 그들의 협박에 굴복할 수밖에 없을 거야. 그들의 규칙에 복종하게 될 거라고! 아니야!

커피 한 사발과 역한 냄새가 나는 버터를 바른, 눅눅해진 빵 조각이 나타난다. 나는 침대 한 귀퉁이에서 실의에 빠져든다. 당신의 불결한 빵 조각에는 눈길도 돌리지 않겠어. 물론 '당신 곁에' 앉지도 않을 테고. 당신이 나타나는 것을 간절히 바라는 단계에는 절대 가고 싶지 않아. 화장실 변기에 매달린 쇠사슬에 목을 매고 자살을 하고 말지!

"자, 이리 와서 먹어. 너 먹이는 데 벌써 30분이나 시간을 허비했어. 그러니 노력이라도 좀 해봐. 그렇지 않니? 자, 이리 와서 앉아. 뭐야, 싫다고? 있잖아, 네가 이렇게 고집을 피워봐야 아무 소용도 없어. 아무튼, 이리 와서 앉기부터 해!"

그들은 이런 진부하고 구태의연한 말을 매번 되뇔 수밖에 없나 보다. 나도 저렇게 바보같이 그들에게 말하지 않았을까! 멍청이 같으니라고. 너도 얼마나 꼴불견인지 잘 봐. 그들도 너를 보면 비웃을 거야! 이런 바보짓을 하다니. 그들을 대놓고 비난하기보다 지금은 낡아빠진 양말짝처럼 넙죽 웅크리는 편이 현명해. 아! 네가 이루려는 건 그런 것이 아니잖아! 너의 젊음과 혈기만 가지고는 그들에게 당당히 맞설 수 없다니까. 너는 그들을 잘 알지 못해. 그들을 가장 괴롭히는 방법은 그들이 온갖 짓거리를 벌이더라도 아무 거리낌 없이 잘 살아간다는 사실을 직접 보게 하는 거야. 네가 잘못 생각하고 있어. 완전히 틀렸어. 정말 우습구나! 그러니까 너는 계속해서 고집이나 부리고 있어. 이 간호사도 너를 무척이나 이상하다고 여길 거야. 아니야, 너는 지금 거짓말을 하고 있어. 이것은 너와 무관한 일이 아니야! 너도 지금 눈물 속에서 비웃고 있잖아!

나도 알고는 있어. 하지만 먹지는 않을 거야. 모든 것을 망치고 싶지 않아. 나는 이미 너무 멀리 떠나와버렸어. 그러니까 아주 잘 짜여 있고 올바르다고 여겨지는 그들의 더러운 노정으로, 이미 사전에 모든 것을 예상하고 있다는 그 과정으로, 다시는 돌아갈 수 없는 거야! 알겠지, 결코 돌아가지 않을 거라고! 그러면 저 간호사를 봐. 그녀가 우습다는 생각이 들지 않니? 아! 됐거든. 지금 농담을 하자는 것도 아니고 말이야. 더러운 양말을 빤 땟국물 같은 이 맛없는 커피도, 그리고 빵 조각도 원하지 않아. 아무것도 원하지 않아!

"오늘 몸무게를 잴 거야. 그러니까 이 커피를 다 마셔. 적어도 체중이 1킬로그램은 늘어나게 될 거니까. 잘 생각해봐. 너는 이미 32킬로그램은 나갈 거야! 그러면 이제 8킬로그램만 더 늘어나면 되잖아!"

싫다니까. 그런데 나를 음식물 저장하는 기계로 생각하는 거야? 아니, 8킬로그램이라니! 터무니없는 수치라고. 당신도 생각해봐. 무려 8킬로그램이라고! 내가 뚱뚱해지고 못생겨지면, 그 인간들은 또 나를 비웃어대겠지. 나는 그러고 싶지 않아. 무엇보다 배가 고프지 않아. 배가 고프다는 것이 무엇인지도 이제는 잘 모르겠어. 물론 알고 싶지도 않고!

그들은 너를 결코 그냥 보내지 않을 거야. 그들은 영원히 너를 감시하는 일에 거리낌이 없다고! 하지만 말이야, 네가 빵 한 조각이라도 먹게 되면 그들은 네가 완치됐다고 말할지 몰라. 그러면 그때는 집에서 혼자 계속 그런 노력을 해도 된다고 말할지 몰라…….

아니야! 그 인간들이 무려 8킬로그램이라고 말했잖아! 아니야, 절대로 아니라고!

"의사 선생님께서도 만족하시지 않을 거야. 너도 알잖아, 결국 아무것도 얻어낼 수 없을 거야……."

그녀의 손목시계를 보았다. 8시 30분이다. 나도 이제는 화나지 않는다. 그저 완전히 낙담해서 녹초가 되어버렸고, 더는 아무 희망도 없을 뿐이다.

이 이야기를, 아주 사소한 것과 그때 나눈 대화를 포함해서 최대한 객관적으로, 또 아주 솔직하게 쓰려고 무던히 애쓰고 있습니다. 내 기억력이 부족해서 그런 것이 아닙니다. 오히려 모든 것을 너무 생생하게 기억하고 있습니다. 그래서 애초에 더욱 상세한 이야기를 상상했고, 단지 내 장난 같은 것이라고 여겨야 했습니다. 그러므로 이것은 누군가를 헛된 꿈에서, 정신병에서 구원하려고 갖은 애를 쓰는 사람들의 이야기가 아닙니다. 고통과 분노는 더욱 확대해야 했고, 각각의 문장은 좀 더 신랄하게 날이 서도록 다듬어야 했으며, 그 끔찍하고 절망적인 측면을 한층 더 부각해서 되살려내야 했습니다. 그리고 스스로에게 복수하는 척할 수밖에 없었습니다. 모든 것을 말하고 싶습니다. 그러나 진정으로 객관적일 수도 없다는 것을 이미 깨닫고 있습니다. 물론, 바로 '그들'이 죽음으로부터 나를 '구했다'는 사실은 인정합니다.

소위, 그들은 나를 완치시켰다고 합니다. 그러나 나는 지금도 매번 분노하며, 그 여자, 즉 나의 어머니라는 존재는 내 머릿속에서 절대 사라지지 않았습니다. 그러니까 정신적 균형이 잡혀 있다고 해봐야 기껏······.

이제는 모두가 잊고 있는 사실이지만, 나는 아직도 그곳에 있습니다. 슬프고, 우울하며, 의심하면서도 비겁합니다. 그저 살아가는 척만 합니다. 그리고 울고 싶으면 우선 내 몸부터 깊숙이 숨겨야 합니다. 그들은 어쩌면 신경쇠약이라는 이유를 대고 나를 다시 잡아 가둘 수도 있습니다. 그리고 다시 만났다고 하면서 무척이나 반가워할 것입니다. 나는 여전히 그들의 손아귀에 잡혀 있고, 강제 수용으로 인한 불안감, 부당함에 대한 억압된 분노, 무기력함에 따른 극심한 고통을 지금도 내 안에 깊이 간직하고 있습니다. 내 기억은 지금도 너무 생생해서, 언제든 그때와 유사한 상태가 될 수 있습니다. 지금도 버스를 타고 그 병원의 담장 앞을 지나가면, 그 담벼락들이 내 피부를 할퀴며 상처를 입히는 것만 같습니다. 또 공원이라도 가면, 그곳에 있는 철책이 내 얼굴을 향해 뛰어올라 덤벼드는 것만 같습니다. 지금 이 글쓰기에 집중하면서 나는 다시 고독을 찾습니다. 너무도 피곤하지만, 나의 의혹과 그들의 협박에도 불구하고 계속 써내려가려는 의지는 또 다른 감옥에 들어가는 것과 비슷합니다. 그곳, 27호 병실에, 나의 거부 그리고 살아야 한다는 고통과 함께 여전히 머물러 있습니다. 그리고 그곳에서 영원히 빠져나올 수 없을 것만 같다는 생각이 듭니다.

자신의 분노를 붉은색 의자 위에 남겨놓은 채, 그녀는 열쇠로 문을 잠근다. 나는 순간 작은 기쁨을 느꼈지만, 수치스러워서 이내 그것을 숨긴다. 다른 사람들을 위해서 나 자신을 망치고 싶지는 않다. 더욱이 그들을 위해서라면, 나는 아무것도 하고 싶지 않다. 이제 더는 아무것도 생각하지 말아야 한다. 너무 고통스럽다. 나는 결국 굴복하게 될 테고, 바로 그것을 원하지 않는다. 나는 그저 꿈을 꾸며 자유롭게 상상하리라. 이 세상의 추악함을 확신하면서 저 거리를 이리저리 자유롭게 방황하리라. 거부에 빠져드는 것은 참으로 쉬운 일이다. 그러므로 대단한 일도 아니다. 그저 꿈, 하나의 꿈에 불과하며, 기껏해야 한낱 꿈일 뿐이다. 그들도 역시 매수와 협박 그리고 무관심에 빠져 있다.

　고요 속에서 미친 소녀들이 소리를 질러댄다. 저 계집애들은 본 적도 없고 알지도 못한다. 나는 저 아이들이 이빨을 드러내며 당신의 목덜미를 향해 덤벼드는 끔찍한 괴물과 같다고 상상했다. 그 푸른 눈빛, 보기 흉한 기형의 거대한 몸뚱이들……. 그들은 나 역시 그런 모습으로 변하기를 바라고 있다! 정말 싫어! 그 얇고 번질거리는 입술들, 거짓되고 조롱하는 듯한 그 웃음소리…….

　"계속 이런 식으로 굴면 아예 붙잡아 맬 거야, 못된 계집애들. 너도 곧 알게 되겠지. 내가 너보다 훨씬 강하다는 것을 명심해."

오! 아니, 나는 동정심 따위는 없다! 차라리 잘된 일이다. 그렇지. 간호사들은 저 미친 계집애들을 붙잡아 매는 것 말고는 할 수 없을 것이다. 쉬어버린 목소리로 질러대는 화난 고함을, 과도한 몸뚱이로 의자들을 끌어대는 소음을, 나도 더는 듣고 싶지 않다. 나는 그저 못되고 이기적이며 고집불통인 존재가 되고 싶다. 내가 원하는 단 하나의 목표는 바로 이 병실에서 끝까지 버티다가 그냥 죽어버리는 것이다. 그러면 그들은 '어떤 것'을 더는 소유하지 못할 것이고, 마침내 비난받아야 하는 범죄를 저지르게 되는 셈이다. 오직 나만이 그것을 알게 되며, 그들은 결국 아무것도 알 수 없으리라. 나는 나의 '애인'을 다시 만나러 갈 것이다. 그리고 그들은 자신들만의 이 초라한 세상에 남겨질 것이다. 방금 '나의 애인'이라고 말하지 않았는가? 아, 물론 그것은 당신을 지칭하는 단어가 아니야, 이 더러운 여자야. 정신병자들의 의사니, 당신도 역시나 미쳐 있네. 그러고 나면, 당신이 그다음에 벌일 짓거리도 잘 알고 있다. "그러니까 너는 남자가 되고 싶었구나. 그들처럼 애인도 하나 있으면 싶고. 그렇지 않니?" 그리고 곧바로 진료 기록부에 적어 넣을 것이다. "거식증 환자의 전형적인 증상. 여성성의 거부, 소녀로서의 자기 정체성을 거부함." 아니지, 나는 당신에게 그런 즐거움을 줄 수는 없다. 그러니까 당신에게 그것에 대해 말하지는 않을 것이다.

문고리를 돌리는 열쇠 소리. 간호사가 체중계를 손에 들고 있다……. 고문의 도구, 해야 할 것과 앞으로의 일을 결정하는 기계.

제기랄! 이젠 어쩔 수 없이 그 위에 올라서야 한다고! 저울 바늘은 참담한 결과를 표시한다. 31킬로그램. 아! 이게 정말 끔찍한 숫자는 아니잖아. 체중이 25킬로그램이었던 소녀에 대해서도 전에 말하지 않았던가. 간호사는 날카롭고 귀를 찢는 듯한 목소리로 그 숫자를 대놓고 외친다. 나는 읽을 줄도 모른다는 듯이. 혹은 자기 기억력이 부족해서, 자칫하면 진료 기록부에 40킬로그램이라고 잘못 적지나 않을까 하는 두려움에 그러는 것 같다.

열쇠가 다시 돌아가고, 다시금 내 마음속에서도 되돌아가고, 그리고 너무나 하얀 벽에 연거푸 한숨을 뿜어낸다. 내가 앞으로도 편안히 꿈꾸고, 또 내 바람과 의지를 굳게 지킬 수 있을까! 너는 그저 바보일 뿐이며 더러운 계집애에 불과해. 너는 '죽게 될 거야'. 바로 이 말이 의미하는 모든 공포를 전혀 이해하지 못하고 있어! 또 그런 끔찍한 말을 서슴지 않고 입에 올리는 것을 보니, 아직 어린아이에 불과하구나! 오! 알고 있었군. 괜찮다면 살아가는 것에 대해서도 말할 수 있지. 하지만 그것도 결국엔 같은 외침이고, 같은 욕망이며, 같은 욕구가 될 거야. 범죄를 저지르듯이, 모든 것을 준비했어. 그러니 그것은 끔찍한 일이 아니라고. 오히려 고통을 덜어주는 것이지. 당신들은 절대로 알 수 없을 것이다. 나는 날짜가 지나가는 것을 잊어버리지 않으려고, 잠옷에서 뽑아낸 실오라기를 한 줄씩 야간용 탁자에 묶어놓았다. 이제는 세 줄이 되었다. 그리고 지금은 세 곱절쯤 되는 음식물을 담은 식판이 열을 지어 지나간다. 내 눈앞을 지나 위장까지. 하지만 내 위장은 결국 그것들을 전부 되돌리고

있다. 거부할수록 그들의 권력에 대해 그만큼 많은 승리를 쟁취할
수 있다. 내가 얼마나 잘못 생각하는지는 알 바가 아니다.

통로에서 한 무리의 소녀들과 마주쳤다……. 그중에서 한 명은
다섯 살 정도 된 어린아이였는데, 아주 귀엽게 생겼다. 약간 푸른빛
이 도는 흰자위에 검은 눈동자를 지닌 커다란 두 눈과 작지만 그리
스 조각상처럼 오똑한 콧날, 그 입술도 아주 도톰하고 붉었다. 그
아이는 나를 사납게 쳐다보더니, 간호사가 결국 막아설 때까지 계
속해서 나를 쫓아다녔다.

"이 아이에게는 모두 접근 금지야, 안정을 취하도록 내버려둬!"

나를 가장 충격에 빠트린 여자아이도 있었다. 그 알제리 소녀는
뚱뚱하고 키가 컸으며 아주 못생겼다. 목소리가 너무 커서 자주 나
를 꿈에서 깨어나게 했기 때문에, 그 아이가 무척이나 싫었다. 그
소녀는 한 손에 빗을 들고 언뜻 보아도 머리카락을 빗어주려는 시
늉을 하며 '이자벨'을 뒤쫓아 달리고 있었다. ('이자벨', 이 계집애는 이
제 친숙할 정도로 잘 알게 되어서, 그 이름을 부르는 편이 더 쉬울 듯하다!)

"제발 부탁이야. 네가 머리를 빗어주는 것이 나는 싫어. 싫다고,
제발……."

손에 머리빗을 들고 위협하는 모습이 체중계를 손에 들고 있던
간호사와 너무나 비슷하다…….

차분한 태도로, 그리고 화장을 잔뜩 한 모습으로 그 여자가 들어왔

다. 바로 '정신분석의'다. 이 여자가 직접 들어오는 것은 또다시 나를 자극하려는 것이며, 내게 말을 하라고 강요하기 위한 것이 틀림없다. 당신에게는 한 마디도 대답하지 않을 거야. 알겠지. 단 한 마디도!

"어때, 이제 좀 괜찮니?"

내게 감히 이따위로 말을 걸다니! 기껏 나를 이해한다고 하더니. 그럼 나도 당신 애인은 '괜찮은지' 먼저 물어봐야 하는 건가! 그녀는 대답할 수도 있고, 혹은 미소 지으며 나를 쳐다볼 수도 있다.

"체중이 1킬로그램이나 줄었다며! 어디 아픈 거니? 혹시 토했니?"

나를 바보 취급하고 있다. 내가 몇 입을 먹었는지도 간호사들이 일일이 기록하고 있다는 것을 잘 알고 있다. 그들의 나쁜 머리로는 이게 그렇게 어려운 일일까. 아니면 뇌가 반쪽인 건 아닐까!

"설사는 하지 않았니?"

정말 생각하는 것 하고는. 이제부터 지사제와 주사기, 거기에 협박까지 듬뿍 얹어서 돌아오겠구나…….

"일부러 그러는 거지? 너처럼 어리석고 모자란 생각에, 원하기만 하면 누구나 쉽게 병에 걸릴 수도 있다는 것을 우리에게 가르쳐 주려는 것이 아닐까 하는 생각도 들어! 네가 이런 식으로 행동하면 결국 사람들이 좌절하고 너를 내보내줄 거라고 믿는 거지. 그렇지 않니?"

정확하다. 이제 서로의 속내를 어렵지 않게 꿰뚫어 보는 사이가 되었구나. 그렇지만 당신에게 대답하지 않을 것이고, 더욱이 당신도 내 대답 따위는 필요 없을 것이다. 당신이 정확하게 맞추었다. 그 가능성 말곤 없지 않은가.

"지난 사흘 동안 잘 생각해봤니?"

아니, 나는 그저 꿈만 꾸었다. 그것은 틀렸다. 그러니까 자신을 고문하고 구역질나게 하는 이 벽과 비명, 또 그 식판에 초연해서 무언가에 집중할 수 있다고, 당신은 그리 믿고 있는 건가? 복도에서 배회하는 소녀들에게 아무 관심도 두지 않을 수 있을까? 왜 나를 이리로 데려왔나. 나는 미치지 않았어. 그러니까 저 계집애들과는 아주 달라. 이게 사실이 아니라는 거야!

"그런 거니?"

아니야. 나 자신조차 슬슬 짜증이 나는 침묵 앞에서도 그녀는 신경질조차 내지 않는다. 처음부터, 이곳의 다른 인간들처럼 그녀도 나에게 거짓말을 했다. 내 몸무게는 전혀 문제가 될 것이 없으며, 다만 거부의 원인을, 나를 그리로 이끄는 과정을 찾아내려는 것뿐이라고 이야기했었다. 그것을 찾게 된다면, 내 몸무게가 어느 정도 늘어나게 된다면, 나를 내보내줄 것이라고도 말했다. 그 '어느 정도 몸무게'가 9킬로그램이 늘어난 것을 의미한다고는 말하지는 않았다. 심지어 1킬로그램이 빠졌기 때문에, 이제는 10킬로그램이 되어버렸다. 그들은 공놀이라도 하듯이, 내 몸무게를 저울질 하며 장난질을 치고 있다! 그것이 내가 대답하게 하기 위한 그들의 술책이었다. 나중에 와서야 나갈 수 있다고 믿게 하려 했다는 옹졸한 변명을 늘어놓으면서, 기껏해야 이제 와서 가장 쉬운 방법만이 남아 있다고 일방적으로 내게 통보한다. 다시 말해, 몸무게를 9킬로그램 늘리는 것이 유일한 방법이라며……. 당신들이 관심을 보이는 것은 오직 그것뿐이며, 내가 그만큼 몸무게가 늘어나면 아무 원인을 찾아내지 못해도 그냥 떠날 수 있게 해야 한다. 그러니까 당신들은 위선자들이며, 돌팔이 의사일 뿐이다! 나는 당신들과는 대화를 나누지 않을 것이다!

"그런 거니?"

당신도 알 텐데. 이 고집스러운 태도 앞에서 당신의 그따위 질문은 나를 결코 혼란에 빠트리지 못한다는 것을 말이다.

"그런 거야?"

당신이 지금 여기에 있지 않다고 해도, 완전히 똑같은 경우다.

"나 말고 다른 의사 선생님에게라면 말할 수 있겠니?"

이 인간들은 결코 아무것도 이해하지 못할 것이다! 게다가 그들 모두는 늘 강박관념에 사로잡혀 있거나, 뭔가 정신이 이상한 것 같기도 하고, 그저 욕구 불만 상태에 빠져 있으며……. 나는 아무도 필요 없고, 아무것도 원하지 않는다.

"40킬로그램이 되면 면회할 수 있다는 말은 들었지?"

아무도 내게 말하지 않았다는 것도 그녀는 잘 알고 있을 텐데……. 바로 이런 점 때문에라도 대답하지 않으려는 것이다. 더욱이 이미 침묵하기로 마음먹었다. 나는 아주 고집불통이며 속이 좁아. "너는 먹게 될 거야. 나를 믿어봐. 결국에는 삼키게 될 거야"라고 말했던, 그 심술궂고 늙어빠진 간호사처럼 말이다.

"이틀 후에 만나러 다시 올게. 그때도 몸무게가 늘지 않으면 치료 방법을 바꾸게 될 거야. 그럼 또 보자."

기껏 이따위 것들을 말하기 위해 정신분석의가 될 필요는 없다고 인정하라고! 지금 방법보다 나쁜 것은 절대 있을 수 없으니까. 굳이 내 몸무게가 늘어날 필요도 없을 테고. 이틀 동안 나는 그냥 기다려야 할 것 같다. 어쩌면 그들은 내가 생각하는 것만큼 교활하지는 않은 듯하다. 그러나 저 여자가 말한 다른 방법이라는 것이 입 안에 면도날 같은 것을 잔뜩 넣는다든가, 강제로 삼키게 할 수도 있고……. 구역질이 나도록 끔찍한 것이 잔뜩 들어 있는 비타민 첨가 우유를 억지로 먹이려 한다든가……. 아니야, 그들은 그런 짓거리를 할 수는 없어! 일단은 기다려보자고.

어젯밤에는 화장실을 가다가 키가 아주 큰 금발의 소녀와 우연히 마주쳤다. 흡사 시체 같은 몰골을 한 그 소녀는 드리워진 장막을 헤치며 나아가듯 걷고 있었다. 두 눈은 허공을 바라보며 양팔을 심하게 건들거리고 있었다. 왜 이 소녀는 이렇게 됐을까. 도대체 그들이 이 아이에게 무슨 짓을 한 것일까? 나와 동반한 간호사는 야간 당직이었는데, 주간 당직 간호사보다 더 의심이 많은 편이지만 나는 부득이 그녀에게 부탁했다……. 그녀는 의외라는 듯이 어깨만 으쓱했다! 당신도 조금은 공손해지고, 내게 반응을 해줄 수도 있었구

나. 나는 당신에게 아무 짓도 하지 않았어. 저 바보 같은 쌍둥이들처럼 덤벼들지도 않았고, 침대 시트를 분비물로 적시지도 않았으며, 당신의 후식을 몰래 훔치지도 않았고, 오히려 친절하게 내 몫까지 기꺼이 양보해주었다고! 그렇다면 직업상 준수해야 하는 비밀 유지 의무 같은 것이 아닐까? 혹은 내 치료에 방해가 될까 봐 두려웠던 것일까? 그녀가 아예 가버려도 특별한 위험은 없다는 것쯤은 잘 알고 있을 텐데……. 그저 내가 무언가 알게 되는 것마저 원하지 않기 때문인가? 지적인 두뇌 활동이 살을 빠지게 하는 것일까? "학교 수업에 대해서는 전혀 걱정할 것 없어. 그곳에는 이미 선생님도 있단다!"라고 서슴없이 말하던 거짓말쟁이 의사가 문득 떠오른다.

"지금 쌍둥이들을 돌보러 가야 하거든. 너 혼자 남겨놔도 괜찮겠지. 널 믿는다. 알았지?"

또 무슨 속임수를 쓰려는 것일까? 찌든 물때로 윤기를 잃은 세면대 사이에서, 어린 여자아이와 마주쳤다. 그 여자애는 가림막 뒤에 몸을 숨긴 채 나를 쳐다보고 있었다. 알제리 소녀는 거울 세 개 정도 떨어진 세면대에서 최신 유행가를 흥얼거리며 씻고 있었다. 저 소녀도 마찬가지로 이곳에 갇혀 있는데, 어떻게 노래를 부를 수 있을까? 만족하고 있는 것일까?

"먹지 않는다는 아이가 바로 너로구나? 잘못하고 있는 거야, 너도 알지?"

이 세면실은 더럽다. 문득, 벽에 붙어 있는 거미 한 마리가 내 눈에 띄었다. 이중문과 빗장만 없을 뿐, 이곳은 감옥 같다. 그들은 나를 소유하지 못할 것이며, 나도 그렇게 가만있지는 않을 것이다. 내가 잠옷을 벗기만 기다리고 있다. 이미 나를 보지 않았는가? 온몸을 질질 끌며 간신히 여기까지 왔는데, 머리부터 발끝까지 온몸을 씻을 수 있을 거라고 믿는 것은 아니겠지? 아주 미쳤구나. 저 차가운 돌바닥에…… 나는 곧 털썩 쓰러질지도 모른다고.

여기서는 화장실 문을 잠글 수 없다. 바퀴벌레와 이름 모를 작은 곤충이 정말 많다. 철망이 쳐진 가장 위쪽의 여닫이 창 너머로 조각난 하늘이 보인다. 나는 갑자기 구역질이 심하게 났다. 대체 어디로 환기가 되는 걸까? 목구멍에서 경련이 크게 일어나더니, 복부 한가운데서 멈춰버린다. 이제 내 방으로 돌아가지 못할 것만 같았다……. 자, 이제 몇 걸음만 더 가자. 그러면 너의 감방에 도착할 수 있어. 가자고, 아무 걱정 하지 말고! 그래, 그 감방이 네 마음에 쏙 들잖아. 그리고 앞으로도 오랫동안 그 병실에 머물게 될 테니까, 신경 쓰지 마. 금방 떠나는 것도 아니잖아! 이틀 후면 그들이 나를 위해 마련한 형벌이 무엇인지 알게 될 거고, 내 나름의 방어책도 곧 마련할 수 있을 거야. 나 자신이 우스꽝스럽게 느껴진다. 웃음이 나오려고 한다. 그렇지만 그들이 나를 소유하는 것이 싫어! 아무도, 아무것도 절대 할 수 없다니까!

시간을 잘 모르겠다. 하긴 뭐가 중요한가? 이곳에서는 날짜를 헤아리지 않는다. 그들은 당신의 육체를 가져갔듯 시간도 빼앗았다. 당신은 아무것도 말할 수 없다. 다만 견뎌내야 하는 권리만이 있을 뿐이다. 나는 이제 울지 않는다. 더는 울 수 없을 것만 같은 느낌이 든다. 두 눈은 말라버렸다. 눈물은 그만 고갈되었다. 정말 유감스러운 일이다, 눈물이란 따뜻하고 너그러우며, 왠지 기력을 되찾게 해주었던 것 같았다.

나는 꿈마저 꿀 수 없다. 저 벽들이 너무나 위협적이고, 의욕적이기 때문이다.

머릿속에서 온갖 생각이 떠오른다. 윤기 나던 피부가 점차 말라죽어가는 것을 가만히 바라본다. 가장 위쪽의 살갗은 분명 허물 중한 겹일 테고, 진짜 감각을 숨기던 피부의 일부분이었을 것이다. 그러나 이제 아무런 감각도 느끼지 못한다. 그나마 작은 위안이라고 해야 하나.

저 미친 아이들을 바라보면서 더 이상 쓸데없고 헛되게 동정하지 않으리라. 내가 저 계집애들에게 연민을 느끼는 것은 당치도 않다. 가장 지적이고 사람들은 오히려 저 미친 소녀들이며, 결국엔 승리할 것이다. 나는 저 소녀들이 무섭다. 미친 계집애들과 마주치면 혐오감부터 느끼는데……. 이 또한 내가 잘못 받은 교육의 아주 어리석은 흔적 중 일부분일 테고……. 나는 사실 그런 흔적을 다 없애버렸으면 좋겠다. 그런 것이 남아 있지 않았으면 좋겠다. 저 미친 소녀들은 아주 거대한 우월감을 지니고 있으며, 이 세상을 거부하는 방법을 아주 잘 알고 있다. 그 아이들은 아무 잘못도 하지 않았으며, 나름대로 각자의 행복을 느낀다. 그리고 그 소녀들이 소름 끼치는 눈빛으로 당신을 쳐다볼 때는, 바로 그런 행복을 큰 소리로 외치는 것이다……. 그러나 아무도 그 소녀들을 이해할 수는 없다. 그들이 그렇게 마음먹었기 때문이다. 저들의 세상은 결코 파괴되지 않는다. 오직 그들에게만 속한 은밀한 영역이다. 저 소녀들 옆에서는 내가 더 어리석고 이상하다는 생각마저도 문득 든다. 저들의 똑똑함과 신비스러움에 그저 두려움을 느낀다.

이틀 후, 나는 잠시나마 작은 승리를 거두었다고 생각했다. 그들은 열쇠를 서랍 속 깊숙이 넣어둔 채 잊어버렸다는 듯이, 일상복과 책을 돌려주고 이곳의 다른 소녀들과 함께 자유롭게 다른 방에 가도 된다고 허가해주었다. 나는 어리석고 병적인 두려움을 불러일으키는 마지막 허가는 당분간 이용하지 않기로 했다. 게다가 다른 사람들과 함께 있는 것이 사실은 아주 견디기 힘들어서 차라리 고독이 더 좋다고는 말했지만, 그것이야말로 오만함이나 거만함 같은 것이 아니었을까? 확실히 그런 것 같다. 나는 여전히 혼자 있다. 내 생각들, 소신들만 지닌 채……. 그것이 더 편하기도 하고, 누구도 비난하지는 않으니까. 좀 비겁하기는 하지만, 적어도 다툴 일은 없을 것이다. 비난 받지 않기 위해서라도 우선은 도서실에서 책을 고르고, 특히 다른 아이들을 관찰해야만 했다. 그것이야말로 누구나 쉽게 제안할 수 있는 일이기 때문이다.

아틀리에라고 불리는 놀이방은 다른 장소처럼 역시나 더럽다.

소박한 탁자 하나가 덩그러니 놓여 있고, 벽에는 여러 장의 그림이 붙어 있다. 출입문 가까이에 아주 짧게 자른 갈색 머리의 뚱뚱한 소녀 하나가 의자에 앉은 채, 몸을 앞뒤로 흔들어대고 있다. 내가 이곳에 도착했던 날, 꽃무늬 옷을 입고 있던 바로 그 계집애다. 끊임없이 흘러내리는 타액으로 뒤범벅된 두 손으로 가슴께를 긁적이고 있다. 나는 충격을 받지 않은 척 행동해야 한다. 아무도 그 아이를 쳐다보지 않고, 모두들 당연한 것처럼 행동하기 때문이다. 파란 눈의 어린애는 유리구슬을 실에 꿰지 못해 그만 울음을 터트린다. 그러자 알제리 소녀는 그 아이를 달래주면서 어떻게 하는지 가르쳐주려 무척이나 애를 써보지만, 울음소리는 점점 더 커진다. 아이들 근처에는 얼굴을 잔뜩 찡그리고 있는 또 다른 어린아이가 있었는데, 본 적이 없는 얼굴이다. 그 아이가 일어섰을 때, 나는 아이가 교정용 구두를 신고 있으며 다리를 절며 걷는다는 것을 단박에 알아차렸다. 한쪽 구석에서는 쌍둥이들이 오만상을 찌푸리며 서로 장난치고 있다. 이 두 아이는 모두 기저귀를 차고 있는데, 서로 상대방의 것을 벗겨보려 하지만 별 성과는 없는 듯하다. '이자벨'은 일어서서 양손을 비틀어 꼬고, 그 안절부절못하는 태도와 뚱뚱한 체형 때문인지 나는 그 계집애를 똑바로 쳐다볼 수도 없다. 그 아이가 너무나 무섭다.

특수 교육을 담당한 여자 교사가 커다란 소녀 한 명에게 손가락 인형극 놀이를 하는 방법을 설명해주고 있다. 그 아이는 아주 잘 이해하는 듯했고, 조금은 횡설수설하지만 나름대로 장광설을 늘어놓

고 있다. 저 아이는 도대체 왜 이곳에 있을까? 또 다른 소녀는 정성
스럽게 손톱을 다듬고 있는데…… 아주 짙게 화장을 했고, 옷도 제
법 잘 차려입고…….

책은 온통 널브러져 있다. 주로 세귀르 백작부인이나 쥘 베른의
소설책 같은 것이다. 내 방으로 돌아와 『소피의 불행』에 빠져들었
고, 눈이 너무 아파서 더는 뜨고 있을 수 없을 때까지 계속 책을 읽
어간다.

간호사들은 내게 새롭게 처방된 치료법을 완강히 반대했지만,
나는 언제나처럼 식판 위로 고개만 떨구고 있었다. 물론 기분 전환
을 하거나, 그것이 무엇이든 간에 삼켜보려는 노력은 전혀 하지 않
았다.

나는 포크를 들고 늘 가장 작은 고기 조각을 골랐다. 간호사들은
신경질을 냈고, 나는 울었다. 나는 항상 책과 함께했지만, 그녀들은
별다른 의미를 두지 않았다.

너는 아무것도 몰라. 이런 멍청이 같으니라고. 불행과 배고픔으
로 너는 곧 죽을 거야. 사람들은 너를 벼랑 끝으로 내몰 테고, 너는
아주 고통스러워지겠지. 하지만 자살은 절대 할 수 없을 테고. 그들
은 고통스러워하는 모습을 즐기려는 거야. 그들의 술수에 말려들
고 만 거야. 이것은 오직 너에게만 해당하는 치료법이야. 다른 사람
은 감금되지 않았고, 저런 정신병자들과 더불어 살지도 않아. 나는
다만 네모 선장과 결혼 전에는 '로스토프친'이라는 이름으로 불렸
던 백작 부인의 문장에 파묻힌 채, 내 혼잣말, 침묵과 고독 같은 것

과 함께 극도로 쇠약해져서 아무 저항도 하지 못하고 오직 나 자신에 대한 분노만 삭이고 있었다.

매주 어머니가 찾아왔다. 하지만 내게서 몇 미터쯤 떨어진 벽 너머에서 스쳐 지나갈 뿐이고, 내게 몇 가지 물건과 책을 가져다주었다. 그리고 언제나 '31킬로그램'이라는 비밀스러운 수치를 가방 속 깊숙이 담은 채로 되돌아갔다. 혹시 일어날 수도 있는 시도를 미리 예방하기 위해서, 물론 내 경우에는 그런 일이 일어날 위험성이라고는 전혀 없었지만, 간호사가 갑자기 내 방에 쳐들어와서는 자기가 보낸 멋진 휴가에 대한 이야기를 장황하게 늘어놓곤 했다. 그런 방식으로 감히 위험한 일을 강행하거나 다른 사람들과 만날 가능성을 철저하게 막아버리는 것이었다. 내가 만나고 싶어 하는 유일한 사람이 어머니일 것이라고 믿는 그들의 신중한 예방책이란 짓이 참으로 우스꽝스럽기 짝이 없다. 어머니란 여자는 기껏해야 "이젠 나도 양보할 수 없어"라고 말했던 하찮은 인간일 뿐이다.

"내가 병이라도 들기를 바라는 거니?"라고 그 여자는 말했다.

"네가 여기에도 있을 수 없다는 것을 잘 알고 있지!"라고 말까지도 서슴없이 했다.

그 여자 덕분에, 내 몸무게는 4킬로그램이나 빠졌어! 제발 당신들도 이 점을 잘 생각해봐!

수학 선생이 이따금 찾아왔지만, 나를 가르칠 권리는 없었다. 그녀는 마흔다섯 살쯤 되어 보였는데, 요주의 인물로 분류하지 않았다. 우리가 나누었던 이야기를 의사에게 절대로 보고하지 않을 것을 단박에 알아챘다. 그녀는 업무상으로 나에게만 잠시 다녀가는 것도 아니었고, 또 매번 간호사에게 방문 목적을 털어놓지도 않는다는 것도 잘 알고 있다. 나와 연관된 사람들 중에서, 그녀가 소위 '정상'이라고 할 수 있는 유일한 사람이다.

간호사들은 이제는 먹으라고 설득하려는 시도조차 하지 않았지만, 이따금 믿을 수 없는 견해를 허공에 내뱉곤 했다. "여기가 좋지. 네 마음에 드나 보지? 책을 읽고 있구나. 원한다면 다른 아이들과 어울려 아틀리에에 갈 수도 있단다. 너는 도통 병실 밖으로는 나오려고 안 해서. 내가 이미 말했을 텐데. 하지만 너를 귀찮게 하려는 것은 아니야, 알지?" 여자 의사도 내 고집스러운 침묵 때문인지 나를 만나러 오는 일이 아주 드물었고, 끔찍스러운 몸무게에 대해서도 이제는 비난하지 않았다.

"마침내 그토록 원하던 걸 얻어낸 셈이구나. 그러니 저 인간들이 이렇게 널 내버려두는 걸 테고! 그렇겠지. 하지만 명심해. 절대 쉽게 내보내주지는 않을 거야!" 이런 식으로 그동안 해왔던 행동 방식을 지독하게 자책하면서, 매번 식판이 주어질 때마다 상상할 수 있는, 또 말할 수 있는 온갖 폭언을 나 자신에게 퍼부어댔다.

그런데 "너, 설마 이것도 먹지 않겠다는 것은 아니겠지!"라며 어떤 목소리 하나가 불현듯이 내 안에서 말을 시작했다. 그리고 이 목소리는 끊임없이 같은 말만 되풀이했던 예전 목소리보다도 훨씬 강했다. "그렇군. 결국 너는 여기서 나가고 싶지 않았던 거야. 정말로 이곳이 마음에 들었던 거였어. 아! 끝내주는데. 미친 사람들이 우글거리는 이딴 장소에서 평생을 보내면 되겠네. 겨우 이런 게 그렇게나 먹지 않으려 했던 이유야. 너도 곧 미쳐버리면 되겠네! 그러면…….." 나는 견딜 수 없을 만큼 궁지에 몰렸고, 일단 거기서 벗어나기 위해서라도 우선은 하나의 목소리, 다시 말해 훨씬 더 강한 목소리에 귀 기울이는 수밖에 없었다.

그들은 끝도 보이지 않는 복도를 따라서 나를 이리저리 끌고 다녔다. 혈액 검사를 위해 여러 번 채혈했고, 흉부 방사선 촬영을 했으며, 온갖 자세로 사진들을 찍어댔고, 정신분석 검사도 해야 했다. 그들은 왼쪽 팔을 주사기로 깊이 찌르더니 작은 플라스크에 핏방울을 떨어지게도 했고……. 심지어 내 몸에서 더는 흘러나올 피가 없을 정도로 정맥을 마구 눌러댔다. "왜 이렇게 하는지는 네가 굳이 알 필요가 없을 것 같구나!" 벌거벗은 상체가 엑스레이 장비에 닿았을 때는 얼음처럼 차갑게 느껴졌다.

나는 머릿속이 완전히 멍해져서 담당 간호사 두 명의 부축을 받으며 간신히 되돌아오는 길에, 그만 성인 정신과 병동의 환자들과 마주쳐버렸다……. 처음에는 그 사람들의 기형적인 모습과 표정에서 좀처럼 시선을 뗄 수 없었지만…… 이내 그들의 정신병이 혹시라도 전염될까 두려워 본능적으로 시선을 돌려야 했다.

사진 기사는 우선 나를 하얀 벽 앞에 바짝 붙여 세우더니, 플래시를 터트리며 사진 세례를 퍼부었다. 나는 극도의 불안감과 고통스러운 지겨움에 이대로 얼어버릴 것만 같은 느낌을 받았다. 마치 권총을 손에 쥐고, 잠시 후면 더는 존재하지도 않을 나를 사형장으로 끌고 가는 것만 같았다. 플래시의 강한 빛에 눈이 아프도록 부시고 사진 기사가 너무나 무서워서, 나는 거의 반쯤 실신해서 바닥에 쓰러졌다.

바보 같은 심리 검사는 흥미롭기까지 했다. 그들은 나를 미로처럼 얽혀 있는 수용소의 가장 비밀스러운 층에 있는 작은 사무실로 끌고 가더니, 어떤 여자 의사에게 나를 넘겼다. 그 여자 의사는 사내처럼 행동하려고 무진 애를 쓰며, 나를 여섯 살 아이처럼 취급하는 부류의 인간이었다.

"이제부터 너에게 질문할 거야. 그저 마음에 드는 것을 대답하면 돼, 알겠지? 이 난해한 상형문자의 형태가 가리키는 건 무엇일까?"

그녀는 도대체 나를 어떻게 생각하는 걸까? 난 '흔히 사용하지 않은 고풍스러운 철자들이 잔뜩 포함된' 단어에 전혀 주눅 들지는 않아! 내가 굳이 친절하게 설명해주자면, 그딴 건 이미 초등학교 역사 수업 과정에 포함되어 있어. 그리고 저 멍청한 인간들이 나를 이런 난장판 같은 곳에 가두지만 않았으면, 지금 중학교 2학년이 됐을 테고.

그녀는 다음으로 '질문이 적힌' 작은 카드 한 묶음을 꺼내더니, 가능한 한 빨리 그것에 대답하라고 했다. 그녀는 안경을 추어올리고는 두 번째 카드 묶음을 꺼냈고, 그것은 정답을 검사하는 것이었다. 이번에는 손거울을 보며 화장을 매만지면서, 그녀는 다시 세 번째 카드 묶음을 집었다, 그것은 물론 평가용 카드였다…….

"폴은 피에르에게 3프랑을 주었다. 그러나 피에르는 엄마에게 5프랑을 빌렸다. 그러면 이제 그는 저금통에서 얼마를 꺼내야 할까?"

"탁자 위에 열 개의 주사위가 있다. 스테파니가 네 개를 가졌고, 베로니크는 두 개를 가졌다. 그러나 사내아이들이 그 아이들에게서 그것들을 빼앗아 갔고…….스테파니는 그중에서 세 개를, 프랑수와는 하나를 각각 돌려주었다. 그럼 이제 몇 개가 남아 있을까?"

"잘했어, 그럼 이제는 이 사진들을 보면서, 무슨 생각이 드는지 내게 말해줄 수 있겠니?"

구형과 기다란 직육면체 그림들. 아뇨, 선생님, 나는 아무것도 선택하지 않겠어요. 내 진료 기록부에 '성적 강박관념'이라고 써넣는 것을 바라지 않거든요. 사실은 말이에요, 이 그림을 어떻게 그려서는 안 되는지도 잘 알고 있어요. 나무에 너무 굵은 뿌리를 그리면 '공격적'일 것이고, 열매가 너무 없으면 '야심적'일 테고, 꽃이 너무 없으면 '몽상적 기질', 그리고 그림 속에 인물들이 거의 보이지 않으면 '활기와 의욕이 결여된 성격', 다시 말해서 '모험심 결여'라고 쓰시겠지요. 그리고 덧붙여 말하자면, 내가 이런 주사위나 그림 또는 색깔 칠하기 같은 것을 가지고 놀 나이는 이미 지났잖아요.

이곳에 온 지도 3주가 지났으니, 9월 말이 되었다. 미소라도 지어 보려 하면 입술은 그만 갈라지고, 두 눈은 몸뚱이처럼 말랐다. 절망적일 만큼 메말라버렸다. 나는 복도에 나가는 것조차 꺼렸고, 지나가는 간호사에게 가끔씩 부탁하곤 했다. "무슨 일이니?" 그러면 곧바로 얼버무리는 대답. 여기서 내가 가장 충격 받은 일은 겉보기에 너무나 정상적으로 행동하는 소녀들이 이런 병동에 많이 수용되어 있다는 것이다. 예를 들면, 키 큰 소녀는 교과서, 그것도 고등학교 졸업반 교재를 공부하고 있는 모습을 종종 보았다. 또한 그녀는 이곳에 수용되어 있는데도 전혀 불편해하거나 지루해하지 않는다는 것을 제외한다면, 사실 이상한 점이 전혀 없어 보였다. 그 소녀의 병실은 내 방 가까이에 있기도 했지만, 그녀에게 처방된 치료 방법은 전혀 격리할 필요가 없는 것인지, 어디든 자유롭게 출입할 수 있었다. 이 병실이 아직도 내게는 너무나 고통스럽게 여겨지는데, 처참한 자기 병실을 남다르게 꾸미려고 드는 그 아이의 욕망에 나는 놀랄 수밖에 없었다. 하얀 벽에 붙여놓은 그림들, 변두리 병원에서 가져온 것 같은 허접한 소품들, 거기에 뜬금없는 꽃들까지. 그래, 좋다고. 꽃은 예쁘기라도 하니까. 하지만 양철로 만들어진 탁자에 덜렁 놓여 있는 것은 아무래도 좀 그렇다.

그들은 이 더러운 영역을 자신만의 공간으로 만들었고, 그렇게 관리하고 있다. 어쩌면 그들은 여기에 있는 소녀들이 그것에 적응하고 익숙해져서 얌전히 지내기를 원하는 것일지도 모른다.

그 소녀의 병실에서는 창문을 통해 병원 안뜰을 내다볼 수 있다. 학교 안에 만들어놓은 정원과 아주 비슷해 보였는데, 마로니에 나무들과 벤치들이 있었다. 아! 그렇구나, 이미 가을이구나. 나뭇잎들이 예쁜 색깔로 물들었다. 내가 나무였다면, 특히 못난 나무였을 것이다. 매우 견고하고 아주 높다란 저 철책만 빼면, 그냥 학교의 정원 같은 모습이었구나…….

이 병동은 단층 건물이다. 저 창문을 열 수만 있다면……. 위쪽의 작은 여닫이창만 열어서 환기한다. 그러나 나는 다른 방법을 찾아야 했다.

그 소녀는 부모와 남자 친구에 관해 이야기했다. 그리고 자기 학업에 대해서도……. 나는 그 아이의 이야기를 들으며, 뭔가 그녀를 비난할 만한 근거를 찾았다. 예를 들면, 범죄 행위 같은 것 말이다……. 그녀는 자기가 저지른, 별로 대수롭지 않은 '바보짓'에 대해 이야기했지만, 얼마 지나지 않아 모조리 잊어버리고는, '그녀의' 방, 자기 집에 있는 진짜 자신의 방에 대해서 장황하게 설명했다.

끔찍하고, 비인간적이며, 부당하기는 하지만, 그녀보다 훨씬 더 '비정상적인', 밖에 있는 사람들에 대해 나는 잘 알고 있다. 그들은 틀림없이 그녀가 아무것도 깨닫지 못하도록 아주 독한 신경안정제를 처방해주었을 것이다. 그렇지 않다면, 이런 일은 불가능하다. 그 소녀는 멍한 시선을 짓지도 않았고, 너무 뚱뚱하지도, 마르지도 않았으며, 절대로 공격 성향을 드러내지 않았고……. 어쩌면 그건 신경성 발작 때문인 것 같기도 하고…….

정신질환의 여러 증상에 대해 내가 꼭 알아야 할 필요는 없지만…… 나에게 정신병자들이란 늘 온몸을 사방으로 비틀어대며, 타인을 호전적으로 공격하고, 억눌려 있던 기운을 마구 사용하는 사람, 그래서 당연히 감금해야 하는 인간들이었다. 또한 자신의 상태에 대해 완전히 의식이 없는 사람이었다. 지금 정신병자가 뭐 어떻다고? 들었지, 방금 정신병자라고 말했다니까! 인간쓰레기……. 전기 충격으로 진이 빠져버린 벌레만도 못한 인간, 그리고 '진정제'로 하루하루를 연명하는 몹쓸 종자들……. 바로 이런 식으로 사람들은 그들을 묘사한다. "엄마, 저 병원에는 누가 있어요?" 그러면 '사회에 기생하여 얹혀살고 있는' 인간들의 폐해에 대해 장황하게 늘어놓는다. 물론 스스로 관대한 사람처럼 보이고 싶어서 가장 거짓되지만 짐짓 상냥한 표현을 고른다. "있잖아, 저 사람들은 아주 불행하단다. 하지만 그들을 위해서는 아무것도 해줄 수가 없어. 다만 그들을 돌봐주고 치료해주려 애쓰고 있단다." 이렇게 말을 했던 그 여자는 자신은 스스로 행복하다고 믿고 있기 때문이었을까?

"물론이지. 아침 7시에 일어나. 회사에 가야 하니까. 거기서는 열심히 일하는 것처럼 보이려고 타자라도 치는 척해야겠지. 그러고 나면 단짝 동료들과 각자 시킨 요리들을 나누어 먹으며, 속내 이야기라도 나누어야 하고. 정오가 되면, 결코 내 돈을 주고는 살 수 없을 것 같은 옷을 구경하려고 상점에 같이 가보기도 하지. 오후에는 손톱 소제도 해야 하고. 그러다가 저녁이 되면, 이제는 소중한 우리 가족을 돌보아야 할 것이고……."

그래, 저것도 일종의 정신병이다. 다만 그 진행 속도가 완만하고, 남에게 별다른 해를 끼치지 않으며, 그리 위험해 보이지는 않으니까, 이런 인간을 감금하지 않는 것뿐이다.

바람 한번 크게 불어도 그 충격을 견딜 수 없는 늙은 사시나무처럼 벌벌 떨면서, 내 방으로 돌아왔다. 도대체 내가 무슨 유전적 결함이 있기에 미친 사람들의 수용소에 머물러 있으며, 이런 고약한 병균에 조금씩 감염되어가고 있는 것일까? 나도 역시 나쁜 사람들의 명단에 분류되어 등록되어 있다는 것을 스스로 인정하려고 들지 않는다는 사실이 참으로 이상하다. 그러므로 내 행동은 지금의 여러 상황을 더욱 악화시킬 수밖에 없을 것이다. "이 소녀에게는 이곳을 나가려는 욕구가 전혀 보이지 않는다. 그러므로 그녀는 우리의 도움을 절실히 필요로 한다. 또한 다시금 세상과 대면하는 것에 두려움을 느끼고 있다. 이곳에서는 자신이 보호 받고 있다고 느낀다. 따라서 절대로 그녀를 거칠게 다루어서는 안 된다. 그냥 지금 상태로 내버려두어야 한다." 하기야, 이런 고집불통의 뇌 구조를 가진 인간을 잘 보호한다는 것이 그리 쉬운 일은 아니겠지! 그러므로 절대 게걸스럽게 먹어대서는 안 돼. 물론 독약과도 같은 허가와 외출 같은 권리를 결코 받아들여서는 안 되겠지? 오직 나 자신만 생각하자…… . 지금 이 순간에도 저 밖에서는 수많은 일이 벌어지고 있는데, 그저 이 안에만 갇혀 있다는 것은, 정말이지 터무니없는 일이라고. 그렇지만 그들은 당장에라도 나를 여기서 나가게 하지 않으려고만 한다. 나는 아주 건강하다. 어떤 사람을 금발이라는 이유로 감금할 수 있는가? 어쩌면 그들은 마른 사람들은 모두 다 감금하려 들지도 모른다!

그들은 나를 소유할 수 없으리라!

주간 당직 간호사가 새로 왔다. 무사히 휴가를 마치고 돌아왔다는 그 여자는 키는 작았지만 아주 활기가 있고 무척이나 권위적이다. 그녀가 도착한 바로 그날, 내 치부의 두 번째 허물이 갈라지더니 그만 벗겨져버렸다. 나는 눈물을 멈출 수가 없었다. 나 자신에게 너무나 화가 나고, 분노가 치밀며, 극심한 모멸감까지 느껴졌고, 흐느낌에 거의 숨이 막힐 지경이 되었다.

"아니, 도대체 왜 이렇게 서러워하는 거야?"

아! 안 돼. 이제는 숨도 쉴 수 없어. 점점 더 심해진다. 숨구멍이 꽉 막히는 것만 같아 심호흡이라도 해보려고 숨을 헐떡거려본다.

"그러니까, 네가 도통 먹으려 들지 않는다는 소녀구나? 그저 병실에 처박혀서는 아무것도 하지 않는다고 하더라. 여기 있는 사람들이 너에게 친절하게 대해주잖아. 일단 다른 결정이 내려지기 전에, 너도 노력을 좀 해야 할 텐데. 그렇지만 나는 익숙해. 내가 곧 너를 먹게 할 거야."

당신도 기대하는 거야 할 수 있겠지. 더욱이, 당신이 이제 막 도착했기 때문이라고 믿는다면 말이다!

그녀는 잠시 후 돌아갔고, 나는 마음속에는 분노를, 그리고 정신에는 한계를 절실히 느끼면서, 애써 고른 한 권의 책에 깊이 빠져들었다. 그녀는 특히 누구보다도 심하게 화를 낸다. "한 입만 더. 자, 빨리. 네가 살이 찌려면 이 정도로는 안 된다고." 30분쯤 실랑이를 벌인 끝에, 그녀는 손으로 나를 붙잡더니 내 입이 벌어질 때까지 내 치아 사이에 포크를 쑤셔 넣고 억지로 벌린다. 나는 막무가내로 도리질을 쳤고, 그 바람에 식판 위에 있던 것이 대부분 바닥과 그녀의 옷에 튀었다. 그녀는 결국 고기는 포기하고, 이번에는 단맛이 나는 후식을 고르더니, 불결한 바닐라 푸딩을 내게 강제로 먹이려고 했다. 하지만 이것도 잘되지는 않았다, 나는 분노로 목이 매여 거의 숨이 넘어갈 지경이었다. 그러나 결국 시커멓게 그을린 겉껍데기 조각은 삼킬 수밖에 없었다.

"계속 이런 식으로 있을 수 없다는 것은 너도 잘 알고 있잖아. 결국 너는 코에 유동식 비위관을 매달게 될 거야. 물론 너의 의견 같은 것은 아무 상관 없을 테고. 나를 믿어보라니까. 이런 식으로 해봐야 결국 아무것도 얻을 게 없어."

당연히, 나는 아무것도 하지 않았다고!

"너 때문에 너희 엄마가 고통스러워하는 것은 정말 눈곱만큼도 생각하지 않는구나. 엄마는 지금도 속으로 그러실 거라고, 우리 불쌍하고 어린 딸아이가 지금……."

아! 아니야. 그딴 식으로 지껄이지 말고 좀 닥치라니까! 당신이 잘못 알고 있어. 혹시 가장 불행한 사람이 그 여자라고, 그렇게 믿으라는 거야? 어찌 되었든, 지금 이 정신병원에 갇혀 있는 사람은 바로 나라고! 그 여자는 단지 궁리만 했을 뿐이야!

"있잖아, 가장 용기 있는 사람은 바로 그런 부모들이야. 자기 자식들을 이곳에 남겨두고도, 치료를 위해서라면 모든 것을 다 해주겠노라고 굳게 믿고는 의심도 하지 않더라니까. 너도 엄마가 보고 싶으면 노력이라도 해보라고. 나를 좀 믿어봐!"

그녀는 아예 편견에 사로잡혀 있다. 나의 분노가 사랑 때문이라고 착각하고 있다. 그랬구나. 이제 보니, 애정이 넘치는 부모들일수록 가장 힘든 악역을 기꺼이 해야 하는 것이었어! 참 대단하기도 하다! 그런 부모들이 자신의 '소유물'을 정중하게, 그리고 어떠한 위험도 없이 간단히 제거해버리면서……. "그저 이 아이가 정상이 되어서 다시 돌아올 수만 있다면, 무슨 일이든 하셔도 나는 상관없습니다." 그들이 굳이 서명까지 하게 해서 받아들인 것이 바로 그런 이유였던 것이었다. 이 간호사는 새빨간 거짓말쟁이야. 예전의 그 멍청한 정신과 의사는 이런 상황이라도 그 다음다음 날에야 경찰과 사회복지사가 개입하게 될 것이라고 예상했는데도……. 그런데도 그 여자는 그 며칠도 참아내지 못하고…… 바로 그 다음 날에, 곧바로 이 정신병원에 나를 억지로 끌고 왔어.

나는 분노에 찬 시선으로 그녀를 노려보았다. "역시 너도 그런 건 전혀 이해하지 못하고 있구나!" 물론 나의 이런 반응은 당연히 나쁜 쪽으로 해석되기 마련이다.

"엄마가 보고 싶지 않니?"

기껏해야 앞으로 두 달밖에는 살 수 없다는 것을 눈치챈 쓰레기 같은 늙은이처럼 넋을 놓고 흐느껴 울었다.

"네가 아주 마음에 들어. 너에게 특별한 혜택을 주어야겠구나. 내가 바로 수간호사거든. 너희 엄마를 만날 수 있도록 허가해달라고 의사 선생님들께 직접 부탁드려볼게. 어쩌면 이곳의 절차를 어기는 일이 될 것도 같구나. 하지만 그래도 잘 안 된다면, 결국 너를 감금해야겠지. 그 규칙은 반드시 지켜져야 한다는 것을 너도 잘 알고 있잖아. 자, 이 크림을 좀 먹자, 빨리. 이건 너랑 친한 것과는 별개의 문제니까."

그녀는 이번에는 작은 숟가락을 잡더니 내 치아 표면을 긁어대서, 결국 상처를 입혔다. 이런 더러운 짓거리라니! 결국 어머니를 부르는 것도 모자라서, 이젠 아예 내 머리를 붙잡고 이 구역질 나는 혼합물을 내 목구멍 깊숙이까지 억지로 쳐넣는구나! 숨이 꽉 막히고 두려움에 그만 얼이 빠져버렸지만, 반항하려 드는 나를 그냥 침대에 내버려둔 채로 그 여자는 가버렸다. 나는 아무 소리도 듣지 못했어. 그렇게 믿고 싶지만, 그녀가 했던 말이 끊임없이 머릿속에 다시금 떠오른다. 이제는 아무것도 모르겠어. 다만 나를 이런 식으로 내버려두었다는 것 말고는……. 이건 정말 아니라고!

그 간호사는 내 살갗의 세 번째 물집마저도 찢어지게 했다. 썩어가는 고름은 더는 흘러나오지 않지만, 언제나처럼 아주 고약한 냄새를 풍긴다. 아니지, 이제는 아무것도 생각하고 싶지 않다. 나는 그저 기다릴 것이다. 혹시라도 이런 오해의 이유를 찾게 된다면, 그들은 결국 끝내려 들 수도 있지 않을까. 정말 불가능한 일인지, 그건 생각조차 하지 않는 편이 나을 거야. 하지만 어떻게 해야 하지? 이런 모든 생각이 페인트를 칠한 하얀 벽에 또렷하게 새겨지더니, 갑자기 내게로 덤벼든다. 두 눈으로, 심장 속으로, 결국 내 발톱 끝까지…….

외출 같은 특별 허가는 35킬로그램부터라고 정해져 있다. 언젠가는 그들도 자신의 실패를 인정하고 싶지 않아서라도, 주말 동안 잠시 외출을 '허락한다'고 나에게 통보하게 될 것이다. 그렇게만 된다면, 그들은 두 번 다시 나를 볼 수 없으리라! 이곳에서 빠져나가게 되면, 나는 바로 자살할 것이다. 그것도 아주 확실한 방법으로. 만약 실패라도 하게 된다면, 나는 결국 두 가지 범죄를 동시에 저지르는 꼬락서니가 될 테니까. 하지만 불행스럽게도, 그들은 그만큼 어리석지는 않은 것 같다!

"자, 그만 울어. 내가 이러는 것도 전부 너를 위해서야. 넌 이러는 것이 물론 싫겠지?"

당연하지. 할 수만 있다면, 당신을 죽여버리고 싶다고.

"잘 알고 있을 텐데. 네가 마음만 먹으면, 금방 모두 잘될 거야……. 나 역시 너에게 이러고 싶지 않다고. 너의 잘못이 아니라는 것도 잘 알고 있어. 네가 아무것도 할 수 없다는 것도 물론 알고 있지. 그래서 너를 도와주려는 거야. 너를 죽게 내버려둘 수는 없거든. 이해할 수 있겠니? 자, 그만 눈물을 닦으렴……. 결국, 너도 내게는 모두 털어놓고 말할 수 있을 거야……."

그들은 왜 나를 이곳에 붙잡아두는 것일까. 나는 미치지 않았어!

"있잖아, 집에서는 네가 전혀 먹으려고 들지 않았잖아. 부모들은 사실 이런 일에 대해 잘 알지도 못하고, 막상 해야 할 일을 거의 하지도 못하니까……."

그럼 당신들은 해야 할 것을 한다는 말인가. 당신들은 아이들이 범죄라도 저질렀다는 듯이 감금하고 있잖아!

"고집부리지 마. 너도 우리만큼 잘 알고 있잖아. 이것이 유일한 방법이야. 네가 계속 이런 식으로 있을 수 없다는 건 잘 알고 있잖아. 네가 더는 아무것도 할 수 없다면 머리도 점점 둔해질 거고, 그러면 학교 공부와 그런 모든 것이…… 아주 처참하게 망가져버리는 것을 너도 물론 원하지 않잖아? 공부 아주 잘하지? 틀림없이 그럴 거야. 그러니까 네가 구태여 불행해질 이유는 하나도 없어. 복도에서 이곳에 있는 아이들을 거의 다 보았을 거야. 너도 자칫하면 저 아이들처럼 될 수도 있다고……. 일부러 병에 걸리고 싶어 했던 사람은 바로 너잖아. 하지만 저 아이들은 그냥 여기에 있는 거야. 저 아이들도 할 수만 있다면, 여기서 나가기 위해 무슨 짓이든 하려고 들 거야. 하지만 저 아이들의 대부분은 완치될 수 없어. 그런데 넌 기회를 가지고 있으면서도 헌신짝처럼 내팽개치고 있어. 너야말로 이 병원에서 평생 있고 싶은 것은 아니잖아? 자, 그렇다면 이제 네가 해야 할 일을 잘 알겠지. 그렇지 않니? 그러니 그렇게 짜게 굴지 마. 적어도 지금의 세 배쯤은 먹어야 해. 9킬로그램, 그거 별로 많은 것도 아니야……."

나는 결코 그렇게 될 수 없을 것 같아.

"아무튼 시도라도 해보자니까. 소녀들이 이곳에 오게 되면, 처음에는 모두 너처럼 그렇게 말해. 그러다가도 한 달 뒤에는 전부 무사히 퇴원했어."

바로 이 간호사가, 어쩌면 그녀가 나를 소유하게 될지도 모른다. 그래, 이 여자는 지금 나를 도와주려고 무척이나 애쓰고 있고, 나를 버리려고 하지는 않는다. 그리고 나는……. 도대체 내가 지금 무슨 생각을 한 거야? 이런 바보 같으니라고. 정말 너 바보구나, 저건 자신을 스스로 동정하는 데 불과해. 그게 아니면 무엇일까? 아닐 거야. 그건 사실이 아니야. 그저 그들이 귀찮게 구는 것이 싫은 거잖아. 굳이 증거를 들자면, 저 간호사는 적어도 미친 계집애들에게 하듯이 말을 건네지는 않았어. 그리고 너도 전적으로 그녀를 증오하지는 않는 것 같은데. 그렇지만 저 여자가 조금 전에 내 이를 긁어 상처를 입혔다니까! 아니, 그러면 너는 도대체 무엇을 원하는 거야. 이런 제기랄! 이 수용소에서 인생을 끝내기라도 하자는 거야?

"이제 간다. 내일쯤 너희 엄마의 면회에 대해서 의사 선생님들께 상의해볼게. 오늘 저녁에는 네가 뭐든 좀 먹었으면 좋겠는데. 있잖아, 모두 네 문제로 좌절하고 있어. 도대체 무엇을 해야 할지 아무도 모른다니까."

물론 그날 저녁에도 나는 먹지 않았다. 하지만 나는 끔찍하리만큼 죄의식을 느꼈다. 그들이 찾으려 했던 것이 바로 이것이었을까? 그래서 그들이 당신을 가두었고, 당신이 잘못했다는 것이다.

내 분노는 사라져버렸다. 내 처신에 대해, 내 거부에 대해, 그리고 특히 그 간호사가 했던 말에 대해, 나는 끊임없이 여러 가지 의문을 제기하기 시작했다. 그녀가 했던 말은 당장은 '그들'에 대한 분노를 가라앉혔지만, 나 자신에 대한 분노는 다시금 치밀어 오르게 했다. 내 사고방식이 전적으로 달라진 듯했다. 어쩌면, 나는 내 육체를 돌보아줄 누군가를 찾았던 것이 아닐까? 그저 스스로 '그것'을 돌보고 싶지 않았던 것이 아닐까? 특히 내 정신 상태에 대한 의학적 진단을 기다렸던 것일까? 그들이 나를 아예 정신병자라고 여긴다면, 사실 내가 먹든지 말든지 간에 그냥 붙잡아둘 테지…….

그래, 그 간호사는 필요한 것을 말했고, 내가 완전히 바보처럼 행동했는데도 내가 언급조차 하지 않았던 나의 지적인 측면을 아주 긍정적으로 평가했다. 그것은 물론 '터무니없는' 내 진료 기록부를 읽었기 때문일 수도 있다. 그녀는 틀림없이 모든 사람에게, 자기 앞에 놓인 식판에 고집스레 고개를 숙이고 있던 다른 소녀들 모두에게도 그와 똑같은 잔소리를 하지 않았을까?

전부 다 마찬가지야! 비열한 인간들! 아무튼, 너는 멍청이일 뿐이야!

나는 복도를 지나치면서 '미친 아이들'을 바라보았다. 이자벨은 속옷을 손에 들고 울면서 어슬렁거리고 있었다. 아무도 세탁해주려고 하지 않았기 때문이다. 창문도 없는 골방에 감금된 소녀의 비명이 들려왔다. 또 다른 여자애는 맨바닥에서 잠들어 있었고……. 왜 나는 저들을 경멸했던 것일까? 나는 저들을 이해하지 못했다. 아니, 그럴 수도 없다. 어쩌면 바로 그런 이유들로……. 나는 저들을 알지 못하며, 알고 싶지도 않다.

나는 분명 저 아이들과는 다른 사람이다. 다시 말해 감금되긴 했지만 '그들'에 대해 나처럼 행동하는 소녀들이라면, 앞으로는 분명 좋아하게 될 것이다. 왜 나는 이제껏 결심하지 못했던 것일까? 나에게는 이제 선택의 여지가 없다. 그것이 이 감옥을 나가는 유일한 방법이라는 것도 이제는 잘 알고 있다. 그런데 지금 무엇을 기다리고 있는 것일까. 도대체 내가 기다리는 것은 무엇일까?

밤 10시. 야간 조명등 몇 개를 제외하고, 모든 불빛이 꺼진다. 야간 당직 간호사가 30분 혹은 한 시간마다 지나간다. 아침 8시, 더러운 침대 시트를 잔뜩 실은 수레의 바퀴 소리가 미동도 하지 않고 깊은 잠에 빠져 있던 나를 억지로 끄집어낸다.

"이런, 어제저녁에도 안 먹었구나? 그렇게 표시되어 있어. 아무것도 먹지 않다니, 좀 심하구나. 알고 있지. 15분 안에 아침 식사를 가져다줄게."

말 좀 해봐. 그렇게 오랫동안 반복해도, 그게 그렇게 재미있니? 네가 정말 혐오스러워, 이 더러운 계집애야! 너는 그저 더러운 계집애일 뿐이야!

다른 아이들이 구내식당으로 달려가는 소리가 들린다.

설탕을 잔뜩 집어넣은 커다란 커피 한 사발, 250그램 정량의 버터를 처바른 빵 덩어리들⋯⋯. 너는 저것을 처먹게 될 거야, 이 더러운 계집애야. 저것이 불결하다고 말했니? 식욕이 전혀 없다고, 그따위로 말하지 마라. 더욱이 너랑 같이 있으면 모든 것이 다 불결해. 너는 또다시 거짓말을 하고 있어. 전혀 배고프지 않다고? 제발 웃기지 마라. 벌써 여러 달 전부터 너는 전혀 먹지 않았어! 뭐, 당분간은 너의 고통을 먹고 살면 되겠네. 그러나 그건 좋은 일이 아니야……. 자, 네 몫의 빵 덩어리를 집어! 숨은 쉬지 말고. 그러지 않으면 또 다른 핑곗거리를 찾으려 들 테지. 그 냄새를 느끼지 않으면 금방 끝낼 수 있을 거야……. 내 마음이 또다시 변한다. 조심하자. 이제 모든 것이 끝나간다……. 빵 덩어리를 내려놓고, 이번에는 커피를 홀짝거려본다. 너, 정말 머저리구나! 한 번만 다시 해보자. 제기랄, 이게 그렇게 복잡한 일이 아니라니까! 참으로 우스꽝스럽다는 것은 인정하지. 아니라고? 우선은 먹는다는 것 자체를 의식하지 말아야 한다니까! 조심하자. 나는 숨을 멈춘다. 그것을 움켜잡는다. 아예 쳐다보지도 않는다. 입을 크게 벌린다. 할 수 있는 한 크게 한입 베어 문다. 너무 크다. 그것이 목구멍을 스쳐 내려가며 상처를 입힌다. 목구멍 속으로 들어가고 싶어서 안달이 났다. 숨이 막힌다. 제기랄, 나는 정말 이런 것을 원하지 않아!

마침내 그 일이 벌어졌다! 내가 당신들을 신경질 나게 했구나! 당신들을 이해할 수 있다.

그 간호사는 결국 담당 의사를 설득할 수 있었나 보다. 11시쯤 남자 의사 한 명과 함께, 얼굴 한가득 억지로 미소를 머금고 완전히 우스운 꼬락서니를 한 채 그 여자가 내 병실에 들어서더니, 내게 인사부터 건넨다.

"그래, 우리 예쁜 딸, 잘 지냈니?"

이 여자는 어쩌면 이 수용소가 내 취향에 맞는다고 대답하기를 원했던 것일까? 지금 내가 못되게 군다고? 그들이 내게 했던 짓에 비하면 어림도 없다. 그녀는 마치 내가 예전에는 이토록 행복해하는 모습을 한 번도 본 적이 없다는 듯이 나를 쳐다본다. 대관절 나에게 무엇을 말하고 싶어서 온 것일까? 아마도 그녀의 변호사가 결국엔 상대방의 모든 잘못을 인정하게 하는 데 성공하지도 못했고, 그러니까 결국 그녀도 '쌍방과실'이라는 것에 어쩔 수 없이 동의해야 했기 때문이라면, 그런 일은 정말 불쾌하기 짝이 없지 않은가? 아니었다. 그 여자는 그런 일에 대해서는 아무 말도 하지 않았고, 나로서는 차라리 그 편이 더 나았다. 나를 만나게 돼서 그녀는 정말 기쁜 걸까? 기뻐해야 하는 사람은 분명 나여야 하지 않을까! 하지만 나는 그런 일은 전혀 신경 쓰지 않는다.

"너 때문에 도무지 잠을 잘 수가 없어. 너무 걱정된다고. 네 덕분에 내가 병이 들 지경이라니까."

역시, 그녀가 이따위 말만 하고 싶어 여기에 온 것이라면 지금 당장 가버려도 된다. 다른 사람들의 하소연을 듣지 않아도 될 만큼, 나 자신을 향한 비난거리를 넘치도록 가지고 있으니까 말이다. 만약 내가 먹게 된다면, 이 여자를 기쁘게 해주기 위해서는 아니다. 나도 역시 위선자에 불과하다. 왜 나는 지금 생각하는 바를 그녀에게 솔직하게 말하지 않을까? 그 여자는 나를 믿으려고 하지 않았고, 그저 자신의 정신적인 충격만 탓하며, 나를 완력으로 제지하려고만 들었다. 그럴 수는 없어! 차라리 침묵하는 편이 나아! 위선자!

겁쟁이! 너는 정말 아무런 가치도 없다니까!

그다음 날, 결국 나는 증세가 호전될 여지가 전혀 보이지 않는다는 진단을 받았고, 그들은 침대에 나를 길게 눕히고는 내 병실 문을 열쇠로 잠가버렸다. 그리고 승리의 우월감으로 들뜬 의기양양한 미소를 입가에 지으며, 의사들이 연이어 들락거렸다. 마침내, 이 이야기의 첫 부분에서 말했던 바로 그 형편없는 의사가 나를 전담하게 되었다. 한 달간 고통스럽고 혐오스러웠던 감금 생활 끝에, 나는 결국 처음으로 되돌아가게 된 셈이었다.

6

"자, 오늘은 좀 어떠니?"

분노는 이미 사라졌다. 다시는 울지 않으리라. 물론 소리도 지르지 않을 것이다. 당신들에게 이젠 어떤 말도 하지 않으리라. 15분쯤 뒤에는 그 뚱뚱하고 못돼 먹은 여자 의사도 되돌아올 것이다. 이제는 아예 짝을 지어서 나타나는구나. 하지만 당신들 따위는 두렵지 않아!

"그래, 어머니와 좋은 시간 보냈니?"

어쨌든 좋은 시간을 보냈을 거라곤 기대하지도 않잖아! 아니야,

그들의 소리를 이제는 듣고 싶지 않아. 아니야, 다시는 대답하고 싶지 않아. 그러니, 제발 그 입 좀 다물어!

"너희 아버지는 지금 캐나다에 계시지, 그렇지 않니?

아주 잘 알고 있네. 아니지, 저 소리를 다시는 듣지 않겠다고 이미 말했잖아.

나는 너무나 피곤하다는 듯이, 침대 시트 속 깊숙이 내 몸을 파묻는다. 천장을 보고 있으면 정말 재미있다. 온갖 색깔의 빛들, 환상적인 별 무늬들. 자, 말하세요, 의사 선생님. 당신의 온갖 열등감을 숨김없이 털어놓아보시죠! 상당히 두꺼운 당신의 안경조차 쳐다보지 않을 테니까. 지금 그렇게 턱을 괴고 있는 것을 보니, 무척이나 피곤하신 거군요? 다른 손으로는 팔꿈치를 괴고 있는 것도 그렇고. 맞나요? 좀 쉬셔야겠네요. 그래요! 그렇게 나를 노려보지 마세요. 자칫 잘못하면 '악화될 수 있는' 신경증이라고 비난받을 수도 있어요. 걱정하지는 마세요. 나는 절대로 말하지 않을 테니까. 게다가 당신의 행동은 너무 어색해요.

"이곳이 네 마음에 들지 않는 거야, 그렇지?"

"거울을 자주 보니?"

"어렸을 때, 자동차를 가지고 놀았니, 아니면 인형을 갖고 놀았니?"

'여성성의 거부'라는 당신네 주장을 증명하고 싶으신 거죠. 잘 알고 있습니다. 아무튼 대단하시네요! 그런데 자기 자신이 좀 둔하다는 생각이 안 드나요?

문이 열리고, '꽁지머리' 의사가 위협적인 모습으로 나타났다. 그들은 서로 상냥하게 인사를 나눈다. 인턴은 임상 담당 과장에게 정중하게 고개를 숙인다. 나도 뭐, 그 대화에 끼어들고 싶지는 않지만, 그들은 자기들끼리만 이야기를 나눈다. 어차피 그럴 거면 이 환자의 병실이 아닌 다른 장소를 선택하는 편이 낫지 않을까요! 그러나 잘 아시다시피, 이런 부류의 인간들은 전혀 주저하지 않는다.

"일주일 안에 유동식 비위관을 삽입해야겠죠? 환자의 체중이 전혀 증가하지 않으면요."

"그렇지, 그 점에 대해 먼저 잘 이해시킬 필요는 있어. 환자가 여기를 너무 좋아하는군. 그러니 떠나고 싶은 마음이 들도록 좀 더 엄격하게 대해야 해."

"당신 소견으로는, 왜 환자가 실어증 상태를 유지하려고 고집부리는 걸까?"

"주치의 선생님께 대답해. 계속 대답을 안 하면, 나도 어쩔 수 없이 화를 낼 수밖에 없어."

'그'가 질문을 한 사람은 내가 아니었다. 게다가, 나는 당신들의 토론을 방해하고 싶은 마음도 없고. 또한 이 감옥의 소장인 당신의 자부심에 감히 도전하고 싶지도 않아. 그걸로 모두를 제압하잖아. 확실히, 당신이 모든 열쇠를 가지고 있었구나.

내 나름대로 말대꾸는 준비해놓았지만, 소심한 복수 같았다. 그리고 굳이 그럴 필요가 없다는 생각이 들었다. 임상 담당 의사가 심하게 신경질을 부리기 시작했다.

"이제부터 너는 대답하게 될 거야. 대답할 거라고 나는 확신해. 좋아, 전부 처음부터 다시 시작하자. 네가 왜 그런 행동을 했는지 알고 있니?"

모른다.

"너희 가족과 뭔가 문제가 있었니?"

아니다.

"아버지가 캐나다로 떠났을 때, 너는 어떻게 반응했니?"

안 했다.

"대답해. 그것 때문에 너는 힘들었니?"

아니다.

"너희 어머니는 무엇을 하셨니?"

아무것도.

"너희 오빠가 아버지와 함께 떠났지? 그 대신 네가 같이 갔으면 좋았겠니?"

아니다.

"너희 어머니가 이혼을 요구한 것이 너는 싫었지?"

아니다.

"너는 아버지를 사랑하니?"

아니다.

이건 뭐 형사가 심문하는 건가. 아니면 뭐야? 내가 대답을 하든 말든, 대체 무엇을 할 수 있다는 건데? 그들은 진료 기록에 자신들이 원하는 것만 적을 것이다. 이따위 질문을 해대는 걸 보니, 그들이 정말로 우스꽝스러워 보인다.

도대체 뭘 하자는 짓거리란 말인가? 당신들이 관심 있는 사람이 우리 아버지인가? 나도 그 남자에 대해 아주 조금밖에는 몰라. 당신들에게 그 이야기를 하고 싶지도 않고. 당신들은 그런 권위적인 자세로, 기껏해야 이런 어리석은 질문을 하고 있잖아. 나는 당신들에게 대답하고 싶지 않아.

이 인간들은 바로 이해하지 못하는지, 계속한다.

"너, 친구는 많았니?"

…….

"단짝 친구가 한 명이라도 있었니?"

…….

"다른 사람들과 자주 이야기를 나누었니?"

…….

"이런 질문들이 어리석다고 생각하니? 적어도 왜 그런지는 말을 해야지. 그렇게 입을 꼭 다물고 있으면 설명해줄 수가 없잖아."

이 머저리들과 더는 같이 못 있겠다. 아무튼, 당신들의 사고방식이 마음에 들지 않아.

"너를 돕고 싶어서 이러는 거야. 그게 다야. 네가 병에 걸리기 전에 도대체 무슨 일이 있었는지를 파악하는 것이 아주 중요하거든."

이제는 친절함을 가장한 말짓거리구나. 별짓을 다 하는군. 그렇지 않나?

"네가 정 그렇다면 할 수 없지. 말은 하지 않아도 돼. 하지만 먹어. 다음 주에 다시 올 테니까. 그러면 무슨 일이 너에게 일어날지 잘 알게 될 거야."

지칠 대로 지쳐서 침대에서 울고 있는 나를 그들은 내버려두고 나갔다. 자신들의 승리를 확신한 듯 의기양양하게! 지금부터 나는 무엇을 할 수 있을까? 그 여자가 '진정제' 주사와 코에 삽입하는 비위관을 들고 돌아오게 두어야 하는가? 아니다! 잔인한 범죄자들을 위한 것 같은, 더러운 식판 위에 놓여 있는 것들을 게걸스럽게 먹을 수밖에는 없을 것이다! 이런 형태의 살인 행위를 기꺼이 받아들이고, '삶, 기쁨, 퇴원'을 가져다준다는 그들의 독약을 집어삼키는 것 말고는 별다른 도리가 없다.

언제고 단 한 번이라도 밖에 나갈 수 있게 되면, 나는 복수하리라. 그들이 무슨 수를 쓰더라도, 자살하려는 사람을 막을 수는 없다! 나는 무슨 짓이든 할 거야! 일단 내가 나가게 되면, 그다음에는 어찌할지 당신들은 잘 알게 될 거야! 우선은, 위선자가 되는 방법부터 배우자. 그들에게 끊임없이 거짓말을 하고, 하는 척 흉내를 내자. 한 번만이라도 벗어날 수 있게 된다면, 다시 시작하는…….

아니야!

녹색 눈의 간호사가 문고리에 열쇠를 넣고 돌린다.

그녀는 식판을 앞세우고 나타났다.

"식사 가져왔어! 그래서, 의사 선생님들과는 이야기 많이 했니?"

침묵. 나는 먹기 위해서 일어나야 할 의무가 있다. 내가 고통스러워하는 것을 보면서 그녀는 행복해한다. 이토록 심한 구역질 앞에서도 그들은 보잘것없는 즐거움을 느낀다.

숨을 쉴 수 없었다. 내 시선을 맞은편 벽에 고정하고, 간신히 씹고 삼키려고 애를 써보았지만······. 음식물 조각이 마치 바짝 날이 선 칼처럼 내 목을 긁어 상처를 입혔고, 그들의 독약, 그 하찮은 극소량을 위해서도 여러 차례 시도해야 했다. 승리로 빛나는 하얀 간호사 모자 아래, 그녀의 시선은 정말 경악할 지경이다. 오직 승리에 들떠 거만해진 위압적인 태도 때문에라도, 내 입속에 가득 들어 있는 것을 그 낯짝에 뱉어버리고 싶었다. 아니지, 그건 어리석은 일이야. 그녀에게는 나중에 복수하리라, 나중에······.

안 좋은 감정을 털어낸 듯, 그녀는 아주 만족하며 되돌아갔다. 아주 가벼운 두 손으로······. 나를 절망과 아픔 속에 남겨놓은 채로······. 더는 못 참겠다. 먹은 것이 전혀 내려가지 않는다. 한꺼번에 너무나 많은 독약을 섭취해서 그런지, 내 배가 터지려고 한다, 위장이 고통과 거부감으로 인해 뒤틀린다. 다행히도, 그녀가 열쇠를 잠그지는 않았다, 나 자신에게 응당한 대가를 치르기 위해 나는 복도를 달렸고, 정신없이 발걸음을 내디디며 겨우 세면대에 도착했고, 나의 원한과 증오를 쏟아낸다. 내 모든 노력은 헛수고가 되어버렸다. 나는 결코 성공하지 못하리라. 갇히고 격리될 것이다. 마치 범죄자처럼······.

그녀는 어리석게도 용기를 북돋우며 위로하지만, 그녀의 격려

따위는 거부하겠어. 좋아, 지금은 내가 강하지 않지만, 그래도 그녀가 나를 더 약하게 만들지는 못하리라. 나는 그녀의 동정심 나부랭이는 필요 없다.

"신경 쓰지 마. 처음에는 다 그래. 좌절할 필요는 없어. 솔직히, 섭취량을 조금 더 늘렸다는 건 인정할게. 하지만 오늘 저녁에는 잘 될 거야. 다시는 토하지 않을 거야. 속을 좀 가라앉히려면 가기 전에 무얼 좀 줘야겠구나. 그렇게 울지 마. 정신 건강에도 안 좋아!"

이런 감정을 뭐라고 불러야 할진 모르겠지만, 사실 중요한 건 아니다. 나는 모두 놓아버리고, 잊어버려야 한다. 그렇지 않으면, 견뎌낼 수 없을 것이다. 내가 속한 어떤 세상에서, 스스로 자신을 잃어버려야 하고, 그러려면 나는 존재하지 않아야 한다. 그것이 바로 자유의 대가이며, 꿈의 대가인 것이다. 내게서 벗어나기 위해 나는 그들처럼 되어야만 한다. 그들만큼이나 편파적이고 냉혹해져야 하며, 또 비타협적이어야 한다. 그러지 않으면 나는 결코 그 목표에 도달하지 못한다.

'바깥', 그곳은 아주 멋지다. 절대 잊어버려서는 안 된다. 절대로 안 된다. 이것이 가장 중요하다. 상상해보라. 그곳에 있는 사람들은 이런 사람이었으면, 하고 언제나 꿈꾸던 사람들이다……. 집도 커다란 기쁨을 준다. 집 안에는 좋아하는 모든 것이 있다. 화초들, 작은 구슬들, 부드러운 빛을 내는 조명들, 온기, 믿음 같은 것들……. 상상해봐. '저 바깥'에는 너를 만나고 싶어 하는 친구들이 많이 있어……. 아니야! 그건 사실이 아니야. 그렇게 말하지는 말자! 모든 것을 다시 시작해야 한다. 자, 그러면 다시 시작하자……. 사람들…… 집…… 친구들……. 그리고 직업을 하나 선택하자. 아주 대단하고 가장 열정적인 것으로. 다른 사람들은 감히 꿈꾸지도 못할 그런 직업을……. 그걸 가진다고? 물론이지. 그러면 훨씬 더 잘되지 않을까? 아! 잘 생각했어! 절대로 그렇게 믿어야 해……. 자, 두 눈을 크게 뜨자. 저 벽을 바라보며, 너의 꿈에 대해 다시 생각하고……. 지금 하고는 있는 거야?

나의 간수가 건네준 케이크 조각을 집어 든다……. 직업을 위해…… 한입 베어 물고, 성공을 위해…… 한입. 이번에는 행복을 위해서? 아니야, 이건 미끼야. 나는 행복에 대해 절대 알 수 없을 거야! 뭐, 아무래도 상관없어. 그럼 나를 추모하며, 우리 집에서 불태워질 향을 위해 또 한입 베어 물고…….

아니야! 모두 거짓이야. 입속에 든 것이 내 목을 긁어댄다……. 너도 알고 있지? 네가 모든 것을 망쳐버렸어. 이 불결한 케이크 조각을 끝까지 집어삼키기 위해, 모두 처음부터 다시 시작해야 해!

온종일 누워 있어야 했다. 열쇠가 문고리에 꽂혀 있다. 틀림없이 나쁜 조짐이다. 그러나 그들에게는 좋은 일이란 뜻이다. 나는 아무것도 할 수 없었다, 다시금 그들은 내 책과 소일거리들을 모두 빼앗아 갔다. 하지만 공들여 만든 내 꿈은 충분히 남아돌 만큼 오롯이 내게 남아 있다. 온갖 힘을 다해서 오랜 시간 심사숙고하며, 그 꿈을 좀 더 구체적으로 구성해나갔다. 어리석은 해결책일지도 모른다.

　나중에 그 한심스러운 실효성이 드러날 테고, 마치 끔찍한 전염병처럼 현실적으로 극히 비정상적이라고 밝히게 될 것이다. 다만 나는 나중을 생각할 여유가 없었고, 당장 한입 가득 쑤셔 넣은 악몽들과 정성스럽게 만들어낸 그 '멋들어진' 자유만을 생각해야 했다. 특히, 다른 건 절대 쳐다보지 말아야 했다. 저 미친 아이들을 바라보면서 깊이 생각하지 말고, 추측도 하지 말아야 했다. 물론 이해하려고 애쓰지도 말아야 했다. 그렇지 않으면, 그들의 타락한 세상과 다시 맞닥뜨릴 힘이 더 이상 없었을 것이다. 오직 이 말만을 되뇌곤 했다. "저 밖은 정말 끝내준다고."

　그다음 날, 그들은 몸무게를 재기 위해 나를 신생아실로 데리고 갔다. 정확한 수치를 측정하기 위해 한 치의 오차도 없다는 정밀한 체중계가 그곳에 있었다. 아주 기다란 복도를 따라서 걸어야 했다. 소년들의 구역을 지나고, 병원 안뜰을 가로지르고……. 그러니까 그들은 나의 소중한 몇 그램마저도 또 이런 식으로 잃어버리게 하는군? 조금의 의심도 있을 수 없는 기계라니! 나도 물론 속임수를 쓸 생각을 했다. 무거운 물건을 호주머니마다 집어넣는다든가, 살짝 그 저울에 발을 디뎌 사기를 치는 것 말이다. 그러나 간호사들은 내 옷을 벗기고 그런 빌어먹을 것에는 가깝게 다가가지도 못하게 했으니, 기껏해야 몸무게를 늘려보려고 온몸에 잔뜩 힘을 주는 것만이 유일하게 할 수 있는 일이었다.

　화와 분노가 치밀어 오르는 동시에 기력을 잃어버렸고, 공허함,

불쾌감과 반항심 같은 것이 드러났다. 그렇기는 하지만, 이제부터 모든 것은 오직 하나의 의미를 가져야 하고, 그 방향으로 나아가기 위해서는 하나의 계획과 목표, 한 가지 꾸며낸 이야기가 필요했다. 나는 이 방법들의 예상치 못한 배신 행위도, 그것들의 부당함도 결국 알지 못했던 것이다. 하긴, 내가 달리 무엇을 할 수 있었을까? 현실에 과감히 맞서지도 않았고, 그런 것을 시간을 두고 깊이 생각했어야 했는데 그러지 못했으니, 당연히 이미 너무 늦어버린 셈이었다.

모든 것을 많든 적든 어느 정도까지는 인식하지 못했다. 오히려 내가 아주 고통스럽게 맞춰낸 게임 규칙에 따라 그냥 그리되었다. 이런 일시적인 망각 없이 내 계획은 실현될 수 없었다. 나의 환상을 믿어야 했다. 그렇지 않으면 틀림없이 나는 냉소와 부정 속으로 다시금 굴러떨어질 것이었다. 이렇게 모든 것이 완벽하게 드러났다. 저 '밖'은 내가 다시 돌아가야 하는 천국 같은 곳이었다. 그때를 기다리면서, 내 선택에 따라 무엇이든 예상해볼 수도 있고, 누구라도 될 수 있다. 충분히 바랄 만했다.

감방으로 돌아오다가, 간호사가 맞은편 병실로 데려가던 빨간 머리카락에 무척이나 마른 소녀와 마주쳤다. "참 안됐지만, 정말 넌 운이 없구나. 네가 고집부리지 않았으면 해. 먹으라고. 너는 먹어야 해. 그렇게 반항해봐야 아무 소용 없어. 다 소용없는 일이야. 내가 분명히 말했지. 먹으라고!"

그러면 나는, 어쩌라고? 먹고 있잖아. 뭐라고? 웃기고 있네! 아무튼, 아까 그 저울이 잘 보여주잖아. 기껏해야 100그램이라고! 아니야. 좀 생각해보라고! 그래, 하지만 토했잖아. 그리고 겨우 하루밖에는 안 지났다고. 그러니까 결국 한 끼만 먹은 거잖아. 그러니까…… 또…… 30일이라고! 끼니마다 100그램, 하루에 300그램, 3일마다 몸무게를 재니까, 매번 1킬로그램이 늘어나는 셈이라고. 그러면 대략 한 달이면…… 엄청나잖아! 좀 더 빨리 그렇게 될 수도 있다니까! ……

"거식증 환자가 한 명 더 왔어. 운도 참 없지. 그 아이의 엄마도 성인 병동에 있어. 그 엄마도 강제 수용된 거라니까." 물론 거짓이겠지만, 간호사는 모성애 넘치는 걱정하는 모습으로, 내가 집어삼키고 있는 모든 것을, 내가 고르는 모든 것을 일상적인 습관처럼 지켜보고 있다……. "그 끄트머리 조각 말고. 아니, 그것 말고……."

"오늘은 다 먹었네. 네가 여기에 1년이나 있지 않기를 바라. 그건 너무 어리석은 일이니까. 생각 좀 해봐. 1년 내내 여기 잡혀 있으면 몸무게가 지금의 두 배는 될 거야! 자, 너도 이젠 확신이 들지? 네가 퇴원하려면 체중을 늘리는 것밖에는 방법이 없어. 괜히 시간만 질질 끌지 말라고."

순간 내 눈앞에 우리 집이 스쳐 지나간다. 내 꿈에 대한 생각으로 머릿속이 가득 찬다. 그곳에 다시 돌아가고 싶은 거야. 그렇다면 이 식판에 놓인 것을 끝장내버리라고. 그 소녀가 또 생각난다. 그 아이는 굶어 죽으려 하고, 스스로 잊히려 하며, 투명인간처럼 보이지 않고 존재하지 않는 인간처럼, 그렇게 자기 자신을 드러내 보이려 한다. 너는 속으로 그 소녀를 아주 바보 취급했지……. 너도 다를 것이 없어……. 먹어!

"후식을 더 달라고? 정말이지? 좋아. 이제는 너도 알았지? 이건 저절로 잘되는 거야."

이제는 무엇으로 나의 꿈을 견고하게 해야 하나……. 그래, 아주 친절한 여인이 한 명 있다고 치자. 그래서 나를 돌봐주고 재미있는 이야기도 해준다고 가정하자고. 그렇지, 그 여인이 지금 여기, 내 환상 속에 있는 거야. 게다가 바로 그녀가 내 탈옥을 부추기던 그 사람이야. 그러니 어쩔 수 없이 나도 인정해야 해. 바로 그 여자 덕분에……. 더군다나, 그녀는 다른 인간을, 예를 들면 저 푸른 눈의 못생긴 간호사를 내가 참아내도록 도와주는 셈이야……. 간호사들은 평일에는 격일제로 근무했고, 일요일에는 하루 두 번이나 교대했다.

그 주가 끝날 무렵, 내 몸무게는 1킬로그램이나 늘어나 있었다. 절망과 의지가 번갈아 느껴졌다. 그들은 내 섭취량을 추가로 늘렸고, 초콜릿을 가져와 나를 격려했으며, 그것도 가장 좋은 부분을 기꺼이 건네주었다. 나는 구역질을 하면서도, 물론 때로 포기하기도 했지만, 숨이 막힐 정도로 꾸역꾸역 먹어댔다. 나 자신을 다루는 방법, 내 꿈을 다루는 방법에 대한 진실을 어렴풋이나마 느끼기 시작했다. 임상 담당 과장이 다시 나타나지는 않았지만, 나에게 책을 주라고 간호사들에게 지시했다. 이 과정에서 내게 결정적인 계기가 된 것은 바로 다른 거식증 소녀가 등장한 일이다. 어느 날, 나는 세면실에서 남몰래 그 아이에게 말을 걸 수 있었다.

그 소녀는 유난히 숱이 많고 곱슬곱슬한 빨간 머리카락에, 피부에는 주근깨가 잔뜩 피어 있었다. 불안정하고 다리를 질질 끌며 발걸음을 내디뎠지만, 실제로는 존재하지 않는 듯이 거의 발소리도 내지 않았다. 그 아이를 보면서 바로 그 모습이 이제껏 내가 도달하려 했던 나 자신과 너무나도 똑같다는 것을 단박에 알아차렸다.

"안녕. 나도 거식증이야. 그들이 하는 짓거리는 정말 야비해. 그렇지 않니?"

"그래, 아주 지긋지긋해."

"너도 온종일 울고 있더라?"

"응, 우리를 죄수들처럼 감금하잖아. 정말 혐오스러워."

"몸무게는 좀 늘었니?"

그 아이의 회색 눈동자에 순간 분노와 의심의 빛이 번쩍이는 것을 보았다.

"난 여기 있은 지 벌써 5주나 됐거든. 그들이 나를 소유하기를 원하지 않았어. 그래서 내가 여기서 알아낸 것들 전부를……. 안심해도 돼. 나는 그들과 같은 편이 아니거든. 하지만 너도 먹어야 해. 물론 얼빠진 짓이기는 하지만, 여기서는 할 수 있는 일이 없거든."

"맞아. 나도 먹어보려고 애를 쓰기는 하는데, 갑자기 하려니까 늘 이렇다고…….."

아! 나도 애를 썼던 거구나. 애쓸 필요까지는 없는 일인데. 먼저 두 눈을 꼭 감고, 마음도 닫아야 해. 그리고 입은 가능한 한 크게 벌려야 하고.

"넌 몸무게를 얼마나 더 늘려야 하니? 뭐라고? 13킬로그램이라고? 엄청나네!"

그 소녀는 1미터 60센티미터의 신장에 맞춰, 체중을 무려 45킬로그램까지 늘려야 했다.

"항상 이 시간쯤에 씻으러 오는 거야? 이따가 저녁에 간호사가 다른 아이들의 식사를 챙길 때, 여기서 다시 만나자. 네가 괜찮다면, 내가 네 방으로 찾아갈 수도 있어. 이젠 나를 감금하지는 않거든. 너도 더는 안 그러지? 아! 그들이 열쇠를 사용하지 않았니?"

"그러지는 않았어. 그러면 너는 아침마다 몇 시에 오는 거야? 침대 시트를 갈고 나면 바로? 아침에는 병실에서 만날 수는 없어. 인턴들이랑 실습생들까지 해서 사람이 너무 많아. 자칫하면 들킬 수도 있다고."

"서둘러야 해. 너 먼저 돌아가. 발걸음 소리가 들려!"

왜 그 아이에게 "먹어. 아무튼 먹어야 해. 서두르라고!"라고 나는 속으로만 말했을까? 참 어려운 일이었다. 예전에 내가 그랬듯이, 그 아이도 자기 자신을 파괴하고 있었다……. 그녀를 보면서 나는 그렇게 소리치고 싶었는지도 모른다. 하지만 누가 그런 것을 기대할 수 있을까? 그들이 한입만 더 삼키라고 내게 애원할 때, 그들이 느끼는 감정이 바로 이런 것이었을까? 나를 죽지 않게 하려고 그들은 어떻게 행동했던 걸까? 그들은 나를 경멸했고, 미워했으며,

나를……. 더는 신경질을 내지 않으려고, 그들은 어떻게 했던 것일까? 이제는 나도 이해가 된다. 하지만 그러자니, 내게는 아직도 시간이 더 필요했다.

식판 두 개를 들고 복도를 지나가는 그 여자를 보았다. 그녀의 뾰족 굽은 참기 힘든 소음을 내지만, 적어도 그녀가 나타나는 것을 미리 알려주는 이점도 있다. 머리 위에 얹은 작고 이상한 간호사 모자, 요란스럽게 처바른 립스틱 자국, 그녀의 단호한 태도.

"결국 네가 정신이 들었구나. 이제는 산책할 수 있는 권리도 누리게 될 거야! 아틀리에 놀이방에서 다른 아이들과 함께해도 좋고. 물론 그 아이들과 알고 지내도 된다고."

저 말을 듣지 말자. 귀 기울이지 말자. 내가 생각하는 바로 그것만 생각하자. 그리고 아무 소리도 들어서는 안 돼! 그녀가 다른 방식으로 너를 소유하게 해서는 안 된다니까. 그녀가 말하는 그 바보 같은 것들은 너와는 아무 상관도 없고, 그녀의 '기쁨'을 위해 네가 여기서 나가고 싶어 하는 것은 아니잖아!

저녁마다 사람들은 내게 수면제 여러 알을 주었지만, 너무 많은 양의 음식물을 섭취했고 낮 동안 내내 휴식을 취한 셈이라 쉽게 잠이 들 수 없었다. 처음엔 그 약을 복용하고 싶지 않았다. 디아제팜 같은 신경안정제는 너무 독했다. 나중에는 그것을 먹어야 겨우 잠들 수 있었다.

저녁 시간이 가장 끔찍했다. 간호사들의 근무 시간에 따라, 너무 이른 시간인 6시 반쯤에 저녁을 먹거나, 아주 늦게 9시가 돼서야 겨우 식사를 할 수 있었다. 이미 어두워진 병실에 음산함까지 더하니, 금세 밤이 되었다. 나는 빨간 머리 소녀와 되도록 자주 이야기를 나누었다. 그 아이는 여전히 먹는 것을 거부하고 있었다. 내가 놀랐던 것은, 예전에 내가 그랬듯이 그 아이도 완전히 진이 빠질 정도로 지치지는 않는다는 사실이었다. 나는 금방 그 이유를 알 수 있었다.

"집에 돌아가고 싶은 거지? 집 생각은 자주 나니?"

"아니. 우리 아빠는 맨날 술을 마셔. 그리고 지금 집에 혼자 있거든. 그 망할 술주정뱅이 때문에 엄마가 신경쇠약에 걸렸어. 내가 집에 돌아가면 아빠는 나를 때릴 거야. 무슨 짓이든 할 사람이거든."

"그럼 학교 기숙사 같은 데로 들어가면 되잖아?"

"엄마가 너무 비싸다고 그랬어."

"그렇지만…… 너를 위해 대책을 찾기는 해야 할 것 같은데……. 말해봐. 아버지가 너를 쫓아내려고 이곳에 맡긴 거야?"

"어느 정도는. 하지만 학교에서 신체검사를 받은 뒤에, 바로 경찰과 의료 복지사가 찾아왔어. 의사가 나를 진찰하고는, 상태가 아주 심각하니까 당장 병원에 입원해야 한다고 단호하게 말했거든. 나는 일반 병원이라고 생각했어! 그다음 날 그들이 찾아왔고, 나를 범죄자라도 되는 듯이 강제로 끌고 왔다니까."

"여길 나가려면 어떻게 할 생각이야? 별로 의욕도 없잖아?"

"맞아. 하지만 이곳에 더는 머무르고 싶지 않아."

요구르트 종지에도, 침대 시트에도, 수건에도 어김없이 '공공 의료 복지 공단, 파리 병원'이라는 글씨가 쓰여 있다.

알제리 소녀가 말하기를, 자기는 이곳에서 다섯 살 때부터 계속 살고 있다며, 자기 부모가 자신을 원하지 않아서라고 했다. 그런데 왜 그랬을까? 아마도 확실히 그 아이가 미쳤기 때문에……. 근사한 눈망울을 지닌 꼬맹이 파트리샤는 부모가 없다……. 교정용 구두를 신은 또 다른 어린아이는 이곳에 있기 전에는 수녀원에서 운영하는 보육 기관에 있었다고 하는데, 그 아이의 엄마가 딸을 만나기를 거부했다고 하고……. '아동정신병동'이라고? 천만에, '버려진 아이들의 보육 시설'이 아니고? 온갖 거짓말들, 오로지 거짓말만이…….

밤에 그 아이들이 울부짖는 소리를 듣는다. 노란색으로 칠한 복도에서 기껏해야 그들에게 배정해준 유일한 공간, 그래서 '아틀리에'라는 그럴싸한 이름으로 불리는 바로 그 방에서 아이들이 배회하는 것을 보았고, 간호사들의 무심한 눈앞에서 경련으로 온몸을 비틀고 있는 그들은 지켜보면서도…… 사실 별다른 감정을 느끼지 못한다. 그 순간, 마음이 흔들려서 그들을 도와주고 싶기도 했지만, 그런 일시적인 감정의 '어리석음'과 무의미함을 너무 잘 알고 있다. 또한 위선적인 감수성의 허물이 모두 벗겨지기는커녕, 내가 극도로 이기주의자라는 사실도 깨닫게 되었다. 그러나 달리 할 수 있는 것은 없다. 우선은 그런 상태가 되어야 하고, 그다음에야 거기서 벗어날 수 있다. 이런 생각을 곰곰이 하다 보니, 사람들이 흔히 '장애'라고 부르는 것에 대해 이해하기 시작했지만, 물론 나는 그런 것을 원하지는 않는다.

그럼 내가 원했던 것은 무엇일까? 사람들이 저 아이들을 달래주고 도와주고 있다고? 아이들에게 꼭 필요한 방식으로 그렇게 해줄 수 있는 사람은 아무도 없다. 저 아이들은 아무것도 받아들이고 싶어 하지 않는다. 그러므로 자기 자신에게 도움을 주듯이, 아이들을 믿어주고 정중하게 대해야 한다. 이는 확실히 전에 내가 말했던 것과는 많이 다르다. 그때는 그들이 알 수 없는 욕망의 대상이며, 더는 아무것도 아니라는 느낌이 들었다. 그리고 뭔지 모를 도구처럼 그 아이들을 이용하는 누군가에 대한 그들의 행동을 개선하려고 노력하지도 않았다.

그런 것에 대해 전혀 모르면서, 확실히 내가 너무 터무니없는 말을 하고 있다. 수많은 학자가 오래전부터 무수히 많은 '가설'을 주장해왔다. 그리고 당신들도…… 학자라면 당연히 자기 자신도 미치광이가 될 수 있다는 완벽한 신경심리학적 균형감을 갖추고 있어야 할 것이다. 그래야 이 철책의 반대쪽으로 다시 돌아갔을 때도, 자신이 가한 여러 고통에 대해, 그리고 그들이 증명해낸 몰이해에 대해 심각하게 고려하게 될 것이다. 그러나 이것은 넋 나간 하나의 가정일 뿐이다. 그리고 나는 근거도 없는 환상을 품고 있으니, 그들은 틀림없이 아무것도 깨닫지 못할 것이다. 그들에 대해 말한다는 것이 바로 이런 것일까? 나는 바보처럼 보여야 한다. 게다가 사실 '미쳤다'라는 말은 아무런 의미도 없다. 그래, 나는, 나도 미쳤다. 지금 이 글을 읽고 있는 당신, 당신들도 확실히 미쳤다. 그리고 그들은 당신들보다 훨씬 더 미쳐 있다.

가장 참을 수 없는 일은 나 자신과 내가 쓴 문장을 끊임없이 의심하는 것입니다. 지금 다시 읽어보니, '어리석다', '바보 같다', '잘못 생각하다'와 같은 눈에 너무도 거슬리는 표현들 때문에, 나 자신도 무척이나 짜증이 납니다. 일단 시작된 논리적 반증 거리를 주저리주저리 늘어놓으려다 보니 그런 것 같습니다. 정말 어리석은 표현들밖에 찾아낼 수 없었던 것은 분명하지만, 그렇게만 생각했었다면 나는 이 글을 아예 쓰지 못했을 것입니다. 그렇다면 내가 찾고자 한 것은 무엇일까요? 바로 이 이야기를 읽으며 짜증이 나게 하려는 것입니다. 한참 이야기를 길게 늘어놓다가, 중간쯤에 갑자기 멈춰버리는 것과 어느 면에서는 비슷합니다. 물론 당신이 그 이야기에 전혀 관심을 두지 않는다고 생각하며, 또는 불현듯 자신의 재능에 회의를 느껴, 표현상의 서투름 혹은 어색함을 스스로도 받아들일 수 없기 때문이라는 이유를 대면서 말입니다. 이런 이유로 인해 나는 그때의 일을 심도 있게 다루지 못했고, 그것들을 절반쯤 베일에 싸인 채 보류 상태로 내버려두어야 했습니다. 적어도 그들의 진실을 알아차리게 될까 봐 두려워서 그런 것은 아니지 않겠습니까? 내가 그들의 비밀을 피상적으로나마 간신히 언급했다는 확신이 들 때마다, 곧바로 제정신에서는 그들이 쌓아놓았던 것이 무너져 내렸기 때문입니다. 그러고 나면, "나는 기껏해야 불가능한 추론밖에는 못하는구나"라고 혼잣말을 하곤 합니다.

다른 사람과의 관계에서도 이와 똑같은 무의식적 방어 체제가 작용하고 있습니다. 그들은 우정 어린 친밀감을 드러냈고 나 역시 그렇게 하다가도, 돌연 어떤 시선에, 행동에, 말 한마디에 그만 신뢰를 잃어버리고, 견디기 힘든 회의감에 다시금 빠져듭니다. "그러니까 나를 보고 싶어 하지 않았던 것이었을까? 내가 그를 슬프게 한 것은 아닐까? 그러지 않았다면 틀림없이 내게 그 이유를 말해주었을 텐데……." 내가 그곳에 있어서 자기들에게 폐가 되지 않아 정말 다행이라고 다른 사람들이 매 순간 보여주지 않는다면, 나는 금방 스스로 우스꽝스럽고 부적절하다고 느껴서, 결국 그들과 멀어지게 됩니다.

나의 가장 큰 단점은 자신의 직감을 믿지 않는다는 것이고, 그래서 그것을 이용할 수 없는 것입니다. 그것이야말로 내재적인 자기 파괴의 욕망이 아닐까요? 이런! 시작됐군요. 나도 마치 그들처럼 말하는군요! 이런 문장도 또한 일탈의 시도입니다. 불쌍한 것 같으니라고. 그들처럼 말하고 싶은 거로군. 하지만 그들에 대해서 전혀 알지 못하잖아! 아! 이런 용어들의 의미를 알기 위해 공부까지 할 필요는 없다고! 여보세요, 내가 지금 저속한 열등감 때문에 고통스러워한다는 건가요? 혹은 억압된 우월감으로 인해서? 왜 나는 내 생각을 신뢰하지 않았을까요? 깨닫게 되는 그 순간부터 별다른 어려움 없이 행동 방식을 변화할 수 있다는 것이 정말일까요? 그러나 불행스럽게도, 나는 그 말을 믿지 않습니다.

그렇게, 항상 밤은 가장 끔찍한 시간이었다. 고요함과 흐릿함. 집에 있었다면 양초에 불을 밝히고 음악도 틀었을 텐데……. 이 침대는 늘 그렇듯 딱딱하다. 온몸을 쭉 펴고 누울 수도 없지만, 그래도 일단 잠에 들면 좀 더 늘어나고 부드러워지는 느낌이 든다. 나는 외로움은 견딜 수 있다. 그건 마음에 든다. 하지만 발작하는 듯한 비명 또는 엄격한 명령 소리에 이 고요함이 깨어지는 것을 더는 참아낼 수 없어! 그것은 꼭 필요한 것이니, 차라리 너의 감정들을……. 감정이라는 단어 따위는 이곳에 존재하지 않는다는 것을 아직도 모른단 말인가! 그런 것을 원했던 사람은 바로 너잖아! 아니야! 수면제 때문에라도 나는 곰곰이 생각할 만한 시간이 없다. 슬슬 엄습해서 당신을 옭아매는 무기력함을 느낄 것이다. 나는 저항할 수 없다. 알았어? 나는 아무것도 할 수 없어!

그다음 날 아침, 나는 다른 아이들이 식사하는 동안 욕조에 몸을 담그고 목욕해도 된다는 허가를 받았다. 녹색 눈의 간호사가 나를 도와주며 감시했다. 지금도 기억하고 있는데, 매주 초반에는 두 명의 간호사가 함께 근무했고 의사들의 회진이 많았던 것 같다. 그 간호사는 복도에서 나를 안내해주었다. 나는 수건 천으로 만든 잠옷을 입고 있었지만, 전혀 문제가 아니었다. 이곳에서는 이상해 보이지 않는다. 화장실 뒤쪽으로 항시 잠겨 있는 작은 문이 하나 있었다. 그녀는 호주머니에서 열쇠 하나를 꺼냈다. 아주 작은 욕실로, 세면대와 앉아서 사용하는 작은 욕조가 하나씩 있고 간신히 옷을 벗을 수 있을 만한 좁은 공간이 전부였다. 나는 얼른 시선을 돌려 그곳에 있는 창문 너머를 바라본다. 하지만 아무 희망도 없었다. 창문에는 창살이 처져 있고, 맞은편이 어두운 것을 보니 틀림없이 막혀 있는 것 같았다. 그녀는 꼼짝도 하지 않고, 내가 보기 흉한 잠옷을 벗기만을 기다리고 있었다. 내 뼈다귀라도 보고 싶은 건가? 당신이 생각하는 만큼 그렇게 앙상하지는 않다고! 그게 아니면 내 잠옷이라도 갖고 싶은 거야? 조심하라고……. 아니지, 그러나 그녀의 시선에서, 그녀가 이미 그렇게 생각한다는 것을 알아차렸다. 이곳은 안에서 문을 잠글 수 없었다. 하지만 결국에는! 당연한 일이지. 지금네가 어디에 있는지 생각해보라니까? 물론 물속에 몸을 담그고 죽을 수도 있겠지. 그러니까 일단은 아무 생각도 하지 말라고.

그녀는 내 몫의 근사한 식사가 준비되었다며, 다시 나를 찾으러 왔다. 욕조의 물이 주는 따뜻한 편안함을 그쯤에서 단념하고 잠옷을 입어야 했다.

"너보다 먼저 다른 거식증 소녀가 목욕했어. 수건을 놔두고 왔다고 해서 그걸 찾으러 갔다가, 그 아이의 탁자 서랍에서 몰래 숨겨둔 빵 덩어리들을 찾아냈어. 네 탁자도 살펴보기는 했지만. 물론 아무것도 없으리라는 걸 이미 짐작하고 있었거든. 그런 행동은 참으로 어리석은 짓이야."

당신이 이상하다고, 당신이! 어른들이 망나니처럼 날뛸 때보다 어리석은 건 없어! 게다가 숨겨둔 것을 찾을 수 있을 거라는 기대를 했다니…… 당신이 그 소녀를 혼자 내버려두면, 기적처럼 당신이 없을 때 그 아이가 먹을 결심이라도 한다는 말인가? 당신 정말 바보야, 아니면 대체 뭐야? 그리고 내게 말했던 수건 이야기 말인데, 정말이지 믿지 못하겠어.

수학 선생은 나를 만나러 올 권리가 있었다. 가끔 초콜릿을 가져다주고는, 벽에 붙은 모눈종이에 그려진 체중 그래프의 곡선을 심각하게 바라보았다. 벌써 10월 중순이 되었다. 이제 내 몸무게는 34 킬로그램하고도 302그램이 되었다. 이는 곧 앞으로 698그램이 더 늘어나면, 이는 곧 면회할 수 있는 권리를 의미한다. 어떤 면회든 상관은 없지만, 틀림없이 어머니와의 면회를 강요하려 들 것이다. "그 불쌍한 부인은 어린 딸을 만날 수 있기만을 목이 빠지게 기다리고 있어. 내 보기에는, 너도 기대하고 있는 것 같은데?" 당치 않은 말이다. 나는 그 여자를 만나고 싶지 않았고, 앞으로도 그럴 일은 없으리라…… 내 유일한 방어와 도피의 수단, 그건 바로 꿈이었다. 결국 그 여자가 내 상상 속에 들어오게 할 수밖에는 없겠지만, 그녀를 변화시켜야 한다. 그녀가 지껄이는 이야기를 듣고 싶지 않으니, 그녀의 존재를 견디기 위해서라도 또 다른 것을 만들어내야 한다. 간호사들에게 하듯이, 그 여자의 말 따위는 듣지는 않을 것이다. 그 여자는 나를 만나러 오면서도 자기 자신만을 생각할 테고,

자신의 '소유물'을 잊지 않았으며, 늘 그렇듯 "얼마나 착한지 좀 보시라니까요. 글쎄, 내게 꽃다발을 다 주더라고요"라고 말할 수 있을 것이라 믿고 있으리라. 자신은 아주 냉철하게 결정했고, 그래서 "이젠 나도 양보할 수 없어"라고 말했다고 믿으며 스스로 만족할 것이다. 믿어봐, 너를 괴롭히지는 않을 거야. 너는 이젠 그런 상태가 아니잖아. 당신이 들어와도 쳐다보지 않을 거고, 나는 그저 꿈을 꿀 거야. 당신에게는 대답하는 척만 할 거고, 당신은 아주 나중에야 겨우 깨닫게 되겠지. 이런 포기와 자기 파괴 속에 다시 빠져들지 않기 위해서라도, 나는 이제 환상을 품지 않을 것이다.

누가 되었든, 그런 것을 원할 만큼의 기력조차 내게는 남아 있지 않아. 나는 혼자야. 사람들이 흔히 말하는 '모성애'라는 위선에 대해, 그 야바위 짓에 대해, 이제는 충분히 깨닫게 된 셈이거든!

내 추론이 완전히 잘못되었다면, 그 여자와 대면하는 또 다른 가능성이 하나 있는데 바로 무관심이다. 그 여자에 대해 이런저런 생각을 하자니 너무 혐오스럽다. 그렇지만 그녀가 내 꿈의 세상에 들어오도록 내버려둔다고 해도, 그 빈정거림 따위에는 귀 기울이지 않을 것이다. 그녀의 몰이해도, 그 돌이킬 수 없는 실수도 알아차리려 들지 않을 것이다. 더 나은 것을 상상하기 위해서라면, 나는 그녀의 이기주의도 기꺼이 잊어줄 테다. 그리고 내 소원에 걸맞게, 그여자는 그런 것과는 거리가 멀다는 식의 평가를 가차 없이 내려줄테다. 하지만 그렇게 함으로써 그녀를 이상화하여 결코 일어나지도 않을 일을 그녀에게 기대할 위험도 있다. 다만, 나는 이 모든 것을 생각하지 않을 수 없었고, 그러지 않고 그녀를 보면 어쩔 수 없이 참지 못하고 내 감정을 터뜨리면서 내면적 의지의 모든 기회를, 이제까지 정성스럽게 이루어낸 모든 의식적 동기를 망쳐버리게 될 것이다. 내 생각에, 그것들은 너무나 취약하다. 그러므로 머릿속에 떠올랐던 유일한 해결책, 즉 가장 위험하고 비겁하며 위선적인 방법이 바로 꿈을 꾸는 것이었다. 대체 뭐가 중요한가? 무슨 수를 써서라도 나 자신을 지켜야 했다. 사실대로 말하자면, 나는 그때 더욱 이기적이고 유리하며 한층 더 영리한 방법을 선택했어야 했다는 것을 이제야 깨닫는다. 하지만 내 뜻과는 상관없이, 사람들이 억지로 강요했던 제도 교육의 어리석은 판단 기준이 각인되어 있었다. 즉, "엄마를 아프게 해서는 안 돼. 엄마를 혐오해서도 안 돼"라는 것이다. 이제 됐다고, '엄마' 따위는 내게 없다고 말하지만, 그런데도 규범은 의식하지도 못한 채 내 안에 깊숙이 뿌리박혀 있었다. 경멸과 뒤섞인 무관심으로 그 영향력을 잊어버리고 싶은 '가족'이란 이름의 세상에서 나를 분리해야 했다. 나는 그렇게 해야 했고, 모든 것을 깨트려버릴 수 있어야 했으며, 결정적인 선택에, 나에 대한 완벽한 책임에 다시 직면할 수 있어야 했다. 그렇지만 그 대신, 나는 회피하는 것을 선택했고 꿈속으로 도망치듯 숨어버렸다. 그것은 확실히 쉽고 어린아이처럼 유치한 해결책이었다는 것을 그때는 생각조차 하지 못했다. 사람들은 나에게 고통을 주었고, 그 아픔을 감추려고 나는 기꺼이 내기에 끼어들려 했다. 하지만 내기의 규칙을 잘 알지 못하는 초보자처럼, 나는 잘할 수 없었다.

이제 나는 병실 밖으로 나갈 수 있는 권리와 평상복을 입을 수 있는 권리를 얻었다. 또 다른 아이들이 도착했고, 그래서인지 병동은 덜 썰렁해졌지만, 그렇다고 그 을씨년스러움이 사라진 것은 아니었다. 쌍둥이 두 명은 특수교육기관으로 보내졌다. 모든 것은 그들이 '특수교육기관'이라고 부르는 것이 도대체 무엇인가에 달려 있다.

키가 2미터는 될 듯한 훤칠한 갈색 머리의 소녀도 한 명 있었다. 어린아이 같은 얼굴은 큰 키와 인상적으로 대조적이어서 이상하게 느껴질 정도였고, 길게 땋은 꽁지머리와 납작한 작은 모자, 스코틀랜드풍의 타탄체크 치마와 무릎까지 오는 양말하며, 정말 말괄량이 같은 머리 모양과 복장을 하고 있었다. 그 아이의 눈동자는 순수하고 순진해 보였고, 공동 침실에 침대를 배정받는 내내 미소를 짓고 있었다. 열일곱 혹은 열여덟 살쯤 되어 보였지만, 정확한 나이는 가늠하기 어려웠다. 물론 그보다 나이를 더 먹지는 않았을 것이다. 그랬다면 당연히 성인 병동에 입원했을 테니 말이다.

이따금 이런저런 소녀들의 구체적인 '병'에 대해 간호사들에게 물어보았지만, 내게는 대답해주지 않았다. 그 아이들에게 말이라도 건네고 가깝게 다가가려면, 그들이 감금된 이유를 알 필요가 있었다. '장애'의 정확한 병명이야 이해하지 못할 테지만, 사실 내가 관심이 있는 것은 질병이 아니며, 도대체 그 소녀들에게 무슨 일이 있었는지 이야기해주길 바랐던 것이다.

병실 밖으로 나갈 수 있다는 허락을 받은 그날, 또 다른 거식증 소녀가 도착했다. 간호사들은 그 아이를 들것에 옮겨 왔는데, 그녀의 안색은 마치 시체 같았고, 혼수상태에 빠져 있는 듯 거의 죽은 사람처럼 보였다. 수면제를 과다 복용해 자살을 시도했다는데, 결국은 실패한 셈이다. "치사량을 잘못 계산했어. 이 거지 같은 삶을 다신 보지 않을 거라고 생각했겠지만, 살아서 병원에서 깨어나다니, 참 끔찍한 일이겠네." 그 아이를 씻기는 것도 침대 위에서 해야 했고, 화장실에 갈 때도 매번 부축해서 데려가야 했다. 그 광경은 어찌 보면 우스꽝스러웠는데, 환자의 덩치가 간호하는 사람보다 곱절은 컸기 때문이었다. 나는 아연실색하여 복도 한가운데서 등을 돌리고 말았다. 나는 맹장이나 편도선을 수술한 어린아이에게 보내는 시선을 그녀에게는 보내지 못했다는 것이 못내 후회스러웠지만, 이해할 수 없는 신비감이 오히려 의아해졌다.

그 무렵, 내가 종이와 수성펜을 얻으려고 아틀리에 놀이방에 갔을 때는, 두 명의 보육 교사와 네다섯 명의 아이들이 있었다. 정신병은 방학 중에는 절대로 발병하지 않는다는 이야기는 믿을 만한 것 같다.

내가 이미 알고 있던 보육 교사는 베네딕트라고 불렀다. 아주 젊은 금발의 그녀는 교리문답을 가르치는 소녀를 연상시켰는데, 그렇다고 해서 소심하거나 융통성이 없다는 뜻은 아니다. 나는 그녀와 가장 많이 이야기를 나누었고, 그녀는 나를 위해 가장 덜 망가진 물건들을 마련해주었다. 때로는 내 방에도 찾아와주었고, 그 덕분에 나는 쓸데없이 복도를 배회하지 않아도 되었다. 이런 식의 방어책이 별로 중요하지는 않았지만, 나는 다른 아이들과 어울리면 오분도 못 돼서 겁을 먹었다. 또 다른 보육 교사는 부자연스러울 정도로 심하게 몸치장을 한, 무척이나 거드름 피우는 여자였는데, '학생들'은 아랑곳도 하지 않은 채 온종일 손녀에게 줄 옷만 뜨개질하고 있었다. 두 여자 교사는 아이들의 흥미를 끌기 위해 공예용 등나무 줄기, 오래된 매듭용 밧줄 조각, 묵은 신문과 잡지를 가져왔다. 저녁이 되면 아무것도 남아나지 않았고, 청소하는 아주머니들이 조각난 쓰레기들을 비로 쓸어내곤 했다. 나도 수채화 물감과 두꺼운 도화지를 얻을 수 있었지만, 호기심이 일어나더라도, 물론 그것이 끊임없이 일어나지는 않으므로, 책과 종이 몇 장을 가지고 병실에 머물러 있었다.

인생에서 이렇게 많이 먹어댔던 적은 없었다. 다음 날에는 반드시 지긋지긋한 35킬로그램을 넘어설 수 있을 거라고 믿었으며, 무의식적으로도 이를 의심하지 않았다. 하지만 내 몸무게는 다시 33킬로그램하고도 500그램으로 내려가버렸다! 그들은 책과 종이는 남겨두었지만, 평상복과 복도에 나갈 수 있는 권리는 다시 빼앗겼다. 어떻게 이런 짓을 할 수 있을까? 하지만 그들은 내가 아무 잘못도 하지 않았다는 것을 잘 알고 있다. 분명히 나는 먹었고, 그들도 반론이 없었을 것이다. 그들이 제공하는 불결한 병원 식사와 그 모든 것을 나는 끊임없이 게걸스럽게 먹어치웠다. "섭취량을 늘려야겠군!" 이제는 정말 지긋지긋해. 더는 원하지 않아. 모든 것을 이제는 그만 집어치워야 할 것 같아. 알겠어? 내가 배 터질 만큼 먹어서 숨이 막히든 말든, 결국엔 마찬가지인 셈이다. 아무 소용도 없는 일에 자신을 소진하지 않을 거야! 그들도 그걸 강요할 권리는 없다. 또한, 육체적인 것과는 별도로 정신적 건강은 전혀 문제 삼지 않으며, 몸무게만을 요구할 뿐이다! 구역질이 난다, 이런 제기랄. 뭐라고! '제기랄'이라고, 제기랄, 제기랄.

언제나 그랬듯이 식사 후에 몸무게를 쟀고, 그다음에는 청소하는 여자가 바닥을 닦으러 왔다. 그리고 내 눈물과 분노를 향해 문을 열고 들어온 사람은 바로 흑인 남자 간호사였다.

"안녕, 내 이름은 토니라고 해. 안 먹는다는 아이가 바로 너로구나? 아! 그러면 안 돼! 자, 이제 그만 울어!"

그들의 더러운 체중계가 사기라도 치는 거라면, 나는 아무것도 할 수 없어!

"정말 먹기는 한 거니? 아니면 고기 조각 서너 개, 껍질콩 두어 개를 먹은 척만 한 거 아니야?"

아니야, 나는 분명히 먹었어. 내 진료 기록부를 좀 보라니까.

"꼭 검토해봐야겠는데. 왜 너는 먹지 않는 거니? 아무 소용 없다는 걸 잘 알고 있을 텐데."

하지만 나는 이젠 먹어. 살이 찌지 않는 것은 내 탓이 아니야.

"웃기지 마! 밖에 있는 여자아이들 못 봤니? 다들 더럽고 못생겼잖아. 하나같이 바보 같고……. 왜 그 뚱뚱한 계집애 말이야, 그 아이는 내가 지나갈 때마다 치마를 걷어 올린다니까. 얼마나 혐오스러운지 모르겠어. 그렇지만 너는 도대체 왜 여기에 있는 거야? 네가 먹으려고 들지 않기 때문이잖아? 너는 예쁘잖아. 그리고 아주 멀쩡하고. 앞으로도 계속 이곳에 있을 것도 아니고. 그렇지 않니? 너한테 버터 바른 빵을 가져다줘야겠는데. 먹을 거지? 괜찮겠어? 나를 화나게 하지 말라니까. 내가 아주 큼직한 빵 덩어리를 가지고 다시 올게. 주방에서 몰래 가져오려면 골치깨나 아프겠는걸. 그러니 너도 싫다는 소리는 절대로 하지 마! 2분 안에 다시 돌아올게……."

저런 농담을 참고 받아줄 수 있는 사람이 있을지 모르겠다. 마찬가지로 신파극과 억지웃음의 중간쯤에 있는 그의 우스갯소리에, 과연 내가 미소 지으며 재미있어할지는 더더욱 의문이다.

그런데 왜 저 남자 간호사는 내가 먹지 않았다는 듯이 넌지시 떠보았던 것일까? 여자 간호사들이 배급하는 거의 모든 것을 다 먹어 치웠는데 말이지…….

"자, 우리 아가씨를 위한 최고의 빵이 왔어요! 진료 기록부에도 네가 먹었다고 적혀 있더라. 하지만 다 먹어야 해. 그리고 더 달라고 해야 해. 그렇지 않으면 절대로 몸무게가 늘지 않을 거야."

하지만 정말 이 끝나지 않는 놀이가 지긋지긋해! 나는 쓰레기통이 아니야! 진짜로 더는 못하겠어. 이제는 할 수 없어!

세 번째 거식증 환자가 도착했다. 그 소녀의 이름은 도미니크였다. 복도에서 마주쳤는데, 아주 키가 크고 창백하지만 귀여운 모습이었다. 사람들은 그 아이에게 마지막으로 남아 있던 빈 병실을 배정했고, 당연히 처음에는 감금했다. 그렇지만 이야기를 나누고 싶어 하는 사람들을 완전히 막을 수는 없지 않을까? 신성한 장소일수록 열쇠로 잠글 수 없다는 말처럼, 간호사가 식사를 준비하러 주방으로 간 사이, 나는 그 방으로 그녀를 만나러 갔다. 그 아이는 울고 있었다. 그렇지만 한사코 그 모습을 보여주지 않으려 했다. 나는 책을 가져다주었는데, 사람들이 모든 것을 빼앗았다는 것을 잘 알고 있었기 때문이다. 그 소녀는 자신과 비슷한 처지의 사람이 있다는 것을 알고는, 조금 진정된 듯했다. 나는 빨간 머리 크리스틴도 지금 혼자 있겠다는 생각이 들어서, 그 아이도 데리러 갔다. 아무 효과도 없고 정신적인 충격만 주는 그들의 치료 방법에 대해, 우리는 서로 도와가며 반항하기로 했다.

"그들이 나한테 이런 식이라고 말하지는 않았어!"

"네 생각에, 만약에 그들이 이렇다고 말했다면……"

"너는 왜 그랬는지 알고 있니?"

"모르겠어."

무엇을 기대했던 걸까? 나 역시 아직 그 답을 찾지 못했으면서, "그건 말이야……" 하며 그 아이가 곧바로 대답해주기만을 바랐던 것이다. 더디게 진행되는 이 파괴 행위 전부를, 그리고 완벽한 거부

행위를 단 하나의 문장으로 쉽게 답할 수 있다는 듯이 말이다.

"솔직히, 나는 부모님이 지긋지긋했어. 아빠는 맨날 고함만 질러 댔고, 엄마는 울기만 했어. 영양제라도 먹기를 바랐지만, 내가 몰래 내다 버렸거든."

"나도 그런 건 몽땅 버렸어."

"그래, 나도 그랬어. 그런 건 필요 없다고, 병에 걸린 게 아니라고 분명히 말했거든."

"그런데도 내가 할 수 있는 것을 바라기만 했어. 나는 시골에 살다 보니까 더 그런 셈이지. 그러면 너희 생각에는……."

그 아이는 모든 것을 잃은 듯한 슬프고 절망스러운 목소리로 그런 이야기를 했다. 아니야, 너는 패배한 게 아니야. 그저 양보했던 거라고. 네가 이곳에 먼저 오지 않았던 것은 운이 좋았기 때문이야. 그들의 교활한 속임수, 술책을 먼저 알려줄게. 이제 세 명이 함께하면 좀 쉬워질 거야. 우리 같이 먹고, 뭐, 각자의 병실에서 따로 먹겠지만, 몸무게도 함께 재자. 당연히 울 때도 다 같이 울고…….

"나는 이제 아무것도 먹지 않을 거야."

"난 하루에 토마토 반 개 정도면 돼. 아니면 사과 한 입이면 사흘 정도는 괜찮더라고."

하지만 맙소사! "너 정말 바보구나"라고 나는 소리를 지르고 싶었다. 왜 그랬을까?

아니지, 우리가 옳아. 다만, 굶어서…… 죽을 권리가 우리에게 있다는 것을 인정하려 들지 않는 거야. 그들은 이해할 수 없어. 그래서 우리를 감금하고 강제로 살찌우는 거위 새끼처럼 우리의 입을 억지로 벌리지. 또 자신들의 무지를 인정하려 들지 않는 오만함으로 우리를 억지로 깔아뭉개고 있어. 그렇지만 그들도 우리가 옳다는 사실을 무시하지는 못해. "내가 일부러 져주는 척하는 거야. 하지만 나중엔 너희도 알게 될 거야. 나는 결국 굶었던 날에 대한 대가를 혹독히 치르겠지. 그리고 다시는 건강을 되찾을 수도 없을 테고. 나도 잘 알고 있어. 너희도 나를 이길 수 없을 거야." 그 소녀들의 눈빛 속에서 이런 것을 보았고, 마찬가지로 그 아이들의 체념한 듯한 태도에서 참을 수 없는 적개심과 뒤섞인 자기 파괴적인 복수심의 욕구도 읽어낼 수 있었다. 그러니 당신들의 독약을 받아먹으라고 우리에게 강요하며 우리의 삶을 어쩔 수는 없을 거야.

"나는 이젠 안 될 것 같아. 생각 좀 해봐! 13킬로그램이라니까! 불결한 인간들! 게다가 이런 곳에서 어떻게 살고 싶은 마음이 생기겠냐고…… 정신병자들이 있는 이런 '수용소'에서, 바퀴벌레가 나오는 더러운 욕실에다가 조명도 없는 이런 병실에서 말이야."

"이런 걸 '정신과 치료'라고 하는지는 잘 모르겠지만, 이건 정말 인권 탄압이고 폭력적인 방법이라고……"

"그만. 울지 마. 알잖아, 나가야만 해. 그래야 그다음에 원하는 것을 할 수 있어. 그만 울라니까. 나도 울고 싶어지잖아……"

거의 6주 동안이나 격리되어 고통을 겪은 후에야, 정신이 멀쩡한 누군가를 간신히 만난 셈이다…… "여기서 나가야 해. 그다음에 원하는 것을 하는 거지." 바로 이런 말을, 울지 않기 위해서라도 나 자신에게 말해야 했다. 자유와 육체를 제 마음대로 할 수 있는 권리를 되찾을 수 있다는 가능성을 확신하면서 말이다…….

"발소리가 들려. 이젠 가야 해. 되도록 자주 너를 만나러 올게. 우리가 도와줄 수 있는 건 이것뿐이야. 그들은 이런 건 전혀 이해하지 못할 거야. 내일 또 보자."

다행히도 아무 소리도 내지 않고 모습도 들키지 않은 채 무사히 이동할 수 있었고, 그 간호사가 복도에 나타났을 때는 이미 각자의 방문을 닫고 일부러 무기력한 척 꾸며대고 있었다.

"자, 네가 먹었으면 좋겠구나. 넌 좀 마른 것 같은데."

그 말만으로도, 나는 이 불결한 식판을 당신의 낯짝에 집어 던지고 싶은 마음이 들어! 이 끈적거리고 기름진 채소죽이 당신 눈알에 찰싹 달라붙으면 눈이 멀어서 다시는 아무것도 보지 못하겠지. 그리고 이 햄 조각, 아니 이 지방 덩어리로 피부를 불태워버리면……. 나는 당신이 진저리나게 싫다고!

"자, 먹으라고. 울지 말고! 이래서는 빠진 몸무게를 되찾을 수 없다니까!"

더러운 여편네, 잔인한 계집애 같으니라고. 먹을 수 없어. 흐느낌에 벌써 목구멍이 막혔어. 그렇지만 무슨 수를 써서라도 나는 이 불결한 혼합물을 삼킬 거야. 너는 나를 아프게 하는 것 따위는 안중에도 없겠지. 감금당하는 사람은 네가 아니니까. 너는 나를 소유할 수 없어. 나 자신을 다시 찾고 싶어. 어찌 되든 상관없어…….

포크를 쥔 손이 떨린다. 내 마음이 그새 바뀌었다. 나는 이것들이 정말 싫다. 안 돼, 그러면 내 꿈을 다시 찾을 수 없어. 억지로 삼키는 나를 바라보며 미소 짓는 여자 간수가 지금 여기에 있어. 채소죽 한 숟가락을 겨우 삼키는 데까지 무려 20초나 걸려! 내 눈물과 뒤엉킨 으깬 감자에 숨이 막힐 것만 같다. 이렇게까지 비열한 인간들이 또 있을까? 이 모든 것을, 지방 덩어리와 눌어붙은 쌀알, 그리고 그것과 같이 삼킨 모든 증오를, 과연 내 위장이 어떻게 품을 수 있을까? 이런 모욕과 이런 받지 않아도 될 형벌을 어떻게 견딜 수 있을까? 너는 그걸 다 먹어야 해. 그것들을 잊어야 해. 이 상태에서 벗어나야 해. 그래야 한다고…… 말이야 쉽지…… 빵 조각을 쳐다본다. 마치 내가 먹어주기를 바라는 듯하다. 이미 눅눅해져버린 빵 껍질.

"채소죽이랑 같이 먹어봐. 훨씬 잘 넘어갈 테니까."

대꾸도 하지 말자. 더는 그럴 수도 없으니까.

조그만 주머니칼이라도 있었으면, 아무리 문을 잠그지 못하게 하더라도 바퀴벌레 나오는 그 화장실에서 벌써 내 손목을 그었을 것이다.

"그 여자애가 떠난 것이 확실해?"

"그렇다니까, 상태가 아주 심각했던 어제 도착했던 그 아이 말이야. 추가 치료가 필요하다고 해서 떠났다니까."

"도미니크를 찾아서 같이 씻으러 갈래?"

"열쇠가 채워져서 다시 감금당했어. 섭취량을 다 먹지 않았대."

을씨년스러운 복도. 간호사가 떠났다. 이자벨은 꼬맹이 파트리샤의 사탕을 훔쳐내서 우물거리며 심술궂게 미소를 짓고 있었고, 다른 쪽에선 절망적인 외침이 들렸다. 초콜릿 크림이 내 콧구멍 속으로 다시 치밀어 오른다. 이런 것이 모두 소용없다니. 안 돼, 나는 그러고 싶지 않아……. 아니, 그들의 불결한 음식물을 담아두고 싶지 않아. 시작됐다. 코로, 목구멍으로, 내 피부의 모든 구멍으로 쏟아져 나온다. 정신을 차려보니, 다시금 내 침대 위에 누워 있다. 흐느낌에 온몸이 떨리지만, 아무 반응도 할 수 없다. 나의 꿈을 다시 찾아야만 한다.

7

그다음 날, 나는 다시 의욕이 생겼고 안정도 되찾았다. 오전 담당 간호사가 언제나처럼 어리석은 연설을 한바탕 늘어놓았지만, 이제는 다른 사람의 이야기는 듣지 않기로 마음먹었다.

"먹는다는 사실 자체를 받아들이지 않으면, 계속해서 토하게 되는 거야. 이게 별 도움이 안 된다고 해도, 널 나가게 둘 수는 없어. 또 구역질이 나는 거니? 그런 생각은 하지 말고, 다른 것을 생각해 보라니까."

이 여자는 나를 아예 바보 취급한다.

저런 이야기를 들을 필요는 없어. 꼭꼭 씹어 먹고, 그래서 나의 꿈을 되찾으려고 노력해야 해. 남자 간호사 토니는 예의 그 쾌활함과 더불어 초콜릿 빵을 가져다주곤 했는데, 버터 바른 빵 조각보다는 불쾌하지 않게 삼킬 수 있었다.

"옆방에 도미니크를 만나러 가도 돼. 다른 간호사들이 갔으니까. 다시 돌아오게 되면 미리 알려줄게."

정말 대단히 고마운 일이로군! 도미니크는 지금 나와 비슷한 상태였다.

"걱정하지 마. 우리 둘이 하면 돼."

크리스틴은 그냥 두기로 했다. 그녀가 한동안은 나오지 못할 걸 알고 있었다. 하긴 우리가 무엇을 할 수 있겠는가? 내 성격대로 한사코 고집을 부릴 수는 있겠지만, 이 소녀에겐 '바깥세상'이 더 나쁠 수도 있다. 예전에 세면실에서 그녀는 내게 이런 말을 한 적이 있었다. "지저분한 우리 집보다 여기가 훨씬 좋은 것 같아." 어쩌면 바로 그 때문에 나는 다시금 구역질을 했다.

"너희 부모님은 사이가 좋구나, 그렇지?"

"어! 그래. 같이 식당을 하시거든. 언니들은 주방에서 도와주고, 나도 방학 때는 식탁을 담당했어. 늘 농담도 잘하시는 편이고. 정말 보고 싶어."

"너는 그분들께 바라는 것이 없니?"

"없어, 할 수 있는 것은 거의 다 해주셨거든. 그리고 지금 이렇게 된 것이 부모님 잘못은 아니잖아. 사람들이 이런 식으로 우리를 '치료한다'는 것도 실은 모르고 계시거든."

"넌 정말 부모님을 사랑하는구나. 너희 부모님은 서로 싸운 적이 없었니?"

"어! 없었어. 나는 부모님을 사랑해. 내게는 너무나도 훌륭하신 분들이셔."

이제 정신과 의사와 내기라도 해야 하나. 아니면 뭔가? 꼭 그런 건 아니지만, 나는 어떤 기쁨 같은 것을 맛보았다. 그들의 가설이 몽땅 헛된 것이 된 셈이다. 그들이 늘 입에 달고 다니던, "아버지의 부재와 어머니의 과잉보호로 인해, 지나칠 정도로 영리하고 우월한 외모를 지닌 소녀인데도, 자신의 여성성을 거부함으로써 발병하며……" 같은 이론 모두 말이다.

"그냥 너무 뚱뚱하다는 생각이 들어서 먹지 않았던 거야. 근데 나중에는 앙상하게 드러난 뼈다귀를 보면서도 멈출 수가 없었어. 하지만 의사들한테 그런 이야기를 털어놓고 싶지 않았어. 그 사람들이 나를 놀리며 비웃을 것만 같아서 말이야. 그래서 그냥 잘 모르겠다고 했어."

그러니까 그런 것 때문에 그들이 거울을 전부 치워버렸던 거로군. 자기들이 준 독약이 일으킬 수 있는 해악을 혹시나 알게 될까 봐 두려웠고, 또 그 때문에 항상 "네가 너무 뚱뚱하다고 생각하니?"라고 물어보며 끈질기게 대답을 강요했던 거였어. 그게 참 간단한 일이었어…….

그다음 체중 측정에서 몸무게가 다시 늘었다. 그 잔인한 간호사는 그래프의 곡선을 다시 올려 그렸고, 펠트 천으로 만든 커다란 점을 붙이더니 정확한 숫자를 적어 넣었다. 도미니크는 100그램이 늘었다. 크리스틴은 오히려 200그램이 빠졌다. 이 모든 것이 내게는 보잘것없어 보였다.

이자벨이 끝없이 되뇌는 말소리가 들렸다.

"간호사 선생님, 제발 부탁이에요. 빵 한 조각만 주세요, 선생님. 나는 빵 한 조각이면 돼요, 제발. 선생님, 빵 한 조각만 주세요. 나는 빵 한 조각이면 돼요……."

간호사들이 잠시만 자리를 비워도 바로 내 병실로 쳐들어왔다. 어린아이 같은 얼굴에 거인 같은 덩치를 한 소녀의 이름은 브리지트였다.

"너 혼자 심심할까 봐 만나러 왔어. 우리 엄마가 내일 나를 만나러 온대. 여기서는 모두 나한테 친절하지 않아. 넌 그리 못돼 보이지는 않지만 말이야. 우리 엄마가 내일 나를 만나러 온대. 너희 엄마가, 아니, 우리 엄마가……."

그 아이의 초점 잃은 두 눈은 텅 빈 벽만 바라보고 있었고, 나는 무척이나 겁이 났다. 그러나 기진맥진했고, 그래서인지 그런 걸 이해할 수는 없지만, 뭐, 딱히 이해할 만한 것도 없다는 사실 또한 받아들이지 못했다.

알제리 소녀는 가능한 한 자주 들렀고, 때로는 대놓고 적의를 보였다.

"나를 함부로 대하게 그냥 참고 있지만은 않을 거야. 내가 얼마나 힘이 센데. 그 여자가 나를 귀찮게 괴롭히려 들면 어찌하는지 두고 봐. 그건 그렇고, 넌 지금은 뭘 좀 먹는 거니? 오늘 저녁에는 크림파이가 후식으로 나왔거든. 나는 두 개나 먹었어. 그 간호사 여자의 몫까지 훔쳐 먹은 건지도 몰라……. 정말 끝내주게 맛있더라니까…….”

그래봐야 느끼하고 칙칙한 크림 같은 것으로 속을 가득 채운, 끔찍한 후식인 게 뻔할 텐데 말이다.

“저녁때 너를 만나러 올게. 지금은 가야 할 것 같아. 텔레비전에서 영화를 하거든. 게다가 이자벨이 틀림없이 내 책상을 뒤지고 있을 거야.”

실은 더 들을 것도 없었다. 나는 읽고 있던 책 속으로 다시 빠져들었지만, 별다른 감흥을 느끼지 못했다. 이제는 아무것도 존재하지 않는 듯한 느낌이 들었다.

그날 저녁 세면실에서, 예전에 자살을 시도했다가 실패했다던 그 소녀를 만났다. 아직도 안색이 창백한 그 아이는 씻는 데 어려움이 많아 보였다. 사지가 전부 마비된 듯했다. 그 아이에게 괜찮으냐고 물었다. 그 아이는 슬프고도 공허한 시선으로 나를 바라보았다. 그 눈빛은 “아픔 말고는 느낄 수 없어. 사는 것이 너무 고통스러워. 이건 정말 범죄 행위야”라고 말하고 있었다.

“내 치약이 어디 있지. 누가 내 치약을 가져간 거야. 내 치약이 어디 있는지 말해. 내 치약을 내놔. 네가 내 치약을 가져갔지. 빨리 내놔. 내 치약 말이야.”

그 뚱뚱한 계집애는 두 손으로 나를 붙잡고 내 귀에 대고 소리를 질러댔다. 그리고 양팔을 비비 꼬면서 짜증이 절로 나는, 강박에 사로잡힌 듯한 주문 같은 것을 끊임없이 되뇌었다. 내 몸에 닿았던 그 손의 감촉이 아주 불쾌해서, 나는 방으로 도망치듯 달아났다. 너무나 몸이 떨리고 진저리가 났다. 너도 경멸받아 마땅한, 겁먹은 계집애일 뿐이야. 그 축축하고 더러운 피부, 미친 아이의 살갗에 닿았던 감촉이 정말 끔찍했지…….

"내 치약을 돌려줘. 저 여자애가 내 치약을 가져갔어. 내 치약을 내놔…….."

그 계집애는 내 방까지 쳐들어왔다. 그런데 문지방을 넘자마자, 문득 그 자리에 멈춰 섰다. 그 아이는 늘 그랬듯이 아주 신경질적인 웃음을, 위협하는 듯한 웃음을 지으며, 양팔은 여전히 뒤틀어 꼬면서 심술궂은 눈빛으로 탁자 위에 놓여 있던 책을 보았고, 그것을 붙잡더니 찢기 시작했다.

"내 치약을 돌려줘. 내 치약을 내놔. 이 여자애가 내 치약을 가져갔어……."

"이자벨, 여기서 빨리 나가. 저 아이를 내버려둘 수는 없는 거니? 네가 한 짓을 좀 봐. 전부 다 찢어버렸잖아!"

다시 한번, 그녀가 적절한 순간에 나타난 셈이다. 그 간호사 말이다! 나는 탁자와 침대 사이에 쪼그리고 앉아 벌벌 떨면서 울었다. 진짜 유난스러운 저 계집애. 정말 나는 어쩔 도리가 없었다.

그날 밤, 나는 아주 끔찍한 악몽을 꾸었다. "내 치약을 돌려줘. 내 치약을 내놔……"라고 외치는 사람은 바로 나였다. 내가 흉악한 모습으로 미쳐가며 뚱뚱하고 창백한 피부를 한, 소름 끼치고 혐오스러운 그 계집애가 되어 있었다. 나는 두려움과 수치심에, 또 겁에 질려서 흐느껴 울며 잠에서 깨어났다. 그들은 결국 나를 그런 상태로 만들겠지? 내가 마구간처럼 더러운 이곳에서 나가도록 내버려두지만은 않겠지? 내가 정신을 차리려 씻고 있을 때 거미 한 마리가 내 팔에 스쳤고, 공포, 절망과 분노로 인해 나는 다시금 울부짖었다.

몸무게를 측정하는 날, '신입생' 한 명이 도착했다. 다른 '거식증 환자들'과 함께 신생아실로 출발할 참이었다. 그 소녀는 신경쇠약에 걸려 있었다. 나는 복도에서 제멋대로 울부짖고 있는 그 소녀의 엄마와 우연히 마주쳤다.

"불쌍한 우리 딸, 내가 언제 다시 그 아이를 볼 수 있겠어요. 제발 조금만 시간을 주세요. 아이를 탓하거나 나무라지 않겠어요."

"안 됩니다, 부인. 이제 댁으로 돌아가세요. 따님을 잘 돌보겠습니다. 걱정하지 마세요. 따님은 안정을 되찾아 편안해져서 조만간 돌아갈 겁니다. 아주 착하고 사랑스러운 모습으로 변해서 말이죠."

저 이야기는 "진정제와 신경안정제에 잔뜩 절어서"라는 뜻으로 이해하면 되겠지. 그 소녀도 경련을 일으키듯 흐느껴 울며 외치고 있었다.

"의사 선생님을 만나고 싶어요. 저를 의사 선생님께 데려다 달라고요……."

도미니크는 절망 어린 시선으로 나를 바라보았다. 그러나 그 눈에는 동정심도 엿보여서, 나는 그만 화가 났다. 이곳에서는 동정심 따위는 존재하지 않는다는 사실을, 그 아이는 아직도 이해하지 못하고 있다.

내가 올라선 체중계의 눈금은 34킬로그램하고도 900그램을 가리키고 있었다. 간호사는 진료 기록부에 35킬로그램이라고 적으며, 대단한 감사 치례라도 해주기를 바라는 표정을 지었다. 정말 싫어! 2분도 지나지 않아서 그녀는 어머니에게 전화부터 걸더니, 즉시 와달라고 말했다. 그렇게까지 서두를 필요는 없는데……. 정말 일이 꼬여간다……. 아니지, 사실 내 보잘것없는 꿈, 그 일부분이나마 겨우 되찾게 된 셈이니. 나는 겁을 먹어서도 안 되고, 비명을 질러서도 안 된다. 그러면 그들은 나에게 진정제 같은 것을 처방할 수도 있을 테니까.

복도에서 발소리가 들린다. 간호사가 들어오더니, 의기양양하고 으스대는 태도로 "너희 어머니께서 오셨어"라고 통보한다. 그러자 구릿빛으로 잔뜩 그을린 피부에 짙은 화장을 한 그 여자는 늘 그랬듯이 억지 미소를, 너무나도 인위적인 그 미소를 지으며 들어온다. 그리고 마치 기이한 생물이라도 보듯이 나를 이리저리 살펴본다. 내 상태가 나아졌는지 확인이라도 하려는 듯이, 그녀의 시선은 내가 걸친 옷을 뚫고 들어와 몸뚱이를 훑고 있는 것만 같았다. 나는 이 여자가 정말 싫다! 내 쪽으로 몸을 기울이더니, 신경질적으로 나를 양손으로 붙잡았다.

"이 지저분한 곳이 마음에 들다니. 잠잘 때 불편하지는 않니?"

아니, 나는 아무런 대꾸도 하지 않으리라.

"그래, 사랑하는 우리 딸, 잘 지냈니?"

저 망할 '사랑하는 우리 딸' 운운만 없으면, 그 여자 의사의 목소리와 거의 똑같다. 나는 더는 어쩌지 못한다. 그녀의 목소리가 내 갈비뼈를 후벼 판다. 제기랄, 나는 또다시 실패했다. 나를 향해 거꾸로 되돌아오는 폭탄처럼, 쏟아져 나오고 터져버렸다.

"울지 마……. 나를 다시 만나서 기쁘지 않니?"

당연히 그녀가 이해할 것이라는 기대 따위는 하지 말았어야 했다. 내 평생 누군가를 이만큼 미워했던 적은 없었던 것 같은 생각이 든다.

"너 때문에 얼마나 힘든지 전혀 생각하지 못하는 것 같구나."

자, 이제 당신의 불평으로 가득 찬 일인극이 시작되는군. 계속해 봐……. 나도 이제는 진정됐으니까. 그럼 내 꿈은 또 그만큼 잊어버린 건가? 아니지, 이 여자가 더러운 살무사처럼 내 꿈속으로 파고 들어온 것이겠지. 이제 그걸 감당해야 한다. 그렇지 않으면 모든 환상은 스스로 무너져 내릴 것이고, 그것을 인정하지 않는다면 이 여자는 모든 것을 파괴해버릴 것이다.

침묵. 아니야, 먼저 이야기를 꺼내야 할 사람은 내가 아니다.

"아! 어찌나 겁을 주던지 말이야! 9시 10분쯤인가, 내 직장 상사가 나를 부르더니 그러더라고. 병원이라고 하면서, 급히 좀 와달라고 했다고. 네가 그렇게 말했니⋯⋯. 아무튼 택시를 잡아타고는⋯⋯ 얼마나⋯⋯!"

결국 안락한 사무실에 머물러 있어야 했다는 말이군. 아니지, 신경질 내지 말자. 저런 소리에 귀 기울이지 말자고. 당신도 조금만 더 연습하면 금방 알게 될 거야. 다시는 그런 말 따위는 귀담아듣지 않을 테니까. 그녀가 여기 있으니 그만큼 도움을 받을 수 있을 테고, 먹기에 좀 더 편한 것을 가져다 달라고 부탁해봐. 뭐가 좋은지는 잘 모르겠지만, 과자나 초콜릿 같은 것들, 살을 찌게 하는 것들 말이다⋯⋯. 제발 그녀가 지금 다이어트하는 중이 아니기를 빌어보자. 아니지, 그녀는 감히 그러지는 못할 테니까.

"그래, 나한테 다른 할 말은 없니?"

내가 무슨 말을 해주길 바라는 걸까? 내가 여기서 본 것들에 대해? 거미, 바퀴벌레, 미친 계집애들, 고요와 고통, 뭐 그런 것들에 대해서 들을 수 없을 것이다. 그녀는 가진 자의 불쾌하기 짝이 없는 거만한 자세를 취하며, 내 허리둘레가 대체 몇 센티미터나 두꺼워졌는지 살펴보고 있었다.

"일반 성인 표준 섭취량의 네 곱절쯤 되는 음식물을 가져다주세요. 두 몫은 내 것이고, 다른 건 옆방 친구를 위해서예요."

"알았어."

그 당황해하는 표정이 내 마음에 썩 들었지만, 그녀는 이내 그런 안색을 숨기면서 앞으로 기꺼이 내게 가져다줄 온갖 종류의 슈크림 빵이나 유지방 아이스크림 같은 것을 떠올리는 즐거움에 이미 사로잡힌 듯했다. 나도 물론 그런 것을 집어 던지지만은 않으리라. 버터 과자 상자와 '비타민이 풍부하다는 견과류가 포함된' 초콜릿 바를 제외하고, 다른 것은 벌써 내 마음에 들지 않지만……

"할머니께서 네게 안부 전하시더라."

아니, 나는 이런 것은 앞으로도 결코 참아낼 수 없을 것만 같다. 할머니는 안중에도 없고, 아무래도 상관없어! 화를 낼 만한 가치도 없다니까. 정말 바보 같은 인간들에게 무언가를 설명하려 애쓰는 것은 참 부질없는 일이다. 하긴 그녀가 이해할 수 없다고 해도, 그건 그녀의 잘못은 아니다.

절대 화를 내서는 안 된다. 설명하려 애써서도 안 된다. 특히……. 아무것도 하지 말자. 그녀를 더는 쳐다보지 말자. 그 소리도 절대 듣지 말자. 그녀의 목소리가 내 고막을 찌르듯 스며든다. 그녀가 바보 같다고 해도, 그것은 그녀의 잘못이 아니다. 하지만 저 못된 말짓거리는……. 그녀의 눈가에 눈물이 고인다. 감정이 흔들린다. 불쌍한 여인……. 틀림없이 그녀는 단편영화를 연출하고 있으며, 나를 사랑하는 척 연기하고 있다.

"내 딸을 만날 수 있어서 정말 행복합니다."

그 여자는 오직 자기만 생각한다. 그녀가 나를 정말 사랑한다면, 여기까지 와서 기껏 밤에 오는 편두통이나 할머니, 사무실에서 일어난 일 따위를 늘어놓지는 않으리라……. 그녀가 눈물을 흘릴 수도 있다. 하지만 그런다고 해도, 난 꿈쩍도 하지 않을 것이다, 나도 눈물이라면 많이 쏟았다. 우스꽝스럽게도, 이 여자는 자신의 거짓된 연극을, 잘 연기하지도 못하면서, "걱정하지 않는다면 엄마라고 할 수 있겠어?"라고 스스로를 위로하며 자신의 양심을 진정시킨다. 아니다, 그녀는 결코 엄마였던 적도 없고, 앞으로도 절대 그렇게 될 수 없을 것이다. 그저 하찮은 아줌마일 뿐이다. 어찌 됐든, 과자 상자를 가져다줄 테니까. 그녀가 꽤 다정하다고 여겨야 한다.

"매일같이 오지는 못할 거야. 내가 할 일이 많아서…….."

그렇겠지. 이제 그녀는 자신의 의무를 다했다고 여길 테니까. 자신의 '소유물'을 보러 왔고, 이제는 아무런 양심의 가책도 없이 떠날 수 있다. 물론 자기 딸을 아주 적절한 손길에 맡겼다는 자부심도 느끼면서 돌아갈 수 있다.

"그래. 그 사람들이 아주 잘 돌봐줄 거야. 먹을 것을 가져다 달라는 부탁도 했잖아. 의기소침해 있지도 않더라니까. 그래, 그거야. 내가 아주 적당하고 괜찮은 병원을 잘 선택했던 거지…….."

틀림없이 병원 입구에서 자신을 기다리고 있을 애인에게 해줄 이야기는 이미 꾸며놨고, 자신을 위한 변명거리와 자신은 전혀 죄가 없다는 변론을 준비하고 있다.

그들은 정말 배려라고는 눈곱만큼도 없다! 어머니가 간호사들이 빗장을 걸어 잠근 문을 지나가기가 무섭게, 곧바로 그 바보 같은 남자 의사가 왔다. 열등감에 사로잡힌, 두꺼운 안경을 걸치고 머리를 산발한, 미치광이 같은 그 의사는 당연히 질문 뭉치를 잔뜩 품고 나타났다.

"그래, 어떻게 됐니?"

잘 알고 있을 텐데. 내가 부끄러운 줄도 모르는 늙은 인간쓰레기처럼 울면서 불평이라도 늘어놓기를 바라는 건가? 늘 그랬듯이, 기다려봐. 당신의 더러운 아가리를 보는 것보단 돌바닥을 바라보는 편이 훨씬 재미있으니까!

"어떠냐고?"

내가 열세 살밖에는 안 됐다고 해도, 당신도 예의를 갖춰! 이 수용소에서 일주일 만에 그 나이를 다 먹은 것도 아니잖아⋯⋯. 그러니 이런 식으로, 그 모욕적인 언행과 거짓된 아량으로 막말을 해댈 권리는 없어. 감히 어디다 대고 "어떠냐고?"라고 지껄이는 거야.

"엄마를 만나서 좋았니?"

상처 난 곳을 아예 칼로 쑤셔대는구나⋯⋯. 대답하지 않겠어. 나는 신경질을 내면 안 돼. 그러다가 내 몸무게가 100그램쯤 빠질 수도 있어.

"여전히 생리가 없니?"

작정하고 나를 괴롭히려는 거야, 뭐야? 건강한 여자라면 당연하다는, 그 불결한 생리를 남자인 자신은 하지 않을 것이고, 그래서 자신은 스스로 우월하다고 느낀다는 건가? 하지만 내게 충격을 주기 위해서라면 그보다 더한 것이 필요할 거야. 아무튼, 그따위 저속한 언행으로 그럴 수는 없을 테고. 게다가, 내가 순결한 척하는 맹

목적인 사이비 추종자라도 돼? 독실한 척하는 광신도의 교주라도 된단 말이야?

"생리를 하면 좋을 것 같니?"

내가 당신에게 대꾸라도 하면 좀 편해지겠지. 어때? 아니, 나는 아무 말도 하지 않겠어. 내가 젖가슴, 생리, 그런 바보 같은 것이 전부 없는 '남자'라면 좋겠다고 생각하는지를 알고 싶은 것이지. 그것이 바로 당신네 이론의 일부분일 테니까. 그렇지 않나? 구역질이 나도록 더럽다. 생리혈이 그 뚱뚱한 계집애가 온몸을 흔들며 긁적거릴 때, 그 아이의 정강이를 타고 흘러내리던 피와 똑같은 거잖아……. 그렇게 생각하지 않는가? 맞아, 물론이지. 그러니 당신 생각이 옳아. 나도 말이야, 그냥 사내아이면 좋겠어. 젖가슴도 없고, 난소도 없으면 좋겠다고……. 아예 생식기도 없었으면……. 부딪쳤을 때 아프다고 하잖아……. 그러나 나는 당신네의 기준을 절대로 인정하고 싶지 않아. 당신들이 언급한 생리라는 것을 나는 영원히 하지 않을 수도 있고, 평생 하지 않는 여자들도 있다고 하잖아. 어쨌든 그런 여자들, 단지 아이를 가질 수 없다는…… 이유로 그녀들을 이런 병동에 강제 수용하거나, 유죄 선고를 내려서 또 다른 세상으로 쫓아내려 한다는 것이지. 나는 당신에게 그것을 말하지 않으려는 거야.

"그래서?"

내가 지금 가장 화나는 일은, 바로 당신네가 말하는 그 모든 증상에 내가 너무나 정확하게 일치하고 있기 때문이다. 아주 우수한 학업 성적, 무월경, '가정환경'에서 아버지의 부재, '보호자' 어머니 등등. 그렇지만 그런 걸 억지로 적용할 수는 없다고, '거식증'에 걸린 사내아이들도 제법 있다고, 간호사도 나를 설득하려고 그런 헛소리를 했던 적이 있어. "다른 병실에 너처럼 고집을 부리다가 무려 사 년이나 갇혀 있는 사내아이가 한 명 있어……."

그러니 '여성성의 거부'라는 것이 무슨 필요가 있겠어. 어때? 당신, 지금 당황한 것처럼 보이는데!

"너희 아버지께서 며칠 후에 오실 거야."

그 남자가 여기서 뭘 할 건데? 나는 그가 캐나다의 설원에서 실종됐다고 믿고 있어.

"아버지께서 여행에서 돌아오셨다더군. 그래서 오시라고 부탁했단다."

정말이지, 이 인간들은 나를 조금도 배려하지 않는구나. 아주 고문의 끝장을 보자는 거야. 여기서 이런 이야기까지 듣게 되다니……. 아니지, 이건 비웃어야 해. 결국 '어른들'이란 참으로 우스꽝스럽지 않은가? 단순히 우습다는 그 이상으로……. 지금 선택의 여지가 없지만, 난 그들에게 상처 받고 싶지 않아. 그들이 나에 대해 영향력을 갖게 되는 것이 정말 싫어……. 잘못 생각하고 있는 것 같은데. 네가 그들을 혐오하고 있으니, 그들은 너를 아프게 하고 상처 입히는 것으로도 충분하다고 여길 테고……. 나는 그 의사의 눈속에서 끓어오르는 분노를 읽을 수 있었고, 그 덕분에 기분이 나아졌다. "빌어먹을, 이 더러운 계집애를 만나러 와야 하다니. 다른 병동에 인턴 아가씨를 꾀러 가야 하는데 말이야……." 이제 가봐. 나에 대해서는 신경 쓰지 말고…….

나의 꿈은 더욱 확고해졌다. 그러나 그들의 어리석은 짓거리는 정말로 위협적이다……. 부모 중에서 한 명만 가지고는 충분하지 않다는 것이겠지……. 그러니 나머지 한 명마저 오라고 하는 것일 테고……. 그 남자도 여기 와서 연극을 해대겠지. 물론 더 영리하고 치밀하게 연기할 것이다……. 하지만 그 함정에 빠지지 않을 것이다. 나는 그들처럼 그렇게 어리석은 유형의 인간이 아니야.

그는 어쩌면 그 계집애랑 같이 올지도 모른다. 낯짝은 못생겼지만 몸뚱이는 아직 새파랗게 젊어서인지, 예전에 브뤼셀에서 나를 하도 끌고 다녀서 얼마나 귀찮았는지 모른다. 또 카페테라스에서 내가 아이스크림을 먹는 동안, 그 여자애는 지나가는 남자들을 내내 훔쳐보고 있었다. 아니면 설마……? 아! 아니겠지. 그들은 부모 두 명을 동시에 오라고는 감히 요구하지 못할 것이다……. 하기야, 뭐가 중요하겠는가. 그래봐야 그들도 내가 감당해야 할 수많은 사람 중에 극히 일부일 뿐이고, 내가 부모를 유일하고 예외적인 존재라고 여기길 바라고 있겠지만, 그건 덜 떨어진 착각일 뿐이다. 그러나 허접스러운 술책에는 절대 넘어가지 않아. 내 부모는 하찮은 인간들이야. 그들은 무심한 시선으로 길을 따라 걸어와서는 내게 말할 거야. "너 때문에 내가 아주 걱정이 많아."

나는 '그들'만큼이나 내 부모도 싫다.

공동 침실의 첫 번째 침대에서는 병원 안뜰을 내다볼 수 있다……. 죽음의 색깔로 물든 가을의 나뭇잎들, 좁고 긴 복도가 나 있는 을씨년스러운 건물로 끊긴, 황량하고 으슥한 장소. 나는 밖에 나가 산책할 수 있는 권리가 없다. 이 병원의 역한 냄새가 풍기는 공기를 맡을 권리, 게걸스럽게 처먹을 권리와 침묵할 권리가 있을 뿐이다. 내 허파가 쪼그라들고 심장도 더욱 오그라들어서, 이제는 건드릴 만한 것이 남아 있지 않을 거라는 생각이 든다. 나는 마로니 에 잎사귀들을 바라보며, 오랫동안 꿈꾸고 싶었다.

금발의 키가 큰 소녀는 어느 정도 안정을 되찾더니, 주체 못할 발랄함을 보여준다……. 특이한 질병의 증상인가? 그 소녀는 다른 아이들에게 소리 지르며 야단을 쳤고, 아이들을 교육기관의 기숙사생이라도 되는 것처럼 여기는 단계에 이르게 되었다. 그녀의 침대 위에는 잡지, 사탕 껍데기와 화장품이 어지럽게 흩어져 있었다.

브리지트는 침대를 깔끔하게 정리해놓고 끔찍한 야간용 철제 탁자마저도 똑바르고 말끔하게 치워놓고는…… 정강이를 드러낸 채, 침대에 길게 누워 있었다. 그녀의 몸무게에 눌려 침대 매트리스가 푹 꺼져 있었다. 나는 가까이 다가가서 인사를 건넸다. 내 뺨에 느껴지는 축축한 입맞춤, 그 접촉에 순간 몸서리가 쳐졌다…….

"모두 나한테 못되게 굴어. 다들 나를 속이려 든다고. 그 알제리 계집애는 맨날 나를 귀찮게 하고. 너는 나를 좋아하는 거지? 여기서 내가 좋아하는 사람은 너밖에 없어. 너는 정말 내 친구가 맞지, 그렇지? 너는 나를 속이지 않을 거잖아?"

가만 쳐다보고 있자니, 꽤 묘한 기분이 든다. 미친 아이들이 짓는

약간은 비웃는 듯한, 혹은 빈정거리는 듯한 저 미소들은……. 저것
이 의미하는 바는 무엇일까? 하얗게 칠한 높다란 침대와 야간용 탁
자 하나, 이제껏 저 아이들이 가져보지 못했을 것 같은 그들만의 유
일한 공간을 이리저리 둘러본다……. 안간힘을 다해 겨우 지켜낸
자신들의 영역에 그들은 직접 그린 그림을 걸어놓았다……. 손톱
에 매니큐어를 바른 소녀는 양철 쟁반 위에 거울을 세워 작은 화장
대 같은 모양으로 만들고, 주변에 종이로 만든 꽃으로 장식해놓았
다. 그리고 파트리샤와 알제리 소녀 사이에 있는 자신의 공간에서,
그 아이는 거울 속에 비친 자신을 넋 놓고 바라보고 있었다. 각자들
자신의 보물을 분주히 정리하면서, 혼잣말하기도 하고 곧 있을 면
회들과 다음번에 허가받을 일을 예상하며 떠들어대고 있었다…….
"네가 똑바로 행동하면, 주말에는 부모님 집에서 외박할 수 있게
해줄게……." "의사 선생님께서 그걸 금지하셨어. 네가 온종일 울
어댔기 때문이야. 넌 똑바로 행동하고 싶지 않은 거야. 이런 상태로
는 너희 어머님과의 면회를 허락해줄 수 없어."

내가 겪었던 것, 어쩌면 알 수 없는 분노와 불쾌감에 대해 잘 알
지 못하며, 그 두려움에 대해서는 더욱더 잘 모르겠다. 간호사들이
주방에 음식물이 담긴 식판을 가지러 간 사이에, 도미니크에게 줄
색연필과 종이 몇 장을 챙겨 왔다. 그 소녀는 더는 울지 않았고, 이
제는 어느 정도 희망을 품고 있는 듯했다.

"먹는다는 것은 그리 어려운 일은 아니야. 그래야만 여기서 나갈
수 있고, 부모님과 다시 만날 수도 있다고 생각해. 내가 완치된 것

을 보시면 정말로 기뻐하실 거야…….”

나로서는 잘 이해가 안 된다. 화가 나지도 않고, 분노하지도 않으며, 반항심조차 생기지 않는다니. 아니지, 그들은 이 아이에게는 약도 처방해주지 않는다……. 그녀는 어떻게 했던 것일까? 일시적이기는 했지만, 그들의 치료 방법이 그녀에게는 나름대로 효과가 있었다. 그런 것을 그 아이의 이야기로 깨달을 수 있고 그 얼굴에서 읽어낼 수 있었으니, 결국 나중에는 스스로 자신의 육체를 지배할 수 있을 것이며, 그러면 그때는…….

“우리 엄마는 내가 남긴 접시를 보자마자 울기만 하셨어. 그래서 대부분 강아지에게 던져주거나, 부모님께서 식당 문을 열고 손님을 맞이하실 때 몰래 냅킨에 싸서 내다 버리곤 했어…….”

그 소녀는 문득 입을 다물었지만, 나는 그녀의 생각을 짐작할 수 있었다.

“다음번에는 더 영리하게 행동할 거야.”

“어느 날, 너무 겁이 났어. 당최 몸을 일으킬 수 없더라고. 모든 것이 빙빙 돌고, 잠시도 멈추지 않는 거야. 온몸에 개미가 스멀스멀 기어가는 것 같고, 정말 꼼짝도 못하겠더라. 하지만 그렇지 않은 척했어. 날 의사에게 보내버릴 것만 같아서…….”

하지만 왜? 겨우 이런 병동에 있기 위해서? 나도 똑같이 행동했고 그보다 더한 짓도 했다. 나는 무려 한 달이나 끈질기게 거부했는데? 뭐, 굳이 이해하려고 애쓸 필요는 없어. 여기서 빠져나가는 것만 생각해야 해. 그리고 다른 것은 알 필요도 없고……. 정신적 결함이 있는 이 아이들 모두……. 그리고 너는 지금 투정을 부리고 있어. 먹고 싶어 하지도 않고. 그건 네 잘못이 아니야. 이제 스스로 여기에서 빠져나갈 수밖에 없어……. 나는 못할 것 같아. 너무나 힘들어. 그 입 좀 닥쳐! 동정심 따위는 이곳에 없어. 오로지 너만 홀로 있는 거야. 정신 차려. 너 혼자뿐이야……. 하지만 내가 동정심 따위를 바라는 것은 아니야. 다만……. 시끄러워. 너는 아무것도 기대해서는 안 돼. 내가 이미 말했잖아. 너는 혼자라고…….

"자, 너 주려고 색연필 가져왔어. 이틀 뒤엔, 조금 더 먹을 만한 것들이 생길 거야. 드디어 내가 원했던 것들이."

"그럼, 너는 어쩌려고?"

"걱정하지 마. 내 몫으로도 두 배쯤은 남겨놓을 거야. 오히려 너무 많을 것 같아. 그런데 의사들하고 이야기는 했니?"

"잠시도 쉬지 않고 어린 시절에 대한 질문을 퍼부어대더라. 어렸을 때, 우리 아버지가 정말 딱 한 번 따귀를 때리신 적이 있거든. 그래서 내가 그렇게 행동한다고 그들은 믿고 있는 것 같더라……."

그런 방식으로 어떤 현상을 인식하는 것이 가능할까? 그리고 왜 이 아이는 망설이지 않고 그 여자 의사의 멋들어진 안경에 발길질이라도 해대지 않았을까? 그리고 나도 왜 그런 식으로 행동하지 않았을까? 아니지. 우리는 모두 다 꼼짝달싹 못하게 궁지에 몰려 있고, 그들은 공격 성향의 신경증이라는 이유를 대며 우리를 다시 감금하려고 들 것이다.

"내가 주방에서 카망베르 치즈 한 덩어리를 훔쳤거든. 그런데 아

빠는 아주 중요한 단골손님들을 위해 그걸 준비했던 거야. 아빠가
단단히 화가 나서 그 치즈를 빼앗더니, 나를 한 대 때렸어. 정말 처
음이었어. 그 이후로 다신 그러신 적이 없었거든. 그건 아빠 잘못이
아니야. 너무 화가 나셨던 거니까……. 아빠가 나를 달래줄 때까지,
나는 거의 두 시간이나 울고 있었어."

겨우 그런 일 때문에 죽고 싶어 하는 사람이 과연 있을까? 그들
은 우리를 정신박약자들, 바보들, 진짜 미친 사람들로 취급하는 것
같다…….

그렇지만 왜 이 아이는 아빠가 따귀를 때린 일을 기꺼이 용서했
을까? 제대로 된 아버지라면 자녀들에게 손찌검 따위는 하지 않을
텐데! 그녀가 잘못했기 때문일까? 어른들은 규칙을 준수하지 않으
면서, 커다랗고 힘센 손을 앞세워 당신의 입을 억지로 틀어막으려
든다. 늘 말보다는 손이 앞서고, 그러는 편이 그들에게는 덜 피곤
하고 더 효과적이다. 그들은 왜 자식을 낳았을까? 주변 사람들에게
보여주려고? 불화가 생긴 부부 관계를 다시 회복하려고? 자신들만
의 '어떤 것'을 하나쯤 소유하고 싶어서? 은퇴 이후를 보장 받고 싶
어서? 지금 너무 심하게 말한다고 생각하는가? 가족이라는 집단을
좀 지켜보라. 지하철에 타고 있는 어머니들, 이 세상에 자기들 말고
는 아무도 없다는 듯이 행동하는 할머니들을 좀 보라. 그들이 진정
으로 가족을 사랑한다고 생각하는가? 그게 아니면, 그들에게 정말
로 가족이 필요하다는 건가? 제발, 그런 거짓말 좀 그만해!

"이따가 낮잠 자는 시간에 나를 만나러 올래?"

"애는 써보겠지만, 장담은 못해······. 아무튼 조금 이따가 보자."

어쨌든 갇혀 있다는 것이 훨씬 끔찍하지. 사실, 저 더러운 간수들이 호의를 좀 베풀어주면 다른 죄수들의 독방 앞에 나 있는 철책 사이로 산책하러 나갈 수 있어. 물론 유리창 너머로 병원 안뜰을 바라볼 수도 있고, 그 밖에도······. 제발 그 입 좀 닥쳐! 그저 내 병실에 머물러 있을 거야. 그따위 것들은 보고 싶지 않아. 난 아무에게도 관심이 없고, 어떤 것에도 별다른 흥미가 없어. 내가 바로 이러기를 당신들은 원했던 거잖아, 안 그래? 저 사람들이 권리랍시고 어떤 것을 허락해준다고 하지만, 별로 사용하고 싶은 마음이 안 생겨······.

나를 찾아오는 미술 선생이 있다. 그런데 왜 그 사람은 내가 여기 있는 것을 너무나 당연하다고 여길까? 그러니까 왜 내가 미쳤다고 생각하는 걸까? 어쨌든 그는 미친 사람들의 그림을 아주 좋아했는데, 그래서인지 내 그림들을 강당에 전시하고 싶어 했다.

"뭘 하자는 거예요, 대체? 그들이 내게 무슨 짓을 했는지 잘 알면서. 그런데도 '잘 보세요, 이건 바로 어린 거식증 환자의 그림입니다. 아주 잘 그렸지요?'라고, 그들이 제멋대로 지껄이도록 내버려두라는 것이냐고요. 도대체 저를 뭘로 보는 거예요?"

"너에게 강요하려는 것은 아니야. 다만, 바보 같은 애들의 그림 옆에 걸면 더 어울릴 것 같아서 그래."

"더 어울린다니요! 병동이 기껏해야 잘 어울리게 하는 곳은 아니잖아요! 그래서 내 그림이 다른 미친 아이들의 것과 뒤섞여 있는 꼴을 원하지 않는다고요!"

그는 내 자존심을 잘못 건드렸다고 믿는 걸까?

사람들은 어느 정도는 심리학자가 될 가능성이 있지 않을까? 내가 울면서 그렸던 그림 속의 나무를 바라본다. 나뭇잎이 너무 많고, 뿌리도 너무 많다. 마로니에 나무의 열매를 어떻게 그려야 할지 잘 모르겠다. 그 나무가 너무 멀리 떨어져 있어서 자세히 볼 수 없었고, 그래서 결국 그것을 그리지 않았다. 열매들이 없는 마로니에 나무 한 그루. 어떤 면에서는 그것이 더 예쁘고, 답답해 보이지도 않는다.

작은 근시 안경으로 푸른 두 눈을 절반쯤 가린 채, 그 여자 간호사가 왔다. 들고 온 식판을 내려놓더니, 붉은색 의자에 걸터앉았다. 눈이 너무 아팠지만, 그녀는 전혀 눈치채지 못한 채 오늘 식사가 아주 맛있다는 말을 하면서 웃고 있었다. 늘 그랬듯이, 내 마음은 이미 망설이고 있지만, 그런 것에는 관심을 기울이지 말아야 한다는 것을 이미 경험으로 알고 있다. 수시로 변하는 마음이지만, 적절하게 마음의 평정을 유지하는 방법을 그녀에게 배울 필요가 있는 듯하다.

"오늘 정말 춥다. 우리 딸애도 목감기에 걸렸어."

침묵. 그녀는 내가 먹는 것을 지켜보고 있다.

"어떠니, 맛있지?"

생각해보니, 오늘로 나는 열세 살이 되었다. 오늘이 바로 모든 성인의 기일이라는 만성절이다. 자살하기에 딱 좋은 날이다. 그렇지 않은가?

버터가 번들거리는 시금치가 너무 느끼해서, 대신 다른 것을 먹겠다고 그녀에게 말했다.

"안 돼. 시금치에는 철분이 많아. 그러니까 먹어야 해."

"하지만 다른 것을 먹어도 그런 효과를 볼 수 있잖아요? 더군다나 시금치가 살찌게 하는 것도 아니고요."

"먹으라니까! 안 먹으면 당장에라도 너희 어머니를 못 오시게 할 거야."

아! 제발 그렇게 해준다면 정말 좋겠다. "사랑하는 우리 딸, 생일 축하해"라고 말하며 그녀가 나타난다면, 그 편이 더 끔찍할 테니 말이다. 그 여자와 말하느니 차라리 저 벽하고 이야기하는 게 낫겠다. 내가 눈물이라도 흘린다면, 형벌이나 다름없는 어머니와의 면회 때문이 아니라, 저런 터무니없는 효과를 믿어 의심치 않는 권위적인 어조의 말을 듣고 있어야 하기 때문일 것이다. "따끔하게 혼을 내지 않으면 제멋대로 굴 거야. 지금 이 접시에 담긴 음식에 싫은 기색을 보이면 나중에 다른 음식에도 그럴 거고, 그러다 보면 결국엔 모든 것을 다시 시작해야겠지."

꺼져. 가서 감기 걸린 당신 딸이나 돌보든가. 이런 걸쭉한 죽은 당신 딸내미한테나 처먹이라고! 내가 먹는데 당신이 왜 필요한데. 무언가에 도움 주는 것을 꽤 좋아하잖아, 그렇지? "내가 바로 수간호사거든……"이라고 자랑스럽게 내세우면서, 그리고 지금 나의 분노가 일반적이고 일시적인 것일 뿐이라고 생각하잖아. "억지로라도 먹은 것을 나중에는 고마워하게 될 거야." 바닐라 크림이랑 같이 먹으라니까. 겉만 긁어대지 말고 푹푹 좀 떠먹어. 고개도 좀 들고. 아직도 죽은 남아 있네. 빨리 살이 찌려면 그런 것이 좋아! 그들은 음식물을 번갈아 제공한다. 쌀밥, 국수, 껍질콩 같은 것들, 구운 고기와 버터 같은 정제한 지방, 매주 금요일에는 기독교 신자가 있다면서 생선과 튀김 종류를 주었다. 나는 엄청난 양의 음식물을 게걸스럽게 삼켰다. 간호사들은 다른 아이들보다 곱절이나 되는 섭취량을 억지로 강요했지만 내 몸무게는 별로 늘어나지 않았고, 시간의 경과에 따른 체중을 표시하는 그래프 선은 반항이라도 하듯 일직선을 그리고 있었다. 도대체 너를 어째야 하니. 정말로 급하지 않은 모양이로군. 너무 걱정하지는 마라. 결국에는 잘될 테니까…….

내가 오렌지와 초콜릿 추가분까지 먹자마자, 작은 상자를 손에 들고 예의 그 미소를 지으며 그 여자가 들어왔다. 그녀가 선물을 주고 싶은 사람은 바로 자기 자신일 것이다. 하기야, 나를 위한 진짜 선물이 있다면 나를 이 병동에 감금하지 않는 것이겠지. 짜증내지 말자. 너의 꿈을 다시금 생각해봐. 선물을 받으면 상자를 열어야겠지. 고맙다고 해야지. 껴안아줄 수도 있어……. 이제는 생일 축가를 들어보자. 그녀가 너를 기쁘게 해주잖아? 그렇고말고.

"자, 널 주려고 이것저것 가져왔어."

"고마워요. 잠깐만요. 금방 돌아올게요. 친구한테 이걸 주고 올게요."

내가 너무한다고 생각하는가? 당신들이 기대했던 게 이런 거잖

아. 당신들이 아이를 낳게 된다면, 이런 점을 명심하라…….

도미니크는 금방 가보라고 했다.

"고마워. 하지만 너희 엄마한테 빨리 다시 가봐. 나중에 또 와."

우리는 마주 서서 각자 몫의 아이스크림을 바라본다.

"간호사가 금방 올 거야. 좋아, 시작하자. 조심해."

"이 역겨운 것을 쳐다보지 말고!"

"숟가락 들어! 두 눈은 꼭 감고!"

"너 거기 있지? 안 보이잖아?"

"나 여기 있어. 계속하자. 아무렇게나 큼지막하게 한 숟갈 떠."

"말은 참 잘하네……."

그리고…….

"눈을 뜨는 게 좋겠다. 서로 쳐다볼 수 있게 말이지."

여하튼 그녀를 10분 이상은 기다리게 할 수 없었다. 차라리 그냥 옆방에 있겠다고 그녀에게 말할걸 그랬다. 아니지, 신경질을 내서는 안 돼. 벌써 그녀를 더는 신경 쓰지 않기로 했으니까……. 괴롭힐 필요도 없는 보잘것없는 아줌마일 뿐이다. 도통 이해하려고 들지 않는 여자, 딱 그뿐이다.

"너희 아빠가 돌아왔어……."

내가 그 남자에 대해 질문이라도 쏟아내기를 바라는 걸까? 싫어. 내 세상에 그따위 질문을 도저히 용납할 수 없어. '싫다고!'

"아빠가 내일 너를 만나러 올 거야. 만나고 싶니?"

"네."

아! '아니요'라고 대답했어야 하나. 그러면 더 기뻐했을까!

여전히 혼란스러운 채로, 나는 그녀의 속마음을 헤아려본다.

"우리 꼬맹이는 나이는 어려도 이해심이 많으니까, 틀림없이 아빠 소식을 내게 전해줄 거야. 내가 굳이 그런 말까지 하지는 않겠지만, 결국에는 다들 이해해주겠지. 20년을 같이 살았는데도…… 그 인간들이 남몰래 등 뒤에서 그따위 '추잡한 짓거리들'을 벌였으니, 그런 사람들은 절대로 용서해줄 수 없어……."

나는 결코 그녀에게 고통을 주지는 못할 것이다. 물론 그런 걸 기대할 수도 없지만. 그녀는 자신의 못된 믿음을 방패 삼아 몸을 숨기고 자신을 방어하는 방법을 잘 알고 있다. 당신을 혐오한다고 내가 말하면, 그녀는 그 말을 사랑이라고 해석한다. 또 당신을 경멸한다고 하면, 그건 내가 정신병 때문에 그런다고 멋대로 여긴다. 당신은 정말 내게 아무것도 아니라고 말하면, 내가 아직 미숙하고 서툴러서 그러는 것이라고 쉽게 받아들인다…….

"내가 안부 전하더라고 아빠께 말씀드리거라."

아닐 거야. 설마 아버지의 그 '천박한 창녀'에 대해서도 알아보라고까지는 하지 않겠지.

"아빠 주소를 가르쳐달라고 해. 소송하는 데 필요하거든. 변호사를 위해서야."

싫어. 정말 나를 바보 취급하는 거야? 이제껏 당신 변호사가 모르고 있었다는 듯이 말이야! 게다가 나는 당신이 꾸며낸 온갖 핑곗거리를 잘 알고 있고, 당신의 거짓말도 너무나 똑똑히 읽어낼 수 있어. 난 아무 대답도 하지 않을 것이고, 물론 반박도 하지 않겠지만. 그런 염탐꾼 역할을 하지 않을 거고, 그 점에 대해서는 지금 당장에라도 확실히 말하겠어! 하기야, 그런 일에 아이들이 무슨 소용이 있겠어?

"안부 전하려거든, 주소를 직접 물어보면 되잖아요."

"근데 나는 그 인간을 직접 만나고 싶지 않거든!"

"도대체 왜 그 주소가 필요한데요?"

"이미 말했잖아, 변호사 때문이라고."

당신이 그래봐야 아무 소용이 없다는 것을 나는 잘 알고 있다. 아니지, 걱정하지 마시라. 내가 꽤 착하잖아. 어머니의 그런 질문에 대답하잖아. 아니, 대답하는 척하잖아. 나도 내 몫의 역할을 충실히 연기한다고. 그녀의 가죽 부츠를 바라보면서 과자를 씹어 먹는다. 그녀도 이제는 익숙해졌는지, 나만큼이나 이 병실이 끔찍하다고 여기지는 않는 것처럼 보였다. 내가 지나칠 정도로 고집스러운 태도를 보인다면, 착하고 사랑스러운 계집아이로 만들기 위해서라도 그녀는 당장 의사에게 따지러 갈 것이다.

"대체 우리 아이에게 무슨 짓을 한 거죠? 아예 나하고는 말도 하지 않으려고 해요. 나를 좋아하지도 않고⋯⋯."

"걱정하지 마세요, 어머니. 조금만 겁을 주면 금방 호전될 겁니다, 물론 약을 좀 써도 되고요⋯⋯."

내가 그녀를 받아들이지 않으면, 저 여자는 곧바로 나를 망치려고 들 거야. 저 눈을 보면 그것을 읽어낼 수 있잖아? 저 위험한 눈빛을 좀 봐. 너라는 자기 '소유물'을 지켜내기 위해서라면, 무슨 짓이든 벌일 준비가 되어 있어. 저 냉혹함이 보이지 않아? "네, 아버지를 만나겠어요"라고 대답했을 때와 너무나도 똑같잖아. 내가 '이런 것'을 이미 눈치채고 있다는 걸 그녀가 알아차리게 되면, 그때는 대놓고 드러내겠지. 걱정하지 마. 내가 오이디푸스 콤플렉스가 있다고는 믿지 않는다. 게다가 그 남자가 멋있다고 생각하지도 않는다. 그리고 그런 동성애 성향이 있는 사람을 사랑할 수도 없을 것이다. 실상은 그를 무시하고 있다. 다시 말하건대, 이번에야말로, 정말 그런 척을 잘해야 해.

"내일은 내가 일을 해야 해. 할 일이 정말 많거든……."

그 여자는 내게 사무실의 친한 여자 친구들, '여자 동료들'에 대해 지나칠 만큼 길게 이야기를 늘어놓을지도 모르겠다……. 결국 모두 남자에 대한 이야기일 테지만.

"사람들이 모두 네 소식을 물어보더라고."

아! 그래요. 그거야 당신이 이미……. (당신이 정신병원에 자기 딸을 감금했다고 그들에게 뻔뻔스럽게 지껄여댔기 때문이잖아? 도대체 어떤 사기를 치고, 무슨 이야기를 했어?) 아니, 이제는 화조차 나질 않는다. 이 여자는 정말 너무나도 어리석다. 내가 이긴 셈이다. 이제부터 그녀는 나를 불쾌하게 할 수는 있지만, 결코 상처를 주지는 못할 것이다. 남자 의사들 또는 인턴들이 지나갈 때마다 치마를 걷어 올리던 그 뚱뚱한 계집애를 보았을 때와 똑같은 수치심을 그녀에게서, 또 그녀 때문에 느낄 수 있었다.

"친구는 좀 생겼니? 다들 착해?"

"저 복도에 있는 계집애들 보셨잖아요?"

아니지, 지금 공격적인 성향을 보이면 안 돼. 좀 더 부드러운 어조로 말을 해야지. 어차피 그녀는 이해도 못하니까. 어리석은 그녀를 두고 장난이나 좀 쳐야겠다. 그녀가 어디까지 갈 수 있을지 문득 궁금하다. 그리고 나는 별로 바쁠 일도 없으니까. 하지만 그녀가 모든 것을 파괴할 수 있다는 사실은 절대로 잊어버리면 안 된다. 그러니 그녀를 조심스레 잘 다루어야 한다.

"아주 친절해 보이는 아이들이 좀 있더라. 그중에서 아주 귀엽게 생긴 꼬맹이도 한 명 봤거든."

걸핏하면 써먹는 그 매력적인 회유책을 선보이려고 애쓸 필요는 없다. 여기에는 잘 보여야 할 남자들도 없으니까. 가장 못생긴 여자들을 귀엽다고 생각하는 것이 바로 당신의 술수잖아? 잘 알고 있겠지만, 나는 질투심 같은 것도 없고, 고집 피우며 집착하지 않으니까. 다른 '암컷들'의 특징을 잘 알아보지…… 그러나 나를 '소유하기' 위해 그녀가 이런 뻔한 말을 미리 준비해 왔다는 것을 잘 알고 있으며, 당연히 자기 뜻대로 잘 안 되겠지! 그녀는, 면죄부도, 마음과 사랑도, 그 어떤 것도 얻어내지 못할 것이다…… 아니지. 나는 그녀의 비난에 잘 대처할 방법이 없다. 그건 아주 복잡하고, 너무 대단하다. 그래서 나는 미소나 지으며 제멋대로 하도록 내버려둔다. "나를 기쁘게 해주려고 어린 딸내미가 얼마나 마음을 쓰는지 좀 보라니까요……"

"너를 담당하는 인턴 선생 말이야, 정말 친절하더라. 그렇지? 나도 거의 매주 만나러 오니까."

그렇지. 나보다 더 절실한 누군가가 있을 거라고 생각했어. 하지만 좀 더 기다려봐. 내가 바라는 대로, 그 남자는 당신에게 온갖 난처한 질문을 쏟아낼 테니까…… 그러면 당신은 엄청난 거짓말을 해대겠지만. "따님을 낳고 싶으셨나요?" 잘 생각해봐. 사실대로 말하면, 당신은 전형적인 못된 엄마가 될 테니. 나도 잘 기억하고 있어. 어느 날인가, 당신은 무심결에 그 이야기를 내게 했다. "너희 아빠랑 어느 날 밤에 너를 갖게 된 거야. 내가 침대 위에서 바느질하고 있었는데, 너희 아빠가 다가왔지. 실은 아이를 갖고 싶지 않았어. 경제적으로도 힘들었지만, 이미 사이가 별로 좋지 않았기 때문이었지. 하지만 네가 태어났을 때는 다시 좋아졌단다. 그런데 너희 아빠는 딸을 원하지 않았어. 너를 처음 보고는, 너무 못생겼고 온통 시뻘겋고 머리카락도 거의 없다고 말하더라고. 다행히도, 너희 할머니께서 너를 맡아 키워주셨어……" 그야말로 아무런 근거도 없는, 악의적인 말짓거리가 아닌가? 또, "너는 어렸을 때 정말 이상한 아이였어. 네가 세 살쯤 되었을 때였나. 머리카락에 유화 물감을 온통 발라놓았다니까. 온갖 색깔로 빗질한 셈이었지. 너희 아빠는 너를 씻기고 싶어 하지 않았어. 그리고 나도 별로 내키지 않았고. 그 고역스러운 일을 상대방에게 서로 떠넘기려고 했지. 결국에는 너희 할머니께서 오셨고 우리를 부모 자격도 없는 아주 못된 사람으로 취급하시더니, 너를 데리고 가서 나흘 동안이나 돌봐주셨단다.

한동안은 감히 너를 찾으러 가지도 못했어. 사실 할머니께서 그리 호락호락하신 분은 아니잖아…….”

“딸을 낳고 싶으셨나요?”

“아! 물론이죠! 나는 아이를 많이 갖고 싶었어요. 내가 외동딸이라서 늘 힘들었거든요.”

이거야말로 부모들의 전형적인 논리다. 즉, ‘그들의 육체에서 나온 육체’를 태어나게 하고 싶었다는 게 기껏해야 그 아이를 어쩔 수 없이 원해야만 했다는 뜻이다. 내 딸은 나를 전혀 닮지 않았으면 좋겠다고 이따금 생각한다.

“순산이셨나요?”

지금 이 질문에 불평이라도 늘어놓고 싶어서 ‘아니었다’고 대답한다면, 자신이 고통 받은 것 때문에 무의식적으로 아이에게 앙갚음하려 했던 것이라고, 이 의사는 곧바로 말할 것이다.

“아! 아주 괜찮았어요! 15분도 안 걸렸다니까요. 첫아이 때도 문제가 없었거든요.”

당신한테 이 인턴은 너무 젊은 것 같은데. 그렇지? 당신도 틀림없이 그렇게 생각하고 있을 거야. 물론 당신이 인정할 거라 기대조차 하지 않지만, 당신은 너무…….

“따님이 사춘기에 접어들면서 그런 것에 대해 알려주자, 어떤 반응을 보이던가요?”

정신과 의사 선생, 대단히 잘못 생각하는 거야. 지금 당신은 이 여자에게 거짓말을 하도록 강요하는 거라고. 그녀는 내게 그런 이야기를 해줄 생각조차 못했으니, 대답할 수 없을 거야. 게다가 나는 그럴 필요도 없었어. 여덟 살 무렵인가, 그녀가 부끄러운 척하며 지나가는 말처럼 이야기했던 것을 나는 그전에 이미 '다' 알고 있었다.

"아! 아주 좋았어요!"

"그 이후에, 아이의 행동에서 특별히 눈에 띄는 것이 아무것도 없었나요?"

당연히 없었겠지. 그런데 말이야, 이 여자를 잘 살펴봐! 오히려 지금 그녀에게서 뭔가 눈에 띄는 점이 있지 않아? 말 좀 해봐. 그게 아니라면, 정신과 의사로서 자질이 있는지 확신할 수 있어?

"특별한 건 없었어요. 다만 아이가 너무 과묵하고, 내성적이라서……."

참 쉽네. 당신 잘못 때문에 내가 그런 상태가 되었다는 거야!

"아이가 자신의 문제점이나 친구에 대해 자주 이야기했나요?"

"아니요, 그랬다면야 좋았겠죠. 하지만 내 질문에 도통 대답하려 들지 않았어요."

그런 거였네. 그녀를 기쁘게 해주려면 호기심을 맘껏 충족시켜줬어야 했던 거야! 하지만 그녀는 나를 기꺼이 돕고 싶다는 생각 따위는 전혀 떠올리지 못했어! 당연한 일이지만, 엄마들이란 그런 일에 어울리지 않는다. 엄마들이란, 그들의 저속함으로, 그들의 거짓말로 인해 원한이나 품게끔 '하는' 작자들이고, '자신들이 기꺼이 감수하려 했다던 모든 희생에 따라', 안정된 노후를 보장받으려 드는 부류의 인간들이라고 여기는 편이 맞다.

"따님은 대체로 집에 있었나요?"

"아니요, 가끔 외출하는 편이었어요. 그래서 내가 화라도 내면, 다음 날은 오히려 30분쯤 더 늦게 들어오더라고요. 그러니 더 나무랄 수도 없었어요."

내가 그녀를 감쪽같이 잘 속였군. 부모들이란 정말. 이해할 수 있는 범위라고는 기껏해야 그 정도야. "정말 속이 시커멓게 타들어갈 정도로 걱정했어. 너 때문에 생병이 날 지경이라니까. 누가 너를 데리고 가버린 것이 아닌가 하는 생각이 다 들었다고……."

정신과 의사 선생, 당신이 감금해야 할 사람은 아이들이 아니고, 오히려 저들, 부모라는 작자들이야. 책임을 물어야 할 사람도 바로 저 인간들이다. 다만, 아무도 부모에게서 벗어날 수 없고, 누구도 '책임지려' 하지 않는다……. 반면에, 부모들은 아무런 거리낌 없이 '더러운 계집애들'을 강제 수용한다는 동의서에 서명하고…… 당신은 그것이 당연하다고 생각한다…….

"아이를 만났을 때 좋은 반응을 보이던가요?"

"네, 우리 애가 아주 기뻐했어요."

그러고 나서 결론은 우리를 다시금 감금하는 것이다! 어떻게 저들을 '존경하기'를 바랄 수 있는가? 치마를 걷어 올려 흉측하고 혐오스러운 엉덩이를 드러내 보이던 계집애와 저 여자는 똑같다고 할 수 있다. 그리고 '전문가'를 자처하는 그 의사도, 양다리 사이에 기저귀를 걸친 채 신경질적으로 인상을 쓰는 한낱 사내아이에 불과하다…….

"룰루 이모가 너를 보러 오고 싶어 해."

"아! 싫어요. 아주 가까운 가족이 아니면 들어올 수도 없어요!"

정말 너무 웃긴다. 그녀가 꾸며대는 이런 짓거리를 내가 진짜라고 믿기 시작했다. 나를 바늘로 마구 찔러대며 죽이려고 드는, 가학 성향을 지닌 어머니가 생긴 것만 같다. 아니, 그녀는 거의 그런 단계에까지 이르렀지만, 마지막 순간에 간신히 그 생각을 바꾼 것 같다. 이 정신병동이 더욱 고통스럽고 굴욕적이어서, 한층 더 악영향을 끼친 셈이다.

"이젠 가야 할 것 같아. 심심하지 않겠니?"

"괜찮아요."

그녀는 마음 아픈 척하지만, 평소보다 더 예쁘게 꾸미고 나가야 한다. 저 벽도 이제는 위협적으로 보이지 않고, 오히려 웃고 있는 듯하다. 그 뚱뚱한 계집애의 웃음과 아주 똑같다. 그것은 바로 미친…… 웃음이다.

늘 똑같은, 슬프고 진이 빠져 지쳐가는 을씨년스러운 시간. 어떤 식으로든 원하는 바는 모두 할 수 있다지만, 저 태양만큼은 정말 싫다. 특히 다용도실의 더러운 유리창 너머로 보일 때는 더 싫다. 내병실에서는 의자 위에 올라도 병원 안뜰을 간신히 내다볼 수도 없다. 보이는 것은 그저 작게 조각난 하늘뿐이다.

나는 펼쳐진 책의 문장에 도무지 집중할 수 없었지만, 독약을 삼키듯이 읽어나갔다. 단어들을 익혀야 한다. 말하는 법을 다시 배워야 한다. 그러나 어떻게 해야 하는지 아무도 내게 말해주지 않았고……. 그래서 나는 길을 잘못 들었다. 늘 그랬듯이, 길을 또 잃어버렸다. 나는 그건 중요하지 않다고 말하고 싶었고, 여기서는 아무것도 배우고 싶지 않았다. 하지만 너무 늦었다. 정확히는, 너무 많이 알아버렸다. 물론 책을 통해서가 아니다. 나는 거부하는 것을, 스스로 도망치는 것을 배웠다. 짙은 색을 입혀 차단한 유리창 앞에, 그저 내 꿈과 함께 홀로 남겨졌다. 하지만 그것이 한낱 꿈에 불과하다고는 믿고 싶지 않다.

나는 엄청난 양의 초콜릿 바를 게걸스럽게 먹어댔고, 탁자 위에 한가득 과자 상자들을 펼쳐놓고 삼켰다. 식판 위에 잔뜩 쌓인 추가분의 음식물은 말할 것도 없이……. 구역질이 나도록, 더는 아무 것도 삼키지 못할 때까지 먹어댔다. 몇 달 전부터 계속 구토에 시달려왔다는 생각이 들었다. 이런 식으로 사흘을 보내도, 내 몸무게를 표시하는 그래프의 검은 선은 겨우 300그램이 늘었다고 표시된다! 몸무게를 측정하는 고통스러운 시험이 끝나고 나면, 팔짱을 낀 채 이 명백한 사실들을 통보하는 정신과 의사의 모습과도 같은 저 벽을 여전히 감당해야 했다.

아버지는 복도에서 기다리며 의사와 이야기를 나누고 있었다. 나는 아버지는 아무래도 상관없다. 그리고 그 역시, 나 따위는 아랑곳하지 않는다. 그때는 왜 그런 척을 했을까? 누구를 위해? 저 남자도 마찬가지로 불평을 늘어놓기 시작할 것이다. 연민을 느끼게 하는 장면을 연기하는 것이 그의 특기다. 그리고 나는 극도로 경계해야 한다. 그는 그런 어릿광대짓을 아주 능숙하게 연기할 수 있으며, 무척이나 영리하기 때문이다.

"너희 아버지께서 복도에서 기다리고 계신다."

당장에라도 그리로 달려갈 것이라고 상상했는가? 당신은 뭘 잘 모르는군.

"들어오시라고 할까?"

내가 "네, 당장 뵙고 싶어요"라고 외치고 싶어 한다고 믿었기에, 그는 만족스러워한다. 내가 침묵하더라도, 자신의 하해와 같은 '성은'에 내가 너무 늦게 반응한다고 믿는 것만 같다!

"안녕, 사랑하는 우리 딸, 잘 지냈니?"

현재 상황을 더 잘 파악해보려고, 가뜩이나 큰 눈을 더욱 크게 부릅뜨고 있는 이 남자. 아직도 영원하다는 단 하나의 사랑 따위를, 그것도 무려 13년 전부터 갈구하고 있는, 이미 중년에 접어든 남자…….

"그 바보 같은 의사 녀석은 이젠 갔겠지?"

간신히 제대로 된 말을 한마디 하시는군. 그래봐야, 그것이 앞으로 늘어놓을 말 중에서 유일하게 제대로 된 말일 테지만!

"네가 아프다는 것을 알자마자 곧바로 캐나다에서 돌아왔단다. 너희 엄마가 미리 알려주지 않아서 어찌나 화가 나던지."

뻔한 술책. 저따위 수작을 믿으면 안 돼. 이곳에 있은 지도 벌써 넉 달이 다 되어가는데……. 하기야 이 남자가 지금 거짓말하고 있다는 것을 잘 알고 있다.

"한 달, 아니 거의 두 달이 다 돼서야, 네가 여기 있다고 너희 엄마가 편지를 보냈어."

이 남자는 도대체 왜 자기가 나를 치료할 수 있을 거라고 믿는 걸까? 어쩌면 아버지로서 자존심 같은 것이리라.

"자, 안아보자꾸나. 왜 그랬던 거니? 엄마가 잘해주지 않았니?"

아버지가 나를 포용하는 것이 정말 싫다. 미리 경고하지만, 면도한 턱에 닿는 까칠까칠한 느낌은 정말 참을 수 없다고! 조심하자. 이 남자도 역시 모든 것을 파괴할 수 있어……. 조심해. 이건 누구에게 더 책임이 있는지를 놓고 벌이는 부모 사이의 전쟁이야…….

"너희 엄마가 아무것도 해주지 않았던 거니?"

도대체 이 남자는 내가 지나왔던 같은 문을 통해 이 병원에 들어온 건가? 그러고도 아무 충격도 받지 않았다는 거야? 이 남자는 '가족'이라고 불리는 그 멋진 저택에서 자기를 쫓아냈던 여자를 향한 분노를 정당화할 방법만을 찾고 있을 뿐이다. 이미 화도 나지 않지만, 이들의 추잡한 저속함의 한계가 대체 어디까지일지 알고 싶은 궁금증이 문득 생겼다.

"너희 오빠 때문은 아니지?"

설마, 이 남자가 이제부터는 의사 역할을 연기해보겠다는 것은 아니겠지? 지금 오빠에게도 화를 내는 거야? 당신의 이름으로 양육비를 송금하게 할 만큼, 오빠가 어리석지 않았기 때문인가? 이 병동에 있는 '그들' 말이야, 당신은 그들을 싫어하지만 그들은 당신에게 아주 관심이 많아. 그러나 나는, 아무 상관 없어……. 당신은 자기 잘못을 인정한다고 하면서, 대체 무엇을 기다리고 있는 거지? 정말 아니야. 좀 더 지켜봐야겠다…….

"너희 엄마는 잘 지내니? 초인종을 눌렀는데도 나를 집에 들어오지 못하게 하는 것 같더라. 틀림없이 집 안에 있는데도 말이지."

횡설수설하는 당신의 수작은 난 아무래도 상관없어! 자, 계속해. 당신이 그곳에 있는 동안, 그 여자의 애인이 어떻게 했는지 물어봐! 그리고 그녀가 어떤 잘못이라도 저지르지 않았는지 말이야!

"내가 정말 가슴 아픈 것은, 너희 엄마가 이혼을 요구해서가 아니라, 나를 문밖에 내버려두었기 때문이야. 커다란 여행 짐을 가지고 캐나다에서 돌아오는 길이었어. 그런데 현관 층계참으로 내쫓았다니까! 그게 정상이라고 생각하니? 아! 정말 불행한 일이야. 게다가 마리안니가 오죽이나 착해. 그렇지?"

이제 당신의 하소연을 늘어놔봐. 당신이 첩을 얻은 것도 자기 잘못이 아니라고 말하라고. 내가 악의를 품고 당신에게 물어볼 수 있겠네. 예를 들면, 당신이 마리안니를 데리고 그리스에 가 있던 휴가 기간 내내, 왜 내가 외딴 촌구석에서 지내야 했는지에 대해서……. 그러나 당신은 운이 참 좋은 편이다. 저속함의 흉한 모습을 이미 충분히 보여주었지만, 그것을 이용하기는 싫다. 나도 나름의 자존심이란 것이 있어…….

"그 정신과 의사가 자꾸만 귀찮게 굴지 않니? 그런 녀석과는 말도 섞지 마라."

'그들', 그들이야 맞서야 할 것이 아무것도 없겠지만, 그러나 나는 당연하다는 듯이 이 모든 것을 감당해내야 해. 저 창살, 벽, 빗장 그리고 간수 같은 그들을 미처 알아차리지도 못한, 겨우 그것밖에 안 되는 당신의 인간성으로 정말 그렇게까지 걱정했다는 말이군. 이 병동의 안쪽까지 나를 찾아와서 말하는 것이 기껏해야 소소한 걱정거리가 전부라니……. '불쌍한 우리 딸내미, 참으로 불쾌한 녀석들' 운운하는 당신의 말 따위를 내가 원했던 건 아니야. 심지어 나는 아무것도 기대하지 않는다. 부모라는 인간들에게는 아무런 기대도 하지 않는다. 그러나 그들은 자신들의 불길한 속내를, 추하고 비열한 짓거리를 억지로 강요하려고 든다.

"실은 일주일 전에 비행기에서 내리자마자 바로 이리로 달려왔었거든. 근데 저 녀석들이 나를 들어오지도 못하게 했어."

어떻게 저런 새빨간 거짓말을 할 수 있을까? 전에는 당신이 제법 똑똑하다고 생각했다. 우리가 만났던 그 마지막 날로부터 지금까지가 내게는 진화하는 시간이었다면, 당신에게는 퇴화하는 시간이었구나. 부모들의 조급함이란 참 묘하다. 자식이 큰 병에 걸렸다고 할 때, 우선 찾아와서 이야기부터 나누어야 한다고 생각하는 저 조급함이라니. 그들은 집에 '누군가'를 초대할 때도, 친구네 집에서 보낸 시간만 겨우 생각한다. 스스로 불필요하다고 느끼고 싶지 않아서 괜스레 우스꽝스럽게 꾸며대는, 그 중요한 일이라는 것도 참이상하다. 그렇다면 그들이 믿는 것은 무엇일까? 내가 살아가기 위해 부모라는 인간들이 필요할까? 그들을 사랑하는가? 저런 '작자'를 사랑하게 된다면, 나는 정말 아무짝에도 쓸모없는 인간이 될 것이다! 어머니라는 인간은 나를 정신병동에 감금하고, 아버지라는 작자는 기껏 찾아와서는 서글픈 운명 탓을 하며 징징대기나 한다.

"여기 오면서 죽고 싶다는 생각을 했단다. 너 때문에 그 먼 길을 달려왔는데, 너를 만날 수조차 없었다니 말이다!"

아! 그랬군. 그게 바로 부모들의 어리석음이란 것이겠지. 자살하려고 했던 사람이 바로 나였다는 생각은 미처 떠오르지도 않았던 거지? 위선적이기는 하지만, 아버지의 의무를 다하려고 했는데 그것을 방해받아 참을 수 없었다고 주장하는 당신은, 그래서 사람들이 나를 치료하고 있다고 우겨대는 이곳을 꼼꼼히 살펴볼 생각조차 하지 못했던 거야. 간호사 사무실에 있는 열쇠, 복도에 서 있는 기형적인 계집애들, 바퀴벌레, 그리고 이 악취를 알아차리지 못한 거야? 아니지. 당신은 자신이 이제부터 벌일 우스꽝스러운 연극만 생각했겠지. 헌신적인 아버지를 연기하기 위해 눈물을 흘려야겠다고 생각했을 테고……. 성적으로 억눌린 동성애자, 강박관념에 사로잡힌 정신분열증 환자, 위선적인 거짓말쟁이의 온갖 잡소리를 들으면서도, 내 초라한 꿈을 되찾고 싶어서 내가 어떻게 행동했는데?

"분위기가 그리 끔찍하지만은 않은 것 같은데, 그들이 잘 치료해 주고 있니?"

나가! 꺼져버려! 귀찮게 굴지 말고! 당신을 다시는 보고 싶지 않아! 당장 나가! 하지만 나는 그렇게 외치지 못하고, 대신 오열을 터트리고 말았다. 그리고 화장실로 도망치듯 달려가, 화장실 문고리조차 미처 잠그지 못했다. 변기 위에 앉아 양손 사이에 내 머리를 묻은 채, 너무나 화가 나고 비참해서, 그리고 구역질이 나서 눈물을 쏟았다.

어떻게 살아갈 수 있을까? 불가능하다! 내가 여기서 무사히 빠져나가게 된다면, 어디 두고 봐! 미수에 그쳤던 자살을 다시 시도할 것이다. 먹는 것을 중단해서 자살하겠다고 결심했던 바로 그날, 내 머릿속을 사로잡았던 것과 똑같은 그 일을 다시금 심각하게 고려할 것이다. 정신과 의사들이 하는 말은 모조리 거짓이기 때문이다. 진정으로 원하지 않았고 신중하게 생각하지 않았다면, 거식증은 절대로 발병하지 않는다. 배고픔을 전혀 느끼지 못하고 더는 아무것도 필요하지 않다는 것은 결코 있을 수 없다고 주장하는 의사들의 말은 전부 거짓이라고! 거식증은 일종의 연습 같은 것이며, 하나의 목표다. 즉, 더는 다른 사람들처럼 존재하지 않겠다는 것, 이제는 물질적 욕망의 노예가 되지 않겠다는 것, 절대로 복부 한가운데가 가득 채워진 것을 느끼고 싶지 않다는 것이며, 배고픔이라는 악마가 괴롭힌다고 느낄 때 경험하는 허위의 즐거움인 것이다. 이런 규칙이 또 다른 세상으로 나를 이끄는 것만 같은 느낌이 든다.

쓰레기도 없고, 오물도 없는, 참으로 맑은 세상이었다. 그곳에서는 아무도 먹지 않기 때문에 누구도 자살하지 않는다. 그런데 끔찍하게도, 그들은 나를 이 살인의 세상으로 억지로 되돌아오게 했다. 이런…… 그들의 고약한 독극물에 근거한, 이런 터무니없는 거짓말을 가지고 말이다! 아니지, 일단 여기서 나가야 한다. 나중에 그런 것에 대해 곰곰이 생각할 시간은 충분할 테니 말이다.

8

웅성거리는 소리, 울부짖는 비명, 여러 소리가 공동 침실 깊숙한 곳에서 연이어 새어 나오고 있었다. 내가 무리하면 안 되고 안정을 취해야 한다는 구실로, 간호사가 아버지를 내보낸 직후였다. 그들도 틀림없이 내 복수심과 불쾌감을 모두 알고 있었다고 확신한다! 내 병실로 돌아와 침대와 탁자 사이 좁은 틈에서 온몸을 웅크린 채, 이미 내 귀에까지 쫓아온 그 소리를 듣지 않으려고 두 손으로 머리를 잔뜩 감싸 쥐었다. 그러나 그 소리는 일순간 더 커졌고, 믿을 수 없을 만큼 강해지며, 한없이 메아리치고 있었다.

"그만해. 안 그러면 의사 선생님을 부를 거야. 너에게 주사를 놓으라고 하실 거야. 주사 맞고 싶은 거야?"

"싫어요. 날 좀 내버려둬요. 제발 그냥 두라고요."

침대가 바닥에 끌리며 나는 끔찍스러운 소음, 사람의 것이 아닌 듯한 비명, 거세면서도 또한 무기력한 듯한 분노의 외침, 절망적인 흐느낌······. 도대체 그들은 무슨 짓을 하고 있는가? 때마침 간호사가 케이크 접시를 들고 내 방에 들어온다. 도대체 이 여자에게 예의가 있긴 한 건가? 자신이 얼마나 어리석고 비열한지 전혀 모르는 것일까?

"어휴! 못된 계집애 같으니라고! 이것 좀 보라니까. 글쎄, 나를 깨물었어!"그녀는 크게 물려 푸르스름한 상처를 보란 듯이 내보였다. 잇자국이 난 곳에는 핏방울이 맺혀 있었고······. 아무튼 나로서는 고마울 따름이다!

"아! 정말이지, 얼마나 기운이 센지 말이야! 그 계집애랑 있는 것보다는 너랑 있는 편이 낫다니까!"

그렇다면 나도 이제 당신을 깨물어야겠구나.

"임상 담당 과장님을 부르러 갔으니까······ 금방 오시겠지. 그러면 어쨌든지 그 계집애를 제압할 거고!"

곧바로 복도 돌바닥을 울리는 꽁지머리 의사의 발소리가 들렸다. 고함치는 소리가 한층 커졌다.

"잘 잡아! 이런, 빌어먹을! 꽉 잡으라니까! 꼼짝 못하게 해!"

나는 소리라도 지르고 싶었다. 지금 그들이 붙잡고 있는 사람은 바로 나였다. 그들은 그런 모욕적인 방식으로 나를 죽이려고 들 것이다.

"안 돼요. 싫어요. 그냥 내버려둬요. 그래요, 조용히 할게요. 그러니까 제발 좀 놔주세요."

끔찍스러운 공포심이 일면서, 내 몸을 이곳저곳 주삿바늘로 마구 찌르는 듯했다. 아니야, 이러지 마. 싫어! 격렬한 반항, 그리고 정적……. 그들이 그 아이를 죽여버린 듯하다……. 나도 결국 터져버렸다. 나는 지금 어디에 있는 것일까? 침대 위에 결박대로 온몸이 묶인 채, 진정제 같은 마약으로 고문당하며 죽어간다……. 싫어! 사람 살려! 이건 범죄 행위야! 살인이라고! 그들에게 동정심 따윈 없다는 건 진즉 알고 있었어!

"자, 이제 케이크 한 조각 먹자!"

싫어! 그럴 수 없어. 나는 지금도 꾹 참고 내 죽음을 소화하려고 애쓰고 있거든. 물론 잘 내려가도록 증오심으로 적당히 양념해서 말이야. 저 천장이 돈다. 바닥도 돌고, 덫에 걸린 짐승의 울부짖는 소리처럼 내 목소리는 쉬어버렸다. 결국 최후의 복수심으로 위협하듯 천천히 사라져버려야 한다! 내가 지금 어디에 있는지도 이제는 잘 모르겠다. 소리 없는 고통의 온갖 색깔이 비춰지는 짙은 어둠은 내 두 손을 감싸 쥐었고, 심장, 허파, 혈관들은 몽땅 역겨운 피에 잠겨 있다. 나는 지금 어디에 있는가? 나는 누구인가? 아무도 아니다. 어디에도 없다. 고문으로 인해 온몸을 공처럼 웅크린 채, 소녀는 깊은 잠에 빠져들기 직전에 마지막 비명을 지른다.

"별일 아니야, 알지? 흔히 있는 일이야. 신경 쓸 것 없어! 그렇게 울지 마! 자, 몸을 좀 펴고 진정하라니까……. 자, 간식은 탁자에 놔둘게. 그리고 문도 닫을게."

흐느낌과 더불어 온갖 영상이 스쳐 지나간다. 무엇을 해야 하지? 꿈이란 정말 무기력하구나! 그것 가지고는 나를 망각 속에, 무관심 속으로 숨어들게 할 수가 없어……. 정말로 부여잡고 싶은 것이었지만 그럴 수가 없다니……. 그게 정말 불가능한 것일까? 잘 모르겠다. 나는 그걸 원하고 있지만, 다른 사람들도 그런 것을 원할 수 있고, 이미 누군가의 것일 수도 있다고? 아무도 없잖아. 나는 혼자야. 숱한 영상들이 스쳐간다. 참 쉬운 일인데, 정말 추하구나! 두 눈을 크게 뜨고 똑바로 봐. 저 더러운 천장을, 저 흔적들, 고통 어린 자국들, 광기의 잔재들을 보라니까! 눈을 떠. 그리고 이 고독, 이 헛됨을 잘 봐. 잊지 마! 이보다 더 추한 것은 있을 수 없어. 저 '밖'에는……. 어째서 저 '밖'이어야 하는지 나는 그만 잊고 있었다.

수도꼭지에서 흘러나오는 미지근한 물에 좀 진정된다. 내 얼굴은 폐허나 다름없다. 뿌연 수증기 너머로, 얼룩진 더러운 거울 속에서 내 얼굴을 간신히 알아보았다. 도미니크가 다가오더니, 나를 위로해주려 무진 애를 썼다. 뼈다귀만 앙상하게 남은 커다란 소녀. 나는 말이야, 너의 육체를 좋아해. 그 육체의 가벼움이 무척이나 마음에 들어…….

"숨을 좀 깊게 쉬어봐……. 천천히, 가만히, 좀 괜찮니?"

무슨 말을 해야 하나? 아무것도 없다. 그저 거대한 공허 같은 것이다. 그들은 나를 죽이려고 했다. 그렇지만 나는 여전히 여기 있다. 참으로 끔찍한 심판이었다.

정신을 집중해보려고, 연필로 얇고 하얀 종이 위에 이야기를 써 내려갔다. 마을의 이야기……. 등장인물들은 모두 이 을씨년스러운 병원에 있는 누군가를 연상해서 묘사했다. 하지만 굳이 위험을 무릅쓰며 계속해서 이런 경솔한 짓을 저지를 수는 없었다. 내가 씻으러 간 사이에, 그들이 몰래 그것을 읽기 때문이다. 이따금 내가 쓴 종이가 없어지기까지 했다. 간호사들이 그것을 의사들에게 몰래 넘겨주었다……. 그들은 미친 아이의 글치고는 제법 잘 썼다고 말했고, 내가 아주 교묘하게 위장해서인지, 그들은 유사성을 전혀 알아차리지 못한 듯했다. 다행스럽게도 별로 중요하지도 않은 것들, 아주 하찮은 것들, 짐짓 꾸며낸 것들을 찾아내어 지적해댔다. 그 마을에서 사람들은 모두 마녀를 비난한다. 유일하게 제정신인 등장인물, 마녀는 결국 마을 사람들을 모두 독살한다. 어쨌든 확실하잖아?

"배가 잔뜩 나온 착한 아저씨도 한 명 있네. 그렇지 않니?"

그래서 어쩌라고? 시골 마을에는 늘 그런 사람들이 있기 마련이야! 당신은 전혀 그런 곳에 가본 적이 없어? 아, 그랬구나! 저 머나먼 남쪽 바다, 발레아레스 제도와 같은 외딴 섬이야! 아니지, 솔직히 말하자면, 사르트 혹은 노르망디 지방에 있는, 오지 마을이라 생각하는 편이 낫겠구나. 내가 뚱뚱한 사람을 좋아하지 않고 그것이 내 병의 원인이라고 증명하고 싶어서, 당신은 지금 무척이나 애를 쓰고 있구나. 그러나 나는 대답하지 않는다. 대꾸할 만한 가치도 없는 것이다.

"자동차 정비공도 있네?"

당신은 도대체 무슨 대답을 원하는 거야? 더군다나, 이 의사도 시간을 쓸데없이 소모하고 있다는 것을 잘 알고 있다. 하기야 그리 소중한 시간도 아닐 테지만.

"마을 사람들은 귀리 가루로 만든 죽을 먹는구나?"

그는 내가 그 음식을 진저리나게 싫어하기 때문이라는 것조차 전혀 눈치채지 못한다! 마녀가 그 귀리죽에 독극물을 몰래 섞기 위해서야!

게다가 나는 이 이야기를 별로 좋아하지 않는다. 하지만 적당히, 쉽게, 아무 이야기나 쓸 수는 없었다. 어쨌든, 이 이야기는 당신네 더러운 아가리에 오르내리기 위한 것은 절대 아니야! 내가 여기서 빠져나갈 때까지 기다려. 그때는 이야기가 적힌 종이를 더는 훔쳐 갈 수 없을 테니까! 아니지, 그러면 이번에는 내 어머니가 당신들 대신 그런 짓거리를 하겠구나! 그녀는 내 물건을 함부로 뒤진다. 예전에 불륜을 저질렀던 인간에 대한 반박할 수 없는 증거들을 찾아냈던 것과 똑같은 방식으로…….

"네 방을 청소하다가 열쇠로 잠그는 수첩을 찾았는데……. 글쎄, 안쪽에 거미가 한 마리 있더라니까. 그래서 열어볼 수밖에 없었어. 하지만 맹세할 수 있어. 아무것도 읽지 않았어……."

바로 그날, 그녀는 내 보석 상자도 억지로 열라고 강요했다.

"만년필 잉크 카트리지를 사방으로 찾아다녔어. 이 안에 있을 것 같아. 열어봐. 안 그러면 억지로라도 뜯어버릴 테니까! 열어보라고!"

나는 그녀가 진저리나게 싫다.

그 역겨운 말들, 욕지거리와 천박한 악취를 풍기는 이야기들, 그 추잡한 언행들, 그들의 거짓말이 다시금 내 귓가에 아른거린다. 어머니란 여자가 "너한테 못생겼다고 한 사람은 너희 아빠야"라고 말을 꺼내면, 아버지란 남자는 "사내아이를 원했던 사람은 너희 엄마야"라고 단언한다. 그리고 "계획에 따르면 이렇게 되고 싶지 않았어. 그런데 너희 아빠가……", "내가 다른 사람들보다 훨씬 능력이 있다고 확신하고 싶어서겠지!", "나한테는 돈을 한 푼도 주지 않았어", "이 여자가 내 수표를 전부 가져갔다고", "그 돈을 냈던 사람은 바로 나야", "나한테 그 돈을 줬잖아", 늘 이런 식이었다.

레이스 달린 속옷만 걸친 여자들의 사진, 지극히 비현실적인 성행위를 묘사한 포르노 영상 장비를 남편이 장만하면, 부인은 또 알아서 그것을 정리한다. "그런 것을 원했던 사람은 내가 아니에요. 남편은 그런 것에 대해 환상 같은 것을 품고 있어요. 맨 처음에 그런 걸 보았을 때, 방문을 박차고 뛰쳐나갔다니까요. 나는 절대로 그런 것을 밝히지 않는다고요." "「발정 난 작은 고양이들」을 「이중 삽입」 앞에 둘까, 아니면 뒤에 둬야 하나?" "검은색 가죽 가방, 왜 의사들의 왕진 가방처럼 생긴 거 말이야. 그건 특별히 아이들이 손대지 못하게 해야 한다고…….""글쎄, 생각해보라니까. 순결을 상징하는 하얀 드레스를 입고 결혼을 했어. 그런데 신혼 첫날밤…… 그녀가 이미 그렇지 않다는 것을 내가 그만 눈치채버린 거야. 이 여자는 신성한 교회와 신 앞에서 거짓말을 한 셈이야!""제가 피겨스케이팅을 했거든요. 그런 과격한 운동을 하다 보면…….'

그런데 왜 내가 이런 것을 시시콜콜 이야기하고 있는 걸까? 그들의 우스꽝스럽고 경박한 짓거리는 내 알 바가 아니지 않은가? 어설프고 정말 엄청난 거짓말들, 어떻게 그걸 알아차리지 못할까? 그들은 아무 말도 듣지 않으려 하고, 아무것도 이해하려고 들지 않을 것이다. 그러니 그냥 내버려두자…….

그들의 목표를 모르겠고, 이유도 알 수 없다. 하지만 그 이유는, 본능적이고 감각적인 상태로 분명히 존재한다. 그저 한 문장으로 단언할 수는 없지만, 모든 것은 저 깊은 곳 어디에…… 적어도 저 무의식 깊은 곳에 뿌리박혀 있다. 나는 그 이유를 되찾고 싶다고 말한다. 아니, 찾아내야 한다. 사람들이 어떻게 "한 아이를 이 세상에 태어나게" 할 결심을 할 수 있는지에 대해 나는 이해하지 못한다. 물론 그것은 기적과도 같은 경이로운 이야기이며, 축복받아 마땅한 말이며, 치유가 될 만한 일이다……. 육체적 장애자와 불구자, 또 정신적 결함이 있는 수많은 존재 사이에서, 멀쩡하게 태어나는 게 얼마나 운이 좋은지에 대해 한 번이라도 생각해본 적이 있었을까? 그런데 병적 증후가 전혀 없는 아이에게 트라우마, 즉 정신적, 육체적 외상을 입히려 들며, 아이를 잘못 양육하고, 자신의 방식으로 강요하여, 결국 아주 불행하게 만들어버린다. 당신들은 무엇을 기대하는가? 자신들도 막상 그러지 못했던 이 세상에서 자녀들은 행복해질 수 있을 거라고 기대한다는 말인가? 잘 봐. 잘 좀 지켜보라니까! 그 아이에게는 시련을 무사히 극복할 만한 행운이 없어! 아니, 염세주의 같은 것은 아니야. 그러니 다른 사람들의 불행을 잘 지켜봐. 그러면 당신 마음이 좀 진정될 거야.

어쨌든 제발 그렇게 해봐. 적어도 일단 태어난 아이들을 다시 죽이는 짓은 하지 말아야지. 당신들도 자신의 꿈을 갖게 될 거야. 너무나 하찮고, 병적이며, 부정적인 것이겠지만 말이야.

나는 키가 아주 큰 금발 소녀와 이야기를 나눈 적이 있었다. 그 아이는 수면제 과다 복용으로 자살 시도를 했다가 실려 왔고 후유증으로 얼굴 피부는 열상을 입은 듯이 부어올라 있지만, 아주 쾌활한 성격의 소녀였다.

"나는 우리 아버지라면 아주 진저리가 나. 내가 남자 친구랑 외출하는 것을 정말 싫어했어. 그래서 늘 나한테 난리를 쳐댔어…… 아무 생각 없이, 너무나 화가 나서 수면제 한 통을 다 집어삼켰어…… 그저 복수하고 싶었던 거야. 그 인간들은 시체 한 구를 품에 안았어야 해. 맨날 그 타령이었거든. 아버지는 갖가지 비유를 들며 훈계를 늘어놓았고, 나는 대꾸도 하지 않았어. 정말 심술궂고 못되게 굴면서 온갖 것을 따져댔어. 하루 건너 한 번씩 나는 밤새도록 울어댔고,

그렇지 않은 날에도 미친년처럼 소리를 질러댔지. 그러다 보니 사람들이 모두 날 떠나가더라. 내 남자 친구도 아주 질려버렸고. 그런데 저 정신과 의사 말이야, 정말 웃기는 놈이더라. 글쎄, 나한테 애인이랑 무슨 일이 있었느냐고 묻더라니까! 진짜로 변태 같은 녀석이야! 내가 너무 화가 치밀어 올라서 악다구니라도 하면, 그 의사놈은 기껏 한다는 짓거리가 나를 가만히 쳐다보면서 '그렇지?'라고 물어보는 것이 전부였어. 정말 그 녀석을 죽여버리고 싶었어!"

나도 잘 알고 있다. 그들은 그런 상태가 되기를 기다리고 있는 거야. 그들의 헛된 우월감은 바로 "그렇지?"라는 말 속에 자리를 잡고 있지.

그러나 소녀에게서 일단 터져 나온 분노는 더 폭력적으로 변해서 결국 되돌아가는 것이 아닐까? 그 의사는 아주 흡족해하며 차례로 드러나는 반항심을 진단서에 상세하게 적어나갈 테고……

"너는 어떻게 생각하니?"

하지만 결국, 그게 현실이거든.

이 병동에는 거울이 기껏해야 두 개밖에 없는 것 같다. 눈물로 보기 흉하게 부어오른 더러운 내 얼굴을 비춰본다……. 또다시 도발이라도 해야 하나. 그래야 당신들이 만족하겠지? 이 모든 일에서 가장 잘못하고 있는 사람은 바로 당신들이다. 소위 당신들 말로는 나를 도와주러 왔다고는 하지만, 나는 그저 잠자코 있고 당신들을 비웃고 있는 거야! 당신들은 환자를 돌보는 것이 의무지! 그런데 환자들이 모두 당신들이 하는 짓을 거부하고 있잖아? 간호사가 되려 했다면, 적어도 정직한 성품은 지니고 있을 거라고 나는 기대한다. 그러나 아니었다. 더욱이 불치의 정신병자들은 당신들을 거부하지 않는다. 그 사람들이라면…… 아무도 당신들을 거부하지 않는다. 정신과 의사야말로 그들의 유일한 지지자이며, 그들을 혐오감을 불러일으키는 바퀴벌레처럼 취급하지 않는 유일한 사람이고, 그들에게 말을 건네고 싶어 한다……. 아! 거식증처럼 증세가 심하지 않은 환자들이나 스스로 무언증에 침잠해 있는 버르장머리 없는 아이들이 당신들에게 반항하기는 하지만, 일반적으로는 모두 기꺼이 말을 건네고……. 게다가 그 아이들이 입을 다물어버리면, 그 부모들은…….

그런 부모들에게는 양심에 가책을 느끼게 하여, 당신의 능력을 각인시키는 것으로 충분하다…….

"그래서 양심에 가책을 느끼시나요? 이 아이가 댁에서 그냥 죽어가도록 내버려두고 싶으신 건가요?"

"아니에요. 하지만 내가 이 아이를 꼭 쫓아낸 것만 같은 생각이 들어요. 사람들이 질문이라도 해댈 것만 같아서, 외출하는 것도 꺼려집니다. 이제는 기쁜 일이 하나도 없어요. 내 딸은 지금 병원에 있는데 나는 말이죠……. 아니에요, 정말 엄마로서 할 짓이 아니더라고요."

늘 그랬듯이, 당신을 난처하게 하는 것은 다른 사람들의 의견 따위일 것이다.

"정육점 여자가 하는 소리, 너도 들었잖아. '우리 집 아이들은 마른 편이 아니에요. 집에 먹을 것이 많으니까요'라고 지껄이는 이야기 말이야. 하지만 나는 아무것도 할 수가 없어. 네가 원하는 것을 모두 다 사줄 수 있는데 말이지…….”

“아이에게 모유 수유를 하셨나요?”

“아니요, 내가 결핵에 걸렸었거든요.”

늘 이런 식이다. 참 쉽다. 하지만 당신은 또 말을 잘못 꺼냈다. 자신의 젖가슴을 내주지 않는다는 것은 곧 애정 결핍을 의미하고, 그게 바로 이론이라는 것이다. 그러나 당신은 자신에게도 거짓말을 하고 있다. 그것이 결핵이라고 할 만한 것인지도 잘 모르면서……. 그건 실연의 아픔으로 인한 가벼운 우울증, 그저 부엌의 배관선으로 너무 심하지 않게, 딱 죽지 않을 만큼만 잘 계산해서 시도했던 사소한 자살 미수 때문이었을 수도 있고……. “내가 자기 때문에 죽으려 했다는 것을 알게 되면, 그 사람은 다시 돌아올 거야…….” 그러니까 당신의 매력이라는 것도 그리 대단한 것이 아니었군? “아! 그렇지는 않아요. 하지만 우리 엄마도 늘 내가 못난이였다고 그랬거든요. 사실 스스로 별로 자신감이 없었고요.”

그렇겠지. 당신도 역시 트라우마, 즉 심각한 정신적 외상을 겪었다는 것이겠지? “그게 내 잘못은 아니었어요. 그리 믿으시겠지만, 나도 역시, 그건 아주 힘든 일이었고…….” 하지만 겨우 그런 이유로 다른 사람들을 해칠 수 있는 권리를 얻는 것은…….

“아이에게 모유 수유를 하고 싶으셨나요?”

조심하라고, 당신이 사실대로 말한다면 온통 시뻘겋고 너무 못

생긴 아기들에게 아무것도 해주지 않았다는 뜻이고, 그거야말로 당신의 잘못이 될 거야……. 만일 빙상 경기장까지 당신과 같이 가줄 사내아이를 낳으려 했다고 말하면…….

"그럼요. 하지만 간호사들이 내게 모유 수유를 못하게 했어요. 그리고 나는 젖도 잘 돌지 않았거든요……."

그냥 천한 유모가 되는 것이 혐오스러웠겠지, 안 그래? 마치 암소처럼. 그렇지? 아니지. 그런데 당신들은 도대체 나를 뭘로 보고 그러는 거야?

"게다가 내가 좀 아팠거든요. 완전히 병에서 완쾌한 상태도 아니었고요. 나도 불만이었어요. 하지만 아무도 주의하지 않았고, 그때는 내가 조금 부풀려 말하기도 했고요……."

"부인께서는 자녀분을 너무 이상화하시는군요?"

"하지만 내 딸아이가 너무나 똑똑하고 예뻤거든요. 다른 아이들의 영향을 쉽게 받는 성격도 아니고……. 사람들이 모두 다 이 아이를 좋아했고 귀여워했답니다. 다들 이런 딸내미가 한 명쯤 있었으면 했다고요! 슬하에 사내아이들만 있는 룰루 이모 같은 경우에는 분통 터져 했다니까요. 그리고 아까 말씀하셨듯이, 이런 것들은 대부분 똑똑한 소녀들에게만 발병하는 것이고……."

그들의 거짓되고 어리석은 이론 하나가 또다시 나온다. 내가 더 영리했다면, 수면제의 치사량에 대한 정보를 더 찾아보았을 것이다. 하지만 나는 자살 시도를 어떻게 준비해야 할지도 정확히 알지 못했고, 막연하게 알고는 있었지만 실행해야겠다고 결심했던 그날도…… 그런 점을 나 스스로 전혀 인정하려고 들지 않았다…….

아무튼 내가 정말 똑똑했다면, 명백한 함정에 그냥 걸려들지는 않았을 것이다. 정신과 의사에게 처음 검진을 받던 그날부터, 나는 이 질병에 대해 철저히 조사했어야 했다.

그리고 이 병동에 있는 다른 소녀들의 사례를 보더라도, 크리스틴의 경우에는 사실 학교에서 열등반에 속한다(물론 똑똑하다는 것이 곧 우수한 학업 성적을 뜻한다고 믿는 당신들의 관점에서 그렇다는 것이다). 하지만 그 아이는 이상 반응을 더는 보이지 않고, 그저 바느질에 몰두하고 있다. 그래도 몸무게를 표시하는 그래프 선이 올라가게 하고 싶어 하지는 않는다.

"잘 생각해봐. 그들은 내가 강박관념에라도 사로잡히기를 바라고 있어. 하지만 말이야, 그냥 지금 이 상태가 좋아."

"네 모습을 좀 보라고. 맙소사! 거울 좀 보라니까!"

"그럴 필요 없어. 여기에 거울이 있는 것도 아니고……."

"좀 보라니까. 네 다리랑 저 골반뼈 말이야. 살가죽만 남아서 뼈다귀가 막대기처럼 앙상하게 드러나 있잖아. 푹 꺼지고 추해진 몰골하며 병이 든 것처럼 허약해 보이는 모습이……. 그래, 이게 네 마음에 든다는 거야!"

그 아이는 이런 가혹함에는 민감하게 반응하지만, 별로 똑똑한 것 같지는 않았다. 모르긴 몰라도, 그런 성향을 표현할 만한 단어가 하나쯤 필요할 듯하다.

똑똑하다는 것이 자랑거리가 되어야 한다고 생각하지 않는가?

"나는 우리 부모님을 사랑해"라고 말하는 것이 자랑할 만한 일인가? 똑똑하기 때문에, 내가 그러는 것처럼 꿈을 공들여 만들어내거나 부모의 사랑이라는 구명대에 악착같이 매달린다는 것인가? 똑똑하다고 하면서도, 당신의 거부에 따른 당연한 결과를 미처 예상하지 못했다는 것인가? 나는 지금 이 감금에 대해서, 이 협박에 대해서 말하고 싶은 것이다. 일찌감치 바다 한가운데에 있는 무인도로 떠났어야 했다……. 바다라면 멋있기라도 하지. 그렇게 생각하지 않나? 똑똑하다는 것에도 여러 형태가 있겠지만, 통찰력에는 미치지 못한다. 아! 나는 그저 바보 취급을 당하고 있어야 했다. 살이 찌게 해준다는 초콜릿, 걸쭉한 죽, 딱딱한 과자를 미친 듯이 뱃속에 꾸역꾸역 채워 넣고 있을 때는, 나는 정말 바보일 뿐이다…….

"짝꿍이랑 헤어졌어? 오히려 잘된 것 같구나. 진짜 못된 계집애였어. 그리고 그 아이는 우리랑 환경이 완전히 다르잖아. 그 사람들은 영세민 임대 아파트에 살고 있다며. 우리 딸이야 반에서 제일 똑똑하고 어디서든지 일등이니까……"라고 당신 엄마가 당신의 등 뒤나 눈앞에서 일말의 거리낌 없이 되뇌고 있을 때, 어떻게 다른 사람들과 잘 어울릴 수 있길 바라겠는가?

자신의 파괴적인 계획을 아무렇지 않게 따를 수 있었고, 그런 방식으로 모든 것을 보라고 억지로 내게 강요했던 저 어리석고 못돼먹은 여자에게 나는 반항하고 싶었고, 그녀의 그런 면을 거부할 수 있기를 간절히 원했다. 다시금 이런 사실을 깨달아야 하는 처지가 되어버린 것이 더 굴욕적이라고 생각하지 않는가? 억지 미소를 지으며 과자 꾸러미를 들고 들어오는, 내가 혐오해 마지않는 바로 저 여자가…… 진정으로 내가 잘되기를 바랄까? 나를 정말 완전히 바보로 취급하나? 게다가 이제는 그 판에 박힌 듯한, 진부하기 짝이 없는 말들을 더는 믿지 않는다. "이 세상에서 그분들에게는 오직 너뿐이야. 네가 행복하기만을 바라신다고. 그래서 할 수 있는 것을 모두 하셨던 거고……." 나는 어떤 변명도 인정할 수 없다. 모두 거짓이고 억지로 꾸며낸 말이다. 그들은 자신들이 생명을 주어 태어나게 했다는 존재의 정신적 고통을 덜어주기는커녕 자신들의 마음이 편해지는 쪽을 기꺼이 선택한 것뿐이다…….

"네가 먹기만 한다면야, 내 목숨에서 10년쯤 빼준다고 해도 아무 상관 없어……."

내 어머니 같은 여자가 카뮈의 희곡 작품 같은 것을 읽었을 리는 없지만……. 칼리굴라의 고통 앞에서 세 번째 귀족은 이렇게 말한다. "주피터 신이시여, 저분의 목숨 대신 차라리 나의 목숨을 거둬주소서." 그러자 칼리굴라는 대답한다. "아! 이건 너무 과해. 내가 이렇게까지 사랑받을 만한 자격이 없는데. 친위병, 이자를 데리고 가서 죽여라. 이제야 기분이 한결 나아진 것 같군. 내게 네 목숨을 바치지 않았나. 너도 기쁘지 않나?" 그러자 세 번째 귀족이 말한다. "하지만 나는 싫어요. 그건 농담이었다고요!"

그들도 이와 비슷하다. 가증스럽고, 아니 우스꽝스럽기 짝이 없다. "저 인간에게서 10년의 삶을 빼앗고, 내게는 쌀 한 톨을 가져오라!"라고 나는 외칠 수도 없기 때문이다.

"따님이 늘 의기소침해 있었나요? 슬퍼하면서?"

어떻게 그녀가 그런 것을 알아차렸기를 바랄까? 내 슬픔을 겉으로 드러내 보이기 위해서 눈물을 흘리며 고함을 지르고 않는 소리를 냈어야 했나…….

"아니요. 눈물을 보인 적은 없어요. 학교 성적도 늘 최고점을 받았고. 늘 자기 방에 틀어박혀서 책만 읽고 있었어요. 도통 나오려고 들지 않고요. 시를 여러 편 써서 옷더미 속에 숨겨놨더라고요……. 어느 날 내가 방 정리를 하다가 찾아냈거든요……."

아버지의 애인이 된 그 가정부처럼 말이지?

"아! 하지만 읽어보지는 않았어요. 나도 딸아이의 사생활은 존중하거든요! 봄과 밤에 대해서 이야기했던 적이 있었거든요. 어둠과 저녁, 저물어가는 석양에 대해서도 말이에요……."

"그것들을 읽어보지 않으셨습니까?"

"아! 아주 대충이요. '제 딴에는' 대단한 시였는지는 모르겠어요. 게다가 숨길 만한 것도 거의 없었고, 아이들이란 늘 생각하는 것이……."

그 의사도 아무 말 하지 않는 것을 보니, 그게 당연하다고 생각하는구나!

"외출은 가끔 했어요."

"따님을 이곳에 입원시키신 것에 대해 책임감을 느끼시는군요. 그렇지만 따님이 어디로 가는지 알지 못한 채 외출하도록 내버려두신 셈이잖아요. 그것이 당연하다고 생각하십니까?"

아무튼, 그들의 저 추잡한 말짓거리만큼은 인정해줄 만하다! 완전히 파괴해서, 무언가 잘못하지 않았나 하는 의심이 들게 하여, 결국 감금하게끔 하고는, 기어이 죄의식에 시달리게 하려는 시도.

"제 의견을 물어보지는 않았어요. 저녁에 내가 일이 끝나고 집에 돌아오면, 아이는 이미 나가고 없었어요. 심부름이나 설거지 같은 사소한 일을 하거나 도와달라고 여러 번 이야기했거든요, 하지만 현관에 '저, 나가요'라는 쪽지만 남겨놓았어요. 걱정이 돼서 죽을 것만 같았어요. 이해하시겠죠. 내가 분명하게 설명해주었지만, 전혀 귀담아들으려고 하지 않았어요. 아시다시피, 어린애들이란 너무나 이기적이라서……."

더군다나, 내가 이기적이라니. 이제껏 내가 그녀를 충분히 동정하지 않았다는군. 나는 방에서 인형 놀이나 하고 있었어야 했다. 인형을 품에 안고 다독거리며 달래주고 있어야 했는데……. 그녀의 걱정 따위야 내 알 바는 아니지만, 그녀는 분명 거짓말을 하고 있다. 자기 양심을 속이려고 그런 상상을 했다.

그러나 더는 이런 생각을 할 수 없다. 온몸에 전기가 흐르는 듯한 느낌. 노란 페인트를 두껍게 입힌 저 문짝이 앞에서 나를 비웃고 있다. 아! 너 참 웃기는구나. 겨우 그깟 일로 자신의 정신과 기억을 고문하고 있는 거야. 그것도 스스로 말이야! 나도 더는 그럴 수 없어!

파트리샤가 눈두덩에 멍이 든 채 들어왔다.

"이것 좀 봐. 그 간호사 여자가 나한테 무슨 짓을 했는지 알겠지? 어찌나 히스테리를 부리던지……. 정말로, 간호사들이 모두 나한테만 신경 쓰는 것 같아."

"이런, 우리 꼬맹이 '파트'. 지금은 괜찮아? 하필 재수가 없어서 그만 걸려든 거야!"

나는 이런 말을 귀담아듣지 않는다. 나는 지금 여기에 있지 않다. 아예 이곳에 온 적도 없다. 이것은 그저 일반적인 정보다. 나는 바퀴벌레와 부당함이 우글대는, 이 더러운 마구간 같은 곳에 있었던 적이 결단코 없다. 나는 창백한 몰골로 꼼짝하지 않고 앉아서, 귀를 막고 눈을 감아버린다. 아니지, 입은 닫지 않는다. 그렇지 않으면 다른 것들이 열릴 테니까! 꿈꾸자, 그리고 다른 소리는 귀 기울여 듣지 말자. 자칫하면 너무나 두려워질 테니까…….

영원할 것만 같던 시간이 지나고…… 11월 20일이 되었다.

푸르스름한 색이 도는 걸쭉한 죽과 이젠 머릿속에 깊숙이 박혀버린 모진 말로 끊임없이 괴롭힘을 당하던 나날들. "과자 한 조각 더 먹을래? 초콜릿을 더 먹어도 좋고……."

누군가가 육체를 억지로 가득 채우려고 들 때는, 그림을 그리거나 글을 쓰는 것, 또 책을 읽는 것 같은 행동은 사실 커다란 위안이 되지 못한다. 이야기를 떠벌리거나 아예 침묵해버리는 것도 삶의 기쁨을 느끼게 해주지 못한다.

네 번째 거식증 소녀가 입원했다. 그러나 아무도 그 아이를 볼 수 없었고, 이따금 간호사가 그 아이를 격리된 복도로 끌어내서는 몸을 씻을 수 있도록 세면실로 데리고 가는 듯했다. 아무 소리도 나지 않는, 굳게 닫힌 그 병실 문 앞을 지날 때면, 그 안에서 누군가가 울고 있고 영혼이 시들어가며 가장 끔찍한 죽음을 맞고 있다는 생각이 불현듯이 떠오르면서, 시리도록 가슴이 아팠다.

공동 침실의 가장 안쪽에는 자살 시도를 두 번이나 했던 소녀가 있다. 그 아이는 청소용 양잿물을 삼켰고, 목구멍과 후두가 전부 타버려서, 결국 코에 비위관을 삽입할 수밖에 없었다. 나도 하마터면 당할 뻔했던 시술이다.

이 소녀들 사이에 있으면서 놀랐던 점은, 아이들이 신경쇠약 증세 혹은 자살 시도 같은 이유로 정신과 병동에 입원하게 된 것에 대해 전혀 이상하다고 생각하지 않는다는 점이다. 내가 관심이 있는 것도 이 두 가지 질병에 걸린 환자들이며, 이들이야말로 나와 아주 긴밀히 연관된 증세였고, 다른 병에 걸린 여자애들은 가까이 접근하는 것 자체가 거의 불가능했다. 죄수 신세가 된 아이들은 자유를 도둑맞은 것에 대해 조금도 불평하지 않았고, 평온하며, 아무렇지도 않은 듯이 보였다. 예전과는 다른 상황에 이르려 했던 그들의 목표를 어느 정도는 이룬 것처럼 말이다. 다른 것이라면 무엇이든 상관없는 듯했다. 그것이 이 벽, 창살과 빗장, 그리고 협박과 위협 같은 것이라도……. 그 소녀들은 왜 그런 '짓'을 저질렀는지에 대해 결코 솔직하고 명확하게 말한 적이 없었다. 그리고 나도 그녀들에게 그런 것을 질문하면서도, 행동의 복잡성에 대해 이해하려고 들지 않았다. 만약 사람들이 수면제 약병, 양잿물이 든 통 혹은 면도칼을 빼앗는다면, 그러는 데는 구체적인 이유가 있을 테고, 명확하고 의식적인 좌절을 의미하는 것이다. 거식증은 오랜 시간에 걸친 고통스러운 자살을 의미한다. 어쩌면 도움을 요청하며 호소하는 것일 수도 있다. 그 죽음의 시간 동안, 자신의 여러 이유를 성찰한다. 물론 그동안에도 계속 그 이유에 뚜렷한 명료함이 배어들게 하고, 거짓되고 판에 박힌 찬사를 부여하면서 말이다. 그래서 매일 조금씩 더욱 확신하게 되는 것이다. 그런 까닭에 그 이유를 한마디 말로 설명할 수는 없다……. 그러나 자살 시도는 그것과 완전히 다르며, 더 명확하고 확신에 찬 행동이다.

그 소녀들이 자포자기에 빠지고 체념해버리는 것에 대해, 나는 화가 치밀었다. 왜 아무런 반항도 하지 않고, 화도 내지 않는 것일까? 이해하려는 노력도 없다. "내가 왜 그랬는지, 그딴 건 알고 싶지 않아." 하지만 틀림없이 그 아이들은 거짓말을 하고 있다……. 아무런 의문을 품지 않는다는 건 불가능하다. 그리고 나는 그녀들과 달랐나? 어떤 목표도, 즐거움도 없이, 그저 아무것도 없이? 다만 우리를 온갖 거짓말에 얽매이게 하는 희망, '나가야 한다'는 희망을 품으며? 모든 것을 감추고 이 병동에, 여기 있는 사람들의 생각에 아무 흔적도 남기지 않겠다는 그런 바람으로? 그 소녀들이 숨겼는지를 어떻게 알겠는가? 아니다. 그 소녀들은 그 '사이코' 의사를 대놓고 칭찬하지는 않았지만, 그들의 눈 속에서 흥미로움이나 즐

거움 같은 것이 빛나고 있음을 알아차릴 수 있었다……. 그리고 의
사와의 상담 후에 드러나는 안도감은 어떻게 이해해야 할까? "그
의사 녀석은 믿을 만해. 형편없는 질문을 해댔지만, 그럴 때마다 나
는 그를 속여먹었지. 너한테는 무슨 질문을 했니?"

어떤 소녀도 완전히 침묵하지 않았다. 게다가 외향적 성격은 이
런저런 의미에서는 정신병의 전형적인 증세로 여겨졌다.

갈색 머리의 아이가 아주 부자연스럽게 치장한 모습으로, 복도에
서 울며 절뚝거리며 걷고 있었다. 등은 굽은 채 두 눈은 잔뜩 충혈
되어 있었고, 비명을 질러대며 흐느끼고 있었다.

"꼬맹이처럼 질질 짜는 것 좀 제발 그만두지 못하겠니? 당장 그
치지 않으면, 내일 어머니가 오시지 못하게 할 거야. 왜 이렇게 변
덕을 부리는 거야? 너처럼 다 큰 소녀가 말이지. 창피하지도 않니?
좀 진정하라니까? 넌 엄마를 못 만나게 될 거야. 안됐지만 할 수 없
어. 이런 네 모습을 보여줄 수는 없을 테니까. 자, 제발 좀 진정해!"

얼굴에 온통 주근깨투성이인 그 아이는 지난 이틀 내내 잠시도
쉬지 않고 울고 있었다. 조만간 그 몸뚱이 속에는 눈물이 한 방울도
남지 않을 것만 같다…….

"변덕을 부리든 말든, 그 애는 내버려둬. 곧 진정할 거야. 그리고
너도 알겠지만, 계속 그러면 결국엔 주사를 맞을 거야. 그렇지 않으
면……."

"36킬로그램. 아직도 4킬로그램 이상 쪄야 한다는 거 알지…….."

"'도미노'는 34킬로그램. 기껏 살찐 게 이게 다야."

"뭐야, 이게 뭐냐고? 크리스틴은 35……. 너는 여전히 꼴찌구나."

그 아이는 고양이 걸음으로 사뿐히 체중계에서 내려서더니, 자신을 판정하는 간호사의 시선을 피해 벗어놓았던 실내 가운을 얼른 걸치고는, 붉고 지저분한 머리카락을 매만진다.

"이자벨은 37킬로그램."

1미터 68센티미터의 신장에 몸무게가 37킬로그램이라니. 이 아이는 적어도 50킬로그램을 넘어야 한다고 했다. 그들은 미쳤다. 정신병자들보다 더 미쳐 있다. 저 아가리에 걸쭉한 죽이라도 한 사발 쏟아붓고 싶은 마음이 든다. 그러면 그들도 깨달을 것이다! 하긴 그래봐야, 그들의 변태스러운 가학증을 충족시켜줄 뿐이겠지만! 하긴 내 알 바가 아니다. 다 잊어버리고 싶다. 참으로 또렷한 이 얼굴들을 다시는 보고 싶지 않다. 참을 수 없는 구역질도 이제는 기억하고 싶지 않고…….

여기서 잃어버린 숱한 시간, 그 자리를 그저 공백으로 메워버리고 그들의 끔찍한 세계에 대한 잔상 하나도 절대로 다시 보지 않으리라!

그들이 처방해준 바륨 같은 신경안정제를 먹었지만, 끔찍한 악몽에 계속 깨어난다. 꿈속에서, 물들인 쌀과 눅눅해진 빵, 역겨운 냄새를 풍기는 버터와 썩은 달걀이 온통 뒤섞여 있는 늪 같은 곳에 빠져 허우적대고 있었다. 아무것도 할 수 없다. 나는 울었다. 아니, 이제는 울 수조차 없다. 공허하고 허무한 복도에서 비명을 질러대던 그 소녀처럼, 왜 나는 울음마저 터트리지 못할까? 아니지, 지금 내가 말장난 따위를 하며 즐기고 있을 필요는 없지만, 가장 나쁜 것은 바로 이런 허무함이다. 내 입술은 열에 들떠 메말라버렸다. 갈라져 터진 피부 조각들을 떼어낸다. 피 맛을 느끼고 싶었고, 그 세포 조각이 떨어져 나갈 때 온몸을 스쳐 지나가는 전율을 느끼고 싶었다. 하지만 이제는 그런 느낌마저 들지 않는다. 머잖아 나는 죽을 것이다.

이런 것을 무엇이라고 불러야 할지 잘 모르겠지만, 당신을 살짝 건드리고 비웃으며 떠나가버리는, 붙잡을 수 없는 어떤 것이 더러 있다. 그러고 나면, 침묵 속에 슬픔과 함께 남겨진다. 그 음악, 그 따뜻하고 부드러운 목소리는 입가에 미소를 지으며 떠나가버렸다. "아니, 나는 너를 위해 존재하는 것이 아니야. 아니라고. 너는 나를 가질 수 없어. 내가 아주 아름답다는 생각이 들지. 하지만 이 아름다움은 너를 위한 것이 아니야. 너는 왜 그걸 받아들이려고 하지 않는 거니? 너는……." 싫어, 제발 거기 있어줘……. 작은 상자에서 울려 나오던 그 목소리는 이제 떠나가버렸다. 방송은 끝났다. 그 목소리는 나를 위해 말하지 않았고, 이제 또 다른 세상으로 사라져갔다. 지금은 저 밖에, 직선거리로는 2킬로미터쯤 떨어진 어딘가에 있을 것이다……. 아니지, 이 정신과 병동이 그 한가운데 있으니, 저 거리에서 2킬로미터 이상 떨어진 곳에, 삶에서 2킬로미터 이상 떨어져 있는 셈이다.

그리고 라디오는 침묵한다. 아무 소리도 나지 않는다. 나는 아무도 찾아오고 싶지 않은 고통스러운 고독 속에 불현듯 남게 된다. 이 강렬함, 버려지고 무의미해졌다는 강렬한 감정을 이야기할 만한 적절한 단어를 나는 결코 찾아낼 수 없을 것이다. 참으로 행복했던 목소리, 사랑했던 목소리는 이제는 이 병원의 벽 뒤편에 있을 것이다. 어쩌면 누군가를 기다리며, 기쁨과 뒤섞인 서글픔과 함께 떠나가버렸을 것이다. 그러나 나는 이곳에, 돼지우리처럼 더러운 곳에 남아 있다. 저 계집애들의 울음소리, 또 다른 아이의 비명, 그리고 간호사의 단호한 목소리가 들리는가…….

상상해보세요. 그러고 싶지 않으신가요? 그렇다면 왜 이 이야기를 읽으십니까? 지금도 내 꿈에까지 뒤쫓아왔던, 다시금 되살아난 이 악몽에서 서둘러 빠져나오고 싶습니다. 매일 아침 이 타자기가 사라져버리고 병원의 벽이 다시 생겨나지 않을까, 너무나 두렵습니다…… 이제 다시는 멈추고 싶지 않습니다. 이 황홀한 최면 상태는 끝나지 않았습니다. 악몽 속에 머물러 있는 것은 끔찍한 일이겠지만……. 상상을 좀 해보십시오. 아니면 읽는 것을 그만 멈추십시오. 나도 잘 알고 있습니다. 내가 썼던 말이 원했던 것과 똑같지는 않습니다……. 그 말 속에 반항의 쓰라린 맛이 배어 있기를 바라고 있습니다. 그래서 그것들이 비인간적인 고통만큼이나 당신의 얼굴을 향해 달려들기를 원했던 것입니다……. 그런데 이제는 잘 모르겠습니다. 그저 본심에서 우러나온 것이, 어쩌면 원한을 품고 있는, 끔찍하게 어설픈 것이 되어버렸습니다.

이자벨은 감금당한 독방에서 잊혀졌다. 아니, 그들은 열쇠로 잠그지 않았다. 하지만 그게 더 끔찍하고 심한 모욕이다. 도미니크와 함께 우리는 그 소녀의 분노에 관해 이야기를 나누면서, 쉽게 풀려나기 위해서는 더 효과적으로 자신을 드러내야 한다고 과장해서 말했다. 그러나…… 그 아이의 분노가 마음에 들었다. 나와는 또 다른 방식으로 반항하는 것이며, 아무런 두려움이나 비겁함 없이, 그저 본능에서 나오는 대로 마구 비명을 질러대는, 솔직하고 충동적인 방식이었기 때문이다. 그녀는 식판에 놓인 모든 음식물을 집어 삼키고는 그것을 신경질과 눈물로 몽땅 쏟아냈고, 심지어는 더 살이 빠지도록 남김없이 소진해버렸다. 우리는 그 아이에게 우리가 할 수 있는 것, 상투적으로 말하자면, 간호사들이 어떻게 그걸 구했는지 전혀 눈치챌 수 없는 것들을 가져다주고 있었다. 그들은 우리끼리 서로 방을 몰래 바꾸는 것을 모른 체했다. 하지만 그것도 역시 그들 계획의 일부였다. 참으로 끔찍한 인간들이다. 그리고 그들은 절대로 실수하지 않는다. 이런 느낌이 들었을 때는, 결국 같은 상황을 겪고 있는 사람만이 도울 수 있으며, 정신적 상태를, 반항을 기꺼이 이해한다. 그리고 그것을 진정시키려고 애쓰는 것이 아니라 오히려 북돋워줌으로써, 결국 그런 상황을 잊어버릴 수 있게 해준다. 의사들은 우리의 비밀스러운 만남이 일으키는 효과를 모눈종이에 평가했다. 어쨌든 몸무게는 조금씩이지만 계속 늘어나고 있었다.

우리 모두 각자의 부모에 대해 거의 이야기하지 않았고, 말을 한다고 해도 아주 대략적으로 언급하는 정도였다. 아마도 그들을 잊고 싶었기 때문일 것이다. 나는 부모가 내게 했던 그 협박을 말하지 않고는 그들을 떠올릴 수 없었지만, 반대로 다른 아이들은 부모들을 한없이 찬양하기 일쑤였다. 나와는 대조적인 그들의 반응에 대해, 어떻게 보면 더욱 근본적인 이유에 대해 생각해야 했다. 예를 들면, 도미니크가 내 첫 면회에 대해 알게 되었을 때, 그 진심에서 우러나온 기쁨의 환호, 대체 그것을 어떻게 생각해야 할까? 그 아이는 내 면회를 자기의 일인 것처럼 받아들였던 것일까? 정말 기뻐했을까? 그 아이는 정말로 자기 부모를 만나고 싶어 했을까? 그래, 그건 확실하다. 나도 그 점은 절대 의심할 수 없었다. 마찬가지로 해결 못할 문제도 그만큼 많다. 신중하게 지켜주어야 할 비밀도 너무 많다. 그 아이들에게 수치심과 죄의식의 감정을 줄 수도 있었다. 규칙 이외의 것을 감히 시도하려 했다는 인식 말이다. "제가 부모님의 마음을 너무 아프게 한다는 것을 잘 알고 있어요. 그분들께서도 저를 만나고 싶어 하시지만, 살이 너무 천천히 찌고 있어요. 내가 좀 더 서두르지 않으면……." 더군다나 이건 거짓말이다. 그 아이는 최선을 다해 불결한 죽과 금지된 초콜릿을 집어삼키고 있었다. 실제로 어머니도 가방을 가득 채울 만큼 충분한 양의 '추가 식품'을 가져다주지 않는 듯했다. 우리를 다그치지 말아야 한다……. 그런 식의 가학 행위는 느리고 규칙적인 체중의 증가를 의미한다. 하지만 우리는, 아니 우리 생각에는, 과자 한 상자는 곧 이 끔찍한 병실에서 하루를 덜 머무른다는 의미다. 하루, 굉장히 긴 시간이다.

간호사들도 또한 효과적으로 조절하라는 처방을 지시받았다. 우리가 좀 더 시간을 앞당기는 데 도움이 되는 음식물을 먹으려 하는 것이상으로, 간호사들은 우리에게 살조차 찌지 않을 것 같은, 불결하기 짝이 없는, 그따위 것들을 억지로 먹어야 한다고 강요할 수밖에 없다……. 모든 것은 치밀하게 계산되어 있었고, 간호사들도 우리의 정신 상태에 대해, 물론 우리의 식탁 상태에 대해서도 너무나 잘 알고 있었다. 그렇지만 간호사들도 이곳을 가능한 한 빨리 나가고 싶어 하는 우리의 의지를 꺾을 수는 없었다.

유난히도 메스꺼운 껍질콩을 배식받은 어느 날이었다. 도미니크가 끝내 눈물을 보였다. 너무 심하게 강요받았기 때문이었다. 사실 그아이는 먹는 것을 거부하지 않았으니, 그런 행위는 필요 이상으로 쓸데없는 일이었다. 그날은 보통 때와 달리 그 음식물이 너무 기름지고, 정말 구역질 날 만큼 역겨웠다. 어찌 보면 간호사들이 우리에게 괜한 신경질을 부린 셈이었다.

"저 멍청한 여자들 따위는 신경 쓰지 마. 그냥 무시해버려. 구역질 나는 그따위 것은 먹지 않아도 돼. 그 여자가 이걸 남김없이 다먹어치우라고 했다고? 후식까지 다 먹고 난 뒤에도? 이까짓 것은 전부 쓰레기통 처넣어버리자……. 대신 다른 것으로 보충하면 돼. 종이 가진 것 좀 있지? 많다, 너무 많다."

이것도 어쩌면 가학 행위 같은 것이 아닐까? 심한 모멸감을 느

끼고, 구토가 일어날 정도로, 정말 막판까지 몰아대는 것이야말
로…….

제가 그들에게 다시금 보내진다면…… 아닙니다. 그런 일은 생각할
필요조차 없습니다. 내게 지금 울컥하는 것은, 지금도 내가 거기서
결코 벗어나지 못하기 때문입니다. 당신이 알고 있는 말 중에서 가장
끔찍하고 상스러우며 혐오스러운 단어를 하나 떠올려보십시오. 나는
이제는 그런 것도 할 수 없습니다!

"그래, 아버님은 뵈었니?"
또 시작됐구나. 곧바로 묻지도 못하고, 정작 하고 싶은 질문을 겉
도는 것을 지켜보는 것도 이제는 제법 재미가 있다.
"별일은 없었지?"
"네."
내가 당신에게 상세하게 이야기하기를 바라는 것이겠지. 그렇지
않나? 기대하지 마. 내가 잘 알고 있지. 당신은 모든 것을 바라면
서, 자신은 꼭 필요한 것을 제외하고는 아무것도 내주려 하지 않잖
아. 하지만 이것 또한 내 잘못이라는 말이겠지. 나는 이번에도 나쁜
방식을 선택했군.
"아버지 때문에 그랬던 것은 아니지?"
그들은 정말 혐오감을 느끼게 한다. 저 끈적거리던 걸쭉한 죽보
다도 더하다. 어머니는 아버지를 비난하고, 또 아버지는 어머니를,

그리고 둘이서 같이 오빠를 비난하고…….

"잘 아시겠지만요, 의사 선생님, 나는요, 그 점에 대해서는 아무 책임이 없어요. 남편은 출장길에 딸아이랑 불륜녀를 함께 데리고 갔어요. 글쎄, 생각을 해보시라니까요! 그리고 사흘 동안 세 명이 같은 침대에서 잠을 잤느냐고 딸아이에게 물어보았지만, 대답하고 싶지 않다고 하더라고요. 유난히도 성적인 것에 집착하는 그런 인간과 함께 있었으니까……. 무슨 일이 있었을지 어찌 알겠어요. 아무튼, 세 명이 묵을 수 있는 방에 묵었다고 하더라고요. 내가 직접 벨기에에 있는 호텔에 문의해봤거든요. 그건 틀림없어요……."

잠깐 기다려봐. "바람도 쐴 겸 해서 아이도 데리고 가세요"라고 말했던 사람은 바로 당신이잖아……. 그리고 내 손아귀에 꼼짝없이 걸려든 사람은 바로 그 남자라고……. 당신도 그걸 알고 있었고, 암묵적으로 인정하고 받아들였잖아. 당신은 그런 줄 알면서 그 편집광적인 남자와 결혼했던 것이고, 그의 성적 환상들 덕분에 당신도 곧잘 쾌락을 맛보았을 테고.

"그러니까 잘 알고 계시다시피, 그때는 내가 여기 없었으니까 그 여자가 딸아이를 데리고 무슨 짓을 했는지 어찌 알겠습니까. 그건 내 잘못이 아닙니다. 나는 그동안에 저 멀리, 캐나다에서 일하고 있었습니다. 어울려 지내는 친구들은 많았습니다. 부부도 한 쌍 있었는데…… 그 남편은 조금 심할 정도로 성도착 증세와 소아성애 증상을 보였습니다……. 어쩌면 아내가 딸아이를 데리고 갔을지도 모르겠습니다. 정말 그 여자는 아무 생각이 없는 것이겠지요. 잘 아시겠지만……."

남편으로, 또한 부인으로, 서로를 인정했었다고 확실하게 말한다는 것을 잊어버리고 있구나……. 저래 놓고도 여전히 자신들이 부모라고 감히 자처하다니! 가당치도 않은 일이라는 생각이 들지 않는가? 그들이 주장하는 그 '책임', 그런 옹색한 짓이 어디까지 타락해가는지 알게 될 테니, 좀 기다려보자고.

"왜 있잖아요. 아내의 친오빠 중 한 사람도 처음에는 자주 어울리더니…… 결국에는 동성애자가 되더라고요……."

아무튼, 저런 말까지 다 하다니, 더러운 위선자들 같으니라고! 그래, 해봐. 그 책임을 딴 사람에게 떠밀어봐…….

"그리고 서로 얼마나 사이가 좋던지. 아시잖아요, 형제들 간에 해로운 영향력이란 것이 말이죠……."

들었는가? 하지만 저렇게 사악한 믿음 앞에서 무엇을 하겠는가? 너무나도 심한, 저 쓰레기 같은 야비한 언행 앞에서? 당신이야, 성욕밖에는 모르잖아. 흔히 사람들은 우정으로 서로 어울려 다니는 거라고? 아니지, 그게 바로 그것이라는 걸 당신은 알 수 없겠지. 당신의 강박관념을 다른 사람에게도 고스란히 적용하려고 드는 것이겠지! 물론 나는 아주 잘 이해하고 있어. 하지만 보시다시피, 그건 당연한 일이고…….

"여자아이들에 대해 말한 적이 없습니다. 열다섯 살 먹은 사내아이에게 그건 이상한 일이지요. 그렇지 않습니까?"

그거야, 예전의 당신은 온갖 계집애들을 건드린 것에 대해 부끄러운 줄 모르고 엄마에게 시시콜콜 이야기했었기 때문일 테고. 당신 아들도 역시 그런 비정상적인 반응을 보여야 한다고 믿고 있기 때문이겠지…….

"제가 아들 녀석에게 아무리 물어보아도, 결국 그런 것이 아버지로서 할 역할이겠지만, 나중엔 대꾸조차 하지 않더라고요. 어느 날엔가는 여동생에게 독한 술까지 먹였더라고요……. 애가 혼수상태에 빠질 지경이었죠. 생각을 좀 해보세요. 겨우 열한 살 먹은 여자애한테, 4분의 1리터나 되는 양을 마시게 했으니……."

잠깐만, 친구랑 같이 그 술병을 가지고 와서 어찌 될지 궁금해서 들이켰던 사람은 바로 나야. 아버지는 술을 한 방울이라도 마시면 정말 이상해졌다. 알코올 중독까지는 아니지만, 아무튼 다른 사람들이 질색한다면, 당연히 마시지 말아야 할 것이다.

"물론 오빠가 억지로 먹였다고 말하지는 않았습니다. 어린아이들이란 자기들끼리 있었던 일에 대해서는 좀처럼 털어놓으려 하지 않기 마련이죠."

이런 경우에는 도대체 무슨 대답을 원하는 것일까?

나도 한때는 가족의 꼬마 천사였다. 그래서 오빠가 늘 대신해서 혼이 나곤 했다. 머리가 좀 이상한 아버지들은 아들을 무조건 싫어하기 마련이다……. 특히 아들이 자신을 본받지 않는다는 생각이 들면 말이다.

"그러니까, 네가 이 책을 꺼냈지?"

"아니에요, 내가 그랬어요. 오빠는 그때 없었어요."

"야, 너는 입 다물고 있어. 편들지 말고. 이 녀석이 저걸 꺼냈다는 걸 내가 알고 있다고. 그렇지?"

"자기가 그랬다고 하잖아요!"

"변명하려 들지 마라. 네가 그랬잖아. 진즉에 너를 엄격한 종교 학교에 처넣었어야 했어. 근데 네 멍청한 엄마가 반대했어. 두고 봐, 앞으로는 바보 같은 짓을 할 때마다 회초리 찜질을 당할 줄 알아! 아가리가 쩍쩍 벌어지게 해줄 테니까, 두고 보라고!"

이건 가학 행위 이상이다. 모든 악의 전형적인 표상이다. 저런 인간이 되지 않기 위해서라도 그를 잘 지켜봐야 해.

"하다못해 제가 성인용품을 빌려주려고 했답니다. 그런데 싫다고 하더라고요. 그 녀석은 정상이 아닌 것 같습니다."

이런 부모들이라면 차라리 없는 편이 낫다. 그렇게 생각하지 않는가?

어머니란 여자는 한술 더 뜬다.

"이상한 친구들이 많았어요……."

"남편분께서는, 그것이 동성애 성향 때문이라고 말씀하시더군요. 그런 성향을 지닌 성인들은 어린아이들처럼 역할 놀이를 즐기는 편이지요. 너는 엄마를 하고, 너는 아빠, 그리고 너는 범인을 하는 거야, 이런 식으로 말이죠. 물론 그들의 말이 사실은 아니지만, 그 속에는 결국 내면의 감정이 표출되고, 무언가 외설적인 언행의 냄새가 배어 나오는 것입니다. 그러면 아드님의 경우는 어떤가요?"

나는 오히려 당신들이 그렇다고 말하고 싶다. 피부의 온갖 구멍에서 그런 냄새들이 분비물처럼 배어 나와 악취를 풍기며 퍼져나가니, 내 머리가 지끈지끈 쑤신다. 들쩍지근하고 시큼한 것이 마치 썩어가는 버터 냄새와 비슷하다. 더는 계속할 수 없을 것 같다. 이미 내 목구멍에까지 치밀어 오른다. 그들을 완전히 무시하기까지는 아직도 더 많은 시간이 필요할 것 같다. 다시 입으로 숨을 쉬기까지도 어렵고 오랜 시간이 걸렸다.

여전히 이 여자는 여기에 남아 있다. 그녀가 온갖 이야기를 주저리주저리 늘어놓는 동안, 나는 갈색빛이 도는 돌바닥 위에 돌무늬들을 이어가며 예전 기억들을 펼쳐내고 있었다. 그녀가 무슨 이야기를 했는지 정확히 다시 말할 수는 없지만, 근무 시간이 이상하다든지, 살림살이가 어떻다고, 혹은 자기 엄마에 대해서도 말했고, 심지어는 커피 값이 너무 올랐다는 등, 별 시답잖은 이야기들이었다.

"룰루 이모가 네게 안부 전하라고 하더라."

그 여자가 정말 그랬을까! 뚱뚱하고 천박하기 짝이 없는 그 금발의 여편네는 사실 친이모도 아니다……. 그 여자가 젊었을 때부터 우리 집에 뻔질나게 드나들었기 때문에 그런 것이 아니라, 사람 맥빠지게 하는 여자에 대한 소식을 내가 아직도 꾹 참고 듣고 있어야 하므로 그러는 것이다. 그 여자는 늘 나를 붙잡아놓고, 자신의 어린 딸이 얼마나 자랐는지, 또 얼마나 귀엽고 영리한지에 대해 한도 끝도 없이 이야기를 늘어놓곤 했다. 물론 제법 영리한 나는 꼭 필요한 경우를 제외하고는, 단 한 마디도 덧붙이지 않았다. 꽃무늬 커튼과 자수 장식을 한 벽, 겨자가 담긴 작은 유리 단지가 있는 방수포 깔린 식탁이 놓여 있던 촌스러운 주방 같은 곳에서, 그들은 모두 정겹게 젊었을 적 이야기들은 한없이 읊조려대곤 했다. 그들 눈에 내가 얌전해 보였다면, 내게 선물 같은 것을 주었기 때문일 것이다. 그거야 당연한 일이고, 그들이 내게 했던 그 지독한 고역에 비하면 아주 관대한 일이다. 그리고 그녀가 나에 대해 이러쿵저러쿵 지적질한 데 대해, 나 또한 단호한 거절 대신에 돌려 말했기 때문이다. "앞으로는 엄마랑 저런 이상한 사람들 집에는 절대 가지 않을 거야."

"너희 아빠가 주소를 알려줄 생각을 안 했던 거니? 내가 분명 그게 필요하다고 말했을 텐데."

이 여자는 도대체 염치란 것이 있기는 할까? 내가 전에 했던 대답을 전혀 기억하지 못하나? 비웃을 필요가 있나? 대체 뭐가 필요한 것일까? 이런 쓸데없는 일에는 그저 무대응이 상책이다. 하지만 그녀의 저속함을 이젠 참아낼 수가 없다.

"피곤해요. 그리고 이제 곧 간호사가 와서 그만 가시라고 할 거예요."

그녀는 이제 아무 거리낌 없이, 그리고 이상하지만 교활한 생각으로 잘 포장한 거짓말을 한 아름 품고서 떠나갈 수 있다. 물론 경비원 여자와 동네 정육점 여주인에게 떠벌릴 거짓말 말이다. 그러고 나면, 그녀는 양심의 가책 따위는 느끼지 않으리라. 여태껏 사리에 맞게 행동하려고 마음 놓고 애인 한 명 고를 수 없었지만, 예상했던 대로 이제부터는 마음속에 여유 공간이 떡하니 생긴 셈이다. 다만 내가 '망상에 빠져 있는 부정不淨한' 사람이 아니라, 바로 그녀가 '아주 교활하고 부정不貞한' 사람인 것이다.

겨울의 저녁 무렵은 슬프다. 특히 침울한 마음으로 저녁이 펼쳐지는 광경을 바라보고 있으면 더욱 그렇다. 도미니크의 병실에서는 병원 안뜰이 보인다. 그래서 우리는 주로 그곳에서 만난다. 간호사들은 우리가 혼자 있는 것을, 다른 사람들과의 만남을 거부하는 것을 탓했다. 그러다 보니, 정면에 보이는 못생긴 마로니에처럼 어쩔 수 없이 둘이 함께 있어야 했다. 간호사들은 이해할 수 없겠지만, 그들은 언제나 강자의 위치에 있는 셈이고 열쇠로 잠글 수 있다.

우리는 라디오에서 최신 가요 순위 프로그램을 듣고 있다, 클로드 프랑수아가 부른 「전화기 너머의 꼬마 숙녀」는 정말 끝내주는 노래다. 이제껏 이렇게까지 반복해서 들은 노래는 없었다. "여러분께서는 지금 유럽 제일 라디오 방송을 듣고 계십니다. 지금 시각은 오후 7시 30분 정각입니다." 대단한 호의라도 베풀어주는 척하며 내게 가져다주었던, 노랑 플라스틱으로 덮여 있는 라디오. 다시는 그것을 켜지 않겠다. 그 따뜻하고 다정한 목소리를 듣는 것이 너무도 두렵다. 이 을씨년스러운 병원의 회색 벽 뒤에 숨어 그 목소리를 상상하는 것도 너무 겁이 난다. 나는 그저, 햇빛과 밤, 고독과 죽음,

이렇게 붙잡을 수 없는 것들과 사랑에 빠지는 것으로 충분하다. 그런 것들이야말로 모두를 위해 존재하며, 실제로 있는지도 몰랐던, 사실 별다른 의미도 없는 장막 너머에서, 그저 넌지시 말을 건넨다. 순수한 사랑, 그런 것은 없다. 사랑은 차라리 이기적이어야 한다. 그러나 그런 사랑은 여러 욕망의 주위를 맴돌고 있을 뿐이다. 사랑 따위에 결코 빠져들어서는 안 된다. 그것이야말로 최악이다. 사람들은 그제야 비로소 겪어보지도 못한 누군가의 목소리를 알아차리게 된다. 이것이 바로 당신이 생각하는 것인가? 흔히들 사랑은 가장 경이로운 것이라고 한다. 인생의 목표라고 말한다. 그러나 또한 그만큼 어리석은 것이기도 하다……. 나는 그들의 낙관론도, 삶의 기쁨도 믿지 않는다. 아니, 아무것도 믿지 않는다…….

공포와 악몽의 밤, 참을 수 없는 정신적 고통이 깊게 밴 이 감옥의 문 위쪽에는 희망을 의미하는 푸른빛의 작은 조명등. 사실 이곳에는 비극적인 사건 같은 것은 없다. 그가 말했듯이, "여기도 그리 끔찍하지만은 않은 것 같다". 알 수 없는 극도의 불안감, 불길한 예감, 다시금 처음부터 시작된 '하나의' 꿈에 대한 성찰, 이런 것들이 갖가지 색깔을 띠며 저 천장에서 맴돌고 있다. 나는 머잖아 알게 되리라. 가장 높은 저 탑에서 뛰어내릴 것이다……. 그러면 진실로 뒤덮인 길 위에 격렬하게 으깨어지며, 엄청난 위로를 받게 될 것이다.

열쇠들이 서로 부딪치며 나는 소리, 미처 터져 나오지 못한 한숨 같은 삐걱거리는 빗장의 소음, 그리고 벽, 저 벽들, 사방에서 벽이 구속복처럼 조여 온다. 하얗게 질린 피부 위에 어른거리며 비추고,

숨 막히게 짓누른다. 그러더니, 더 힘껏 조르기 위해 다시금 벌어지고 있다. 어쩌면 이것은 어디론가 날아가버린 한 마리 새의 비행 궤적 혹은 어떤 섬을 향해 떠나가버린 한 척의 배가 남긴 항적 같은 것이다. 어쩌면 부모에게서 입은 상처로 인한, 혹은 상상 속 세상에서 부당한 심판을 받아서 생긴, 기다란 흉터 자국 같은 것이다. 물론 그것을 단순한 열병이라고 부르지 않는다면 말이다…….

간호사 사무실 근처에서 어떤 부인이 아주 행복한 표정을 지으며 기다리고 있었다. 제법 나이는 들어 보였지만, 잘 차려입은 옷차림에 펠트 천으로 만든 모자를 쓰고 묘한 취향의 가죽 가방을 들고 있다. 네 번째 거식증 소녀의 어머니. 간호사 한 명이 면회를 알리려고 이자벨의 병실로 들어가서는, 일부러 그러듯 자신의 지난번 휴가와 텔레비전 연속극에 대해서만 괜스레 지껄여대고 있었다.

"저를 나가게 해주세요. 엄마를 만나고 싶어요. 지금 복도에 와 있는 거 다 알아요. 만날 수 없다는 말을 하려고 온 거잖아요. 제발 저를 좀……."

흐느낌. 정말 엄마라면 당연히 저 목소리를…… 저 분노에 찬 울음소리를 진즉 알아차려야 했으리라.

"너, 우리 딸 알지? 잘 지내고 있는 거니?"

그 순간, 나는 그 여자를 죽여버리고 싶었다……. 도대체 저 울부짖는 소리가 들리지 않는다는 말인가?

이 복도에는 새삼 눈에 띄는 것이 없나? 그럼, 병실 문에 걸린 저 빗장은? 저기 저 뚱뚱한 계집애는? 감히 엄마라고 말할 자격이 있나? 잘 보라고. 제발 좀 눈여겨보라니까? 당신이 원하는 대답이 저기 있잖아. 지금 당신 딸이 울부짖고 있잖아. 그 울음소리가 이미 당신 코앞에까지 와 있어! 제발 순진한 척 좀 하지 말라니까. 그것처럼 쉬운 일이 어디 있어…….

"이딴 데에서 잘 지낼 턱이 없잖아요."

나도 이젠 '사디스트'가 돼버렸구나! 무엇을 위해, 누구를 위해, 내가 이리도 잔인해진 것일까? 이런 것이 더 나쁜 결과를 불러올 거라는 생각이 든다. 모욕적인 언행은 거꾸로 되돌아오기 마련이다. 그것도 미처 알아차리기 힘들게……. 그러니 사디즘은 결국 마조히즘에서 비롯된 것이겠지?

"우리 아이가 의기소침해 있지는 않니?"

저리도 비겁해질 수 있을까? 정신과 의사가 때마침 도착했고, 그 엄마도 덕분에 양심의 가책에서 무사히 벗어날 수 있었다. 이자벨은 믿을 수 없을 만큼 안간힘을 쓰며, 증오와 불운으로 뒤섞인 감정을 모조리 드러내며 침대 위에서 울부짖고 있었다. 그러다가 돌연 혼수상태에 빠져버렸다. 그 아이는 먼저 경련을 일으키며 두려움에 울부짖는 동시에 두 손에 마비가 오더니, 온몸의 기력이 빠져버린 듯 침대에서 실신해버린 것이다. 우리는 그 침대 한 귀퉁이에 남몰래 숨어서, 숨죽여가며 울면서 서로를 바라보고 있었다. 그들은 우리를 쓸데없이 호기심만 많은 더러운 조무래기로 취급하며 병실

밖으로 쫓아냈다.

그날 도미니크의 부모도 면회를 왔다. 그들은 그 전날 도착했지만, 아이의 몸무게가 300그램이 모자라서 들어올 수 없었다. 어찌됐든, 규정은 규정인 셈이다.

남루한 옷차림의 뚱뚱한 어머니. 외투는 너무 길었고, 한 손에는 여행용 가방을, 다른 손에는 꾸러미 같은 것을 하나 들고 있었다. 평범하지만, 돌처럼 차가운 얼굴을 한 전형적인 시골 아낙네의 모습. 콧수염을 기른 아버지는 평소보다 훨씬 정성스레 손질했을 양복저고리를 걸치고, 시골뜨기들이 흔히 쓰는 챙 달린 모자에, 한 손에는 큼직한 가죽 가방을 들었다. 그리고 그 촌스러운 가죽 구두라니. 하지만 그것도 특별히 외출하는 날에만 신는 것일 테지…….

그러니까 그 아이는 '저런 사람들'을 진정으로 사랑한다는 건가? 하지만 나도 이런 말을 할 자격은 없다! 어쩌면 저들은 아주 친절하고 매우 너그러우며 무척 다정할지도 모른다……. 아니지, 이런 걸 깊게 생각하지 말아야 한다. 그 소녀는 저들과 같은 사람들을 사랑할 수 있으며, 나로서는 판단할 권리가 없다. 그 아이도 나의 어머니를 천박한 도시의 부르주아 여편네로, 나의 아버지는 다른 병동에 있는 미치광이 아저씨와 똑같다고 생각했을 수도 있다. 아니, 그 아이라면 나름대로 그들을 판단하고, 그렇게 생각할 수 있다. 그 인간들은 그런 취급을 당해도 싸니까! 불행히도, 그들은 자신들을 방어하는 방법을 잘 알고 있으며, 그런 정신적인 타격 따위는 전혀 개의치 않을 만큼 진짜 이기주의자다. 자신들의 송곳니를 드러내

보이며 스스로 보호할 수 있는 능력이 있고, 그러니 나로서는 그들의 역겨운 악취를 어쩔 수 없이 계속해서 참고 견뎌야 한다.

"잘 지냈어? 우리 딸내미. 근데 말이야, 화장실이 어디에 있니?"

아주 시커멓고 흉측한 바퀴벌레한테 그냥 확 물려버려라! 미처 알아채기도 전에 당하기를 제발 바라본다!

"그런데 말이다, 아주 깨끗하지는 않구나⋯⋯."

유감스럽게도, 나의 사랑하는 아버지, 내가 가정부는 아니잖아요. 그러니 "뭐야, 이따위 곳에서, 지난 석 달을 보냈다는 거잖아!"라는 경멸스러운 표정을 지으며, 그걸 내 탓으로 몰아가실 필요는 없다고요. 그렇게 진저리나게 혐오스럽다면, 진즉에 저를 찾으러 왔어야 하지 않나요! 그러나 무시라도 하는 듯, 별 기대도 안 하면서 함부로 말하는 것은 아주 쉬운 일이고요!

"아무튼, 사실이 아니잖아. 너는 아프지 않으니까. 그때 내가 여기 있었으면, 사람들이 너를 강제로 입원시키도록 내버려두지는 않았을 거라고!"

물론 당신은 제멋대로 그렇게 말할 수 있겠지. 자신이 괜스레 얽혀 위태로워지는 것은 아닐 테니⋯⋯. 게다가, 당신은 나 같은 사람은 아랑곳하지 않을 테고. "그때 당신이 여기 있었어도", 다른 사람들이 모두 무죄라고 주장하고 난 뒤에야, 나에게 정신적 상처를 입히지 않은 사람은 오직 자신뿐이며 오직 자신만이 나를 이해해줄 수 있다고 고함지르며 버럭 화를 냈겠지. 이런 것을 반항이라고는 생각하지 않겠지? 이 경우, 분노는 결국 아무 짝에도 소용없다.

그들이 바보 같은 소리를 그럴싸하게 지껄여대도록 그냥 내버려두어야 한다. 다만 상아처럼 흰 그들의 송곳니 위로 번들거리며 뿜어져 나오는, 그 모든 것을 똑바로 지켜보려고 애쓰면서 말이다.

"게다가, 너희 엄마가…… 너를 여기에 입원시킨 사람이 바로 너희 엄마라고 하던데……."

어떤 면에서는, 나름대로 약간은 진척이 있는 것도 같지만, 그런다고 해도 당신은 나를 이길 수 없을 것이다. 당신도 역시 내가 그 여자를 끔찍이도 싫어한다는 것을 잘 알고 있고, 그런 이유에서 그녀를 공격하고 싶어서 여기에 온 것이다. '지적이라는' 당신의 정신으로, 당신도 역시 똑같은 목록에 이미 기재되어 있다는 생각은 하지 못했는가? 당신도 역시 아무 짓도 하지 않으려고 손 놓고 있는 것일 테고. 어쩌면 그것이 가장 나쁜 짓이다.

"내가 네 엄마를 어떻게 혼내주는지 똑똑히 보게 될 거야……."

결정적으로, 그들은 모두 아둔하다. 내가 이해하지 못할까 봐 그들은 두려워하지만……. 사실, 아무것도 이해하지 못하고 있는 사람은 바로 그 인간들이다.

더욱이, 나로서는 눈곱만치도 중요하지 않다. 그들은 상대방에게 책임을 서로 떠넘기려고 내 병실에 교대로 들락거리는 것이다. 그들은 다음 날 이곳에 있게 될 자신의 원수를 상상하면서, 마치 지금 눈앞에 있기라도 하듯, 온갖 모욕적인 욕지거리를 퍼부어댄다. 그래봤자, 막상 다음 날 나타날 상대방에게는 아무 상처도 줄 수 없을 테지만 말이다. 내가 그런 반응을 불러일으키는 촉매제이며 동시에 그런 것을 전달해야 할 매개체인 셈이지만, 나야말로 이미 곯아버린 달걀 같은 존재에 불과한 셈이니…….

"아주 더러운 여자라고 말하더라고 너희 엄마에게 전하거라……."

"원래 자기 자식에겐 아무 관심도 없지 않았냐고 네가 아빠에게 말해라……."

"그 의사 녀석한테 홀딱 반해서, 너를 여기에 입원시켰겠지?"

"비난하는 거야 쉽지, 그 여자 의사가 아주 마음에 쏙 들었나 보지……."

더 들을 것도 없다. 그들이 온갖 생각에 사로잡혀, 제멋대로 지껄여대도록 그냥 내버려두자. 그들은 그럴 만한 가치조차도 없으니까. 정말 추하고, 구닥다리 같아서…….

병실 문이 벌컥 열리더니, 시커먼 머리 하나가 불쑥 들어온다……. 그리고 의자 위에 퍼질러 앉아 끙끙 앓는 소리를 내며 온갖 트집을 잡고 있는 이 남자를 보자마자, 순간 방어하는 자세와 강경한 태도를 보이며 오빠의 얼굴은 분노와 혐오감으로 점차 굳어진다.

"좀 나가 계세요. 동생을 만나러 왔거든요."

가뜩이나 인상을 찌푸리고 있던 그의 주름살이 한층 깊어졌다.

아! 당신은 이미 다 알고 있었던 거로군! 결국, 자기 아들을 궁지에 몰아넣으려고 일부러 왔던 거였어. "그 녀석은 결국 나를 만날 수밖에 없을 거야. 그 못돼먹은 놈을 마침내 '우리 천사 같은 꼬맹이' 덕분에 내가 붙잡을 수 있게 되는구나!" 이러려고, 애초부터 아주 작정하고 갖가지 앙갚음의 욕설을 꾹 참고 있었던 거였어. 아버지의 얼굴은 기분이 상해서 더욱 추해 보였고, 증오와 분노로 인해 입술은 삐죽거리고 있었다.

"그냥 만나라니까. 내가 나갈 필요까지는 없잖아."

슬쩍 짓는 신경질적인 비웃음. 마침내 당신의 속셈을 드러내고 말았구나. 오빠의 반응을 미처 예상하지 못했던 거야. 당신 앞에서는 누구도 당당해서는 안 되는 거잖아. 우리 모두 보잘것없고 강박관념에 사로잡힌 듯한 당신의 뜻에 순순히 복종해야만 했겠지.

"나가요. 밖에서 기다리란 말이에요. 그게 다라고! 당신은 보고 싶지 않아!"

그가 화를 내며 일어선다. 잘한다! 오빠가 결국 저 혐오스러운 자존심의 한복판을 건드려 상처를 입혔어!

당신도 정말 아들이 싫지, 그렇지? 당신이 잘 파악해서 단단히 사로잡아 지배하고 있다고 믿었는데, 이젠 추월을 당해서 그 힘에 미치지 못한다고 느껴졌기 때문일까? 아, 물론, 당신은 이런 사실을 괜스레 세상 사람들에게 스스로 털어놓지는 않겠지만……. "이제 겨우 열세 살밖에 안 된 녀석이 감히 나를 이겨먹으려고 든단 말이야." 하지만 이제 시작된 것이고, 앞으로는 더 급속하게 심해질 것이고, 또한 아주 우스워질 테니까…….

나중에 알게 된 사실이지만, 아버지는 그 정신과 의사에게 아들을 심하게 비난하면서, 당장 호출하게 했다고 한다. 그러고는 바로 그날에 맞춰 나를 만나러 오면 됐던 것이다. 참 대단한 부성애의 바람직한 예가 아닌가! 도대체 왜 오빠를 그렇게나 싫어했을까? 자신이 떠밀리듯 거절당하고 그만 '사로잡혀버렸기' 때문이라면, 분노에 찬 아버지는 '자신의 육체에서 나온 그 육체'에 그토록 집착하듯 매달릴 수는 없으리라. 그저 자신의 목적을 이루려고 일부러 면회 시간에 맞춰 찾아와서, 마침내 자기 '아들'에게 덤벼들었던 것이다. 하지만 결국 도리어 제 꾀에 넘어간 꼴이 돼버렸다!

그 남자를 상상해봐. 납작코가 돼서, 두 눈은 분노로 잔뜩 핏발이 서 있는 꼬락서니하며, 공들인 계획은 모조리 틀어져버렸으니…….

"거, 왜 있잖습니까, 의사 선생님. 아이의 오빠도 신경쇠약 내지는 욕구 불만의 증세가 있는지 알아볼 필요가 있습니다. 결국엔 그런 것이 서로 영향을 주는 것 같습니다. 요컨대 말이죠……."

이런 일은 아주 신중하게 생각했어야지. 그런 증상을 담당하는 의사는 매주 목요일과 금요일에만 온다고…….

"선생님께서도 아셔야 할 것 같습니다. 그래야 더 확실해질 겁니다."

당신은 그저 병원 복도에서 아들과 우연을 가장해서 마주치려고 온 것뿐이고, 오빠는 그런 줄도 모르고 동생을 만나려고 올 테니까……. 물론 그 시간에 맞춰서, 당신은 작정하고 미리 내 병실에 와 있었다.

"글쎄, 저한테 아주 이상한 반응을 보이더라고요……."

나는 언제나 그랬듯이, 아무 말도 하지 않고 아무 행동도 하지 않는다. 그저 꿰다 놓은 걸레 조각에 불과하며, 아무 쓸모도 없고, 어떤 반응도 보이지 않는 무기력한 존재일 뿐이다. 그들은 자신들의 업무를 처리하려고 규칙적으로 내 영역으로 쳐들어왔지만, 나와는 아무 상관 없는 일이었다. 자기들이 원하는 대로 하려고 억지로 질질 끌고 온 사람처럼, 나는 이제는 제법 익숙해진 하얀 침대 위에 잔뜩 웅크리고 있었다.

이번만은 예외적으로, 내가 먼저 말하리라! 의사가 이상하다는 듯이 나를 쳐다본다. 물론 그렇겠지. 몸무게에 대해서, 저 미친 소녀들에 대해서, 그리고 이 감옥에 대해서, 잠시도 쉬지 않고 나는 말을 한다······. 결국, 그들이 나를 소유했다. 내 머리가 이상해졌나 보다. 그들이 나를 소유했다. 더는 모르겠다······. 굴욕의 시간, 온갖 신음과 비명의 시간이다······. 나를 찾아온 방문자들은 내 병실 바닥에 구토물처럼 자신들의 분노를 온통 토해내곤 했다. 그러면 나는, 그 모욕을, 그 신음과 비명을 어쩔 수 없이 참고 견뎌내야 했다······. 하지만 언제나 그랬듯이, 다시금 나쁜 길을 선택한다. 그것은 바로 몸무게, 저 미친 소녀들이다. 그들이 나를 소유했다. 내가 이상해졌다. 그들이 나를 이겼다. 나도 이제는 모르겠다······.

아버지란 이름의 괴물이 다시 돌아왔다. 잔뜩 화가 난 그 남자는 정말 나 말고는 화풀이를 할 사람이 없나 보다.

"아들이란 놈이 자기 아버지에게 '그따위 짓'을 하다니, 너도 부끄럽다는 생각이 들지 않니?"

그렇다면 당신은 자기 아들한테 하려던 그 짓거리가 정말 비열하다고 생각하지 않는가? 이 이야기는 이제 그만두려 한다. 그 인간의 비열함과 어리석음이야 다 말할 수도 없는 지경이지만, 미루어 짐작하기에 너무나 쉬운 듯하다.

"저기 천장 좀 보라고. 저쪽에 겹쳐진 귀퉁이에서 하나, 둘, 세 번째 벌어진 틈이 보이지? 저기를 들춰내면 바로 병동 지붕으로 통할 거야……. 거기서 철책 저쪽으로 뛰어내리면, 그 인간들이 우리를 다시는 찾을 수 없겠지……."

"침대 위로 올라가봐. 서 있어보라니까. 안 되겠다. 너무 높은데……. 뛰어오르면 될 것도 같았는데, 괜히 살만 빠지겠어."

"소용없어. 내일은 억지로 살찌우는 거위들처럼 몸무게를 잴 수는 없을 거야. 그 전에 우리가 도망칠 거니까."

"안 될 거야. 그냥 베개 싸움이나 하자. 그게 좋을 것 같아. 내 것도 가져올게……."

"저 창문 사이로 집어넣을 수 있겠지. 그럼 재미있겠는데."

"어떻게 겨냥해야 할지 잘 모르겠어. 잘 보라니까. 봐."

"실패! 이번엔 내 차례야!"

"젠장! 어떻게 해야 하는 거지? 베로니크에게 부탁해보면 어떨까……."

"네가 해볼래?"

"그래, 그래도 나를 제일 좋아하니까……."

서서히 진행되는 정신병, 사방치기 놀이를 할 때 절대 밟으면 안 되는 지옥 칸처럼, 이 감옥의 모서리에서 그 병은 우리를 노리며 감시하고 있다…….

"어떨까, 이자벨에게 우리한테 남은 과자를 억지로 먹여보면 재미있을 것 같지? 아니, 절대 놀리지는 말고, 이제는 필요하지도 않으니까……."

가학증.

"이자벨, 이 과자 먹을래?"

"응, 나 과자 줘, 제발……."

폭식증. 이 증상은 우리에게도 아주 놀랍고 잘 이해할 수는 없지만…… 그래도 뭐, 나름대로 안심은 된다.

"하나 더 줄까. 여기 이 봉지는 거의 비었어……. 딴 것이 남아 있는지 찾으러 갔다 올게……."

정말 미치겠다. 그 아이는 그걸 집어 입속에 냉큼 집어넣고는, 곧바로 다른 것을 내미는 사람에게 달려든다…….

너는 이제부터는 절대 웃지 못할 거야. 이번에는 내 차례라고……. 내일 간호사들이 이 사실을 알게 되면, 절대로 너에게 먹을 것을 주지 않을 거야……. 네가 몰래 훔쳐 먹었다고 생각하겠지……. 그래서 너의 식단표를 아주 공들여 만들게 될 것이고……. 이제는 내가 비웃을 차례야. 아주 야비하게, 못되게 말이야. 비록 어리석기는 하지만…… 이제는 내가 웃을 차례야…….

자기 침대에 드러누워, 그 계집애는 온갖 정성을 다해 곱씹고 있다……. 하지만 아주 급하게, 다시는 아무도 빼앗아 가지 못하도록, 아주 허겁지겁…….

"하나 더 줄까, 이자벨……. 간호사는 여기 없어. 너를 보지 못할 거야. 잠깐만, 아직 초콜릿이 남아 있네……. 괜찮지? 맛있지. 나는 앞으로는 너를 두려워하지도, 무서워하지도 않을 거야. 내가 좀 못되고 어리석고 믿을 수 없는 사람이기는 하지만……. 더 먹기 싫은 거야……. 아니면 기다리고 있어. 잘 삼킬 수 있게 물이라도 한잔 가져다줄게. 지금 도미니크가 물병에 물을 받고 있어……. 자, 기다리는 동안 이거 더 받아……. 너, 꽤 오랫동안 못 먹었구나? 아무튼, 버터 바른 빵 조각보다는 이게 훨씬 맛있잖아……. 뭐, 너한테야 마찬가지겠지만, 모든 것이 다 맛있을 테니까……. 모두 다 먹어 치우는 편이니까……."

나 자신이 너무나 혐오스럽다……. 그렇기는 하지만, 나는 끊임없이 웃으면서, 이 독약 같은 것을, 수백 그램의 몸무게가 늘어나게 할 것을, 그리고 당연히 치러야 할 죗값을 그 아이에게 끊임없이 권하고 있다…….

"너는 나중에 허가를 받아도 절대로 여기를 벗어나지 못할 거야. 네가 훔친 거니까. 족히 4킬로그램은 찌겠구나. 도대체 뭘 먹어서 그렇게 살이 찌는 거니?"

"내가 수성펜을 가지고 왔어. 이걸로 이 아이 뺨에다가 작고 예쁜 꽃무늬를 그려주려고. 어쩌면 화를 낼지도 몰라……. 이제 먹는 건 그만 줘. 하기야 거의 다 먹어치웠구나……."

그 못돼 보이는 눈 밑에는 파란 속눈썹을 그리고…… 입술 위에
는 꽃잎들을……. 그 계집애는 세면대로 달려가더니, 신경질적으
로 얼굴을 문질러 닦아낸다. 그러면서도 우리 몫으로 남겨놓았던
마지막 초콜릿 조각을 끝내 삼켰다…….

9

이제 사흘 후면 그들을 더는 보지 않아도 된다……. 정말 지긋지긋하다. 나는 아무도 사랑할 수 없다. 다른 거식증 아이들이 나를 도와주었다. 결국 그들을 이용한 셈이다. 그러나 이제는 그들이 각자 알아서 이 더러운 벽들과 적당히 타협하도록 내버려두고……. 그들의 삶에 무척이나 관심 있는 척했지만, 그들을 통해 내가 찾고자 했던 것은 바로 나의 삶이었다. 그것 때문에 내 고집과 강렬한 감정을 잃어버렸고, 반항과 복수에 대한 갈망도 포기했다.

　나를 데리러 올 그 여자가 끔찍하게 싫지만, 그녀가 저 '밖에서'

도 끊임없이 내 꿈속으로 독사처럼 슬그머니 비집고 들어오는 꼴을 놔둘 생각이다……. 나는 더는 힘없는 애벌레가 아니다. 어떤 미친 뚱보 계집애에게 앙갚음했다. 기껏해야 겉보기에만 심술궂은 아이였다.

그들은 내게서 모든 것을 철저하게 빼앗아버렸으니, 그 사실을 인정할 만큼의 솔직함도, 그럴 용기도 나에게 남아 있지 않았다……. 그런 내가 정말 싫다. 나의 비참함 속에서 홀로, 스스로에게나 반항하며 가만히 있고 싶다. 나는 결국 그들에게 저항할 수 없었고, 그들은 자신들이 바라던 뜻을 이루었다. 흔히 하는 말로, 아무 생각 없는 애완견처럼, 그들의 더러움이 잔뜩 묻어 지독한 악취를 풍기는 걸레처럼, 나는 그들의 명령에 충실히 따랐다.

저 복도의 모습도 새롭게 보인다. 머잖아, 아침에 씻으러 갈 때도 저 복도를 가로지르지 않아도 된다. 조만간 내겐 또 다른 꿈이 필요할 것이다……. 아이들이 각자 보조 탁자를 정리하고 있는 모습을 바라보면서도, 저들의 비참함이 와 닿지 않는다. 아무튼, 나는 나간다는 희망에, 그 확신에 다시금 나 자신을 굳게 다잡는다. 나는 이제 저 아이들의 정신병 세상에 속하지 않는다. 이제 곧 '보통 사람들'을 다시 만나게 될 테고…….

나는 내가 했던, 지금 하는, 앞으로 할 짓 때문에라도 나 자신이 너무 혐오스럽다. "그들은 나를 소유할 수 없으리라"고 거만을 떨며 당당하게 말했던 그 소녀는 이제 그들의 지저분한 벽들 사이에서 사라져버렸다. 내가 지고 말았다. 그들은 나를 다른 사람으로,

애벌레로, 걸레 조각으로 바꿔버렸고, 자신들의 원하던 계집애로 변하게 했다……. 결국 그들의 협박에, 그들의 요구에, 그 타락에 매수되어 결국 굴복하고 말았다. 그리고 그들과 쏙 빼닮은, 똑같은 인간이 되었다. 그들의 거울 속에 비친 내 모습을 보면, 나 자신이 추하다는 생각이 든다. 나는 못나고, 비겁하며, 위선적이다. 저 대걸레 천 조각만도 못하다…….

크리스마스까지 사흘 남았다. 이곳에 버려진 아이들은 공동 침실에 다 같이 남게 된다. 물론 다른 날보다는 좀 나은 후식 덕분에 배는 부르겠지만, 그래도 마음속 고독감은 더 심해질 것이다. 나야 곧 '가족'과 함께하겠지만. 아, 이 단어를 입에 올리니, 면도칼로 내 입술을 베어내는 것만 같다. 내가 참으로 못돼졌구나! 당신들이 옳았다. 그 점은 나도 인정한다. 내일 무슨 축제 같은 것을 연다고 한다. 음악 극단이 이 아이들을 위해 위문 공연을 열어주려고 온단다. 이 아이들을 그냥 외롭게 내버려두는 편이 나은 것 같다는 생각이 든다. 한껏 들떠서 즐거워하다가, 얼마 지나지 않아 그전보다 훨씬 불행해질 테니 말이다……. 저 '밖에' 있는 사람들은 휴가를 내어 직장을 쉴 것이고, 음반이나 향수 같은 선물을 장만하려고 외출할 수도 있다. 여기 있는 아이들은 더럽고 적막한 벽 뒤에서 잠이 들겠지. 어쩌면 조금 더 울지도 모르겠다. 사실 눈물은 참 따뜻하고 위로가 되기 때문이다. 그리고 억지로 삼킨 진정제가 온몸으로 퍼지기 전까지는 고문과도 같은 고통에 시달리겠지…….

침대 하나에 둘이서 온몸을 쭉 펴고 누워 또 한 번의 마지막 반항을 시도했다는 사실을 만끽하니, 정말 아무런 생각도 들지 않는다.

"그런 축제 따위는 가고 싶지 않아! 자기들 멋대로 우리를 감금하고 억지로 강요하면서 전부 망쳐놓았잖아. 그러고는 미친 사람들과 함께 흥겹게 즐기기를 바란다는 거야? 난 싫다고!"

녹색 눈의 간호사가 한쪽 팔을 붙잡는다……. 맨바닥 위에 온몸을 웅크린다. 희미한 외마디 비명……. 더는 반항조차 하지 않는 분노. 두려움, 비겁함. 사실 이제는 아무것도 무섭지 않다. 내일이면 나는 여기에 있지 않을 테니까. 그녀와 시선이 똑바로 마주치지 않도록 애쓰면서 그녀의 눈치를 본다. 그리고 복도를 따라 그녀의 뒤를 쫓아간다. 마치 애완견처럼, 애벌레처럼……. 한 마리 애, 벌, 레처럼…….

배우들이 방에 모여 분장을 하고 있다. 무언극 배우의 하얗게 칠한 얼굴, 두 눈 아래쪽에 번쩍이는 문양들, 아주 멋진 별무늬들……. 나는 그만 울고 말았다. 예전 내 모습이 이 사람들과 똑같았다. 이 병동에 온 첫날, 거울에 비친 내 얼굴을 보았고…… 창백하고 핏기라고는 전혀 없는, 짙은 화장을 한 것 같았던 그때의 얼굴이 지금 이 사람들과 비슷했다. 더는 그러지 않겠지만, 나는 이 사람들과 나중에라도 다시 만날 수 있었으면 좋겠다. 하지만 그럴 수 없을 것이다. 이러는 나 자신이 너무나 싫다.

당연히 내가 특별한 배려를 받을 만하다는 듯이, 그 배우들이 나를 데리러 왔다. 이 사람들의 친절한 환대는 정말로……. 네, 나도 그랬으면 좋겠어요. 하지만 나는 받아들일 수가 없네요. 나는요, 너무 못났고 미쳤거든요. 그저 걸레 조각에 불과하다고요…….

이들은 내게도 분장을 해주었다. 그리고 부끄럽고 절망적인 눈물 따위는 모른 체했다. 그러고 나서, 아주 못마땅해하는 의사들의 경멸스러운 시선을 받으면서도, 병원 안뜰을 가로질러 줄지어 가는 행렬 사이로 나를 이끌었다……. "곡예사들, 어릿광대들……." 트럼펫을 부는 사람들, 색소폰을 연주하는 악사들……. 그리고 불쌍한 사람들……. 온통 피부 허물이 벗겨진 사람들과 매서운 눈초리를 한, 혹은 두 눈에 얼이 빠져버린 사람들. 왜 그런 환자들을 진심으로 안아주려 할까? 나는 벤치로 몸을 피하고는 몸을 떨며 눈물을 쏟았다. 아무런 즐거움도, 그 어떤 것도 느끼지 못하는 쓰레기. 이런 내가 정말 혐오스럽다.

"극단으로 우리를 만나러 와주겠니……. 넌 곧 퇴원한다며? 내일인 거야?"

"너에게도 마실 것을 한잔 준다고 했더니, 간호사 선생님이 절대 안 된다고 하시더라."

내가 마지막 날 무작정 도망이라도 칠 것 같다는 말이겠지.

이들은 무도회 같은 것도 열었다. 심장에 꽤 무리를 줄 수도 있는 텐데, 아주 뚱뚱한 소녀도 치마를 들춰대며 춤을 춘다. 뻔히 드러나는 악의에 찬 감정을 감추려는 듯, 머리끝까지 뒤집어쓴 그 얇은 천 사이로 언뜻 보이는, 녹색의 예쁜 눈길은 계속해서 내 뒤를 쫓고 있었다. 억제할 수 없는 불안감……. 저 미친 아이와 그 즐거움에 대한 두려움, 나 스스로에 대한 두려움, 지독하게 느껴지는 두려움. 가슴속 깊이 사무치는 자기모순들. 나는 비명을 지르고 싶었고, 그냥 죽어버리고 싶었다……. 하지만 그런 소리가 새어 나오지 않게 참아냈다. 나 자신을 밖으로 드러낼 수는 없었다……. 나 자신이 너무나 혐오스러웠다…….

"제일 예쁜 아가씨, 이리 와서 나랑 춤을 춰요."

저 밖에서도 지금쯤 다들 이러고 있겠지? 그러니 내가 꿈을 꾸어야 할 확실한 이유가 있었어……. 나는 무서워. 저 소음들, 저 음악 소리가 너무나 두렵다고……. 더는 아무것도 모르겠어, 이제는 모르겠다고…….

이자벨은 울면서 복도에서 어슬렁거리고, 파트리샤는 참 볼품없는 마리오네트 인형을 가지고 놀고 있다. 그리고 나는, 나는 내일이면 여기에 없겠지. 도대체 왜 죄를 지은 것 같은 생각이 드는 걸까? 왜 그런지 잘 모르겠다. 암흑으로 커다랗게 입을 벌린 거대한 구멍. 나는 누구인가? 지금 어디에 있는가? 아무것도 모르겠다. 다시는 나 자신을 되찾지 못할 것만 같다. 그게 중요할까? 예전에도 당연히 그랬어야 하는 모습은 아니었겠지만, 지금은 더욱더 내가 원하던 상태가 아니다. 처음부터 그들이 모두 다 망쳐버렸다. 그러고도 내게는 아무것도 알려주지 않았다. 나는 가시덤불이 우거진 고난의 길을 선택했고, 내 생각에는, 그 길이 가장 덜 위선적이라고 믿었기 때문이었다…….

크리스틴은 지난 두 달 동안 몸무게가 겨우 1킬로그램밖에 늘지 않았다. 그 아이는 여전히 침묵한 채, 그들의 광기 어린 세상에 점점 더 빠져들었다. 벽에 온통 낙서를 해대고, 때론 공들여 화장하기도 했다. 도대체 누구를 위해서, 아니 무엇을 위해서? 그녀는 이따금 눈물을 흘리기도 했지만, 대체로는 웃음 짓는 척을 한다. 매일 밤, 곡물 분말이 든 상자와 몰래 숨겨두었던 빵 조각을 가지고 쓰레기장으로 향하는 그 아이의 모습을 보았다. 그녀의 빨간 곱슬머리, 고양이처럼 소리 내지 않으려는 조심스러운 그 발걸음. 아니, 내겐 이제 동정심 따위는 남아 있지 않으며, 그 아이를 배신자로 취급하기로 했다. 그녀는 앞으로도 그들의 협박에 넘어가지 않을 것이며, 나는 그 사실을 너무 잘 알고 있다. 나는, 나는 결국 비참하게도 그것을 받아들였던 거고……. 하지만 나는, 나는 나가게 된다. 내일 이 시간쯤이면, 이 벽, 저 자물쇠와 걸어 잠그는 열쇠, 그리고 이 미친 아이들에게서 아주 멀리 떨어진 곳에 있을 테니까…….

마치 도발이라도 하듯이 밤이 되었다. 그리고 언제나 그랬듯이 야간 조명등이 켜진다. 나는 어쩌면 평생, 혹은 이곳을 거쳐 갔을 신경정신과 병동의 환자들이 입원했던 기간을 전부 합친 시간만큼 이 병실에 머물러 있어야 했을지도 모른다. 정말일까? 정말 그들이 내가 나갈 수 있게 내버려둘까? 아니야, 이건 한낱 눈속임에 지나지 않아. 그들은 내 육체만 내보내는 거야. 하지만 나는 여기 이 벽

283

뒤에, 이 정신병의 외떨어진 섬에 계속 남아 있을 거야. 그들은 내 생각을 조롱이라도 하듯이 열쇠 꾸러미 줄에 매달아, 이 미친 아이들의 영혼과 함께 이 감옥에 영원히 가두어버리는 거야.

절대로 인정할 수 없는 확실한 비굴함을 마음속에 품은 채로 어떻게 살아갈 수 있을까? 수많은 사람이 이런 비인간적인 강제 수용의 희생양이 되고 있다는 사실을 알았을 때, 더할 나위 없는 거부 속에서 이 세상을 향해 소리를 질러댈 수 있는 멋진 사람들이 과연 있을까? 그런 사람이야말로 정신적인 면에서 참으로 숭고하고, 그 강렬한 능력 면에서도 대단히 용감하리라.

어떻게 살아야 할까? 삶은 과연 무엇일까? 당신들의 성욕을 십여 분 동안 풀어주는 대가로 돈을 받는 저속하고 비참한 매춘부와 같고, 또한 못났다는 소리는 듣지만 심장 가장 깊은 곳에 있는 것까지 모두 훔쳐버리는 저 거리의 소녀와 아주 닮았다. 어떤 협박에 대항하여 어떻게 싸울 수 있을까? 한 번의 시도, 단 한 번의 분노의 폭발, 그리고 나면 삶은 마음속 가장 깊은 곳에 있던 것마저도 뿌리째 뽑아내고는, 이런 초라한 호텔 같은 곳에, 어느 침대 위에서 고통으로 온몸을 비틀며 있도록 내팽개쳐버린다. 삶은 아름다움 따위는 알지 못하며, 바로 자기 곁에 있는 힘없는 여자들의 아름다움 같은 것은 무시해버린다……. 정말로 질투가 나는 것이 있다면, 바로 이 삶이, 그 행실은 아주 나쁜데도 이 세상을 소유하고 있다는 현실이다.

삶은 마찬가지로 미친 아이의 초라한 꿈, 자유에 대한 환상, 헛된 기대 같은 것이 될 수도 있다. 아니지, 내가 가져왔던 가방이 저기 있어. 다시 나를 데려갈 모든 채비를 끝마치고, 저기 저 바닥에 있잖아. 생마르탱 거리에 있는 호텔 문쯤은 가뿐히 뛰어넘을 준비가 되어 있으니, 그 침대 위에 누워 있는 여자, 그 인생에는 눈길조차 건네지 말고, 텅 비어 있는 뱃속에 남겨진 끔찍한 병 따위도 생각조차 하지 말자.

야간 조명등의 푸르고 희미한 빛이 시골 장터의 회전목마처럼 빙빙 돌아간다. 여태 내가 잘못 생각하고 있었구나. 저건 녹색이었어……. 돌바닥에 내팽개쳐진 으스러진 바퀴벌레처럼, 헛된 신화 같은 한낱 꾸며낸 이야기를 예로 들며, 나에 대해서도 잘못 생각했던 거야. 그렇지만 나는 살아가야 해. 그것이 유일한 구속이고, 단 하나의 규칙이니까. 이 매춘부와 같은 삶을 위해서 내가 싸우는 일은 결코 없겠지만……. 삶은 나를 위해 그렇게 할 수도 있겠지. 그건 죄수들의 명단에서 탈옥을 절대 인정하지 않기 때문일 테고. 내 이름도 이미 거기 적혀 있을 거야. 그러니까 참 친절한, 아니 가소로운 삶이 내 육체에 관심을 두는 거라고……. 물론 내 영혼도 마찬가지고. 그러니까 나는 이제 아무것도 아니야. 더는 자유롭지 못해. 그들이 결국 모두 다 망쳐버렸어.

다른 언어를 하나 배워서 문제가 되는 말들을 다시 검토해야겠어. 몽롱해진 정신에 비해 너무나 빨리 꿈틀대는 거미 다리처럼, 문장들이 모두 잘못된 방향으로 달려 나가는 것 같아. 하지만 이제는 아무것도 할 수 없어. 모든 것이 끝나버렸다고. 절대로 뚫고 나갈 수 없는 이 두꺼운 어둠 속에서, 너무 딱딱한 침대 위에 몸을 쭉 뻗고 누웠다.

더러운 침대 시트들을 실은 수레의 삐걱거리는 바퀴 소리.

　양쪽 다리에 푸르스름하고 보랏빛 도는 혈관들이 불거진, 하지 정맥류에 걸린 간호 보조사가 침대 너머에서 몸을 숙이고 있다……. 왜 이 아이들을 모두 여기에, 노란색을 칠한, 아무것도 붙이지 못할 정도로 매끄러운 벽 사이에 있게 된 것일까. 어쩌면 앞으로도 그 이유를 알 수 없을 것이다. 이제는 중요한 것이 전혀 없는 듯하다. 나는 전부 잊었다. 지난 넉 달이라는 커다란 공백만이 남아 있을 뿐이다. 그들의 요구에 잘 따르기 위해서라도, 그동안의 기억을 잃어버려야 한다. 이제는 존재하지도 않는 나를 그들이 내보내 주는 것이다……. 정확히는 바로 그런 이유로 나는 보잘것없는 자유나마 되찾을 수 있고, 이제는 전혀 위험하지 않은 사람이 되었으니까 그들 앞에서 침이라도 뱉으며 떠날 수 있다.

　'그' 여자가 멍청한 인조인간 같은, 잔뜩 경직된 예의 그 미소를 지으며 도착했다. 그녀는 가방을 집어 들었다. 물론 그 속에 담긴 내 꿈은 짐작조차 하지 못한다. 하긴, 그녀가 꼭 그런 것을 상상할 수 있어야 하는 것도 아니다. 알 수 없는 불안감, 무언가가 심장을 조여 오며 전혀 늦춰주질 않는다. 대체 어디를 통해 환기되는 걸까? 잘 모르겠다. 점점 더 강하게 조여 온다……. 그게 다 쓸데없이 미리 걱정해서 그러는 거야. 그러니 괴로워하는 거고. 마치 무언가에 위협이나 받는 듯이 두 다리는 나뭇잎처럼 벌벌 떨리고, 심장은 막 요동치는 거잖아? 나도 안 그러고 싶어. 양쪽 관자놀이 사이를 짓누르는 고통에 대해서 더는 생각할 수 없어. 지금 그럴 시간이 없어. 정신 차리고 똑바로 보라니까. 자칫하면 저 벽에 얼굴을 부딪쳐 가뜩이나 초췌한 몰골에 피까지 보게 될지 몰라. 예전에도 귀마저 멍하게 하고 두려움에 진이 빠져버리는 듯한, 이런 어지럼증을 느낀 적이 있었잖아. 그러나 그들은 다른 의미에서 이 모든 것을 예측했을 것이다. "이런 걸 원했던 사람은 바로 너잖아. 그러니 이제 그걸 견뎌내야 해. 너의 허접하고 비참한 꿈들 가운데, 어떤 것에도 도움 따위는 청하지 마." 과감히 맞서 싸우라고, 그리고 제발 겁먹은 꼬마 계집애처럼 온갖 헛된 이미지들 뒤에 몸을 숨기는 짓거리는 이제 좀 그만둬!

이제 세상과 대면하려면 외투라도 입어야 할 것 같다. 그리고 한동안 잊고 있던 지극히 상투적인 예절들도 다시금 걸쳐야 하고. 세관 검사대와 비슷한 첫 번째 사무실에는 미소쯤은 남겨놓아야 한다. 아니, 나는 어떤 즐거움도 느끼지 못해. 참 이상하고 불쾌하기 짝이 없는 일인데, 무엇인가를 다 잃어버린 것 같다는 느낌이 들어. 이 순간을, 바로 오늘을, 온갖 형태로, 갖가지 경우를 가정하며 생각해왔어. 그런데 그 어떤 것도 지금 이런 현실이 아니었어. 그러니 언제나 그랬듯이, 이런 상황의 가장 결정적인 순간까지도 내가 잘못 생각하고 있는 걸까? 이건 복수도 아니고, 계획도 아니며, 원한

같은 것도 아니야. 물론 기쁨이나 즐거움도 아니고. 그렇다고 비명도 아닐 테고, 위로나 만족도 아니며, 거만함은 당연히 아니야! 그래, 다만 내 안의 공허함을, 텅 빈 복도만큼이나 그 깊이를 알 수 없는 거대한 공허감을 느끼고 있을 뿐이다.

마지막으로, 고통스러운 비명들이 울리는 돌바닥 위를 걷는다. 마지막으로, 웃고 있는 그 뚱뚱한 계집애와 마주쳤고…… 이런 것들은 이제는 아무렇지도 않다. 그걸 생각할 수도 없다. 단박에 나를 에워싸는 커다란 기쁨을 맛보고 싶었지만, 기껏해야 이런 현실만이 느껴질 뿐이다. 식판을 들고 서 있는 저 간호사를 다시는 만나지 않으리라……. 그리고 아! 내가 마침내 비웃을 수도 있게 되다니!

내가 여전히 잘못 생각하고 있어! 그들은 나를 소유했잖아! 비참하게도! 그들 마음대로 하도록, 나 자신을 내팽개쳐버렸잖아! 그러나 이제 조금만 기다려! 나는 지금 나간다고! 그래, 이런 말을 한다고 해도 부끄러워하지는 말자! 나는 다시 시작할 거야! 그리고 앞으로는 나를 감금하도록 가만있진 않을 테고, 그 전에 일찌감치 나의 '섬'으로 떠나버려야지. 사람들 따위는 더는 보고 싶지도 않고, 그저 나 혼자 있고 싶어!

"우리에게 편지 보내줄 거지?"

다시는 누구의 지시도 받지 않을 것이고, 오직 나 자신의 피폐해진 생각과 직면해야 한다. 허울뿐이라도 고귀함 같은 것을 다시금 내 생각에 부여할 수 있을까? 처음에는 생각들이 점차 경직되기 시작하더니, 나중에는 아예 마비되어버렸다. 그들이 내 생각들을 욕실의 바퀴벌레와 같이 아주 으스러뜨려버렸다.

병원 안뜰에 있는 마로니에 나무들이 창문의 쇠창살들 사이로 스쳐 지나간다. 전에는 왜 저것들이 멋지다고 생각했을까? 보잘것 없고 우중충한 그 나무들은 겨울의 잿빛 하늘을 향해 해골처럼 마른 가지들을 내밀려고 애처롭게 애쓰면서도, 이 형편없는 영지에서 군림하듯 떡하니 한자리를 차지하고 있다.

이 복도는 도대체 어디로 통하는 걸까? 그 끝이 보이질 않는다. 미친 소녀들의 눈물과 미친 소년들의 비명 사이에서 사라져갈 것만 같다. 더는 이것을 보지 않아도 된다. 조만간 음악 소리에, 그것도 따뜻한 불빛을 밝힌 가정집의 음악 소리에만, 내 세상의 침묵은 깨어지게 되리라…….

첫 번째 라디에이터, 두 번째 라디에이터……. 아니지! 나는 지금 나가고 있어. '자유'가 저기서 나를 기다리고 있어. 모든 채비를 마치고, 그래서 라디에이터 개수나 세면서 내 나름대로 즐기고 있는 거야! 세 번째 라디에이터. 첫 번째 사무실. 너무 기다란 구내식당. 돌바닥을 요란스레 울리는 '저' 여자의 구두 굽 소리. 늘 그랬듯, 너무나 당당하게 내 발을 밟는다. 그녀는 자신의 '소유물'을 되찾았고, 경비원 여자에게, 그리고 동네 정육점 여주인에게 그걸 과시하고 보여줄 수 있게 된 것이다. "아이가 지금은 얼마나 예쁘고 밝아졌는지 좀 보시라니까요." 내 시선은 줄곧 먼 곳만 바라본다. 나는 이미 어떤 것도 기대하지 않으며, 아무런 계획도 없다. 그럴 의지조차도 이미 없다. 아무것도 없다. 심지어 이 병원 문턱을 넘자마자, '이' 여자를 심판하고 그 곁을 떠나버리고 싶어 하던, 치밀어 오르던 분노마저도 이미 사라져버렸다.

그러나 정말 완전히 퇴원한 상태가 되기에는 아직도 통과해야 할 관문이 남아 있다……. 몇 년이 걸릴 수 있고, 심지어 평생이 될 수도 있어……. 세던 숫자를 그만 잊어버렸다. 다리 없는 사내아이 같은 라디에이터들과 나는 이야기를 나눈다. 그 계기판을 신발 굽으로 한 방 걷어차니, 피 같은 것이 한 방울 내 손에 튄다. 피를 본 것 같아, 순간 온몸이 마비된 듯 꼼짝도 못하겠다. 왜 나는 이런 것을 전에는 생각하지 못했을까? 세 번째 사무실. 이게 가능하긴 한 거야? 드디어 '아동정신병동'을 나서기 전, 마지막 물품 보관소. 깨끗하게 세차한 자동차 한 대. 아주 묘한 느낌이 든다. 그 사람들은 자동차를 돌보며 시간을 보낸 것일까? 그러니까 '밖에서'는 쓸모없는 인간들이다. 아니지, 그건 있을 수 없는 일이야. 지금은 그런 걸 생각하지 말자. 더욱이 저 진짜 정문을 넘어서기 전까지는 아직도 꽤 먼 거리가 남아 있잖아……. 뒤를 좀 돌아보라고. 이제 다시는 저 벽을 보지 못할 거야. 저 병실도, 물론 그 열쇠도……. 제법 끔찍하게 긴 시간 동안 자유를 향해 차는 가고 있는데, 왜 정문은 아직도 나타나지 않는 거지? 이 여자가 나를 또 다른 병동으로 데려가는 게 아닐까? 그 모난 성격이 드러난 굳은 얼굴을 한 채 그녀는 아무 말이 없다. 나는 그녀를 정말 미워한다…….

여러 갈래의 길과 장밋빛 보도블록이 깔린 인도, 하얀 옷의 간호사들이 온통 뒤섞여 있는 진정한 미로. 반드시 서명해야 할 서류 한 장……. 믿을 수 없고 소유욕 강한 미소를 입술 가장자리에 슬쩍 지으며, 그녀는 자기의 '소유물'을 아무런 거리낌 없이 오롯이 다시 인수했다.

이제 2분쯤 뒤에 나는 저 거리를, 그곳의 사람들과 상점들을 다시 만나게 되리라……. 그리고 다행스럽게도 별일이 없었다! 그러나 도대체 왜 나는 그녀의 어리석음과 냉혹함 때문에라도, 말을 건네볼 수도, 심지어 쳐다볼 수도 없다고 솔직히 내 의사를 밝히면서 그 자동차에서 내리지 못했을까? 왜 나는 그녀를 때려눕히지 못했을까? 나는 그저 두려움에 상처 입고 상냥한 척 가면을 뒤집어쓴 채로, 자동차 좌석에 온몸을 웅크리고 있는 한낱 무기력한 애벌레일 뿐이다.

길에서 마주친 사람들은 하나같이 역겹다. 그들이 건네는 말들은 몽땅 가식적이며, 목구멍 깊숙이 냉큼 삼켜버린 한입거리밖에 안 되는 음식물처럼 급조된 이야기들이지만, 그러면서도 일종의 협박 수단 같은 것이다. "안녕하세요, 사모님, 잘 지내시죠?"라고 그들은 말한다. 이런 말은 곧 "여기 분들은 참 친절하시네요. 대놓고 앞에서 대답하기 곤란한 질문 같은 것은 하지 않는군요"라고 단골손님이 말할 수 있도록, 적당히 기분 나쁘지 않을 정도로만 조롱하는 거야. 그러니 내게 미소 따위는 짓지 마!

"댁의 따님이시죠? 많이 컸네!"

결국, 이 사람들이 가진 감정적인 관심이란 기껏해야 자기 자신의 평판을 한층 더 높이기 위한 핑곗거리에 불과하다.

그곳에서는 적어도 그들이 문을 잠그고 열쇠를 돌렸잖아! 거짓말 같은 것은 없었어! 아무런 가식 없이, 그저 너 혼자 있었던 거야. 어쨌든 문을 잠그던 간호사의 모욕적인 동정심 따위는 없었지만. 그런데 이기적이며 전혀 이해하지 못하는, 또는 나약한 이런 짓거리를 막상 겪어보니, 우리가 익히 알고 있었던 "저들을 불쌍히 여기소서. 그들의 잘못이 아닙니다"라는 말과는 많이도 다르다.

알고 있었어. 적어도 내 몸의 절반쯤은 그걸 알고 있었고, 그러니 끔찍이도 싫다던 이 여자와 어리석게도 이야기를 나누고 있다. 정말 오랫동안 나를 괴롭혔던 이야기들, 그녀가 들으려고 하지 않았기에 딱 그만큼 더 말하겠다고 줄곧 생각했던 이야기들을 그녀 앞에서 퍼부어대며 반드시 그녀의 뜻을 허물어뜨리겠다는 자만심조차 이제는 남아 있지 않기 때문이다. 그러나 그녀는 이해하지 못할 것이다. 그녀는 이해하는 것과는 거리가 멀다. "이럴 때는 너희 아빠와 똑같다니까!"

"왜 다들 그런 식으로 말하는데? 그 억지로 짓는 미소는 뭐고? 다른 사람이 잘되든 말든, 그 사람들은 전혀 관심 없다고! 다들 너무나 위선적이야!"

"아! 또 세상 전부를 비난하기 시작했구나. 그 사람들은 다들 얼마나 친절하다고!"

내가 옳았다. 그걸 알고 있었다. 하지만 지금 왜 내 목소리로 이런 이야기를 하는 것일까? 왜 그녀를 내버려두지 못한 것일까? 손에 카망베르 치즈 한 덩어리를 든 채로 앞으로 계속 을러댈 말도 벌써 정해놓은 저 여자를 말이다. "또다시 시작하려고 드는구나. 그 치즈 전부 다 먹어! 그게 몸에 얼마나 좋은지 잘 알고 있지? 아니면 병원에 다시 데려갈 거야, 알았지!"

그런데 그들은 도대체 나에게 무슨 짓을 한 것일까? 그들이 내 안에 있는 무엇을 없애버렸기에 이처럼 무기력해져버린 것일까? 이따가 저녁에 잠이나 자러 돌아오겠다고, 지금 친구들이 기다리고 있다고, 그러니 오늘 오후에는 '할머니를 뵈러' 갈 수 없다고, 모두 다 귀찮다고, 다들 너무 밉다고, 그렇게 확실하게 그녀에게 말했어야 했다!

주거 단지 형태의 커다란 건물에, 그리고 이제는 내 방이 될 수 없는 곳에 결국 다시 돌아왔다. 곰 인형, 그림책과 함께 여기서 잠이 들던 그 꼬맹이는…… 여섯 살짜리 그 계집아이. 이젠 내 나이도 잘 모르겠다. 정말 그때보다 한 살이라도 더 나이를 먹은 것일까? 그래, 그만큼 더 똑똑해졌나? 나만큼이나 어리석고 진이 빠진 사람을 만나본 적이 없다. 내가 그래 보이지? 어디에도 내 자리는 없다. 이제는 어디에도 당당히 앉지 못하고, 무엇이든 대담하게 쳐다보지도 못한다……. 비난도, 잔소리도 이젠 두렵다. 내가 존재하는지, 과연 그럴 만한 권리가 있는지도 잘 모르겠다.

이런 것을 미리 의식했다면, 지금의 나보다 훨씬 더 악취를 풍기는 걸레 같은 인간이 되어 모든 것을 포기하고 영영 떠나버렸을 것이다. 기껏해야 이모를 만나러 가지 않았을까 하는 정도로 그들은 말했겠지만······. 도대체 왜 나는 좀 더 반항하지 못했을까? 왜 그러지 못했을까?

전화벨 소리. 그녀는 관심 없다는 듯이 내게 전화기를 넘겨주고는 문 뒤에 버티고 서 있다.

"여보세요, 너 연극 좋아하지? 오늘 오후 3시야."

그녀는 먼저 식탁 위의 접시를 슬쩍 곁눈질해 훑어보더니, 내가 자기를 아주 속상하게 만들었다는 듯이, 증오의 눈초리로 나를 째려본다. 그리고 마음에도 없는 말을 퍼붓는다.

"이것도 다 먹어! 안 그러면 못 나가게 할 거야! 내가 데려다주면 좋겠지? 말해봐!"

애인을 기다리는 여인답게 진한 화장을 한 채, 언제나 그랬듯이 다른 사람들을 위하는 척하는 역할을 연기하다니, 우습기 짝이 없다.

"그래서 너는 퇴원한 바로 그날부터 날 실망하게 한 거야? 도대체 남들이 뭐라고 생각하겠어? 그리고 할머니 말이야, 왜 뵈러 가지 않는 거니? 내가 너를 영화관에도 데려가려고 했는데······."

강아지처럼 끌고서, 안 그래? 하지만 그 강아지를 잘 지켜봐. 내게 달려와 온몸을 비벼대기는 하지만 결코 대답은 하지 않아. 당신은 나를 소유할 수 없을 거야. 어머니들의 저속한 배려보다는 연극 무대를 선택하는 편이 내게는 나을 듯하다······. 무엇보다도, 저런

'모성애'의 엄마는 존재해서는 안 된다.

전화벨 소리. 그녀는 전화기에 대고는 꿀물이라도 떨어질 듯한 달콤한 목소리로 응답한다. 나에게는 망나니처럼 소리를 지른다. 그녀도 나를 정말 싫어한다. 다만 그 사실을 솔직하게 인정하려고 들지 않는다.

"잘 지냈어요, 자기?"

저런 여자랑 함께 외출이라도 하려면, 그리고 그녀를 사랑하는 척이라도 하려면, 우선 마음부터 단단히 잡아야 한다. 그녀는 못생긴 편은 아니다. 오히려 예쁜 축에 든다. 하지만 도발적이고 사나우며 공격적인 성향의 아름다움이라 말해야 하나. 그러나 내가 잊고 있었어. 이런 인간들은 성적 욕구밖에는 모르고, 그런 상스러운 것, 죄악만을 좋아할 뿐이다. 다들 이게 무슨 뜻인지 알겠지?

"오늘 저녁에? 8시라고? 알았어요."

그녀의 안색은 보통 때의 얼굴이 아니다. 기뻐하는 미소를 짐짓 숨겨보려고 애쓰지만, 여자로서의 또 다른 가식적인 미소는 금방 얼굴에 드러나버린다.

"오늘 저녁에는 네가 없어서 무척이나 심심할 것 같은데……."

"더 재미있는 단짝 동료랑 같이 있을 거잖아"라고 왜 나는 곧바로 대꾸하지 못했을까…….

나의 '자유'라는 것은, 그러니까 단지 꾸며낸 이야기였을 뿐이다. 나는 첫 번째 문을 열었던 것뿐이고, 내 꿈에 도달하기까지는 아직도 극복해야 할 수많은 것이 남아 있다. 결국, 또 다른 감옥에 있는 셈이고, 그 속에 갇혀 있지는 않는다고 착각할 뿐이다. 자물쇠도, 열쇠도 없지만, 그 문턱을 넘으니 깊은 수렁이 가로놓여 있다.

공허감이 밀려온다. 창문 너머로 장밋빛 보도블록이 깔린 인도, 동그란 모양의 작은 풀밭 등을 바라본다……. 지금은 나도 저런 것들을 만져보러 나갈 수 있다. 창밖으로 보이는 조각난 하늘도 예전보다는 훨씬 커졌다. 하지만 전부를 보여주지는 않을 것이다. 여기서 뛰어내릴 수도 있다……. 어떻게 되는지 보고 싶다. 진정한 자학 행위……. 사람 몸뚱이가 짓이겨질 수 있을까?

아니야, 더 알맞은 것을 선택해야 한다. 나는 머릿속에서 일어나는 현기증을 가만히 느끼는 것을 좋아한다. 오른쪽 얼굴 윗부분을 꽉 누르면서, 왼쪽 관자놀이 주위를 툭툭 쳐본다……. 한꺼번에 양쪽에 강한 충격을 주면, 나는 더 이상 존재하지 않겠지……. 누구를 위해서, 무엇을 위해서가 아닌 채로…….

그들이 '정신병자들'이라고 불렀던 사람들, 그 사람들이 옳았다. 그들은 이 진실을 알고 있다. 나는 기껏해야 그 사다리의 첫 번째 발판에 올라섰던 것뿐인데도, 거기서 다시 떨어질 것 같은 불안감에 언제나 사로잡혀 있다…….

그 사람들은 자신들의 세상 속에 머물러 있으며, 각자의 방식으로 자신을 방어하고 있다. 뭐가 중요한가? 그런 인생의 가치란, 각자의 취향에 맞춰 결코 풀어낼 수 없는 문제들을 스스로 부과하는 것이다. 그 사람들은 그곳에, 그 벽 뒤에 머물러 있다. 지금 나는 또다른 벽 뒤에 있는 것이다. 물론 극복하기에 쉬울 수도 있지만, 모두 다 견고하기는 마찬가지다. 저 거리의 사람들은 미쳐 있다. 하지만 그들을 감금하지는 않는다. 그들이 오히려 마음에 들지 않는 사람들을 감금하려고 한다. 참으로 부당하다. 나는 그들 모두가 정말 싫다. 그들은 비웃으면서 아무것도 이해하려고 들지 않는다. 그리고 나도 그들을 이해하고 싶지 않다. 그래! 다시는 나를 소유하도록 내버려두지 않을 것이다. 그들에게 다시는 양보하지 않으리라! 하지만 착각일 뿐이다. 나는 결코 '빠져나가지'는 못하리라. '저 밖에'라는 말은 아무 의미도 없다. 진정한 의미의 '저 밖'은 쓰레기 같은 초라한 세상에서 아주 멀리 떨어져 있으며, 그것도 아주 오래전에 있었던……. 나는 결코 거기에 도달하지 못하리라……. 나의 꿈은 죽어버렸다.

나는 이제 또 다른 꿈 하나를 찾으러 간다. 전체가 목재로 된 유랑 극장, 온갖 꿈이 눈앞에 펼쳐지니, 결국 선택할 수밖에 없다. 녹색 눈빛의 어릿광대가 나에게도 분장을 해준다. 얼굴을 하얗게 칠하고 입술 주위는 보라색으로 분장했지만, 진심 어린 미소를 지어 보인다. 그의 진실한 손길은 내 피부를 조금도 아프게 하지 않는다. 이런 것이야말로 진짜 현실임을 잘 알고 있다. 그러나 이 또한 한낱 꿈일 뿐이다. 곧 흔적도 없이 사라져버릴 한순간의 장면. 그러고 나면 나는 불행으로 숨이 막힐 듯이 헐떡거리며 홀로 남겨지겠지. 왜 나는 현실의 작은 조각이라도 움켜잡으려고 애쓰지 않았던 것일까? 그것이 한낱 헛된 것, 환영 같은 것으로 금방 변해버릴 수 있겠지만…… 다시금 매달릴 수 있는 행운 하나. 그러나 지금 내 눈앞에 있는 이 사람과 이야기를 나눌 수 있을까? 그는 이 터무니없는 소녀를 보았다. 그는 그 아이를 통해 울고 있는 나를 보았다. 그는 이제 내게 미소 짓는다. 내 목구멍이 조여든다. 한 마디의 문장도, 아니 단 하나의 말도 소리낼 수 없다.

"자유라는 것이 참 좋지?"

이 사람과는 이야기하고 싶다. 모두 다 말하고 싶고, 숱한 이야기들을 기꺼이 건네고 싶은데…….

견디기 힘든 침묵. 이 사람도 결국 나에 대해 전부 다 알고 있는 것일까……. 내가 한낱 대걸레의 천 조각에 불과하다는 사실을……. 그가 가만히 내 입술을 칠해준다. "움직이지 마." 내가 고함을 질러대도 내 목소리를 들어줄 거죠? 멋진 색깔들, 분장과 무대 의상의 마법……. 이제 나는 아무도 아니다. 그것들을 가만히 바라본다. 다른 세상에서 가져온 듯한 이런 것을 나는 다시는 입어보지 못하리라. 어쩌면 내가 오랫동안 꿈꾸어왔던 것이 바로 이런 것이 아닐까. 내가 결코 만져볼 수 없으리라고 믿었던 것, 무대, 분장실, 거울, 바로 그것들을 이 사람들은 이미 갖고 있었다. 까닭 모를 슬픔이 밀려와 나를 사로잡는다. 이번에는 절대 나 혼자 내버려두고 가지 않을 것만 같다. 아니야, 이제는 단순한 공허감이 아니야. 그게 아니라면, 어쩌면 더 나쁜 것일까? 나의 꿈에 가까워졌기에, 슬픔은 이미 여기 와 있는 것일까? 슬픔은 참 질투가 심해서, 내가 꿈에 도달하지 못하도록 훼방 놓고 있는 거야. 그러니 정말 이제 더는……. 나무 바닥재가 깔린 복도들 사이를 헤맨다. 예전에 나는 바로 이런 꿈에 사로잡혔던 적이 있었어. 그래, 그곳에서, '27호' 병실, 왼쪽 첫 번째 방, 불행한 침묵과 부당한 정신병 속에서, 바로 거기에 내가 있었어. 이야기를 더는 할 수 없다. 각자의 시선이 내게로 쏟아진다. 그냥 끌리는 매력 말고, 또 다른 이유를 찾으려고 하는 듯하다. 이들은 무엇을 원하는 것일까? 아니, 이 극단 사람들은 내게 아무것도 바라지 않는다. 이 사람들은 정말 하나같이 잘생겼다. 그렇지만 거울 속에 비친 내 모습은 참으로 못났다. 저런 진짜 거울은 거짓말을 못하는데. 그런데도 이 사람들은 기꺼이 나를 받아주려 한다. 단지, 나 자신만이 스스로를 미워하고 있었다. 하지만 저기 비친 내 얼굴, 아몬드처럼 기다란 눈매, 이제는 너무나 유순해진 모습…… . 결국, 나는 이 극단의 구성원이 되었다. 그렇지만 여전히 나 자신을 스스로 망치고 있다.

내가 누구인지 모르겠다. 아니, 실제로 존재하는지조차 잘 모르겠다. 어디로 가고 있는지도 모른 채 발걸음이 이끌리는 대로 그냥 걷고 있지만, 그건 중요하지 않다. 이제는 아무것도 알고 싶어 하지 않다는 것이 가장 마음에 든다. 인도에도 여러 골목길이 나 있다. 스쳐 지나는 사람들은 그 행동과 시선, 참으로 정신없어 보이는 것으로 미루어 보아 정신병자처럼 걸어가는 듯하다. 그들에게는 진정제 같은 것이 필요하지 않다. 어쩌면 그런 이유에서 그들을 감금하지 않았던 것 같다…… . 상점, 가로수와 자동차로, 그들의 병동은 잘 꾸며져 있다.

그 사람들에게는 '무'라는 개념이 없다. 시장통의 하찮은 물건에

거금을 치르고, 자유로운 체하고, 또다시 자신도 모르게 모조품들을 사들인다……. 상점의 진열창 앞에서 넋을 잃고 바라보다가, 온갖 핑계를 꾸며대다가, 마침내 그 물건을 소유하게 되면 기쁨은 한층 더 커지고 그 저속한 즐거움에 흠뻑 취한다. 그러나 결코 현실이란 것은 똑바로 바라보지 못하는 셈이다.

그들의 발걸음은 보도블록 위에서 소리 나지 않는다. 그런 충격을 덜어주려고 그 거리에는 아스팔트가 깔렸다. 그들은 보통은 멍한 시선으로 있다가도, 지나가는 길에서 살 수 있는 물건, 예쁜 여자의 육체, 비단 넥타이 또는 소맷부리 장식 단추 같은 것을 보게 되면 시선이 고정된다. 그리고 무엇이든 할 준비를 하고, 바로 그때 그들의 광기가 드러난다. 그들에게도 깨닫게 해주고 싶은 그 광기란 참으로 보잘것없고 거짓된 것이다. 그들은 정말 우습기 짝이 없고, 또한 건강하지도 못하다. 그 사람들이 휘황찬란한 거리에서 걷는 것을 바라본다. 그곳에 나붙은 인기 연예인의 진짜 얼굴은 전부 현란한 색깔들로 가려져 있다. 공들인 화장 때문에 그는 잔뜩 꾸며진 또 하나의 인격을 부여받고, 온갖 조명의 장난질 덕분에 육체와는 전혀 다른 헛된 이미지를 강요받는 것이다. 그리고 사람들은 이런 배신의 무대 뒤편에 숨겨져 있는 것은 절대 처다보지 않는다. 그들은 그저 이 무대에서 너무나 만족해하며, 그 무엇도 '망가지는' 것을 원하지 않는다.

이제는 어떤 것도 되돌릴 수 없지만, 모든 것은 너무나도 현실적이다. 그런 것 때문에라도 이곳에, '무언가를 사고파는 세상'에, 나는 기꺼이 다시 끼어들고 싶어 했다. 마찬가지로, 이 은연중에 나타나는 협박에 스스로 기꺼이 붙잡히고자 한 것이 아닐까?

또 다른 잿빛의 골목길에는 그냥 지나치지 못하게끔 광고 사진들을 잔뜩 붙여놓았다. 나는 저런 우스운 상품을 사러 나갈 수 있는 허락을 못 받을 테고, 그럴 수 없으니 차라리 다행이다.

개미처럼 근면한 사람들의 미친 듯한 행렬이 강박관념에 사로잡혀, 색칠한 벽돌로 둘러싸인 자신들의 골방에 되돌아가려고 지하도를 가로지른다. 비단결처럼 부드럽고 사랑으로 조건 지어진, 그들의 환상을 향해 급히 몰려든다. 그들의 시커먼 육체들은 아주 더러운 지하철의 후미진 공간에 겹겹이 쌓여간다. 그 아래쪽, 죽음의 철로 위에는 쥐들이 뛰어다닌다.

가축우리 같은 객차들, 오렌지색 시트가 깔린 기다란 좌석들, 그리고 암흑 같은 터널들. 이게 곧 자유라는 것이고, 바로 이런 것을 너는 원했다.

아니다. 왜 나는 잘못 생각했을까? 왜 나 스스로 그들에게 속아 넘어가려고 했을까? 결국 그런 비겁한 행위로 인해, 지금 도대체 어디로 끌려가는가? 두 번째 문 다음에는 무엇이 있는 것일까? 저 여자는 어떤 남자의 엉덩이를 몰래 훔쳐보려고 슬그머니 고개를 돌린다. 이 남자는 내리려고 출입문 쪽에 자리 잡은 어떤 여자의 몸뚱이를 해부라도 하듯이 음탕한 눈길로 훑고 있다.

도대체 지금 내가 어디에 있는 것일까? 내가 문을 착각했다. 빠져나가야 할 문이 여기가 아닌 것 같다. 이들이 다른 사람들보다 더 미쳤다고 생각하지 않는가? 어느 병원의 담장 뒤편, 그 병동에 지금도 있을 그 사람들에 대해 말하고 싶은 것인가? 어떤 사람들은 펼쳐 든 신문 뒤로 몸을 숨기고, 어떤 사람들은 책을 읽는 척한다. 또 다른 누군가는 지나가는 사람들과 옷에서 잠시도 시선을 떼지 못하고 있다.

이제 구토는 나지 않는다. 정말로 괜찮아진 것일까……. 알지 못하는 어떤 것을 나는 견뎌내야 하고 기다려야 한다……. 아니야! 꿈꾸었던 것 이상이야! 저들을 봐! 그러니까 잘 쳐다보라고!

아니야. 나는 그럴 수 없어. 저들을 지켜볼 필요는 없어. 그렇게 되면, 오랫동안 꼼꼼히 생각해왔던 내 미친 생각 중에서 하나를 선택하고 싶은 마음이 들겠지. 예를 들면, 바륨 같은 신경안정제를 다량으로 구하는 것……. 또는 작은 면도칼을 몰래 숨겨서 호텔의 욕실 같은 곳에 스스로 감금한 채로 아주 천천히, 그러나 고통스럽게……. 그렇지. 하지만 그 약의 효력을 결코 확신할 수는 없어. 이 공허감과 저 거리에서 받은 충격으로 불쾌감을 느꼈다. 주사기로 공기를 주입하기에 적당한 혈관을 찾는 방법을 알아낼 필요가 있어……. 신뢰할 수 있는 확실한 방법이 하나라도 있으면, 내 생각에는 말이야……. 이거 보라고, 내가 또 거짓말을 하고 있어…….

기차역의 이름도, 갖가지 상념도, 연달아 사라져간다……. 나는 오직 그 꿈밖에는 알지 못하면서도, 그것을 어떻게 활용해야 할지도 잘 모르는 것 같다……. 열쇠 모양을 한 사람들이 아무 목적도 없이 어슬렁거리고 있다. 나는 올바른 문을 열 수 있는 열쇠를 결코 찾을 수 없을 것이다. 심지어, 그것이 과연 열 수는 있는 것인지도 잘 모르겠다.

무엇을 기다리고 있는가? 더 미친 듯한 환영이 실제로 일어나기를 원하는 거야? 너, 참 우습구나! 정말로 우스꽝스럽다! 이 철제 난간들, 군중 속에서 느끼는 고독의 여러 어둠을 바라보는 대신 그 벽을 보기 위해서 가야 할 유일한 곳. 그 어떤 장소라고 해봐야 기껏 집밖에는 없잖아……. 그곳에서는 지금쯤 어떤 여자가 떠돌고 있겠지. 그 여자의 얼굴에 대고 침을 뱉을 만한 솔직함조차 없잖아. 너는 그저 시끄러운 종달새 같은 겁쟁이일 뿐이야. 대걸레의 천 조각일 뿐이라고. 넌 이제 어디로 갈 거야? 그 여자와 다시 함께하려고 가고 있잖아. 이 바보, 겁쟁이, 위선자 같으니라고.

증오로 가득 찬, 씩씩거리는 목소리.

"아빠가 너를 찾더라."

그래서 그렇게 질투심이 일었나? 혹시라도 내가 그를 만나러 갈까 봐? 하지만 뭐, 그 덕분에 내게 온갖 질문을 퍼부어댈 수 있게 된 셈이니, 오히려 다행이라고 생각하라고.

"사실, 병원 의사 선생님들에게 통원 치료 받는 것은 네가 원하지 않았잖아. 그래서 내가 정신분석가를 골랐어. 아주 친절한 분이야……."

"싫어. 난 가지 않을 거야. 분명히 말했을 텐데. 아무도 만나고 싶지 않다고."

"이미 늦었어. 내가 벌써 예약을 해놓았거든."

"취소해야 할 거야. 나는 가지 않을 테니까."

"이런 식으로 변덕 부리는 짓도 이제 그만해. 필요하다면 억지로라도 너를 끌고 갈 거니까."

"그까짓 것이 대체 무슨 도움이 되겠어. 가서 한 마디도 안 할 거야. 매번 갈 때마다 2만 프랑씩이니, 헛돈을 쓰는 거잖아. 그 돈을 나한테 주는 편이 차라리 나을 거야. 게다가 내가 알아서 가지는 않을 거야. 진료 때마다 매번 나를 억지로 끌고 가면 퍽 재미있겠어. 안 그래?"

"언젠가 네 발로 알아서 갈 거야!"

나는 정말 그녀를 죽여버리고 싶었다. 이건 정말 죽어도 싸다. 그렇게 생각하지 않는가? 그녀도 이제는 좀 진정된 듯하다.

"이게 다 너 잘되라고 하는 일이라고."

"정말로 가고 싶지 않아요."

몰래 도망치려고, 어떻게든 예약 날짜를 알아내려고 애썼지만, 뜻대로 되지 않았다. 그리고 문제의 그날, 한참 재미있는 소설을 읽고 있었다. 사람이 지닌 숨겨진 기운은 엄청나다. 나는 가능한 한 무게가 나가도록 바닥에 납작 주저앉아 안간힘을 다해 버티면서, 마음속에서 우러나오는 대로 온갖 천박한 악다구니를 퍼부으며 울부짖었다. 그러자 그 여자는 내 머리끄덩이를 움켜잡았다……. 정말로, 그것만큼은 참을 수 없었다. 결국, 나는 너무 진이 빠져서, 슬쩍 건드리기만 해도 그녀가 원하는 대로 따를 수밖에 없었다. 그때 비수라도 쥐고 있었다면, 아마 남은 인생은 감옥에서 보내야 했을 것이다. 그녀가 고집을 피우며 막무가내로 버티니, 정말 견뎌낼 도리가 없었다. 마침내 내가 참지 못하고 작은 포크를 집어 들었을 때, 만족해하며 승리의 우월감으로 들뜬 듯한 그녀의 눈빛은 간수 같던 간호사와 너무나 똑같았다. 이제는 더 깊이 생각해볼 것도 없다. 가출이라도 해야겠다. 이제 다시는 나를 볼 수 없을 것이다. 교도관과 같은 그녀의 더러운 손으로 다시는 내 몸을 건드리지 못할 것이다.

그 정신분석가의 진료소는 세브르 가에 있었다. 튀긴 빵 조각의 시큼한 냄새로 가득 찬, 중상층을 위한 나지막한 건물이었다. 그녀가 죄의식을 느끼게끔 나는 계속해서 울고 있었고, 이런 내 모습에 그녀는 아주 짜증을 냈다. 잔인한 엄마의 모습으로 보이기는 정말 싫었나 보다.

"그만 좀 울어. 이 사람이 마음에 들지 않으면 다른 사람을 골라도 되니까."

"난 아무도 원하지 않아. 하나같이 머저리들뿐이야."

소름 끼치는 대기실. 어떤 남자가 이 '영혼의 치료사'의 재능에 대해 장황하게 칭찬하기 시작했다……. 아니야, 그들도 전에 내 영혼을 돌보았지, 아마도! 억지로 살찌우기 위해 거위 주둥이에 커다란 깔때기를 쑤셔 박았어. 그리고 거만한 목소리로 진단을 내렸지. "완치됐습니다." 내가 입을 앙다물고, 어떻게 이 머저리에게 대응하는지 곧 알게 될 거야! 아니지, 이제부터는 절대로 화를 내면 안 돼. 그러면 그는 이렇게 진단할 수도 있어. "잠재적 폭력성의 증후를 동반한 억압된 공격성의 표출……."

자그마한 진료실, 영혼의 병자들 혹은 억센 털의 복슬강아지를 데려온 늙은 할머니들을 위한 긴 안락의자. 잘 어울리는 안경을 쓴, 지적이면서도 고집스럽게 보이는 꽤 젊은 남자 하나. "자, 앉으시죠." 그녀는 아주 슬프지만, 그래도 상냥한 체하는 목소리를 낸다. 꿀단지 같은 목소리. 안됐지만, 나는 그런 꿀을 정말 싫어한다.

"그녀가 오고 싶어 하지 않았어요. 내가 직접 데리고 오는 걸 정말 싫어한다는 건 물론 잘 알고 있어요. 하지만 다른 방법이 없었어요. 이게 다 그녀의 건강을 위해서 이러는 거예요. 그렇지 않나요?"

이 여자는 정말 끔찍하다. 할 수만 있다면, 그녀 얼굴에 대고 토하고 싶다.

"일반적인 경우는 아니지요. 그녀는 여전히 왜 그렇게 했는지를 잘 모르고 있어요, 잘 알고 계시겠지만, 그냥 이 상태로 내버려둘 수는 없어요……."

심지어 무례하기까지 해! 그녀는 내가 그 자리에 없는 것처럼 이야기한다. 무엇보다도 어린아이들에게 '그녀' 또는 '그'라고 지칭하는 것은 금지해야 한다.

"잠시 본인과 직접 이야기를 나누어야겠네요. 밖에서 기다려주세요. 부탁드립니다."

아! 그렇구나! 내가 진즉에 의심해야 했어. 이 인간들이 '사전 면담'을 했던 것이 틀림없어. 그래서 그녀는 멋대로 거짓말을 할 수 있었던 것이고…….

"자, 여기 색연필이랑 종이가 있으니까, 네가 그리고 싶은 것을
마음대로……."

이 남자도 나를 붙잡으려고 든다……. 그런 이유로 내가 여기 있
는 것일 테고……. 하지만 나는 공작용 점토도, 그가 내민 종이도
원하지 않는다.

"그래서?"

침묵.

"이게 다 너희 부모님의 이혼 때문이니?"

아! 안 돼. 예의 어리석은 질문들을 또다시 시작하려고 드는구
나. 내가 분명히 말하겠는데, 다시는 당신을 만나러 오지 않을 거
야. 저 여자가 내 머리채를 휘어잡고 이리로 끌고 온 거야. 치료를
받아야 할 사람은 오히려 저 여자라고 생각하지 않아? 잘 생각해
봐. 나는 이제 놀랍지도 않아. 심리학자라면 정말로 인간 심리에 대
해 잘 알아야 하잖아. 당신들의 침대 의자 따위는 난 아무래도 상관
없어. 나는 말할 필요도 없어. 그냥 저 여자를……

"사실 어머니께서 이곳에 너를 억지로 데려왔다면, 어떤 분석이
든지 아무 쓸모가 없거든……."

나는 아무도 만나고 싶지 않아. 당신의 얼굴이 마음에 들지 않아
서가 아니라, 그놈의 '정신'이란 글자가 붙은 것은 그 어떤 것이든,
그게 의학자든 분석가든지 간에 더는 만나고 싶지 않은 거야. 그러
니 제발 저 여자에게 당신네 동업자의 연락처 따위는 절대로 소개
해줄 생각은 하지 마.

"너는 지금 상태가 괜찮다고 생각하니?"

당신의 질문에는 대답하지 않겠어. 이야기하고 싶지 않다고 말했을 텐데. 이것이 머리채를 잡힌 채로 끌려온 사람들을 치료하는 방법이 아니라는 것만 저 여자에게 말해줘.

"너는 완쾌되었다고 생각하니?"

"환자들이 그렇게 되기를 바라는 거잖아요?"

이 회심의 일격을 그가 이해했을 거라고 믿는다.

그 여자가 순진한 척하는 미소를 지으며 돌아와 앉는다. 너무 짙게 염색한 머리카락, 햇볕에 잔뜩 그을린 피부, 헬레나 루빈스타인 같은 값비싼 화장품 냄새를 풍기며……. 괜스레 깜박거리는 속눈썹, 이미 쉬어버린 목소리. 이 남자가 당신한테는 너무 어린데, 그렇게 생각하지 않나? 더군다나 이번 건은 아주 참신하지도 않아. 왜 '골 빈' 여자들이 남자 정신분석가를 선호하는지 사람들은 잘 알고 있거든. 하기야 그런 것도 없다면, 이런 남자를 도대체 어디에다 써먹을지 궁금하지만. 그녀는 매서운 눈초리로 나를 쏘아본다. 마구 덤벼들려는 까마귀와 똑같았다.

"따님을 데려오려고 강요하셨다는 정황을 미루어 짐작하건대, 잘 알고 계시다시피…… 우리의 방법론은 환자의 자발적인 의지에 근거하고 있습니다. 환자가 우리의 도움을 원하지 않는다면…… 물론 그 반대의 경우는……. 자, 우리 숙녀분께서는 잠깐 밖에 좀 나가주시겠습니까?"

그녀는 다시금 쌀쌀맞은 모습으로 되돌아와서는 내게 한 마디 말도 하지 않는다. 그녀는 향수를 너무 많이 뿌렸다. '참 세련된' 샤넬의 19번 향수를 말이다. 그 냄새가 내 심장에 아주 안 좋을 것만 같다. 그 남자가 이 여자에게 무슨 이야기를 했든지, 나는 아무것도 개의치 않는다. 어찌 되었든, 그런 것들을 무력화시키는 방법에 대해서 잘 알게 된 셈이었다.

그녀는 매우 화를 내며, 그렇게 행동하는 데는 타당한 이유라도 있다는 듯이 내 얼굴에 대고 문을 요란스럽게 닫았다. 그리고 내내 침묵을 지켰다. 그래봤자 자신만 답답할 따름이지만. 어른들이 어린아이처럼 구는 것은 정말 미칠 노릇이다.

얼마 후, 그녀의 '헌신적인' 친구 중 하나라는 어떤 남자가 또 다른 치료 시설에 데려가려고, 나를 찾으러 왔다.

나는 정말로 심각하게 짜증을 내기 시작했다. 나는 아무 데나 막 써먹는 환자가 아니야! 나를 강아지나 데리고 다니는 할머니처럼 취급하지 말아줘.

"같은 분야가 아니야. 이번에는 정신의학 전문의라니까……."

그런 우매함을, 그토록 끈질긴 인간들을 이제껏 본 적이 없었다. 잔뜩 충혈된, 늙어빠진 머저리의 용모에 대해서는 자세히 묘사하지 않겠지만, 그 인간은 전화 받는 데 대부분 시간을 허비했다……. 꼭 말해둘 필요가 있는데, 그 사람을 소개해준 사람은 다름 아닌 어머니의 한 여자 친구였다. 그런데 그녀는 어머니의 여러 애인 가운데 한 남자의 부인이기도 했다. 그리고 어떤 여자 의사는 진료실을 부차적으로 '음란한 모임'의 장소로 사용하기까지 했다. 그들은 유치했고, 또한 천박했다. 나는 마찬가지로 그 인간마저도 무력화시키는 데 성공했다. 사실, 이런 것은 아주 비용이 많이 들었다. 내 어머니는, 이미 전에 말했듯 무척이나 구두쇠였다. 그러므로……

그녀는 매번 치료비 지급을 늑장 부리며 지체하곤 했다. 한참 시간이 지난 후, 고지서 중 하나에서 조금 전에 말한 그 정신분석가의 이름을 발견했다. 이미 2년 전부터, 그녀도 그에게 치료를 받고 있었다.

도미니크에게서 편지 한 통을 받았다. 일주일 동안, 그것도 퇴원한 바로 그 첫 주에 무려 8킬로그램이나 살이 빠져버렸다고 했다. 이번에는 부모도 아무 거리낌 없이 그녀를 다시 병동으로 데리고 갔다. 물론 그들도 딸을 기다리고 있는 일에 대해 잘 알고 있다. 그러나 그들은 아랑곳하지 않았다. 부모라면 당연히 그래서는 안 된다. 좀 더 알아보고 정보를 얻어서 적당한 진료소를 찾을 수도 있었다. 자기 아이가 그 병원 사람들을 원하지 않는다는 점을 우선 인정해야 한다. 해골처럼 앙상한 그녀의 목구멍 깊숙이 박혀 있는, 결코 용서받지 못할 어설픈 실수로 인한 결과는 일단 미뤄놓더라도, 그런 식으로 병이 재발하는 것은 도대체 어떻게 설명할 수 있겠는가?

그 의료인이란 작자들은 적절한 치료 방법을 찾을 수 없었기 때문에, 자신들의 실패를 솔직하게 인정하는 대신 사람들을 강제로 감금했다. 그들은 약제들을 가지고 그러듯이 사람들의 인생 전체를 가지고 장난질을 친다. 신경쇠약이란 이유로 자살을 시도했다고, 그리고 첫 번째 진료 때 자신들이 명백한 실수를 했는데도 '확진할 수 없는' 장애들 때문이라고, 온갖 이유를 늘어놓는다. 그리고 환자가 퇴원한 이후에도, 일주일, 석 달 혹은 3년 후에라도, 결국엔 병이 재발하여 다시 되돌아오게 하는 것이다.

환자들을 진심으로 돌보는 치료 시설도 있다고들 한다. 넓은 정원이 딸린 가정집 같은 분위기의 건물, 열쇠도, 자물쇠도 없으며 명령 따위는 하지도 않는…….

그들은 내가 다시 돌아오기를 기다리고 있다. 그들의 협박은 끊임없이 나를 위협하고 있다. 지금은 버스를 타고 네케르 병원 같은 장소 앞을 지나가도, 더는 뭔지 모를 느낌에 소름이 돋지는 않는다. 그러나 충격적이고 격렬한, 뭐라 표현할 수는 없는 감정이 일어난다. 귀를 멍하게 하고 말문이 막혀버리는 듯한 감정. 그러고 나면, 너무나 고통스러웠던 그때의 기억이 마음속 가장 깊숙한 곳까지 전해진다. 나는 모든 것을 잊고 싶다. 그러나 언제나 그렇듯이, 나는 길을 잘못 들었다……. '정신병'이란 단어에 내 몸은 두려움에 떨리고, 나를 비난하는 것만 같으며…… '정신과 의사'라는 어감만으로도 나는 한참이나 견딜 수 없는 분노에 휩싸이게 된다……. '병원'이란 말에서 오는 불안감으로 인해, 은신처, 당장에라도 몸을 숨길 곳이 필요했다. 그러나 아무도 그런 곳을 제공해주지 않는다. 다른 사람들과의 관계라는 것은 모두 거짓에 불과했고, 결국 그들도 '저 거리에 있는' 사람들과 별반 다르지 않았다. 도대체 무슨 차이가 있을까? 그러니 나는 편협하고 고집스러운 상태로 남아 있기를 원했고, 그들의 세상에 대해 계속해서 거부했다.

그러나 처음에, 나는 속았다. 이제 다른 사람들 없이 다시 시작하리라. 오로지 나 혼자서. 그들은 나를 외로움에 익숙하도록 길들였고, 사람들의 존재는 흥미롭지만 실제로는 거짓된 것처럼 보였다. 마찬가지로 두 번째는, 나 자신을 속였다. 기꺼이 붙잡고 싶었던 사람들에게도 태도를 바꿀 수가 없었다. 온갖 공격에 대해 나를 보호하려는 듯이 스스로를 닫아버렸다. 그리고 나는 더 이상 존재하지도 않았다. 나는 비명을 지르고 싶었다. 그러나 그들도 마찬가지로 생각하고 있었다. 이 숱한 거리에서 길을 잃은 채 여전히 진정한 문을 찾고, 나 홀로 현실의 꿈 그리고 슬픔과 차례로 함께하며, 더 끔찍한 이 새로운 수용소를 이리저리 헤매고 다녔다.

나는 마침내 비명을 지를 수 있었다. 그리고 그 소리는 예쁘게 꾸민 벽으로 둘러싸인 어떤 집의 고요 속에서 사라져간다. 새로운 독방은 예전보다 더 크고 덜 더럽지만, 여전히 세상으로부터 고립되어 있다. 나는 전부 다 찢어버리고 싶었고, 죽여버리고 싶었으며, 욕보이고 싶었다. 내 영혼의 짐을 덜고 자유로워지겠다는 것을 목표로 삼았을 때, 내 갈망은 그 한계를 알지 못했다. 어느 정신병원 한가운데서 잊혀버린 병동 하나, 그리고 그곳에 있던 걸레 같은 정신과 의사들이 사방으로 벽을 둘러 격리한 그 모든 것에 불을 질러버리고 싶었다. 그들의 더러운 자물쇠와 벽을 모조리 파괴하고 싶었다. 무리한 주장이라고? 그래, 나도 알고 있다. 비명을 지르는 것 말고는 아무것도 할 수 없다는 걸 잘 알고 있다. 이 미친 듯한 비명은 내 심장과 목소리밖에는 찢을 수 없지만, 그것은 또한 버려진 아이들을 위한 소리이며 하소연이고 사랑에 대한 요구이기도 하다. 그러나 이 소리도 역시, 저 텅 비고 더러운 거리의 공허 속에서, 매춘부에게나 익숙한 인간들의 정신적 공허 속에서 사라져버릴 것이다. 아무도 귀 기울여 듣지 않는다. 그들은 차라리 불쌍한 노인네들에게 적선하는 쪽을 택할 것이고, 생마르탱 거리로 길을 잡아 창녀들의 가슴을 훔쳐보는 것을 더 좋아할 테다.

비명이 다시금 울려 퍼진다. 점차 소리가 커지고 엄청나게 증폭되더니, 결국 폭발하여 그 아픔이 공중에서 터져버린다. 그 매정함으로 인해 투명해지고, 그 강렬함으로 인해 맑아진 썩은 피 같은 것이 비처럼 쏟아져 내린다. 그리고 그 비에 흠뻑 젖어 윤이 나는 거리의 포석 위에는, 누군가의 장화 뒷굽에 으깨진 바퀴벌레 한 마리만이 오롯이 남아 있다.

에필로그

지난 2년 동안 나는 침묵 속에서 비명을 질러댔습니다.

격렬했던 지난 3주간은 내 모든 증오를 타자기 자판 위에 쏟아낸 시간이었습니다.

미처 잘 감추지 못한 그 기억들 때문에 고통스러웠을 것이고, 그것이 기억 그 자체가 되지 못했으니, 입에서 그냥 신음처럼 새어 나왔을 것입니다. 그리고 적대감, 원한, 고통 등이 이어졌을 테지만, 그 모든 것은 결국 고독과 격리라는 벌을 피할 수 없을 것만 같습니다. 그들이 그걸 두려워하기 때문입니다. 그들은 위기에 처했다고 느낄 것이고, 당신은 결국 원한에 사로잡힌 채, 희망의 불씨는 꺼지지 않겠지만 자신의 감옥에 영원히 머무르게 될 것입니다.

2년도 더 지난 그때부터, 겉모습이야 조금은 다르지만, 내게는 여전히 그 병원의 독방 같은 이곳에서 나의 인생, 죄수의 삶을 이어가고 있습니다. 나는 불안함과 두려움에 휩싸인 죄수, 나 자신과 '저' 여자의 죄수로서, 나의 방에 어린 공허, 아니 이 방이 내게 억지로 강요하는 이 을씨년스러운 공허 속에서 살아가고 있습니다. 더욱 고통스러워질 수도 있다는 위험을 기꺼이 감수하면서, 잊기 위해, 내 기억에서 지워버리기 위해, 결국 이야기하기로 결심했습니다. 또한 내게 증오심을 북돋웠던 일련의 충격적인 사건들보다 훨씬 잔인한 일상의 굴욕감에서 벗어나 스스로 자유로워지기 위해 그러기로 결심했습니다.

하지만 이런 상황에 딱 맞는 적절한 말을 찾아낼 수 없을 것 같다는 생각이 먼저 듭니다. 앞으로도 결코 그렇게 할 수 없을 것 같고, 적절한 문장을 사용할 줄도 모릅니다. 모든 문장이 저를 배신하는 것만 같아서, 좌절까지는 아니어도 적어도 실패는 솔직히 인정해야 합니다. 어쩌면 그런 말이 모두 빈껍데기 같고, 거짓되며, 그럴싸하게 꾸며낸, 그런 문장을 꿰뚫고 나와…… 당신의 생각 속에 다시는 새어 나오지 못할 만큼, 그렇게 아주 깊숙이 스며들어가기를 원했습니다. 다시 말해, 그것들이 아주 오래전부터 내가 맞서 싸우고 있고, 그런 만큼 그냥 삼켜버리기에는 너무 버거운, 쓰라린 응어리를 당신에게도 남겨주기를 바랐습니다. 그러나 나는 그럴 만한 능력이 없습니다. 이 세상에 사람들의 감정을 제 뜻대로 움직일 만한 힘을 가진 것은 없습니다. 스쳐 지나가는 사람들이 골목 깊숙한 곳, 그 후미진 곳에 있을 안식처를 향해 달려가는 동안, 당신은 이 거리에서 고통스럽게 죽어갈 수도 있습니다. 당신은 혼자라는 슬픔으로 인해 죽을 수도 있고, 목소리도 나오지 않을 때까지 비명을 지를 수도 있습니다.

세상은 어떤 비명도 귀를 기울여 듣지 않습니다. 전혀 들으려고 하지 않습니다. 당신에게 요구하는 것은 기껏해야 사망 증명서를 작성하기 위해 이해할 수 있고 명확한 설명을 한마디쯤 남겨달라는 것뿐입니다.

이런 현실이 내게서 자꾸만 멀어져가듯, 결국 옛 기억들을 정확히 되살리지는 못했습니다. 사실 이런 현실을 극히 제한적으로만 알고 있었으니, 어쩌면 당신이 기대하는 것 같은 상세하고 긴 묘사 같은 것은 없습니다. 내가 이 구체적인 세상에 대해 극히 순간적인 장면을 말하고 있기 때문입니다. 내가 알고 있는 이미지들은 커다란 충격을 받았던 것들이고, 어쩔 수 없이 내게 그것을 거부하라고 강요하고 또 나의 망상에서 제발 벗어나라고 강요하는 것들입니다. 그들이 말한 것처럼 바로 "나의 신경증을 불러일으키는" 것입니다. 그들이 얼마나 어리석고 정신과 의사로서 얼마나 서투른지를 보여주기 위해서라도 나는 그곳에서 탈출하고 싶었지만…….. 결국 말 잘 듣는 어수룩한 한 마리 양이 되어 겨우 그곳에서 벗어날 수 있었고, 이제 와서야 겨우 너무나 뻔하고 상투적인 그들의 생각에 답하고 있는 것입니다. 정말 외로웠고, 불안해서 미칠 것 같았고, 뼛속까지 너무 고통스러웠다고 말하고 싶습니다. 아직도 나는 여전히 화가 나 있으며, 간수 같았던 담당 의사의 얼굴이 다시 떠오릅니다. 승리감에 도취한, 의기양양했던 바로 그 미소도…….

그러니까, 넉 달 동안의 강제 수용, 요컨대 아주 적당하다고 여긴 그 기간이 지난 후에, 진료 기록부의 어디쯤엔가 '완치'라고 적은 뒤에 잘 분류했던 임상 사례. 천만에요. 당신들은 결국 나의 내면에 나 자신을 투옥했고, 여러 가지 고통 속에 감금했습니다. 그리고 배려해주는 듯이, 흰옷을 입은 그 여자 간수들 대신 지금 저 복도에서 어슬렁거리고 있는 검은 옷을 입은 저 여자로 대담하게 교체했던 것입니다.

마치 한 동이 물처럼 당신의 세상을 내게 죄다 쏟아부었고, 나는 그만 길을 잃어버렸고, 앞으로도 결코 그 길을 찾을 수 없을 것만 같습니다. 당신의 세상 속에 있는 사람들, 물론 성욕을 예외로 친다면, 그들은 무엇을 가지고 있습니까? 그들은 내면에 과연 무엇을 소유하고 있습니까? 나는 극장 입구에서, 지하철 객차 안에서, 거리의 카페에서, 그들이 이야기하는 소리를 듣습니다. 그저 심술궂은 언행과 저속한 판단에 기인한, 터무니없고 하찮고 거만한 주장이었습니다.

그러나 그들은 왜 살아가는 것입니까? 헛되이, 다른 사람들의 말대로, 그렇게 하려고.

그럼 나는, 당신의 세상에서?

마치 이끌리듯 안락한 영화관으로 달아나서는, 오후 내내 같은 영화가 네 번 연속으로 상영되는 동안 그 황홀하고 커다란 화면 앞에서 꿈꾸듯 몽상에 잠겨 있었습니다. 그리고 지하철에서 열차 선로의 금속성 광택이 저를 끌어당기는 듯해서, 다른 곳에서, 아니 내 가장 깊숙한 곳에서 온 것처럼 그만 거꾸러졌습니다. 나 자신이란 것, 내게 있는 것, 당신이 내게 남겨놓은 것도 그것이 전부입니다. 그리고 열차가 다가옵니다. 하지만 사람들이 저를 붙잡아 당깁니다. 어쩌면 내 피와 살덩어리가 으깨져버릴 수도 있었는데…….

'저' 여자는 복도에서 계속 어슬렁거리고 있습니다. 그녀의 경직된 억지 미소도 이제는 사라져버렸습니다. 아니, 눈에 띄지 않는 예절이란 얇은 장막으로 덮어버린 것입니다. 그녀는 내게 돈을 줍니다. 그것은 자신이 나무랄 데 없이 완벽한 의무를 다하고 있다고 스스로 느끼고 싶어서 그러는 것이고, 오직 그것을 위해서 저기 있는 것뿐입니다. 아무런 말도 하지 않고, 시선조차 맞추려고 들지 않습니다. 그런 것을 원했던 사람은 바로 나 자신입니다.

2년이란 시간이 지난 후, 이걸 뭐라고 말해야 할지 모르겠지만, 굴욕적이기는 해도 한편으로는 조금 더 유연해진 열다섯 살이 되고 나서야 나는 이 형편없는 세상이 저 여자에게 우스꽝스럽게 꾸며놓았던 헛된 영상을 마침내 걷어내는 데 성공했습니다. 그저 자질구레하고 별다른 개성도 없는, 한낱 가구 같은 것일 뿐입니다. 그녀는 그렇게 되어가는 중입니다. 나는 진실이 드러나는 밤 12시를 되살려낼 만큼의 용기를 얻었고, 그녀는 자정 무렵이 되면 자신의 역할을 연기해야 하는 것을 잊어버리기 때문입니다. 진정한 배우라면 그걸 잊어버리지 말아야 합니다. 그녀는 그런 것을 전혀 좋아하지 않았습니다. 그녀는 이제 자신의 장화 뒤에 저를 질질 끌고 갈 수 없습니다. 그렇지만 아직도 자신의 증오와 분노를 내게 드러냅니다. 그러나 가구 따위가 당신을 괴롭힐 수는 없습니다! 나도 더는 두려워하지 않습니다. 조롱하는 듯했던 그녀의 위세도 훨씬 약해졌고, 감히 '엄마'라고 자칭하며 그렇게 처신하려고 들던 저 여자의 무례함도 많이 줄어들었습니다.

정신병이란 죄로 감금해야 할 사람은 아이들이 아닙니다. 어린 아이들은 자신을 방어할 줄 모릅니다.

나는 세상 하나를 되찾기 위해 나름대로 애쓰고 있습니다. 가장 나쁜 것을 선택하기 전에 가능한 길을 모두 살펴보고 있습니다. 그러나 아무 표시도 없고, 누구도 기꺼이 손을 내밀어주려 하지 않습니다. 오히려, 내가 그 어떤 것도 붙잡고 싶지 않은 것입니다. 내 심장이 알 수 없는 불안감에 점점 죄어듭니다. 이제는 외로움이 예전보다는 훨씬 덜 아름답습니다. 진실인 듯한 겉모습은 있지만, 어쩌면 그것도 거짓이기 때문입니다. 더욱 고통스러운 것입니다.

살아간다는 것은 무슨 뜻입니까? 잘 모르겠습니다. 다시 말해, 이번에는 내가 진정한 길을 찾았는지 잘 모르겠다는 것입니다. 결국, 잊지 못할 것입니다. 그래서 나는 지금도 자물쇠 속에서 돌아가는 열쇠의 희미한 소리를 들은 것처럼 비명을 지르면서 잠에서 깨어나곤 합니다.

아무 목적도 없이 거리를 계속 헤매었습니다. 뭔가 다른 것을 찾아서, 전혀 다를 것 없는 거리의 포도 위를 여러 날 동안 온종일 걸어 다녔습니다. 이 거대한 미로 속에서 길을 잃어버리고 말았습니다. 길을 다시 찾고 싶다는 생각도 들지 않습니다. 그런 생각을 가진 적도 없고, 앞으로도 결코 가질 수 없기 때문입니다. 모두 흙 속에 묻어버렸고, 이 세상의 일부를 숨기려는 듯 짙은 슬픔의 장막으로 덮어버렸습니다.

　사람들이 벽에 대고 이야기하듯이 모두 무관심이란 것으로 저를 위협하는 이 새로운 감옥을 가로질러 방황하면서, 이제는 사물의 진정한 존재 이유 따위를 찾지 않습니다. 의미가 있는 것은 아무것도 없습니다. 비난받아 마땅한, 근본적으로 무의미한 것. 이 고독과 슬픔 속에서 나는 서서히 녹아 없어집니다. 너무나 무기력해져서 이제는 무관심조차도 알지 못합니다. 저 빛은 내 마음에 들지 않습니다. 저 햇빛이 정말 싫습니다. 그런데 내가 도대체 지금 어디를 지나가고 있는 것입니까? 끊임없이 나 자신을 찾고 있습니다. 짐짓 다정한 듯한 영화의 대사 한 구절이 떠오릅니다. "찾아내야 합니다. 여러 해가 걸릴 수도 있고…… 어쩌면 평생일 수도……."

　그러나 정신과 의사 선생님들, 명심하시기 바랍니다. 그 입가에 슬쩍 미소를 머금고, 지금 이 삶의 고통을 읽고 계신 바로 당신들 말입니다. 그 거지 같은 '거식증'이 지금 당신들을 공격하기 위해 몰래 동정을 살피며 기회를 엿보고 있습니다. 당신들께서도 정말 두려워하고 계시니, 그것을 제거하고 감금하기 위해서라도 여러 가지 대책을 마련하셔야 할 것입니다……. 바로 이런 종류의 '정신 병'은, 당연히 알고 계시겠지만, 전염병처럼 아주 빠르게 퍼져나갑 니다.

옮긴이의 말

발레리 발레르는 현대 프랑스문학에서 '거식증의 아이콘'과 '요절한 천재 소녀 작가'라는 독특한 지위를 갖는다. 십 대 후반, 불과 5~6년 동안 집중적으로 쓰인 작품들은 40여 년이 지난 지금도 여전히 책 표지만 바뀐 채 출간되고 있다. 평론가보다는 청소년기의 독자가 직접 고르는 작가이다. 발레리는 세대를 넘어 가장 어린 독자들에게 다가와, 서로의 상처와 아픔을 나누고 위로를 건넨다. 매 작품마다 어김없이 들어 있는 주제는 지금도 여전히 문제가 되는 것이기 때문이다. 상처 입고 병든 주인공. 가족의 붕괴, 무책임하게 떠나버린 아버지와 도통 아무것도 이해하려 들지 않는 어머니, 그리고 버려진 아이들. 사회적으로 금기시하는, 그래서 결코 이루어질 수 없는 서글픈 사랑. 발레리 발레르는 자신보다 한 세기 앞서, 프랑스 시를 근본부터 흔들고 홀연히 떠나버린 천재 소년 시인과 여러 면에서 많이 닮았다.

발레리 발레르의 본명은 발레리 사마마Valérie Samama, 1961년 11월 1일 파리에서 태어났다. 기술자이며 사업가인 아버지와 대기업에서 비서로 근무하는 어머니, 그리고 어린 남매. 겉보기에는 아주 안락한 전형적인 중산층 가정으로 보였지만, 그녀가 태어났을 무렵, 부모의 혼인 관계는 이미 파탄이 난 상태였다. 발레리는 부부의 이혼을 어쩔 수 없이 잠시 미루게 하는, '절대로 원하지 않던 두 번째 아이'였다. 또래보다 유달리 조숙했던 아이는 이런 부모의 거부를 그저 하는 흔한 말 정도로 여기는 듯했다. 하지만 그의 내면 깊은 곳에 어쩔 수 없는 생채기로 남았고, 이내 결코 회복할 수 없는 트라우마로 깊이 새겨졌다.

발레리는 선천적으로 유난히 약한 몸이었지만, 그 영리함과 재능은 학업이 시작되자 곧바로 뛰어난 성적으로 드러났다. 그녀의 부모는 각자의 일에 바쁘고 그저 자신들 만의 다툼만으로도 버거운 탓에 다른 부모라면 응당 큰 자랑거리가 되었을 어린 딸의 놀라운 재능에는 도통 관심이 없었다. 어린 발레리는 또래들과도 늘 일정한 거리를 두고, 홀로 여러 도서관을 피난처 삼아 실어증에 가까운 침묵 속에서 닥치는 대로 책을 읽기 시작했다. 엄청난 독서량, "모든 것을 흡수하고 전부 기억했다." 놀라운 집중력과 뛰어난 이해력, 그리고 이를 다시 완벽하게 자신의 것으로 표현해내는 능력은 이미 천재라는 명칭과 잘 어울렸다. 그러나 발레리는 그것을 남몰래 완벽하게 숨기는 재주까지도 갖고 있었다. 이 말 없는 아이에게 다정한 눈길과 관심을 건네는 사람은 아무도 없었다.

아버지의 외도, 이어지는 어머니의 불륜, 밤마다 어김없이 벌어지는 부모의 다툼과 애먼 자식을 향해 쏟아지는 화풀이, 부모의 별

거와 이혼, 그러고도 계속해서 이어지는 재산권 소송……. 1975년 여름, 이제 13살이 된 발레리는 '먹는 것에 대한 거부'를 선택했다. 부모처럼 못난 어른이 되지 않기 위해서라도 이제 성장을 멈추어야 했다. 이제 더는 살고 싶지 않다는 그녀의 절박한 외침이었다. 하지만 그녀가 밝혔듯, "거식증은 오랜 시간에 걸쳐 천천히 죽어가는 고통스러운 자살을 의미한다."

발레리는 억지로 어머니의 손에 이끌려 여러 치료기관을 전전했고, 결국 신경성 거식증으로 확진을 받았다. 곧바로 파리의 한 '아동정신병동'에 강제로 수용되었다. 발레리는 충격에 의한 실어증을 가장하면서 아무런 응답도 하지 않았고, 그저 마음속으로 "그들은 나를 소유할 수 없어!"라는 말을 주문처럼 되뇌며 온몸으로 격렬하게 반항했지만, 헛된 일이었다. 자신을 이곳까지 억지로 끌고 온 어른들과, 죄인처럼 끊임없이 자신을 감시하는 병동의 '간수'들에게 복수하기 위해서는 우선 이 지옥 같은 감옥에서 벗어나야 했다. 내 마음대로 자살하기 위해, "내 소유물인 이 육체를 흔적도 없이 이 세상에서 완벽하게 지워 버리기" 위해 먼저 자유를 얻어내야 했다. 결국 '그들'의 요구를 받아들여야만 했다. "약이든 음식이든 그 어떤 것이라도 모두 먹고, 또 먹어서 몸무게를 지금보다 10킬로그램 이상 늘어나게 할 것." 넉 달 뒤에, 발레리는 '거짓되고 헛된' 완치 판결을 받고 간신히 '출옥'할 수 있었다.

학교로 돌아온 발레리는 그동안의 공백쯤은 아무것도 아니라는 듯 월반을 거듭했고, 예술학교에도 등록하여 연기와 곡예 수업까지 함께 받았다. 얼마 지나지 않아, 발레리는 우연히 한 영화 제작자의 눈에 띄었고, 곧바로 아역 배우로 몇 편의 영화에 출연할 수 있었다. 이어서 연극 무대에 오를 기회도 얻었다. 그러나 발레리의 육체로는 아무것도 할 수 없었다. 거식증은 다시 그녀 곁에 바짝 다가와 있었다. 발레리는 무엇보다 허상을 연기하는 배우의 삶이 자신이 진정으로 꿈꾸었던 것이 아니라고 느꼈다.

자기 자신을 온전히 표현할 수 있는 방법을 찾아야 했다. 이제 15살이 된 발레리는 지난 두 해 동안 애써 숨겨왔던 아픈 기억을 고통스럽게 다시 끄집어냈다. 어린 시절과 정신병동에서는 겪었던 일들을 온전히 기록으로 옮기기로 했다. 어머니마저 여름휴가를 떠나고 홀로 남겨진 빈집에서, 이번에는 '먹는 것' 대신 '쓰는 일'을 선택했다. 3주 동안, 자신의 모든 상처와 아픔 그리고 분노를 타자기 위에 참을 수 없는 구토처럼 쏟아냈다. 다시 다듬을 필요도 없는 원고, 마지막으로 발레리는 자신의 이름에서, 떠나버린 아버지로부터 받은 성을 지워버리고, '용맹'을 뜻하는 '발레르$_{valère}$'라는 단어를 골라 필명으로 삼았다. 이제 모순으로 가득 찬 이 세상과 거짓된 어른들에게 복수할 준비를 마친 셈이었다. 발레리의 원고를 받은 여러 출판사에서 제안이 들어왔지만, 발레리는 단 한 곳도 고치지 않는다는 조건만을 요구했다.

1978년 11월 9일, 『거식증 일기』가 세상에 나온다. 언론이 먼저 이 특별한 기록에 반응했다. 일제히 새로운 천재 소녀 작가의 탄생을 알렸고, 이제껏 아무도 주목하지 않았던 거식증에 관해서도 앞

다퉈 보도하기 시작했다. 연일 관련 기사들이 쏟아지고 인터뷰와 취재 열기는 뜨거웠지만, 발레리는 그 대부분을 거절했다. 곧이어 이 책은 여러 언어로 번역되었고, 발레리 발레르는 이제 '거식증'을 달리 부르는 이름이 되었다.[*]

프랑스 정신의학계도 전문 의료진이 아닌 환자의 관점에서 꼼꼼하게 작성한 이 병상 기록에 주목했다. 육체의 쇠약은 곧바로 정신의 황폐화로 이어진다는 그때까지의 통설이 한순간에 깨졌다. 발

---

[*] 1980년부터 현재까지 7개국에 소개되었다: **독일** *Das Haus der verrückten Kinder*('아동정신병동'), Tübingen, Wunderlich, 1980 ; *Das Haus der verrückten Kinder. Ein Bericht*('아동정신병동. 기록'), Frankfurt am Main, Fischer, 1982 ; Hambourg, Rowohlt, 1991 (Uli Aumüller 역). **네덜란드** *Wie niet eten wil is gek*('밥을 안 먹으면 미친 사람이야'), Amsterdam, Ambo/Anthos, 1980 (Henny Vos 역). **노르웨이** *Jeg gir meg ikke! - En 13 års jente blir tvangsinnlagt pa psykiatrisk sykehus fordi hun nekter å spise*('나는 포기하지 않아! 13세 소녀가 식사를 거부했다는 이유로 정신병동에 강제 입원되다'), Oslo, Ascheoug, 1980 (Per Størksen 역). **스페인** *El Pabellón de los niños locos. Una niña de quince años escribe el documento más sobrecogedor del año*('아동정신병동. 15세 소녀가 쓴 올해 가장 경악할 글'), Barcelona, Plaza & Janés Editores, 1981 ; *Diario de una anoréxica*('거식증 일기'), 상동, 1994 ; *Diario de una anoréxica. La lucha de una adolescente por la supervivencia*('거식증 일기. 생존을 위한 십대 소녀의 투쟁'), Barcelona, Debolsillo, 2002 (Amalia Monasterio 역). **스웨덴** *Mig lurar ni inte!*('나를 속이지 마세요!'), Stockholm, Rabén & Sjögren, 1983 (Madeleine Reinholdson 역) ; 오디오북, Johanneshov, TPB, 2009, 6h52m (Katarina Ewerlöf 낭독). **일본** ① ヴァレリー・ヴァレール, 精神科小児病棟, 東京, 青土社, 1983 (宮崎 康子 역) ; ② 食べることをやめた子. 31キロ, 13歳の告白('식사를 거부한 아이. 31kg, 13세의 고백'), 東京, PHP研究所, 2003 (吉井 祐子 역). **덴마크** *De gale børns pavillon*('아동정신병동'), Århus, Klim, 1988 (Hanne Berg, Marianne Fuglsang 공역)_편집자 주.

레리는 아주 예외적인 경우였고, 거식증의 특별한 임상 사례로 인정받았다. 그리고 발레리는 그곳에서 만난 다른 친구들에 관해서도 이야기했다. 거식증과 폭식증, 두 가지 증상이 함께 또는 교대로 발현하는 증상, 식이장애를 동반한 지체 장애아동 또는 쌍둥이의 사례…… 등 그녀의 책은 이제 관련 의학 연구와 논문에까지 흔히 인용되기 시작했다. 무엇보다 이제까지 성인과 다른 청소년에게도 똑같이 적용하던 정신과 치료법을 반성하며 검토했고, 이를 계기로 개선하려는 변화가 시작됐다. 발레리는 오랜 시간 꿈꾸었던 복수를 자살이 아닌 글쓰기로 한 셈이었다. 그녀는 난생처음 세상을 향해 미소를 지었다.

발레리는 고등학생이 되었고, 학업과 함께 글쓰기를 계속했다. 두 달 동안 다시금 온 힘을 다해 써 내려간 첫 번째 소설 『말리카 혹은 여느 날과 같은 어느 날』이 1979년 4월 26일 출간되었다. "부모에게 버림받은 두 어린 남매의 결코 이루어질 수 없는 사랑"을 이야기하는 이 작품에서 발레리는 분명 이전과는 다른 글을 쓰고 있었다. 가장 젊은 세대의 언어를 사용하면서도 전통적인 문법에 충실한 문체, 끝까지 결론을 예측할 수 없는 치밀한 구성, 사회적으로 금기시되는 무거운 주제를 자유롭게 다루며, 무엇보다 주인공들의 심리 변화를 따라가며 치밀하고 섬세하게 묘사하는 그녀만의 독특한 분석 기법.

출간 다음 날인 27일 금요일 저녁, 발레리는 뜻밖에 프랑스 공영 방송 '채널2Antenne 2'의 전설적인 문학 프로그램 '아포스트로프

Apostrophes'에 데뷔작을 발표한 다섯 명의 신예작가들과 함께 출연했다. 출연자 중 최연소자였던 이 17세의 소녀는 이제껏 언론과 세상 사람들이 궁금해 하던 모든 질문에 조금도 막힘없이 옅은 미소를 지으며 담담하게 대답했다. 시청자들은 단박에 발레리에게 매료되었고, 일제히 환호했다. 방송 다음 날부터 그녀의 소설은 바로 수십만 권이 팔리며 이내 베스트셀러에 올랐다. 『거식증 일기』도 곧바로 재판을 준비해야 했다. 발레리 발레르는 채 반년도 지나지 않아 '거식증의 작가'라는 세상이 멋대로 정한 규정을 보란 듯이 뛰어넘었고, 이제는 주목해야 할 젊은 작가로 당당히 인정받았다. 발레리는 이번에도 자신의 일상으로 바로 돌아갔다.

1981년 4월, 발레리 발레르가 두 번째 소설과 함께 모습을 보였다. 지난 2년 사이, 남보다 빨리 고등학교를 마쳤고, 바칼로레아를 통과, 소르본 대학 문과에 입학했다. 『하얀 강박관념』은 글쓰기에 관한 이야기이다. 첫 작품부터 너무 큰 성공을 이루었기에, 하얀 백지를 앞에 두고 끊임없이 고뇌하다가 결국 아무것도 쓰지 못하고, 긴 방황 끝에 끝내 미쳐버리는 젊은 작가, 주인공 즈느Gene는 단박에 저자 자신을 떠올리게 한다. "나와 즈느는 조금 닮았다."

그러나 발레리는 죽음처럼 어깨를 짓누르는 이런 강박관념을 되레 즐기고 있었고, 그저 자신을 끊임없이 자극하는 오래된 못된 친구라고 여길 뿐이었다. 발레리는 쓰고 싶은 것이 너무나 많았다. 그녀의 머릿속에는 이미 새로운 줄거리들이 가득 차 있었다. 문제는 거식증이 반복해서 재발하고, 이제는 그 후유증인 우울증까지 끊임없이 자신을 괴롭힌다는 것이었다. 아주 오래전부터 친숙하다고 여겼던 죽음이 자기 곁에 바짝 다가와 있다고 느꼈다. 발레리는 처음으로 살고 싶다는 의지를 강하게 보인다. 그녀는 자신과의 마지막 전쟁을 준비했다. 그래서 파리를 떠나 한적한 시골로 이사부터 한다. 우선은, 적어도 글쓰기를 계속할 수 있을 만큼의 건강부터 되찾아야 했다. 그다음은 오랜 거식증과의 이별, 그리고 완치.

1982년 12월 17일(18일?), 발레리 발레르는 21살이란 나이에 이 세상을 떠났다. 삼 주일이 지난 후에야 겨우 세상에 알려졌던 외로운 죽음, 추정된 사망원인은 약물 과다 복용. 요절한 작가의 책상에는 이미 완성한 여러 편의 소설과 수백 페이지 분량의 미완성 원고들이 가지런히 놓여 있었다. 일찌감치 작성해 놓은 유서에 따라, 그녀의 육체는 화장되어 바다에 뿌려졌다.

발레리 발레르가 마지막까지 연락하던 두 사람, 오빠 에릭 사마마와 첫 작품부터 함께했던 출판인 크리스티앙 드 바르티야가 그 유고들을 차례로 간행한다.★ 1987년, 『그대 두 눈에 비처럼 눈물 내리도록』을 시작으로, 10주기인 1992년 『베라, 장엄한 사랑, 그리고 단편들』, 『절망의 기차역 혹은 죽음의 색들』이 출간된다. 1998년에

★ 오빠 에릭은 1988년 의학박사(정신의학)를 취득, 그해 파리에 개원, 운영 중이다. 크리스티앙 드 바르티야Christian de Bartillat(1930~2012)는 파리정치대학을 졸업, 1960~1970년대에 Stock 출판사 CEO를 역임한 출판인이자 20여 종의 역사, 문학서를 쓴 작가다. 70년대 후반 출판사Editions Bartillat를 창업했고, 발레리의 유작 3권을 출간했다. 2000년, 딸 콩스탕스Constance가 재창업하여 현재 대표로 있다_편집자 주.

는 그녀를 여전히 그리워하는 독자들에게 발레리가 이 세상을 떠나기 전 마지막으로 완성한 소설 『엘레오노르』가 뜻밖의 선물처럼 전해진다. 발레리의 애독자들은 아직 출간되지 않은 그녀의 유고를 기다리며 지금도 그녀의 나이를 세고 있다. 살아 있었다면 곧 환갑을 맞이했을 터이다.

『거식증 일기』의 원제 '*Le Pavillon des enfants fous*'는 직역하면 '미친 아이들의 정자亭子' 정도로 옮길 수 있겠지만, 실상은 당시 '아동 정신병동'을 일컫던 명칭이었다(현재 이 분과는 세계적으로 '소아 청소년 정신의학Child and adolescent psychiatry, Pediatric psychiatry'으로 불린다). 원제가 독자들에게 혹 쓸데없는 오해를 불러올 수도 있겠다고 생각했다. 이에 이 책의 내용을 반영, 제목을 바꾼 유럽의 여러 판본들, 특히 큰 반향을 일으켰다는 스페인어판 '*Diario de una anoréxica*'를 참조하여 『거식증 일기』로 제목을 옮겼다. 발레리 발레르는 생전 자신의 작품이 조금이라도 변형되는 것을 절대 용납하지 않았지만, 번역본의 제목만큼은 예외적으로 허락했다.

애초에 발레리 발레르의 아픈 이야기를 끝까지 귀담아듣기 위해 시작했던 번역이다. 해묵은 내 서툰 번역 원고에서, 조동신 선생은 이 작품의 가치를 단박에 찾아냈다. 발레리 발레르를 이렇게 한국에 처음으로 소개할 수 있게 된 기쁨도 모두 그의 노력과 수고 덕분이다. 감사의 마음을 전한다. 아도니스 출판에게도 감사한다.

박광수, 2020년 8월

부록

'어른들의 세상에 던지는
한 아이의 냉엄한 증언'

_크리스티안 로슈포르★

사람들이 발레리 발레르의 책을 어떻게 생각할지 궁금하다. 정말 궁금하다. 이 책에 빠져 이틀 밤을 꼬박 새웠다. 글이 한없이 끌어 당겼기 때문이다. 또 그녀의 병이 나았는지, 아니 그녀가 지금 어떤 상태인지 알고 싶었기 때문이다. 마지막으로, 이 영민한 아이가, 고 작 열다섯 살짜리 아이가 ― 이 글을 쓸 당시 그녀의 나이다 ― 죽

★ 「르몽드」, 1978년 12월 23일. Christiane Rochefort(1917~1998)는 프랑스 작 가로, 정신의학 공부를 중단한 뒤 소르본에서 인류학, 심리학을 수학, 언론계와 영화계에서 활동했다. 여성해방운동가로서 1971년 시몬 드 보부아르와 함께 '여성의 대의를 택하자_Choisir la cause des femmes_' 운동을 주창했다. 메디치상 수상작 (1988) 등 20여 권의 소설과 산문을 펴냈고, 수편의 시나리오 작업에 참여했다.

음을 무릅쓴 용기를 내어 철옹성 같은 침묵을 깨고, 또 익명으로 신분을 보호했을 미성년이 이에 아랑곳 않고 자신을 다 드러내어 분명하게 스스로를 표현한, 우리 어른들을 보는 그녀의 시선, 그녀의 진실이 우리를 뒤흔들었기 때문이다.

"결국 '어른들'이란 참으로 우스꽝스럽지 않은가?"(197쪽), "그들은 유치했고, 또한 천박했다."(310쪽), "나는 극장 입구에서, 지하철 객차 안에서, 거리의 카페에서, 그들이 이야기하는 소리를 듣습니다. 그저 심술궂은 언행과 저속한 판단에 기인한, 터무니없고 하찮고 거만한 주장이었습니다. 그러나 그들은 왜 살아가는 것입니까? 헛되이, 다른 사람들의 말대로, 그렇게 하려고."(318쪽), "사람들이 흔히 말하는 '모성애'라는 위선에 대해, 그 야바위 짓에 대해, 이제는 충분히 깨닫게 된 셈이거든!"(169쪽)

이런 목소리를 듣는 건 처음이 아닐까? 한없이 연약한 몸에서 나오는 이런 힘이라니! 이 책은 역사적 사건일지 모른다. 글을 읽다가 잠시 멈추었다. 왜냐하면 거식증이 정말 감금으로("그들은 열쇠를 채워 나를 감금한다. 마치 내가 살인이라도 저지른 것처럼 말이다." 56~57쪽), 협박으로("일주일 안에 유동식 비위관을 삽입해야겠죠? 환자의 체중이 전혀 증가하지 않으면요." 147쪽 / "1킬로그램이라도 몸무게가 늘지 않으면 엄마를 만날 수 없어. 내가 정말 그 여자를 다시 보고 싶어 하리라고 믿는 걸까?" 36쪽), 또한 감각의 박탈로("넌 잠옷 차림으로 병실에만 머물러 있어야 할 거야. 책을 읽을 수 있는 권리도, 무엇이든 간에 할 수 있는 권리가 없어." 56쪽 / "안뜰의 신선한 공기라도 들이마시고 싶지만, 창문은 열리지 않는다. 여기서 겪었던 일을 자세히 적어보고 싶지만, 이 병실에는 아무것도 없다." 37쪽), 그리고 강제급식으로("그녀는 손으로 나를 붙잡더니 내 입이 벌어질 때까지 내 치아 사이에 포크를 쑤셔 넣고 억지로 벌린다." 134쪽 / "내 눈물과 뒤엉킨 으깬 감자에 숨이 막힐 것만 같다. 이 모든 것을, 지방 덩어리와 눌어붙은 쌀알, 그리고 그것과 같이 삼킨 모든 증오를, 과연 내 위장이 어떻게 품을 수 있을까? 이런 모욕과 이런 받지 않아도 될 형벌을 어떻게 견딜 수 있을까?" 180쪽) '치료'되는 과정을 더 이상 보고 싶지 않았기 때문이다. 결국 이런 짓들은 죽으려고 했던 한 사람에게 삶의 의욕을 안겨주었다.

"그들은 도대체 부끄럽지도 않을까? 내가 그들이었다면 수천 번은 더 부끄러워했을 것이고, 수치심과 분노 때문에 상처 입었을 텐데."
(36쪽)

그리고 그 치료는 "성공했다"! 그녀가 열세 살을 "맞이한" 병원은 바깥세상보다 험했고, 거기선 죽음조차 끔찍했기에 결국 그녀는 모든 걸 받아들이기로 결심한다. 자유롭기 위해, 비록 그 자유가 죽음일지 삶일지는 모르지만, 거위처럼 밥을 쑤셔 넣기로 결심한다. 우리에게는 행운이었을까? 그녀의 자유는 그녀가 분출한 글이었으니까……. 그들은 그녀를 소위 "치유"했다. 그들은 그녀의 목숨을 강압으로 구했다. 그들은 뿌듯해했다. 그러나 이제는 그들도 후회하지 않을까? 『거식증 일기』는 환자 본인이 작성한 냉엄한 의료 기록이다.

　그녀는 치유되었다. 우연과 무지가 우글거렸던 불개미 소굴, 그녀는 그곳을 통과했다.

　이어 한 작가가 솟아났다.

　나는 우리 어른들이 과연 무슨 생각을 할지 궁금하다. 신동이 출현했다고 환호하면서 이 영민한 아이를 하나의 예외로 치부할까? 아니면 귀를 막을까? 아니면 그 목소리에 귀를 기울일까? 그 목소리가 어른들 자신의 목소리일 수도 있는데.

"내가 예전에 그런 사람들을 발견했다면, (……) 그랬다면, 나는 확
　실한 죽음에 이르는 그 문을 결코 열지 못했을 것이다……." (98쪽)

옮긴이 박광수

고려대 불문과, 동 대학원 석사, 파리 4대학
과 10대학에서 폴 베를렌느Paul Verlaine와 프
랑스 19~20세기 시를 연구했다. 고려대 불문
과 강사, 파리 10대학 '비교문학-시학 연구소
CRLPC' 연구원을 지냈다. 프랑스문학 연구와
번역, 문학평론 작업을 하고 있다.

거식증 일기

초판 1쇄 발행 ⋯⋯⋯⋯ 2020년 10월 12일

지은이 ⋯⋯⋯⋯⋯⋯⋯⋯ 발레리 발레르
옮긴이 ⋯⋯⋯⋯⋯⋯⋯⋯ 박광수
펴낸이 ⋯⋯⋯⋯⋯⋯⋯⋯ 조동신
펴낸곳 ⋯⋯⋯⋯⋯⋯ 도서출판 아도니스
전화 ⋯⋯⋯⋯⋯⋯⋯ 031-967-5535
팩스 ⋯⋯⋯⋯⋯⋯⋯ 0504-484-1051
이메일 ⋯⋯⋯⋯ adonis.editions@gmail.com
Facebook ⋯⋯⋯⋯⋯⋯ adonis.books
출판등록 ⋯⋯ 2020년 1월 29일 제2017-000068호

디자인 ⋯⋯⋯⋯⋯⋯⋯⋯ 허미경
교정교열 ⋯⋯⋯⋯⋯⋯⋯ 한홍
제작 ⋯⋯⋯⋯⋯⋯⋯ 한영문화사

ISBN ⋯⋯⋯⋯ 979-11-970922-1-3 03860